文春文庫

小林秀雄　美しい花

若松英輔

文藝春秋

目次

第一部

第二部

第三部

初出
『文學界』二〇一五年二月号〜二〇一七年一月号
単行本　二〇一七年十二月　文藝春秋刊
DTP制作　ローヤル企画

本書には、今日では不適切とされる表現がありますが、当時の時代状況を鑑み、底本・原資料のままとしました。ご理解賜りますようお願い申し上げます。

小林秀雄　美しい花

美しい「花」がある、「花」の美しさという様なものはない。

——小林秀雄「当麻《たえま》」

第一部

序章　美と見神

「どうも私は講演というものを好まない」、そう前置きしながら小林秀雄は聴衆にむかって話し始めた。一九四八（昭和二十三）年十月、大阪でのことである。主催者側が準備した演題は「私の人生観」だった。その記録はのちに、同名の講演録として発表され、小林の代表作の一つとなる。

物書きであることを天職だと感じ、愛着も感じている。書きたいことなら無数にあるが、話したいことなどない。むしろ、喋ることではどうしても現われ出ない思想があって、それが「文章という言葉の特殊な組合せを要求する」。その道を生きることに懸命なのだ、というのが小林の言い分だった。これまでにも随分講演を重ねてきたが進んでやったことはない、すべては世の義理を果たしたに過ぎない、今回もそうである、そのつもりで聞いてもらいたい、と続けた。

だが、好まないと言いながら、講演に助けられていたのは小林の方ではなかったか。小林の生涯を振り返るとそう思えてくる。批評家として節目を迎えるとき小林は、求められた講演に一度ならず活路を見出してきた。なかでも「私の人生観」は特別な意味を持つ。小林の仕事はこの講演を分水嶺《ぶんすいれい》として前後に大きく二分される。

年譜的にみて「私の人生観」を目印に前期、後期を分けることができるだけではない。誤解を恐れずにいえば、この時期を境に小林の仕事への態度も、そのありようも大きく変化していく。当然ながら、論じる者の視座も変えることを求められる。

講演が行われたとき小林は四十六歳、二年前には『無常という事』を刊行し、同年の十二月に「モオツァルト」を自身が編集責任者を務める雑誌『創元』に発表、講演の前年には最後の――そして、もっともよく知られている――ランボー論を書いている。この講演のあとにドストエフスキー論の中核的作品「『罪と罰』について」が発表された。

これらの作品は皆、戦前からの仕事とつながっている。小林にとっても太平洋戦争は事象的には大きな出来事だったが、彼の文学のありようを戦前、戦後で分けて考えるのはあまりに紋切型であるだけでなく、小林の場合、乱暴な解釈ですらある。戦後、小林は平野謙や埴《はに》谷《や》雄《ゆ》高《たか》らの『近代文学』の同人との座談会で「利巧な奴はたんと反省してみるがいいじゃないか」と皮肉交じりに語ったが、彼の場合、見るべきは戦前、戦後の変化であるよりも、その持続である。

小林秀雄論は、小林の生前から多くあった。しかし、その一方で評伝が編まれなかったのは、彼の生涯と境涯《きょうがい》の位相の差異を捉えきれなかったからかもしれない。結論めいたことだが、前半の生涯は評伝という形式でも語り得る。しかし、後半の彼の境涯を語ろうとするとき書き手は別な視座を持たねばならない。評伝が、その人の年譜的事実とその奥にあるものを語ろうとする営みであるとすれば、小林の場合、それに適しているのは前期で、後期をその手法で書こうと試みても、彼の実像は浮かび上がってこない。求められるのは、精神的評伝というべきもので、私たちはそれを通時的な時間軸で捉えるのではなく、共時的な時空のなかで捉えなくてはならないように思われる。

前期の小林はその時代と同時代人との深い交わりのなかで活動を続けた。しかし、後期は違う。哲学者井筒俊彦の表現を借りれば、前期は現実界での営みだが、後期はいかに叡知界と交わるかが彼の眼目だった。論じる対象も叡知界を旅した者たちとなって行ったのは自然ななりゆきだったといえる。

前期の小林は、『ドストエフスキイの生活』を別にすれば、長編と呼べる作品はない。しかし、後期になると長編の作品が中心になっていく。『本居宣長』に至っては連載期間が十年以上に及んだ。

「私の人生観」が小林秀雄の生涯の前期の終わりを告げる作品であるとすれば、後期の始まりとなったのは『ゴッホの手紙』である。「私の人生観」の講演が行われた翌月、小林がこの作品の連載を始めているのも偶然ではないだろう。

『ゴッホの手紙』から『本居宣長』さらには絶筆となった「正宗白鳥の作について」を書く小林は、それ以前とは明らかに質的変化がある。ドストエフスキー伝を書くとき小林は、この小説家と対峙する道を探した。このとき批評とは、小林にとってドストエフスキーと対話することだった。しかし、後期になると向き合うのではなく、論じる相手の心の内側に入り、その眼を通じて見た世界を描き出そうとする。

誤解を恐れずにいえば、宣長が考えたことを論じるだけでなく、ゴッホ、宣長、あるいは正宗白鳥が見た世界の光景をよみがえらせようとした。小林にとって批評とは、読み、書くことによって論じる相手の生涯を生き直してみようとすることだった。批評という営為が、精神の領域というよりも、小林の表現を借りればその「魂」の境域で展開されるようになってくる。そう信じた小林が、学問的事実よりも自らの実感を重んじるようになるのは必然の成り行きだった。晩年に行われた河上徹太郎との対談で小林は、ニーチェにふれながら、「文献をたよりに歴史を再建してみせるなどという仕事を、〔ニーチェは〕頭から認めない」と述べながら、文献学的視座に固執する近代的精神をこう批判する。

彼にとって、歴史とは決して整理など利かぬ人間悲劇だ。彼の関心は、遺された文献ではない。文献の誕生だ。

ここでの「彼」とはニーチェだが、もちろん、小林だと理解して構わない。彼らにとって「読む」とは、書かれていることの意味を学問的に「正しく」知ることではなく、どこまでも個的に、小林自身の言葉を借りれば「無私」の精神によって書かれていない言葉すら引き受けようとすることだったのである。

ドストエフスキーを論じるにあたって小林は、評伝である『ドストエフスキイの生活』と作品論を弁別して書いた。小林の生前に刊行された全集で後者は『ドストエフスキイの作品』と銘打って別の巻にまとめられたことが象徴しているように、そこには異なる精神が働いている。評伝的世界と作品論的世界を不可分だが不可同なものとして捉えること、小林を論じる場合にも——ことに後半生の場合——それに似た試みが必要なのではあるまいか。さらにいえば、そのことを混同してきたところにこれまでの小林秀雄論の困難があったように思われる。

『ゴッホの手紙』、『近代絵画』、『感想』、『本居宣長』そして「正宗白鳥の作について」には、小林がドストエフスキーの五大ロマンを論じたように、その通時的な時間軸においてではなく、時代的な環境に過度に引っ張られることなく、共時的な精神領域の出来事として論じなくてはならない主題が潜んでいる。

この五つの作品を貫くのは、知の領域と信の境域との差異であり、生者と死者、現世と彼岸、意識と無意識の交わりであり、問題はさらに、人間と超越者との関係へと発展する。キリスト教が分からないといってドストエフスキー論の筆を擱いた小林が、次に論じたのがゴッホである。『ゴッホの手紙』は、題名の通り書簡を軸にこの画家の生涯を浮かび上がらせようとした試みでもあるが、同時にゴッホという画家を媒介としたキリスト論でもある。このことは同時に小林とドストエフスキーの間にあった究極の問題が、キリスト教に関するものであるというよりも、キリストにかかわるものだったことを明示している。

キリスト教とキリストは同じではない。それはキリストがキリスト教信者ではないということ、さらには、キリストの生涯のあとにキリスト教が生まれたという素朴な事実を見ればたりるだろう。後期の小林にとって最後まで問題であり続けたのは、キリスト教であるよりは、キリストに魅せられた人々だった。

絶筆となった作品でキリストに魅せられた人である正宗白鳥や内村鑑三に改めて言及しなくてはならなかった事実もそのことを物語っている。そのことは『ゴッホの手紙』にある次の一節を見るだけでも十分に伝わってくるだろう。

ゴッホは、ボリナージュを去るに当り、自分の看護で一命を取り止めた坑夫に会いに行ったが、額に傷痕を残して回復した男の顔に、蘇《よみがえ》ったキリストの幻を見た、そうゴッホは言って、黙ってパレットを取り上げた。ゴーガンも黙って、ゴッホの肖像を描き始めた。僕もやはりそこに一人のキリストの幻を見た、とゴーガンは言っている。ゴーガンの様な人の言う処に、恐らく誇張はないであろう。彼の清澄な眼に見えた通り、まさにそういう事であったのである。

第一次の『小林秀雄全集』の刊行が、単行本『私の人生観』刊行の翌年の九月から始まっているのも、この講演が小林の生涯において重要な目印となっていることを象徴している。『私の人生観』が単著として公刊されたのは、講演の一年後、一九四九年十月だったが、それ以前に全体が三つに分けられ、それぞれ同年の七月、九月に三つの異なる雑誌——『文學界』、『新潮』、『批評』——に分載された。

一つの講演を三つの異なる雑誌に発表するのは通常のことではない。書こうとしてもうまく行かなかったことが、話してみると言葉になった、そう感じたのでなければ小林はそれを活字にはしなかっただろう。小林の講演録は話されたままの記録ではない。対談にもいえることだが、それは「書かれた」講演、「書かれた」対談であることを見過ごしてはならない。そこに小林は、通常の原稿に勝るとも劣らない熱情をささげた。

『文學界』では、「私は思う」と題され、『新潮』においては、「美の問題」、最後に発表された『批評』では演題そのままの「私の人生観」が表題として用いられた。「私は思う」と題したとき、小林の念頭にあったのは、おそらくデカルトの『方法序説』である。

別な講演――「常識について」(一九六四)で小林は、この本は、『方法序説』などというむずかしい書名ではなく、「方法の話」さらにいえば「私のやり方」と訳されるのがもっとも著者の意に近い、デカルトの哲学とは、畢竟《ひっきょう》、常識の哲学だといえると語った。

『方法序説』は、「我思う、ゆえに我あり」の一節が記されているデカルトの主著で、ここで語られている心身二元論が近代哲学の視座を決定した、としばしば言われる。だが、この本をゆっくりと読んでみれば、誰の眼にも明らかなとおり、デカルトはいわゆる二元論など論じていない。心身は不可同だが、不可分でもあると書いたに過ぎない。デカルトが語っていることは秘められたことではなく、むしろ私たちが日々経験していることではないか、と小林はいうのだった。

「私の人生観」で、デカルトに言及されるのは一度だけである。だがこの講演で小林は、もっとも深く親しみ、また、強く影響を受けた哲学者であるベルクソンには一度ならずふれている。小林にとってベルクソンは、デカルトの真の後継者だった。その血脈を継承し、魂の形而上学を語ったベルクソンの態度にふれ、小林はこう語っている。

正確に考える為には、日常言語で足りるという〔ベルクソンにおける〕デカルト的決断は、先ずその決断に現れる。

批評家としての小林を貫くのも同質の確信である。真実に近づくには「日常言語で足りる」とするところに小林秀雄の「方法」もまた、定まっていった。「私の人生観」は、そうした小林のもっとも率直な、また直接的な表現として注目してよい。

自身が述べているように小林の講演録は、すべて「書かれた」作品である。録音と講演録を比べれば判然とするように小林は、単に速記を整えるのではなく、新しく作品を生み出す態度でペンを走らせた。自身が話した言葉を道標に未開の森を切り拓くように文字を紡いだ。

このことを踏まえて小林の講演録を読むといつも、ドストエフスキーの主要な作品が、口述筆記だったことを思い出す。ドストエフスキーの小説は、作者自身が書く手を止め、言葉の通路になりきることがなければけっして生まれることのない言葉の軌跡に満ちている。現われた言葉に、まず驚愕したのはドストエフスキー自身だった。書き手は、発せられた言葉をもっとも近くで聞いている存在でもある。さらに言えば、誰であれ、自己を驚かす言葉がなければ、あえてそれを文字に残す必要もないのである。

「私の人生観」に続く講演も、小林には、潜んでいた内心の声を聞く機会となった。講演は、小林にとってしばしば新たな地平を切り拓く作品を胚胎した。

「表現について」と題する講演で小林は、ボードレールにはじまる象徴派詩人にふれ、彼らにとって詩作とは「音楽からその富を奪回しよう」とする営みだったと述べている。また、ボードレールが「奪回しようと思ったのは、音楽の富であって、文学化された音楽の富ではない」とも言った。十八世紀、バッハにはじまり、モーツァルト、ベートーヴェンを経て、音楽は近代においてもっとも完成された芸術表現となった。ボードレールは、音楽から、芸術の核、すなわち美の根幹を詩に移し替えようとしたというのである。

「音楽の富」とは、「音」を通じて、この世に五感ではとらえきれない実在を顕現させることにほかならない。一方、「文学化された音楽」とは、無数の論者によってすでに語られ、飼いならされた「音楽」である。

前者は不可視だが実在する。しかし、後者は誰の眼にも明らかだが、人間の魂を揺るがすことはない。ここで私たちは、小林が「当麻《たえま》」に書いた、あのよく知られた一節を思い出してよい。

美しい「花」がある、「花」の美しさという様なものはない。

「美しい花」は眼前に実在する個物だが、「花の美しさ」は観念に過ぎない。「音楽の富」は、調べにのせ、聴く者に「美しい花」を見せるだろう。だが、「文学化された音楽」に接した者は皆、口をそろえたようにひたすらに「花の美しさ」を語り始める。

実在は、人に存在の根源をかいま見せるが、観念は人を饒舌《じょうぜつ》にする。そればかりか、しばしば袋小路に迷わせる。

後期小林秀雄の代表作の一つ『近代絵画』も講演を基にしている。一九五四年、雑誌掲載当初の『近代絵画』は講演録として発表され、文体も講話体の「です・ます」調（敬体）だった。その初回は次のような一節から始められていた。

今、上野でルオーの展覧会をやっています。私も見て来た。先年来、ピカソ、マチス、ブラックなどの絵の展観があり、近代絵画に関する本も、最近沢山出版される様になった。こういう近代絵画に関する近頃の人気の性質とはどういうものでしょう。考えてみると、どうも甚だ漠然とした曖昧な不安定なものの様に思われます。

この講演がもとになって著作となったとき、文体は「である」調（常体）となり最初の章で論じられたのはボードレールになった。冒頭の一節もまったく様相が変わっている。「近頃の絵は解らない、ということを、実によく聞く。どうも馬鈴薯らしいと思って、下の題名を見ると、或る男の顔と書いてある。極端に言えば、まあそういう次第で、さて分からないということになる」。講演でボードレールに言及されていないのではない。しかし、講演録をまとめるうちに小林は、近代絵画を語るとは、もう一つの詩論を書くことにほかならないと感じるようになっていく。

小林にとってボードレールの後継者は、象徴派の詩人たちだけではない。印象派の画家たちにもその遺産は脈々と流れ込んでいると感じられた。ボードレールは小林がもっとも愛した詩人である。その傾倒の深さが、ランボーに勝るとも劣らないものだった。詩人のなかにはいつも批評家が蔵されている、詩人とはもっとも優れた批評家の異名だ、とボードレールはいった。小林はしばしばこの言葉を引く。自らを批評家というとき、この言葉が小林の念頭から離れたことはなかっただろう。

現代において詩人は、批評家として新生する。それは小林が筆を執って以来、ほとんど不動の、信念に似た思いだったように思われる。小林はボードレールの遺言を、続く詩人たちからだけでなく、印象派の画家たちからも聞いたというのである。

『近代絵画』は、単なる美学あるいは美術評論のさきがけではなく、従来の日本にはなかった美の形而上学の批評的試みとなった。小林にとって画家たちは、絵によって「詩」を謳《うた》った人々だった。批評において小林は、哲学の主題を論じようとしただけではない。現代では批評を通じてこそ、真の意味における哲学を明《あき》らめることができると信じたのだった。

「ドストエフスキイ七十五年祭に於ける講演」が行われたのは一九五六年、「近代絵画」のルノワール論が書かれていた頃である。表題のとおり講演は、この作家の没後七十五年を記念した催しで行われた。この講演録は、数ある小林のドストエフスキー論のなかでも、ほとんど最後に位置するものだが、それまでの作品論、作家論の領域を超えて、十九世紀ロシア精神史に発展する兆しを見せる秀逸な作品となっている。

ここで小林が論じたのはドストエフスキーの精神であるよりも、ドストエフスキーという正統なる異端者が誕生する土壌だった。河上徹太郎はこの講演を、小林の評伝『ドストエフスキイの生活』にも勝るとも劣らない、と高く評価している。

この講演が行われなければ私たちは、小林が見た十九世紀ロシアの精神風景をこれほど鮮やかに追体験することはできなかった。それは小林も同じだろう。彼も話すことで、自分のなかに何が眠っていたのかを発見したのである。さらに言えば、この講演がなければ小林のドストエフスキー論には埋められるべき大きな空白が残ったままだったようにさえ感じられる。

最晩年、ドストエフスキーが国民詩人プーシキンをめぐる講演を終えると民衆が、この小説家を前に預言者であると賞讃した、という光景を描き出し、小林は評伝『ドストエフスキイの生活』の筆を擱いているが、そこにも何か象徴的な事象を見る思いがする。小林の最後の作品となったのも講演「正宗白鳥の作について」を基にした同名の作品だった。

「ドストエフスキイ七十五年祭に於ける講演」で小林は、評伝では詳論できなかった時代の深層を語り始める。ドストエフスキーの文学には、霊的革命と呼ぶべき出来事に結実する言葉があり、ロシア革命の背後にも同質のうねりがあった。このことを小林は、流刑にあった思想家チェルヌイシェフスキーが書いた小説『何をなすべきか』にふれながら語った。ドストエフスキーという作家を動かしているものを明らかにするために、この作家の同時代人の境涯を語るのである。

この作家には現代でいう「小説家」という呼称のなかにはけっして収まらない働きがある。そのことはこの作家自身も感じていた。彼は時代や文化、あるいはロシアという霊性を語ろうとしたのではない。時代が、文化が、永遠のロシアがこの作家を通じて語ったという趣さえある。「預言者」というのは比喩ではない。後半生の小林は、さまざまなところで預言者的な役割を担った人物を論じた。近代の預言者は、必ずしも言語で語るとは限らない。ゴッホをはじめとした画家たち、ベルクソン、本居宣長もそうした人間だった。「正宗白鳥の作について」で小林は、年長の同時代人でもあった預言的人間である内村鑑三に熱意を持って言及している。内村が亡くなったとき、小林は二十八歳になろうとする年だった。小林が魅せられた人にはどこか預言者の片鱗がある。同質の思いはベルクソンにもあった。

ベルクソン論『感想』で小林は、文学と哲学のはざまを生きたベルクソンの境涯を描き出そうとするとき、「誤解を恐れずに言うなら、哲学者は詩人たり得るか、という問題であった」と語っている。同質のことは詩人の境涯を考える場合にもいえる。「詩人は哲学者たり得るか」という表現にも逆説以上の真実がある。詩人的世界と哲学的世界を往復すること、それが『ゴッホの手紙』から『本居宣長』を経て、絶筆に至るまでの中核的問題だった。

「感想」の連載がはじまったのは『近代絵画』が刊行された翌月である。この作品は五年間書き続けられ、未完のまま中断され、ついに小林はこの作品の刊行を禁じた。「感想」を中断した二年後、彼は『本居宣長』の筆を執る。十余年にわたって続いた連載が終わろうとするとき、小林が行った講演が「信ずることと知ること」だった。

「私の人生観」と並んでもっともよく読まれた小林秀雄の代表的な講演録である。そこで彼は、『感想』と『本居宣長』に通底する魂の問題をベルクソンと柳田國男にふれながら、これまでになく率直に語った。

『本居宣長 補記』、さらに絶筆となった「正宗白鳥の作について」もまた、講演を機に書き始められた作品だった。そこでは、白鳥の生涯を深く横切った内村鑑三、島崎藤村から語られはじめ、最後には題名とはほど遠い主題、フロイトとユングに及んでいる。

近代は、フロイトとユングの登場によって無意識を再発見した。彼らの登場以前、人間が無意識を知らなかったのではない。それは宗教と神秘思想の世界で厚い蓋の下に封じ込められていた。二人にとって深層心理学は、単に新しい学問であるに留まらず、蹂躙《じゅうりん》された魂を宗教や秘教から解放する精神運動でもあった。その点において二人の見解に違いはない。だが、進んだ道が異なった。

深層心理学が一つの「科学」、すなわち学問として確立するためには、関心の領域を五感的感覚で認識可能な世界に限定しなくてはならない。その境界を超えて神秘があることを前提にすれば、体系は一気に崩壊する、フロイトはそう考えた。フロイトは非宗教的、科学的に学問体系として自説を確立しようとする。

だが、ユングは別な道を行く。人間は世界に不可思議な現象をかいま見、驚く。しかし、本来は逆ではないのか。人はもともと大きな神秘のなかに生きていて、その断片を降り落ちる流れ星のように経験しているにすぎないのではないか。学問とは神秘なる現象からの放射を受け取り、それを言葉に定着させることではないのか、と訴える。現代の宗教が忘却した霊性と叡知の伝統をすくいあげるのが心理学者の使命だと考えたのである。

溝は容易に埋まらない。二人は訣別する。ユングにとって心理学とは魂の神秘学にほかならなかった。ユングは単にフロイトを否定したのではない。世界が存在することが、最大の神秘であることを彼に教えてくれた最初の人物は、ほかならないフロイトだったことを彼がいかに強く認識していたかは、没後に刊行された『自伝』をかいま見るだけでも十分に感じられる。

雑誌連載中の「本居宣長」でも小林は、フロイトとユングとの深層心理学者の相克に言及していた。しかし、単行本にまとめられるときに一連の記述は削られてしまう。この二人の深層心理学者の邂逅と訣別の問題は、彼にとってはいつか決着をつけなくてはならない残された問題だった。

フロイトとユングの出会いと訣別という問題は、絶筆で再び語られている。『本居宣長』を完成させるときも、一歩踏み込めば、宣長論の主題すら飲み込みかねない危険を敏感に感じとっていたのである。

だが、この主題に向き合う機会も、晩年に講演を行う機会がなければおそらく、小林に訪れることはなかったのである。

岡山市で開催された白鳥の生誕百年を記念する講演として「正宗白鳥の作について」が行われたのは一九八〇年五月、それが作品として『文學界』に掲載されるのは翌年一月である。この作品が完結することはなかった。一九八三年三月一日、小林は亡くなる。

「正宗白鳥の作について」は、「心の現実に常にまつわる説明し難い要素は謎や神秘のままにとどめ置くのが賢明」との『ユング自伝』に記されている編者の意味深長な言葉の引用で終わっている。

魂の専門家ともいうべきフロイトとユングの別離が明示するのは、私たちが暮らす世界の彼方に、もう一つの次元が存在するのか否かという問題である。今も私たちはそれにどう向き合うかを問われている。フロイトが拒み、ユングがその存在を無視することは世界をゆがめることになると語った名状《めいじょう》しがたい存在を小林は、「実在」と呼ぶ。実在は、「私の人生観」を読み解くときの鍵語《かぎご》の一つでもある。この講演で実在と文学誕生の秘儀にふれ小林はこう述べている。

文学者の心が、時代の進むにつれて、どんなに知的なものになろうとも、言葉には知的記号以上の性質があるという文学の発生とともに古い信仰の上に、今日も文学というものが支えられている事に間違いない。言霊《ことだま》を信じた万葉の歌人は、言絶えてかくおもしろき、と歌ったが、外のものにせよ内のものにせよ、言絶えた実在の知覚がなければ、文学というものもありますまい。

言葉の彼方で「実在」を知覚する営み、小林にとって文学とは、それ以外の出来事ではあり得ない。人間はいつも「実在」にふれることを渇望している。芸術、哲学、文学、思想はもちろん、すべての知性と実践は、こうした切望する魂に応じることを求められている。それはフロイト、ユングだけでなく、小林が積極的に論じた先人たちを貫く確信だった。彼らにとって「書く／描く」とは、実在へと歩みを進める、孤高の営みだったといってよい。

言葉を紡ぐことによって、もう一歩も進むことができないところまで行く、人はそこで言葉を言葉たらしめている無形のはたらきに出会う。古人はそれに「言霊」という呼び名を与えた。自分の発した言葉にふれ、自らが驚き、ときに畏れを感じる。言霊に導かれ、そこで人間に照らし出される世界は、あらゆる想念を超える。そこではじめて人に、言語を超絶した「実在の知覚」が芽生え、そこに文学が胚胎する。万葉の歌人がいう「言絶えてかくおもしろき」とは、そうした経験の表現である。ここに文学の原点がある、と小林は考えている。自己を、もっともよく理解しているのは自分である、と思うのは、一種の幻想に過ぎない。むしろ、人間にとって自己とは永遠の謎とほとんど同義であり、生きるとは、己れという解明不可能な存在に、可能な限り接近しようとする試みだと言った方が現実に近い。それが現実であるならば、自分よりも自分に近い他者という存在も空想の産物ではなくなる。論じる対象自身よりもその人の心に近づこうとすること、こうした一見不可能な試みに身を投じること、それが小林秀雄にとっての批評の基点だった。

自分よりも自分に近いとは、矛盾的な表現だが、芸術にふれ、真に動かされたとき、私たちはそうした絶対矛盾の経験の真っ只中にいる。音楽、絵画、彫刻、あるいは言葉によって、私たちはそれまでの人生では経験したことのなかった自己の深奥《しんおう》と呼ぶべき場所に導かれる。このとき私たちが遭遇する何ものか、それが小林が信じる「美」である。「私の人生観」で彼は、美との遭遇をめぐって、こう述べている。

美は人を沈黙させるが、美学者は沈黙している美の観念という妙なものを捜しに出かけた。この美学者達の空しい努力が、人々に大きな影響を与えている事は争われぬ様に思われる。〔中略〕芸術家は、美について考えやしない、考えられぬものなど考える筈がない。「美」を作り出そうなどと考えている芸術家は、美学の影響を受けた空想家であり、この空想家は、独創性の過信、職人性の侮蔑という空想を生むだけである、芸術家は物

Dingを作る、美しい物でさえない、一種の物を作るのだ。〔中略〕物を作らぬ人にだけ、美は観念なのである。

美について語る者は多い。その人物がどんなに流暢に語ったところで彼らにとって美は概念に過ぎない。美は、解析の対象であり、自分が何かを語る手段に留まる。彼らは「美」に出会ってはいない。その周辺をうろつき、上辺《うわべ》をなぞっているだけだ。なぜなら、真実の美は、それについて語る観念の遊戯から人間を遠ざけ、必ず沈黙を強い、「物」を作ることを強く促すからだ。

美との邂逅の真偽は、言説によってではなく、行為によって証《あかし》される。言葉でそれを証明しようとする者は、言葉を「物」に至るまで研ぎ澄まさなくてはならない。

「物」は、美の断片の異名である。先に述べたように、「私の人生観」の一部は「美の問題」と題され、発表されている。「美」は、「私の人生観」の第一の主題であるだけでなく、批評家小林秀雄の根本問題だと言ってよい。小林が考える「美」は、私たちが日常的に付与している意味の領域を大きく超えている。ときにそれは色であり、また、音、光、香り、言葉、あるいは不可視な感情の痕跡、すなわち伝統ですらある。

「独創性の過信、職人性の侮蔑」と記すことで小林が読者に注意を促すのは、表現を通じて何かを産み出し得ると信じて疑わない近代人が抱く、創造性への傲慢である。職人にとって表現とはまず、伝統の確実な継承である。独創性とは、特定の個人の表現ではなく伝統が時代に蘇る現象にこそ付される言葉でなくてはならない。

このことは、言葉をめぐっても言える。真の独創性とは、言葉に新しい意味を付すことではなく、そこに秘められたものを顕現させることにある。「花」という一語にも数千年の時と無数の人間の情感が記憶されていることを思えば、それを個の表現に限定することに独創などという表現を与えたりはしないだろう。

物の中核にあるのが実在としての「美」であるように、言葉の核には尽きることのない意味がある。美は／意味は、すでに存在する。知るとはすべて、想い出すことであるとプラトンは言った。プラトンの言葉が正しければ、人間は何か新しく創造することはできない。可能なのは常に発見することだということになるだろう。小林にとって「物」を作ることもまた、見失われた破片をつなぎ合わせ、もとの姿によみがえらせることにほかならない。むしろ、人間に託されているのは、すでに在るものを今に復活させることだと小林は考えている。

小林へのプラトンの影響は、一稿を要するほどに強く、深い。その軌跡を私たちは講演の「本居宣長」とその記録をもとに書かれた『本居宣長　補記』に見ることができる。

「それにしても、真理というものは、確実なもの正確なものとはもともと何んの関係もないかも知れないのだ。美は真の母かも知れないのだ。然《しか》しそれはもう晦渋《かいじゅう》な深い思想となり了《おわ》った」（「モオツァルト」）と書いているように、真の美は、私たちが美しさを感じる対象とはおよそ違う次元に存在する、そう小林は感じている。美といわゆる美的なものは、真理と「確実なもの正確なもの」ほど異なるものだというのである。

人は美しい絵を見て、まるで本当のようだという。これは私たちが日常的に耳にする会話の断片だが、このとき人は「われ知らず大変大事な事を言っている様だ」と小林は語りつつ、こう続けた。以下の文中にある「二人の画家」とは梅原龍三郎と安井曾太郎である。

> 会場に絵を並べた二人の画家は、四十何年間も海や薔薇を見て未だ見足りない。何という不思議だろう。そういう疑問が、この沢山な鑑賞者のうちの誰の心に本当に起っているだろうか。そういう疑問こそ、絵が一つの精神として諸君に語りかけて来る糸口なのであり、絵はそういう糸口を通じて、諸君に、諸君は未だ一っぺんも海や薔薇をほんとうに見た事もないのだ、と断言している筈なのであります。私は美学という一種の夢を言っているのではない。諸君の眼の前にある絵は実際には、諸君の知覚の根本的革命を迫っているのである。

絵は見る人に、声ならぬ「声」で、現象ではなく実在を見よ、とささやき、「知覚の根本的革命を迫っている」。そうであるならば、画家を革命家と呼ぶことに何の問題があろうか。むしろ、世にいう革命家のほとんどは、扇動家に過ぎず、「革命（revolution）」の字義通り、存在認識の根源的変革を問う者ではないと小林はいうのである。

ここで小林が、美と記した言葉を、真、あるいは善に、そして芸術家を、哲学者、あるいは宗教者に置き換えても、一切齟齬《そご》はない。プラトンの哲学が正しければ、実在は美であるだけでなく、ときに真理であり、善、また聖性でもあり得る。

だが、今日の哲学者によって言明される真理は、私たちに実在を体験させてくれるだろうか。また、宗教者によって説かれる善は同様な経験に導くだろうか。今日、哲学者たちが描き出す真理は、あまりに一なる存在から遊離しているように映る。また、宗教者から耳にする善は、あまりに宗派的教理に偏ってはいないだろうか。同じ講演で小林は、釈迦が説く「真如《しんによ》」の真意を論じながら、こう記している。

因果律は真理であろう、併し真如ではない、truth であろうが、reality ではない。大切な事は、真理に頼って現実を限定する事ではない、在るがままの現実体験の純化である。見るところを、考える事によって抽象化するのではない、見る事が考える事と同じになるまで、視力を純化するのが問題なのである。

現代に説かれる「真理」は、必ずしも「真如」を照し出さない。真理があるとすれば、それはいつ、誰の前でも真理でなくてはならない。さらにいえば科学的真理というものはあり得ない。「因果律」は、科学の世界から見れば真理なのだろうが、ときに人は因果律という局所的な「真理」の彼方に「真如」を見ることがある。
「真如」は、『大乗起信論』における鍵語で、先に見た「実在」の異名にほかならない。この作者不明の著作から仏教哲学というべき潮流が生まれた。仏教を信じない者にも顕現してはじめて「真理」は、「真理」たり得ると感じた者がいたことを『大乗起信論』は物語っている。「真如」をかいま見た者は、いたずらに争うことを好まない。「実在」とは、「和」のうちに顕現する出来事でもあるからだ。

争う者はそれぞれの「善」を主張して止まない。「善」の言説は必ずしも、世界に和平をもたらさない。同様の危機意識は小林にもある。彼は、「真」や「善」が顕われ難い今日、真実の意味で平和をもたらすのは、今日私たちが言う善でもなければ真理でもない、美ではないかと問うのである。

美は、異なる二者の衝突を昇華する働きに充ちている。まったくといってよいほど画風が異なる梅原と安井の画業にふれ、こう書いている。

梅原という画家の vision と安井という画家の vision は、全く異るのであるが、互いに抵触《ていしよく》するという様な事は決してなく、同じ実在を目指す。かような画家の vision の力は、見る者に働きかけて、そこに人の和を実際に創り出すのである。

「画家の vision」とは、うごめく美を捉えて離さない営為を指す。それはいつも「実在」すなわち「真如」を求める。さらに「見る者に働きかけて、そこに人の和を実際に創り出す」。人は、存在を賭して何かを「見る」とき、話すのを止める。真に見ることとは沈黙に佇むことでもある。だまっているとき人は、傍らにいる人と、言語とは別な姿をしたコトバによってつながっていると感じる。抗し難く他者とつながっているとき、他者を傷つけることは、そのまま自己を害《そこな》う行為になる。二人はそれぞれに存在するが、一なるものでもある。それが「真如」の世界だ。

「真如」をまざまざと感じること、それが小林の考える「和」である。「美」は「和」を生み出す力を蔵している。高次の「和」の源泉たり得るものが「美」であるといった方が精確なのかもしれない。「優れた芸術家達は、ベルグソンが哲学者達に望んだ様に、唯一の美のシステムの完成に真に協力している様に思われ」るとも小林は書いている。さらに真の協力とは、それぞれが「個性を尽して、同じ目的を貫くという事だ」ともいう。

二人の画家の絵は大きく異なるが、協同する。画家と呼ばれる者たちは、時空の制限の彼方で、あたかも一枚の絵を完成させるために、それぞれの仕事をしている。二人は、一なる実在を注視している。彼らが望んでいるのは個性の表現ではない。美の顕現である。

画家の努力は、うまく描こうとすることよりも、「図式」という形式の「制限から解放されようと、ひたすら見る為に見ようと努める」ことにあった。

ここでの「見る」はすでに単なる視力のはたらきに留まらない。万葉時代の歌人が用いたようにそれは不可視ないのち、これまで「実在」と呼んできた何かにふれようとすることにほかならない。それは、いわば万物に与えられている「本源の経験の回復」でもある、と小林は書いている。実在にふれるとき、人は存在の故郷というべき場所を認識する、というのである。

画家にとって絵を描くとは、時空を超え、美の歴史に参入することだったように、同質の光景は歴代の哲学者、詩人、音楽家にも起こっている。異なるvisionが、互いに疎外することなく「同じ実在を目指す」。美の多様性は、かえって一なる根源を照明する。

芸術における「美」が、宗教で語られる「善」であり、あるいは思想の世界でそれは「真」と呼ばれる。真理はいつも美しく善い。あるいは本当の善があるとすれば、それは常に真理を照らしだし、ふれた者に美の経験をもたらす。現代において「真」と「善」の実現が、いかに実現困難なことか、それをここで説明する必要はないだろう。宗教と思想が生まれたところには、かならず衝突と破壊が随伴《ずいはん》する。信仰、信条の表明は「人の和を実際に創り出す」営みからあまりに遠いところに私たちを連れて行こうとする。

絵を「見る」と小林が書く。それは眼球を窓にした視覚的経験を指すだけではない。デカルトが明らかにしようとしたように肉体は単独では働かない。身体は必ず心を伴い、魂と連動する。先人の衣鉢を継ぎ、ベルクソンはこの事実を、そのまま世界に定着させようとした。それが彼にとっての形而上学である。もっとも素朴な形而上的営為は「見る」ことだ、とベルクソンは言い、その真意を vision の一語に注ぎ込もうとする。

　vision という言葉は面倒な言葉です。生理学的には視力という意味だし、常識的には夢、幻という意味だが、ベルグソンがこの場合言いたいのは、そのどちらの意味でもない。vision という言葉は、神学的には、選ばれた人々には大にいます神が見える、つまり見神という vision を持つという風に使われていたが、ベルグソンの言う意味は、そういう古風な意味合いに通じているのである、これを日本語にすれば、心眼とか観という言葉が、先ずそれに近いと思います。（「私の人生観」）

vision とは、未来を予見することや幻視を意味するのではない。仏教の「観」が、仏を「観る」ことを指したように、ベルクソンによってこの言葉はいつも「見神」を含意しながら用いられた。

物を「物」として、すなわち「実在」として見る眼は、同時に、神を見る。世界はそうした実相を、いつも人間に開示している、自分はそれを確かに「見た」とベルクソンはいう。同質の記述を私たちは、十年後に書かれるベルクソン論「感想」においても再び見ることになる。

実在は美でもあるが、「時」でもある。歴史は美しい、と小林が書くとき、彼は悠久の世界で遭遇した個的な経験を、でき得る限り忠実に再現しようとしている。

「歴史」と小林が記すとき、それは単に時間的過去を示すのではなく、むしろ、非時間的次元の現実を意味する。「時」すなわち「時間そのもの」が、今に現象すること、それが小林における「歴史」である。

現代人は「過去の時間を知的に再構成するという事に頭を奪われ、言わば時間そのものを見失」っている。現代は、計測可能な時間とはまったく異なる「時間そのもの」があることを忘れていると小林は指摘する。

「時間」は、一たび過ぎてしまえば、再び戻ることはない。だが、「時」は決して過ぎゆかない。小林にとって歴史とは、過去の歳月を懐古的に感じることではなかった。それは過去が今によみがえってくる、生々しい経験を意味している。

したがって、小林が考える真の歴史家とは、資料の検索や調査に長けた人間ではなく、文献や遺物を仲立ちに「歴史という人間と立会」い得る者であり、「文献整理の名人」ではなく「思い出の達人」でなくてはならない。

「歴史」という「人間」と語る小林の感覚を覚えておいて頂きたい。小林にとって歴史を実感させたのは常に「人間」だった。「古人」と小林が呼ぶ、時間の彼方で「生ける」者たちだった。「古人」は言葉として小林の前に顕われる。さらに彼は、なぜ「私達が現に生きる生き方で古人とともに生きてみようとしないか」（「私の人生観」）と読者に問い掛ける。「無常という事」で小林は、歴史にふれ、「解釈を拒絶して動じないものだけが美しい」と語った。

美は今に宿り、悠久の世界があることを教える。悠久は、彼方に存在するのではない。今に随伴する。今とは、永遠の時が世界に現象するときの謂いである。今を見つめない者がどうして永遠を知ることができようか、今を、真実の意味で育むことを知らない者が、どうして永遠を誓うことができるだろうか、と小林は問い掛けるのである。

時間を超えた「時」に生き、生者と共に生きるように、死者と生きること。彼にとって「歴史」の経験とは、これ以外の道程ではあり得なかった。

彼の眼には、死者はしばしば、美の使者の姿をもって映し出された。小林はモーツァルトの音楽をそのように聴き、絵画を通して、印象派の画家たちに出会った。彼が、ランボーの来訪を受けたのは、一九二四年、彼が満二十二歳のときである。のちに小林は、それを「一つの事件」だと書くことになる。

第一章　琥珀の時代

一九二六（大正十五・昭和元）年、二十四歳の小林秀雄は生活に困窮していた。大学に入って二年目、父が他界してからすでに五年が経過し、病弱な母親と妹の生活を一身に背負っていただけでなく、本人は家族とは離れた場所で恋人と暮らすために別居していた。当時をふりかえった文章で本人も「家出して女と一緒に自活していたので、いろいろな事をしてかせがなければならなかった」（「菊池さんの思い出」）と書いている。次に引くのは、同年の十二月十二日付で、柳宗悦《やなぎむねよし》から志賀直哉に送られた書簡の一節である。当時の小林の状況をよく物語っている。

以下の事逢ってお話ししたいが小林秀雄君（石丸の友達で今大学にいる人、いつか君に創作を見てもらった人）が生活にこまっている、それで作品をどこかに紹介した〔い〕のだが、君から女性とか改造とかに話してもらえれば此上ない　同君からも、何れ便りをする事と思うが、僕から一先ずお希いする

「逢ってお話ししたいが」と前置きしながらも、急ぎで手紙が送られているところを見ると、

柳を通してもなお、どうしても収入がほしいと焦る小林の姿が透けて見える。手紙にあった「女性とか改造」は、『女性』『改造』という雑誌の名称である。これらの雑誌に作品を推薦してほしいというだけでなく、原稿を金にする算段までを頼むには、関係にある歴史がなくてはならない。

歴史とは柳と志賀のそれではない。彼らは学習院時代を経て、雑誌『白樺』を創刊するなどした文字通りの盟友だった。見るべきは、柳と小林の関係である。

書簡を別にすれば、柳の文章を読んでも小林に言及している個所は見当たらない。逆もほとんど同じで、小林の場合も柳にふれた文章は、民藝運動の最初期から柳と行動を共にした漆芸家黒田辰秋の作品集に寄せた序文に付随的な記述があるだけだ。小林の年譜を見ても、はじめて柳に会ったのがいつかは分からない。そればかりか、年譜を見ているだけなら、柳と小林の間に特筆すべき交わりがあったことは分からない。

先の書簡は二人の間に、小林が本格的に文章を書きはじめる以前から、ある深度の信頼が流れていることをうかがわせる。

文壇で活躍するようになってから小林は、作品上で志賀直哉に対する敬愛を隠さなかった。彼が世に知られる契機になった「様々なる意匠」の後、まもなく書いたのが、「世の若く新しい人々へ」との副題が付された「志賀直哉」である。「私にこの小論を書かせるものは此の作者に対する私の敬愛だが、又、騒然と粉飾した今日新時代宣伝者等に対する私の嫌厭でもある」との一節から始まるこの作品は、若き小林の志賀に対する不動の畏敬を示す作品として扱われ、今日に至っている。この作品のほかにも小林は、若き日に志賀からの影響を折りにふれ語り、読者が、二人の関係を必要以上に大きくしたきらいがある。中村光夫が「漱石の青春」で小宮豊隆の漱石論にふれ、弟子が師を論じる作品にはありがちなことだが、一介の若者に過ぎないはずの時期を描いても、そこには大作家「漱石」の影が見え隠れする、とその態度を批判しているが、同じことはこれまでの小林秀雄論にもいえる。
『柳宗悦全集』の年譜の一九二四年七月の項目は「この頃一高生小林秀雄を山科の志賀直哉に紹介する」と記されている。これが事実である。当時、小林はすでに「蛸の自殺」（一九二二）を書いていて、友人と同人誌『青銅時代』を発行、「一つの脳髄」と題する小説を寄稿していた。小林の全集では、一九二一年に会ったことになっているが、このときあったのは手紙の往復だけで実際に面会はしていない。確認するすべはないのだが、おそらくこのときも志賀と小林のあいだを取り結んだのは柳である。

漱石亡きあと、大正期の文学、芸術を牽引《けんいん》したのは白樺派である。当時、柳と志賀は、武《む》者小路実篤《しゃのこうじさねあつ》、有島武郎《ありしまたけお》らと共に、『白樺』の中核的人物としてすでに世に知られた人物だった。柳が志賀に小林を紹介したとき、すでに雑誌『白樺』（一九一〇〜一九二三）は終刊している。もし、刊行が続いていたら小林の作品が掲載された可能性は充分にあった。白樺派の一人として小林が文壇に出てきたら、その後の生涯は随分変わったものになっていただろう。もちろん、それが好ましいというのではない。

小林秀雄の原点を考えるとき、志賀との関係を見るだけでは十分ではない。芸術運動としての白樺派、あるいは雑誌『白樺』との関係を考えてみなくてはならない。その影響は、これまで語られてきたよりもずっと深く、決定的だ。ゴッホはもちろん、小林が『近代絵画』

で論じることになる画家たちを日本に紹介したのは『白樺』であり、なかでもそこでの柳のはたらきは同人のなかでも傑出していたのである。

先に引いた志賀への手紙を送った一九二六年は、柳にとって、きわめて重要な時期だった。四月には、民藝運動の精神的支柱となる宣言「日本民藝美術館設立趣意書」を公にし、九月には民藝の精神を論じた最初の論文「下手ものの美」を発表、それまで宗教哲学者、あるいはウィリアム・ブレイクや印象派をはじめとした西洋絵画を日本に紹介した批評家だった彼が、美の哲人に生まれ変わろうとする時節だった。

もちろん、このときの「民藝」はまだ、今日私たちが知るような美の重大な一領域を包含するはたらきを有していない。だが、すでに核は宿り、萌芽《ほうが》がまさに世に顕われようとしていたのである。

一方、当時の小林秀雄は、近しい人には才能を認められながらも、世間的には無名な若者に過ぎない。同年の十月に東京大学の研究室が編集した雑誌に最初のランボー論「人生斫断家アルチュル・ランボオ」(のちに「ランボオI」と改題)が掲載され、その前後には、菊池寛が経営していた『文藝春秋』に小品を二三と匿名の埋め草原稿を書いていたほかは、同人誌に小説を寄稿していただけだ。今日でこそ、最初のランボー論も読者を獲得しているが、当時、学外で読んだ人は限られていた。

だが柳は、その少数の例外だった可能性がある。先の書簡には、「いつか君に創作を見てもらった人」との文言があり、以前から柳が、志賀に小林の小説を送っていることが記されている。この記述は同時に、この頃すでに柳が、積極的な関心をもって小林の作品を読んでいたことを暗示している。

先の柳の書簡に記されていた「石丸」とは、柳の甥、石丸重治《いしまるじゆうじ》である。石丸と小林は中学校の同期だった。二人がはじめて出会ったのは十三歳のときである。二人はのちに、『山繭』、『青銅時代』などの同人誌を編む。柳は、甥から送られてくる同人誌で小林の作品を知った可能性が高い。『山繭』の装丁を行なったのは、のちに陶芸家として知られる富本憲吉である。富本は先にふれた「日本民藝美術館設立趣意書」の発起人に名前を連ねていることが示しているように柳と親交が深かった。ここにも柳の支援があるのは明らかだろう。河上徹太郎が、『山繭』にふれ、「民芸の柳宗悦、浜田庄司などの先輩に援けられ」と書いている（『わが中原中也』）。

しかし、柳にとって志賀は、甥の友人であるというだけの理由で再三にわたって作品を薦める相手ではない。柳は書簡で志賀を、「君」と呼んでいるが、志賀は柳より六歳年長である。こうした呼称は自由を愛する白樺派の精神の現れだが、柳はいつも志賀に、深い敬愛をもって接した。他の書簡を見ると柳の敬意はいっそうはっきりと感じられる。志賀が強い関心を示さないだろう作品を紹介することは、柳自身がもっとも恐れたことだった。

柳が『白樺』に寄稿していた作品はのちに『宗教とその真理』（一九一九）あるいは『宗教的奇蹟』（一九二二）の題下に公刊される。題名から分かるように主に宗教、神秘哲学をめぐる論考だった。

また、宗教哲学の論考と共に、柳が情熱を注いだのは、先にふれたように神秘詩人ウィリアム・ブレイク論である。大部の著作『ヰリアム・ブレーク』（一九一四）で柳は、この神秘詩人の生涯と作品を、網羅的かつ、形而上の世界に開かれる形で語っている。

　天界と地上界の結合を謳ったこの詩人も、柳が紹介するまで日本ではほとんど知られていなかった。柳は、友人だった寿岳文章《じゅがくぶんしょう》と共に研究誌『ブレイクとホヰットマン』すら創刊している。

　日本では今日なお、ブレイク論において柳の著作を凌駕するものは生まれていない。日本に限らない。もし、この著作が英訳されたなら、英米の研究家もその視座と感覚が鋭敏であることに瞠目するだろう。小林にとってのランボーがそうだったように、柳にとってブレイクは、単に百年前にイギリスで生まれた詩人ではなく、今、彼の傍らに「生きている」詩人だった。ブレイク論のはじめに柳は、次のように書いている。

　彼の偉大と彼に対する自分の愛とは遂に理解を産んだ。ブレークは今自分の前にその立像を現わしている。彼の壮厳は自分の驚愕の凡てになった。彼の詩彼の絵に激されて送った月日を忘れる事は決して出来ない。

　亡き詩人は「今自分の前にその立像を現わしている」と柳は書く。のちに小林は「向うからやって来た見知らぬ男が、いきなり僕を叩きのめしたのである」（「ランボオⅢ」）とランボーとの邂逅を語ることになる。同質の律動があることは論を俟《ま》たない。言葉を窓に永遠界をかいま見るような言葉を紡ぐ柳が、小林に強い共振を感じなかったと考える方がむずかしい。

　見知らぬ男が叩きのめした、との鮮烈な言葉が記されたのは戦後、一九四七年である。若き小林が、ランボーをめぐって柳ほど直接的な発言をしなかったのは、研究誌という発表媒体を考慮した結果に過ぎない。精神のドラマは別な語りようで、鮮やかに最初のランボー論に刻まれている。

芸術家の脳中に、宿命が侵入するのは必ず頭蓋骨の背後よりだ。宿命の尖端が生命の理論と交錯するのは、必ず無意識に於いてだ。この無意識を唯一の契点として、彼は「絶対」に参与するのである。見給え、あらゆる大芸術家が、「絶対」を遇するに如何に慇懃であったか。「絶対」に譲歩するに如何に巧妙であったか。（「ランボオⅠ」）

宿命は天から舞い降り、魂に宿る。それを実現することがランボーにとっての詩作であり、そこに栄光も耐えがたき苦難もあった。ランボーの詩を読みながら自分は、詩人に宿命が降臨する瞬間を目の当たりにした、というのである。

ここで「無意識」と書いたものを、後年の小林なら「魂」と書いただろう。ここで「絶対」と書いたものは、「天」、あるいは宣長論を書いていた頃なら、あらゆる宗派的概念を排して「神」と書いたかもしれない。若き小林の作品において「無意識」あるいは無意識の世界は、その文学世界を読み解く重要な鍵になる。これらの言葉を引き受けながら、次の一節を読む。そこに広がってくるのは、柳のブレイク論と同質の地平である。「彼」とはもちろん、ランボーを指す。

彼は、無礼にも禁制の扉を開け放って宿命を引摺り出した。然し彼は言う。「私は、絶え入ろうとして死刑執行人等を呼んだ、彼等の小銃の銃尾に嚙み附く為に」と。彼は、逃走する美神を、自意識の背後から傍観したのではない。彼は美神を捕えて刺違えたのである。恐らく此処に極点の文学がある。（「ランボオI」）

ここでの「美神」は絶対者、超越者の異名である。美神とは、美の神であるより、むしろ、神が美として顕現することを意味している。それは、美しさの奥にある美そのもの、「実在」の別称でもある。

実在にふれることは、それと「刺違え」ることであり、人間が身を賭して行わなくてはならない営みだとすでに若き小林は感じている。

意識の世界を彷徨し、「自意識の背後」に何かを探しても何も見つからない。そこにあるのは小さな私のかけらに過ぎない。「私」を超え、その先に行け、とどこからか無音の促しが聞こえる。美神と刺し違えたのはランボーだけではないだろう。小林に同質の経験がなければ、こうした一節が読者の前に顕れることはない。ニーチェは、真の言葉は血で書かれなくてはならないと『ツァラトゥストラ』に書いているが、それが喩えでなくなるのは、こうした場所だろう。

先のランボー論が書かれたのは、先に見た柳の手紙が出される二ヶ月ほど前である。柳は、この作品を読んだのではなかったか。柳は、小林に精神の同胞を発見し、その思いを志賀に改めて伝えようとしていたのかもしれない。

この頃小林はまだ、書くことに熱情をもってはいるが、どう書くかを見定めていない。柳が志賀に送ったのも小説だったように、作品もどちらかといえば小説に傾いていた。「紹介したい」、と柳が志賀に書き送った小林の「作品」とは、おそらく「女とポンキン」である。この小説は前年すでに、「ポンキンの笑い」の題名で『山繭』に発表されている。これを商業誌に掲載できないかというのが依頼の内容だった。

「私は、琥珀の中に閉じ込められて身動きも出来ない虫の様に、秋の大気の中に蹲《うずくま》って居た」と「ポンキンの笑い」の主人公は語り出す。

ここでの「琥珀」は、時代を領している通念、貧しき「常識」である。主人公は、著しい異和を感じている。違和は、どこかすわりが悪いことを示しているが、異和が意味するのは、もう少し複雑な情況である。そこには容易にはただすことのできない、生理的かつ精神的差異、いわば存在次元の不協和がある。

「ポンキン」は犬の名前で、女に飼われている。女性は、精神を病んでいる、と周囲に思われている。意識の底から湧き上がる促しをもてあましていることは彼女も自覚しているが、自分を受け入れないのは時代の方だと本人は感じている。二人は、偶然出会った。

半島の先端に来るのが男の日課だった。女性は彼にタゴールの詩集を渡す。開いて見るとところどころ切り抜かれている。気に入った詩の箇所を切ったのだと女性はいう。男は、もらった本を海に投げ捨てる。女性が驚くと男は、これだけあればいい、と切り取った詩のページを見せる。「ソオね」と女性はいう。

彼女は男に、あなたも他の人と同じように自分を見ているんでしょう、と尋ねる。とっさに、「いいえ」、と答えるが、女性は「嘘つき！」と声を上げ、にらむ。

男は世間の人と同じようにこの女性を思っていたわけではない。だが、抑圧する社会との間に熾烈なまでに異和を感じながら、ただ、犬を連れて生きて行くほかない彼女の姿に自分の変わり身を見て言葉を失っている。

小林の読者は、この作中の女性にかつては中原中也の、のちに小林の恋人となる長《は》谷《せ》川《がわ》泰《やす》子《こ》の姿を見出しそうになるだろうが、この小説が「ポンキンの笑い」と題されていた頃、彼らはまだ出会っていない。それは数ヶ月先のことである。文学はときに、こうした予言めいたはたらきをすることがある。

「琥珀」の時代からどうにか抜けだそうとし、それをわずかだが達し得た実感のある作品で、小林にとっても愛着があったのだろう。広く読まれることを希望したのも理解できる。

これまでの出来事を時間軸にそって少し整理してみる。

一九二三年十一月　最初の小説「蛸の自殺」を発表。
一九二四年七月　柳が一高生の小林を志賀に紹介する。はじめての面会。
一九二五年二月　『山繭』に「ポンキンの笑い」を発表。
一九二六年十二月　柳は志賀に手紙を出し、小説を商業誌に掲載できないかを打診する。

作品を紹介する話はうまく行かなかった。志賀が試みたのは『女性』や『改造』ではなく、

『新潮』だった。その経緯にふれた、志賀と小林が参加した座談の記録が残っている(「志賀さんを圍んで」『文藝　志賀直哉讀本』)。

——ぼく(小林)が一番さきに伺ったのは山科でしたよ、高等学校のころ。

「高等学校じゃないだろう、もう。」

——いえ、高等学校です。だって、応援に来たんですもの、一高と三高の試合の。それで伺ったんです。その前にね、あたしが、高等学校の一年の時かな、小説みたいなものを書いてね、それを見ていただいた、おぼえていらっしゃいますか。

「うん、おぼえてる。それを中村武羅夫の所へやったらね、これは何か同人雑誌に出てるというんで、断わられちゃったんだよ。」

——同人雑誌に出てるやつをお送りしたんです。

「石丸(重治)君といってね、今慶應の先生をしてる、あの人と一緒だった、小林君はね。その石丸君が、柳(宗悦)の姉さんの子供なんだよ。その関係で柳の紹介だよ、石丸を介してね。」

——それで手紙をいただいてね、ちょっと褒められたり何かして、これはもう、小説家になれるな、と思ったけれどもどうも、うまくいかなかった。(笑)

本人をめぐる記憶といえども曖昧なことは、よくある。ここでも話が食い違っている。この座談で誤って語られたことが、志賀と小林をめぐる定説になつた。

ここでも最初に会ったのは山科だったと語られ、これまで見てきた通り、柳の年譜と合致する。志賀が京都の山科に転居したのは一九二四年である。

新しい事実として面会以前に、小林が志賀に小説を読んでもらったことが語られている。「高等学校の一年の時」という小林の記憶は正しい。作品は「蛸の自殺」(一九二二)である。「うん、おぼえてる」と応えた志賀の念頭にある作品も「蛸の自殺」なのだが、そのあとの行動は、この作品をめぐってのことではなかった。志賀が、中村武羅夫《なかむらむらお》に掲載を打診したのは「ポンキンの笑い」である。

「蛸の自殺」と「ポンキンと笑い」の間には、二年強の時間がある。その間に小林は「一つの脳髄」や「飴」(共に一九二四)などの小説を書いた。小林は、志賀の誤認に気が付いているが、問題は志賀に評価されたことで、話の流れからも、誤りをただすことをしなかったのだろう。「それで手紙をいただいてね、ちょっと褒められたり何かして、これはもう、小説家になれるな、と思った」と小林が言うのも「蛸の自殺」を指している。しかし、「ポンキンの笑い」のときには、志賀がかつてのような讃辞を小林に送った形跡はない。事実、「蛸の自殺」は秀作である。志賀が賞賛を惜しまなかったばかりか、前後の出来事とは別に、読後の記憶が強く残っているのも分かる。

ここでもう一つ、今までになかった事実がある。先の座談で小林が、「同人雑誌に出てるやつをお送りしたんです」と述べている。この発言から、柳が志賀に手紙を送る以前に、小林から志賀に同人誌が送られているのが分かる。この書簡は残っていて『志賀直哉宛書簡集』に収められている。発送されたのは「ポンキンの笑い」が発表されたのと同じ月、二月十六日付で、そこには「雑誌を御送りしました、お暇の時読んで戴ければ幸甚です、今度のもづい分一生懸命に書きましたが前の様に全体の調子を呑み込んでいないという点で失敗している様で心配です」、と自信がないとの思いが記されているが、商業誌への転載の希望や身辺生活に関することなどは言及されていない。

冒頭で引いた柳の手紙に「いつか君に創作を見てもらった人」という言葉があったのは、このときのことを指しているのだろう。小林が志賀に単独で作品を送ったのではなく、柳があいだに入っていたことを手紙はうかがわせる。

手紙を受け取った志賀は、翌二六年の一月八日付で、『新潮』の中村に小林の小説掲載を依頼した次のような書簡を送っている。

小林秀雄君の小説貴方が御覧になり差支えないとお思いでしたら新潮に出して頂きたく思います、

前に同人雑誌で一二度見た事ありますが矢張りこういった一種の特色を持ったものでした、何卒お願い致します、〔中略〕小林君の小説別封にてお送り致します、

この手紙は、確かに上記の期日に送られている。同日の日記にも志賀は、「中村に小林秀雄の原稿を頼む」と記している。

先に見たように小林が自分で直接志賀に作品を送った際に商業誌への転載を小林から打診した形跡はない。また、柳からの書簡にも志賀に催促をしているような様子はないことから、

志賀は自らの判断で小林を文壇に送り出そうとしていたように映る。すでに『新潮』に転載の可能性をさぐる手紙を出していた志賀は、どんな気持ちで柳の手紙を受け取ったのだろう。志賀は、柳の小林を評価する熱意に驚いたかもしれない。

再度、流れを整理してみる。

一九二五年二月　『山繭』に「ポンキンの笑い」を発表、小林は志賀に雑誌を送る。
一九二六年一月　志賀が『新潮』の編集者中村に小林の作品を推薦するが、返答はなし。
　同年十二月　柳は志賀に手紙で改めて小林の小説を掲載できないかを打診する。

小林からの雑誌を受けとってから志賀が、中村に依頼するまでおよそ一年の時間が経過している。先に見たように柳が、志賀に書簡を送ったのは、さらに一年弱が経過したときだった。このことは小林の小説は志賀の手を離れて、さらにおよそ一年間、『新潮』編集部で眠っていたことを示している。小林はまったく無名の新人である。志賀の手元、『新潮』編集部でそれぞれ一年間、作品が停留していてもおかしくはないと思われるが、この「事実」に異議を申し立てているのが大岡昇平である。

自らが接した小林の姿を回想しつつ大岡は、このころの小林は、さほど生活に困窮してはいなかったはずで、『新潮』も原稿を一年も眠らせることはないはずだと述べ、志賀が小林の作品を見過ごそうとしたのではないか。さらには、志賀の日記もあとで改ざんされたのではないかとまで述べている。書簡も残っているから、志賀が『新潮』編集部に送ったのは事実だろうが、問題は大岡の志賀に対する不信である。大岡は終始、志賀の小林に対する影響を冷徹な眼で見ている。小林における志賀からの影響が世に言われているほど強いものではないことに気が付いている。

しかし、先に見た通り「家出」していた小林が、物入りだったことは確かだろう。一九二五年は小林にとって文字通り激動の一年だった。二月「ポンキンの笑い」を同人誌に発表し、志賀に雑誌を送る。三月には一高を卒業し、四月には東大の仏文科に入学、恩師となるフランス文学者辰野隆を知る。さらに詩人中原中也、そしてのちに中原との軋轢を生む原因となる、中也の恋人だった長谷川泰子と出会っている。同年の十一月十二日には、親友で「ポンキンの笑い」を評価してくれた詩人富永太郎が急逝し、同月の下旬には中也から奪うかたちで泰子との生活が始まる。志賀が中村武羅夫に先の書簡を送ったのはこの二ヶ月後である。

先の対談にあったように、同人誌であれ、一度発表された作品を掲載することに中村は難色を示し「ポンキンの笑い」が『新潮』に掲載されることはなかった。柳が書簡を送った十日後、志賀は小林に、『新潮』への転載が難しいことを伝える手紙を送っている。

この小説は、柳の手紙が送られてからおよそ二年後、一九二七年十二月に、加筆されたのち「女とポンキン」と改題され、雑誌『大調和』に掲載された。

『大調和』は、一九二三年に終刊となった『白樺』の精神を継承しながら、武者小路実篤の信条を色濃く出した月刊誌だった。柳は、創刊号から代表的「民藝」論であり、彼の思想的マニフェストと呼んでよい「工芸の道」を連載している。この雑誌で柳は、武者小路と共に編集後記を書いているから、関わりは深く、編集における実権を一部もっていたと思ってよい。先に見た柳の書簡が送られた翌月に小林は、「志賀直哉の独創性」（未発表）と題された作品を武者小路に送っている。これらの流れにも柳の働きかけがあった可能性が高い。一九二七年、小林の最初の訳書『エドガー・ポー』が武者小路が経営する書肆（日向新しき村出版部）から出版されている。このときに武者小路から小林に送られた手紙が江藤淳の『小林秀雄』に収められている。

御手紙うれしく拝見、ボードレールもポーも結構です。原稿紙で百五六十枚以内が本の都合はいいのです。本がうんと売れるようになるまでは御礼も少なすぎますが、特別の御厚意で今後御働き願います、（印税当分一割）柳から話があったと思いますが、定価二十銭のレクラムのような本で、今後限りなく出してゆきたく思っているのですが

〔以下略〕

こうした手紙を引きながら江藤は、「小林は武者小路氏に原稿の発表を依頼するほどの深い交渉を持っていたような印象をあたえられる」と述べ、二人の関係がいつから深まったかを考える。小林と武者小路の間にいつも柳がいたことには気が付いていない。手紙に「柳から話があったと思いますが」との一節があるように、柳がまず武者小路に話を付け、そののち、小林に武者小路に直接手紙を出すよう告げているのは文面からはっきりと分かる。

文壇に登場する以前の小林を考えるときに、大岡の言葉はもちろん、私たちは江藤の『小林秀雄』と並んで、郡司勝義の小林秀雄論『批評の出現』を見過ごすことはできない。江藤

は、執筆にあたって、大岡昇平の手元で保管されていた未刊行の書簡の使用を小林に許されている。郡司は、長年小林の編集者をつとめた人物である。彼の作品には、小林から直接聴いた「事実」がふんだんに用いられている。若き小林が、志賀と邂逅する来歴もこれらの著作に詳しい。郡司は小林の文壇への登場にふれ、次のように書いている。

昭和三年春から翌四年春までの小林秀雄の一年間は、何しろ謎ばかりである。いずれの謎もすっきりとは解明されていない。どれも心証ばかりで傍証が見附からない。いつか見附かるだろうと、期待はしているのだが。(『批評の出現』)

「昭和三年春から翌四年春」は、「女とポンキン」の発表後の時期を示している。ここに郡司が挙げた期間だけでなく、それ以前の小林も「謎」ばかりである。大岡、江藤、郡司は皆、この一年間に小林の精神が変貌を遂げていることを感じ、それぞれの著作で「女とポンキン」をめぐる背景を追って、それぞれの「傍証」をたよりに論証を試みている。そして彼等は共に、この時期の小林を志賀直哉、あるいは狭義な、文学的一派としての「白樺派」との関係において論じることに終始し、この時期に小林に起こった変貌の実相が何であるかを十分に指摘し得ていないまま終わっている。それほどまでに若き小林と志賀をめぐる物語は深く浸透していたのだった。

若き日に書かれた小林の小説群を習作であると見過ごすのは適当ではないが、後年の小林に鑑み、彼は小説家としても大成していただろうと、うそぶくのも適正を欠いている。

中村武羅夫が別な判断をしていたら、小林は、小説を書き続けていたかもしれない。商業文芸誌に小説が掲載されなかったことが、その後に小林が進む道を決定した。「女とポンキン」は、実質的には小林秀雄「最後」の小説だといってよい。江藤淳は、この後に書かれた「おふえりや遺文」や「Xへの手紙」は、雑誌の創作欄に発表されているだけで、作品の内実はすでにいわゆる「小説」ではないと指摘しているが正鵠《せいこく》を射ている。

読者がこれらの作品に感じるのは、その優劣よりも異和、あるいは刻まれている言葉とそれを受ける形式の齟齬ではないだろうか。批評という空間に顕われるはずの言葉が、小説という小部屋に押し込められている様相だといってもよい。それをもっとも強く感じていたのは小林本人かもしれない。「蛸の自殺」の主人公謙吉はこう独白する。

ふと、謙吉は世間で「夢の様だ」と言うのが妙に思われた。音や色は勿論、近頃は匂いまで感ずる自分の夢の鮮かさを思う一方、夢に現われる自分というものの真実さよりしても其う云う様な言葉は怪しからんと思うのだった。

夢のなかの謙吉は、聴覚以外でも音を感覚し、視覚を超えて色を感覚する。近頃では匂いさえも実感される。空想や幻想を意味しようとして夢のようだというが、謙吉は夢の中の方が世界の存在をいっそうはっきりと認識することができる。

謙吉は、八重子という女性に、匂いのある夢を見た事があるかと尋ねる。彼女はそんな「病的な夢見るもんですか、貴君の夢は匂いがするの？」と応える。改めてそう言われると謙吉は自分が間の抜けたことをいったような気がすると同時に「侮辱された様な厭な気持に」なった。そして、「(解りゃしないんだ)と思うよりも、(夢の匂いなんかが自慢になるかよ)と云う声が、先ず頭の何処かですると、頭に拡がってゆく憂鬱を感じながら口を噤んだ」。

口を閉ざしたのは謙吉だけではない。小林自身もだった。

小説に「現実」を書いても、読者がそこに読みとるのは比喩に過ぎない。だが、おそらく、小林に感じられていたのは、象徴と隠喩の彼方にかいま見られる境域、のちに彼が「実在」と呼ぶ、もう一つの世界の確固とした手ざわりである。

「夢」をそのまま描くことはできない。書き得るのは「夢」の跡に過ぎないとしても、書かねば「夢」はなかったことになる。内から湧きあがる言葉は、物語になろうともせず、また、詩になることも志向しない。

同人誌に小説を書き続けるうちに小林は、いつしかアフォリズムのような断片的な言葉を刻み始める。何かに刻み込むように記した言葉を彼は「断片十二」と題した。その最初にある「会話と電気」には次のような一節がある。

「一度会って喋って、あの男は確りして居ると思ったが、案外下らない奴だと解って来た」などと言う人がある。斯んな馬鹿気た話はない。会話と云うものは、もっと恐ろしいものだ。会話の言葉に幻惑されてその中の電気を感じないからそう言う事になる。勿論日常の会話は、どんな馬鹿な人間の間のものでも、お世辞と虚飾で捏ね返した貴夫人のものでも、電気が通って居ない事はない。

ここで「電気」が意味するのは、人間が誰しも発する不可視な波動である。それは計測はできないが確かに存在する。小林にとって文学とは、不可視な「電気」に言葉の肉体を付与し、世界に定着させることだった。この一文の終わりに小林はこう記している。

電気のない会話を書く作家は、不思議に電気のあるように見せ掛ける術に巧みだ。始末に悪い所以である。

ここでの指摘が、同時代の作家たちへの批判だけなら、今日改めて読む意味は稀薄である。問いかけはむしろ、自身をふくめた読み手にも向けられている。

読者は、作家が「電気」にふれ、言葉を紡いでいるかを問うのではなく、彼がいかに「電気」があるかのように「見せ掛け」てくれるか、その技巧が披瀝《ひれき》されることに期待を寄せているのではないか、というのである。

世が小林を認める以前に柳がこうした小林の文学世界を評価していた事実は注目してよい。小林が柳から受けた影響も無視できない。それは小林の日常の深くまで入りこみ、甚大な影響を与えている。人間関係においてだけでなく、思想にも色濃く痕跡を残している。

若き小林に美とは何かを教えた青山二郎も、ある時期、柳に魅せられたひとりだった。のちに青山は、柳らの民藝運動から離れることになるが、その初期の頃、青山は柳に心酔していたといってよい。青山は、柳の分身を意味する「分け柳」と呼ばれたほどだった。

これまで小林秀雄に対する柳宗悦の影響をめぐって本格的に論じた著述を、寡聞にして知らない。白樺派と小林の関係にふれる文章はあっても、そこで柳は、正当に語られていない。それればかりか白樺派研究においても柳は、いまだに本格的に論究されていない。白樺派が文学、絵画、彫刻、陶芸、音楽までを含んだ総合芸術運動だったことが十分に顧みられていない。

たとえば本多秋五の『「白樺」派の文学』は、この運動体を論じたさきがけであり、今も再読されるべき内容を保持しているが、ここで柳は「美術史家」と紹介されている。それは本多だけでなく、今も文学史上で柳を覆っている不用意なレッテルとなっている。柳は多くの著作を残したが、いわゆる美術史に類する著作は出していない。彼が論じたのは美とは何かであって、美術の歴史ではなかった。

文学、哲学、芸術、宗教など、さまざまな領域を架橋しながら新しい美と叡知の地平を切り拓くこと、それが柳の眼目だった。その底を流れているのが、もっとも高次な意味における神秘哲学——柳は「神秘道」と書いている——である。柳の師は鈴木大拙《すずきだいせつ》であり、哲学者としての柳の血脈を継いだのは井筒俊彦である。柳をあいだにおいたとき、小林と井筒がつながる。それはかたちを変えた文学と哲学の出会いでもある。

イスラーム神秘主義をはじめ、のちに井筒が生涯を賭して論じる、地理的東洋を超えた「精神的東洋」における「哲学」を、日本で最初に論じたのが柳だった。近代日本思想史における柳の研究は、彼の『白樺』時代を語ってはいるが、彼の形而上学が日本精神史にどのような影響を与えたかという問題はまだ、十分に論究されていない。

こうした柳の精神に、若き小林秀雄が近くに接して、何の影響も受けなかったと考える方がむずかしい。先にふれたように柳は、優れた哲学者であると同時に、秀逸な批評家でもあった。

小説の転載が契機になった『大調和』とのつながりは小林を小説から離し、批評へと向かわせることになる。「女とポンキン」が『大調和』に掲載されたのは、一九二七年十二月だったが、同じ年のそれまでの間に小林は、この雑誌に二つの批評を寄せている。

一つは「測鉛」（のちに「測鉛Ⅱ」に改題）と題する作品で、ここで小林は「批評を措いて創造というものはない」と書いている。そう思い定めた者が、どうして小説を書き続けることができるだろう。江藤淳はこの作品を「様々なる意匠」の先駆けと呼んでいる。

もう一つが、芥川の自死を契機にした「芥川龍之介の美神と宿命」である。作家の死を契機に書いた芥川論では、この作家が宿命の謂いとして用いた「星」という表現を受けて次のように書いている。

　少くとも僕には、批評の興味というものは作品から作者の星を発見するという事以外にはない。

小さいが、確かな批評家誕生の産声が聞こえてくる。人は自らのうちにあって強く光を放つ「星」を自分で見つけることはできない。それを発見するのが批評の役割だというのだろう。次の言葉にもすでに批評家の眼が輝き始めている。

僕はこの小論を始めようとして先ず思うのだ。芥川氏の突然の死去に依って、九月のあらゆる雑誌は頭の尻尾《ママ》もない感傷家等の述懐と、プロレタリヤ批評家等の不潔な寝言で、この暑いのに如何《ど》んなにムンムンする事だろうと。猥雑な世紀の殺したこの一つの不幸な魂を正視する人が如何んなに鮮《すくな》い事だろうと。

この一節を小林はのちに削ってしまう。世は、芥川の死を臆面もなく論じるだろうが、自分はその魂と言葉を交わしてみたい。この作品は、亡き作家へ送る公開書簡だというのである。

また、「プロレタリヤ批評家等の不潔な寝言」とは激しい、削除した気持ちも分かる不用意な表現だが、この一節はどこか予言めいている。

二年後、『改造』の懸賞評論で小林の「様々なる意匠」は、のちの日本共産党書記長になる宮本顕治が書いた芥川龍之介論「敗北の文学」と競って二席になる。さらにそのあと小林は、批評家として、プロレタリア文学という「意匠」と正面から向き合うことになるのである。芥川論で小林は、こうも書いている。

人間は現実を創る事は出来ない、唯見るだけだ、夜夢を見る様に。人間は生命を創る事は出来ない、唯見るだけだ、錯覚をもって。僕は信ずるのだが、あらゆる芸術は「見る」という一語に尽きるのだ。

芸術の営みはすべて、「見る」ことに還って行く。このことを小林に教えたのはランボーだった。ランボーは、詩人はすべからく「見者」でなくてはならないと書いている。見者が見るのはこの世の姿ばかりではない。他界の光景でもある。

ここでの「現実」は、現世の事実であると共に「小説」と読み替えることもできる。小説家は作中にこそ「現実」があるというが、現実は創られるべきものではない。ただ「見られる」べきものである。「見る」ことが真摯に行われさえすれば、表現は自ずともたらされる、というのである。

このとき小林は、自らを閉じ込めていた「琥珀」が、小説という形式だったことにも気がついたのかもしれない。

こうして批評家小林秀雄は生まれた。それは近代日本文学に自覚的な批評家の誕生のときでもあった。

また、先の小林の言葉を、次の柳の一節と重ね合わせるとき、そこには単なる類似以上の精神の共振を感じずにはいられない。「彼」とは無名の陶工である。

美が何であるか、窯芸とは何か。どうして彼にそんな事を知る智慧があろう。だが凡てを知らずとも、彼の手は速かに動いている。名号は既に人の声ではなく神の声だと云われているが陶工の手も既に彼の手ではなく、自然の手だと云い得るであろう。彼が美を工風せずとも、自然が美を守ってくれる。彼は何も打ち忘れているのだ。無心な帰依から信仰が出てくる様に、自から器には美が湧いてくるのだ。私は厭かずその皿を眺め眺める。（「下手ものの美」）

この一文を柳が書いたのは、一九二六年九月、柳が志賀に小林にふれた手紙を出すのは同年の十二月である。同年の四月に「民藝」という言葉が生まれた。この一文はその内実を彼が語った最初の作品として注目してよい。

「あらゆる芸術は『見る』という一語に尽きる」と小林はいう。柳は、「自から器には美が湧いてくるのだ。私は厭かずその皿を眺め眺める」と書く。

「見る」の一語は、柳におけるもっとも重要な鍵語である。それは見えるもののなかに見えない何かを感じることであり、不可視なものと交わることを意味した。次の一節が書かれたのは一九三五年だが、柳と小林の接点をより鮮明に浮かび上がらせるだろう。

彼等は見たのである。何事よりも先ず見たのである。見得たのである。凡ての不思議は此の泉から涌き出る。

誰だとて物を見てはいる。だが凡ての者は同じようには見ない。それ故同じ物を見ていない。〔中略〕誰も物を見るとは云う。だが真に物を見得る者がどれだけあろうか。

（「茶道を想う」）

同質の言葉を、骨董をめぐって書かれた小林の文章に見つけるのはむずかしいことではない。小林に骨董を教えたのは青山二郎である。青山がいなければ、小林が骨董に憑かれることもなかっただろう。柳が中心になった民藝運動初期の記録には青山の名前が散見される。彼らの機関誌を「工藝」と命名したのは青山である。青山は日本各地に眠る「民藝」の買い付けを柳に任されるほど厚い信頼を得ていた。

先にふれた民藝運動の起点である「日本民藝美術館設立趣意書」には柳宗悦、浜田庄司、河井寛次郎、富本憲吉と共に青山の名前が記されている。小林と青山の出会いは一九二四年、「趣意書」が書かれる以前である。若き青山は小林に、幾度となく柳の話をしたに違いない。柳と小林のあいだを取り結んだのは石丸だけではなかったのである。

青山と小林の関係はさまざまな人が論じている。だが、青山と柳、小林と柳の交わりはほとんど語られていない。

次に引くのは先に見た「測鉛」にある一節である。次の言葉にも柳と小林の交流が静かに、しかし、確かに生きている。

霊感なんぞというヘンテコな怪物は世の中に住んでやしない。「唯働け」とロダンは言った。その通りである、人間は唯働く事しか許されていない。立派な作品は天来の声を持っているかも知れない。だが作者が天来の声をまって仕事をしたなら作品は永遠に出来上りはしない。彼は恐ろしい自意識をもって働いたのだ。では自意識とは何んだ？　批評精神に他ならぬ。

すべては人間の力による、とロダンはいっているのではない。芸術家を自称する人々は霊感をめぐって口やかましく語る。しかし、人間に与えられているのは霊感を待つことではなく、まず働くことではないのか、とロダンはいう。むしろ、真に霊感と呼ぶべきものがあるとすれば、それは働くことの内でしか出会うことができない。霊感とは到来を待つものではなく、働くことによってその源泉を掘り当てるものだというのである。

仕事に向かうロダンの態度に小林は、批評の原型を見ている。また、この一文での「自意識」は、これまで見てきた同じ言葉とは、まったく質が違う。それは自我を突き抜けた自己の意識、無私の精神というべきなのかもしれない。「批評精神」と書いているものを、のちに小林は「無私の精神」と呼ぶことになる。

この彫刻家の手記と言行録である『ロダンの言葉』（一九一六）には近似する言葉が幾度となく出て来る。『ロダンの言葉』を翻訳したのは、高村光太郎だった。この本は、芸術、文学を愛する者たちを強く魅了した。しかし、その六年前、日本に本格的にロダンを紹介したのは雑誌『白樺』の「ロダン特集」だった。

今日、芸術に関心がある者の多くはロダンの存在を知り、その作品にふれた者も少なくないだろう。だが、先の小林の一文が書かれたときの状況はまったく異なるものだった。ロダンが日本でほとんど知られていなかったことを考えると、先の小林の一節も少し違って見えてくる。

『白樺』の「ロダン特集」に柳は「宗教家としてのロダン」と題する作品を寄せている。柳はロダンが日本に広まろうとする潮流の中心にいた。そればかりか彼は、留学した人を別にすれば、日本の地でロダンの彫刻を最初に見た人物だった。

日本で自分の作品の特集号が組まれるのを見たロダンは心を動かされ、翌年、白樺の同人たちにむけて三体のブロンズ像を送る。それを受け取ったのが柳だったのである。そのときの感動を彼は「ロダン彫刻入京記」と題する一文に書いている。『白樺』の誌面でも、また白樺派の人々にとっても文学はいつも、絵画、彫刻、音楽など他の芸術と不可分に結びついていた。後年柳は、白樺派の特徴をこう語っている。

「白樺」の同人達が最も多く仕事をしたのは大体大正年間である。文学雑誌ではあったが、ただ他と異る点は、美術の領域をも同時に取扱ったことである。そうしてこの美術の面でも思いがけず先駆的な仕事を果すに至った。(「『白樺』の仲間」)

ロダンを筆頭に、セザンヌ、ルノワールなどの作品が日本に紹介されたのは雑誌『白樺』を通じてだったことは先にふれた。『白樺』に連なったのは文学者だけではない。柳の妻兼子は声楽家で、白樺の同人たちと共に活動した。有島武郎の弟有島生馬や「麗子像」で知られる画家岸田劉生《きしだりゆうせい》がいる。岸田が『白樺』を知るきっかけとなったのは、この同人誌に載ったルノワールの挿画と同号に柳が書いた「ルノアー〔ル〕と其の一派」を読んだことだった。先に引いた『白樺』の仲間」で柳は、ロダンをはじめ、先にあげた画家たちの作品を見出した当時を振り返って次のように記している。

その当時は、それらの著名な芸術家達の多くは存命していて各国の美術館などでもまだ十分にそれらの作家達の品を集める時期も熟していないころであった。それで当時世界的に評判だから、それにかぶれて紹介したわけでなく、もっとじかにわれわれの眼で見、うぶな心で受取って感動を覚えたのである。しかもただ離れて鑑賞する立場にいたのではなく、いつもわれわれ自身の仕事に関連させて、身近に感動する事情にあった。それで一枚でもよい複製版を得ると、よく皆集っては話し合って興奮したものである。

芸術にふれ、それを「離れて鑑賞する立場にいた」のではない。それは一つの出来事だった。観察者の立場に留まることはできなかったというのである。同人のそれぞれが、その感動を、それぞれの仕事に深くつなぎ止め「身近に感動する」ことに身をさらした。さらに、美にふれることと生きることの間に、ほとんど隙間のない若者たちの想像力は、ふれる対象が原画ではなく、複製画であっても十分に働いたというのである。

次の一文にも同じ精神の躍動を見るだろう。

悪条件とは何か。

文学は飜訳で読み、音楽はレコードで聞き、絵は複製で見る。誰も彼もが、そうして来たのだ、少くとも、凡そ近代芸術に関する僕等の最初の開眼は、そういう経験に頼ってなされたのである。（中略）近代の日本文化が飜訳文化であるという事と、僕等の喜びも悲しみもその中にしかあり得なかったし、現在も未だないという事とは違うのである。どの様な事態であれ、文化の現実の事態というものは、僕等にとって問題であり課題であるより先きに、僕等が生きる為に、あれこれの退っ引きならぬ形で与えられた食糧である。誰も、或る一種名状し難いものを糧として生きて来たのであって、飜訳文化という様な一観念を食って生きて来たわけではない。（中略）愛情のない批判者ほど間違う者はない。現に食べている食物を何故ひたすらまずいと考えるのか。まずいと思えば消化不良になるだろう。

柳の言葉ではない。小林秀雄の『ゴッホの手紙』の序文である。ここにあるのは文意の一致である以前に、律動の同調であることに多言は要しないだろう。小林は、あるゴッホの複製画の前で経験した衝撃と感動の促すまま、画家の表現『ゴッホの手紙』を書いた。それを書き終えるまで、彼はゴッホの絵画の実物を見ることはなかった。彼はそこに一切の不足はないと信じた。小林もまた、柳ら白樺派の同人同様、「自身の仕事に関連させて、身近に感動する事情」を経験していたのである。

創刊から二年が経とうとしていた号に柳は「革命の画家」と題する印象派の画家たちの精神的な列伝ともいうべき文章を寄せている。そこで中核的に論じられているのはゴッホである。その構造は、小林秀雄の『近代絵画』の原型を思わせる。「ゴッホの手紙」の連載を終え、ヨーロッパを旅し、『白樺』を通じて紹介されてきた画家、彫刻家などの作品に実際にふれたあと、小林が書き始めたのが『近代絵画』だった。

絵画論である『近代絵画』が、ボードレール論から始まっているところにも、文学、芸術、宗教の高次な融合を究めようとする白樺派の影響が色濃く出ている。

『白樺』によって開かれた大地に舞う空気を全身に浴びて、小林秀雄は文壇に登場したのである。

第二章　魔術に憑かれた男

一九四七年、四十四歳のときに書かれた「ランボオの問題」(のちに「ランボオⅢ」と改題)で小林は、この詩人との出会いにふれ、次のように述べている。

少くとも、自分にとっては、或る思想、或る観念、いや一つの言葉さえ現実の事件である、と、はじめて教えてくれたのは、ランボオだった様にも思われる。

「事件」という表現には、予想を超えた何者かが突然どこからともなく訪れ、人生の価値観を逆転させたという感触がある。先の一節の前に小林は「向うからやって来た見知らぬ男が、いきなり僕を叩きのめしたのである」とも書いている。

ランボーとの邂逅が、批評家小林秀雄に決定的な影響を与えているのは事実である。だが、その出来事が起こり得る場所に彼を導き、その扉を開いた者がいたとしたら、その人物こそ小林を文学の世界に招き入れた真の導者だといってよいだろう。ボードレールである。

小林とランボーをめぐってはしばしば論及される。だが結び付きの強さと深さにおいてボードレールと小林の関係はそれに勝るとも劣らない。さらにいえば、ボードレールとの関係を見過して、ランボーとの関係を語ってきたがゆえに見えてこなかった小林の姿があるように思われる。

一九二七年、二十五歳のとき、『エドガー・ポー』と題するボードレールの訳書が武者小路実篤の日向《ひゅうが》新しき村出版部から出ている。これが小林の最初の著作である。

ここにはボードレールのポー論が収められている。ボードレールはポーを「私の知っている限り最も霊感にめぐまれた」人であるといい、この詩人は「不動なるもの、永遠なるもの、不変なるもののみを信じた」と書く。詩とは何か、詩人の使命とは何かをボードレールは、若くして、貧しさに押し倒されるように逝ったこの異国の詩人に学んだというのである。

序文で小林はボードレールを、ポーという詩人の「最初の詮表者」であり、その作品はポーの死後「最初に現われた、最もすばらしい評論」であると述べている。さらに同じ一文で小林は、『悪の華』の完成によって詩人としての使命を完了したこの人物は、「残る二十三年の生涯を殆んどポーの為に費したと言ってよろしい」とも記している。ボードレールにとって、真にポーを知るとは、自分に出会うことと同義だったというのである。

その人物の心を感じることがそのまま自らの心を照らすことになる。そうした相手に出会うことができれば、批評はそこにおのずから始まる。ボードレールがポーから学んだのは詩だけではない。批評の精神もこの先達との出会いのなかで育まれている。

ポーに『マルジナリア』という作品がある。「マルジナリア marginalia」とは、本の余白に記す書き込みを意味する。この著作には数十の短文が収められているが、そこに「赤裸の心」と題する一章がある。

全人類の思想、常識、感情を、一気にひっくり返そうという野心のある者がいるなら、それは容易に実行できる。ただ、小さな一冊の本を書けばよい。その著作の題名は「赤裸の心」である。しかし、この本はその題名のとおりでなくてはならない。〔中略〕だが、それを実践する勇気をもった者はこれまでいなかった。勇気があったとしても、それを書くことができないのである。試みてみるがよい。紙は、灼熱したペンにふれ、燃え上がり、消え去ってしまうだろう。（筆者訳）

この章の原題はMy Heart Laid Bareである。それをフランス語に訳すとMon Cœur mis à nuとなる。それを訳すと「赤裸の心」となり、今日私たちが手にしているボードレールの日記の題名になる。先に引いたポーの言葉が、いかに烈しくボードレールの生涯を横切ったかはこの一点を見るだけでも明らかだろう。一九二六年、訳書が刊行される前年に小林は、川端康成や横光利一が参加していた同人誌『文藝時代』にこの日記の抄訳を寄稿している。その最初には次のような一節があった。

神が存在しないとしても、宗教は、依然として尊いものであり、浄いものである。
神は、君臨せんが為には、存在すら必要としない唯一の存在である。

神とは人間が認識可能な姿で存在していなかったとしても、絶対者であり得る。むしろ、在り方において超越しているからこそ、絶対者たり得るのではないかと問うのである。神は全知全能である。それならば人間にはそれを完全には知り得ない。人間は全知全能ではないからだ。この日記には「地球上に宗教より面白いものはないのだ」との言葉もある。

『悪の華』を小林は、「無類の連禱《リタニイ》」と呼ぶ。「連禱」とは、カトリックに伝わる、神と聖母、聖人、そして死者たちに捧げる不断の祈りである。

祈るとは、何かを願うことではない。むしろ自らを空にすることだ。真に何かを得ようとするなら、私たちはまず、何かを握りしめている手を開き、空の手にすることからはじめることを求められる。天の声を聞こうと志す者は、何を求めるかを思案する前に、まず、自らの口を閉ざすことからはじめなくてはならない。さらに小林はこの詩人をめぐってこう書いている。「芸術を生むものは迅速に夢みたために罰せられた魂の禱りである」(「『悪の華』一面」)。

この一節は、若き小林秀雄によって書かれた、文学の秘儀にふれたもっとも重要な言葉の一つだろう。

「迅速に夢みた」とは、肉体がこの世にあるにもかかわらず、天界を瞥見《べつけん》することを希求することである。「美神」は詩人にそれを許した。しかし、「罰」として、確かに見たことを言葉にすることを宿命とした。「夢」見たのはボードレールやランボーだけではない。小林秀雄もその一人だった。

『小林秀雄全集』には未収録だが二十六歳の小林は無署名で『文藝春秋』にボードレール伝「シャルル・ボオドレエル伝」を一年強にわたって掲載している。彼の文壇デビュー作「様々なる意匠」が発表されるのは、ボードレール伝の連載がはじまって一年後だった。この作品を書くときもまず彼の念頭に浮んだのはランボーではなくボードレールだったことは注目してよい。

冒頭に見たランボー論の三年後、一九五〇年、四十八歳のときに書かれた「詩について」と題する小品で小林は、ボードレールとの邂逅をめぐって次のように記している。

私が象徴派詩人によって啓示されたものは、批評精神というものであった。これは、私の青年期の決定的な事件であって、若し、ボオドレエルという人に出会わなかったなら、今日の私の批評もなかったであろうと思われるくらいなものである。

ここに婉曲《えんきょく》的な表現はない。彼には書いた通りの実感があった。そうでなければ、「啓示」などという誤解を招くような、一見すれば大仰《おおぎょう》であると思われがちな表現を用いたりはしないだろう。「今日の私の批評もなかった」と語るように、この詩人との出会いはそのまま、批評という形式との出会いでもあった。

若き小林に強く影響を与えた人物としてランボーはもちろん、ヴァレリーやアラン、ベルクソンといった詩人、哲学者の名前を挙げることができる。だが小林は、彼らとの出会いを語るとき「啓示」とはいわなかった。

「啓示」には、「事件」とは異なる語感がある。衝撃の違いだけでなく、生起している位相が異なることが示されている。啓示という表現には、その出来事が彼方の世界からの避けがたい介入であることも含意されている。また、啓示は、ボードレールがポーを論じるときにしばしば用いた言葉であることを、小林の訳書によって知ることができる。超越の言葉を預かる者の謂いである。啓示を受け、その言葉を世に告げ知らせる者を預言者という。

影響というよりは衝撃に近く、それがあまりに熾烈な出来事であるとき人は、その経験の全貌を語ることはできない。語ろうとしないのではない。語り得ないのである。小林はボードレールにふれなかったのではない。小林は幾度もこの詩人に言及している。ただ正面から論じるのは、先章に見たように、一九五四年、『近代絵画』の第一章まで待たなくてはならなかった。

何を語ってみても、その先人からの借り物のようになり、自分の文章でありながら、すべてをその者の言葉で埋めつくさなくてはならないような気になる。この感覚が著しい質量をともなって充溢する。こうしたとき、若き小林は、先達の作品の翻訳を始めた。翻訳とは、自らに熟読と沈黙を強いる営みであり、それは真摯に行われるとき、いつも高次の批評に至る。ランボーの詩集『地獄の季節』が小林秀雄訳で刊行されるのは、ボードレールの訳書から三年後である。

戦後、小林は平野謙や埴谷雄高らとの座談で、ランボーの詩訳の動機にふれ、「翻訳してよく読みたいと思ったのが動機です。彼を日本語に訳して、紹介したいという気持ちではなかった。そんな余裕のある気持ちではなかった」と発言しているが、翻訳することを通じて「よく読みたい」という思いは、完遂《かんすい》できなかった分だけ、先んじて訳されたボードレールの作品においては、いっそう強かっただろう。

『地獄の季節』が出た翌年、一九三二年に小林は、『悪の華』の翻訳を試みる。このときは一部を発表したところで頓挫《とんざ》したが、三八年に再び、三好達治と共訳で全編を翻訳することを試みている。

このときも完成には至らなかった。翻訳すらできないことは、小林とボードレールの関係がいっそう深いことを暗示している。

若き日の小林が何を書いたかだけでなく、何を書き得なかったのかを、その沈黙のなかに読み解くことはそのまま、小林秀雄の語られざる原点に接近することになる。彼はそれを隠したのではない。言葉にすることができなかったのである。

最初のランボー論を発表した半年ほど後、二十五歳の小林は、「測鉛I」というアフォリズムのような短文を連ねた小品を書いている。そこで彼は使徒パウロのダマスコでの回心にふれた。

十字架上でイエスが死に、しばらく経ったあるときパウロは、ダマスコへの途上で光となって復活したイエス、「キリスト」に遭遇する。当時パウロはキリスト教徒でないばかりか、反キリスト教を声高に標榜し、信徒たちを迫害する厳格なユダヤ教徒だった。

光は、パウロに、なぜ自分を迫害するのかと問い質し、彼が行っていることと真逆の使命を授けた。この出来事を境にパウロは、「キリスト」を運ぶ者、すなわち使徒へと変貌する。

次に引く一節の「ポール」はパウロ、「ダマスス」はダマスカス、しばしばダマスコと呼ばれるシリアの首都、かつてパウロが復活したイエスに出会い回心を経験する場所である。

人間には見る事だけしか許されていない。真理というものがあるとすれば、ポールがダマスの道でキリストを見たという事以外にはない。

啓示とは、真理を一身に浴びるがごとき経験をいう。先の一節の「キリスト」と真理はパウロにとっては同義である。「見る事だけしか許されていない」とあるように啓示とは、語ることを封じられ、ひたすらに見ることを強いられる出来事をいう。

事実、この出来事のあとパウロも語ることができなくなった。新約聖書の使徒行伝（フランシスコ会聖書研究所訳）にはこう記されている。「サウロ〔パウロ〕は三日間、目が見えず、また、食べも飲みもしなかった」。眼も見えなくなり、語ることはおろか、食べ物を口にすることはおろか、水を飲むこともできなかったというのである。

「芥川龍之介の美神と宿命」が批評家としての小林の出発点だったことは先章に見た。ボードレール論「『悪の華』一面」はそれとほぼ同時期に書かれた。そこで小林は、真理を目の当たりにした詩人の境涯をめぐってこう語っている。

> 僕は信ずるのだが、人はあらゆる真理を発見する事は出来るが、あらゆる真理を獲得する事は出来ないものだ。ボオドレエルの大脳皮質には様々の真理が棲息したであろうが、彼の血球と共に彼の全身を旋回した真理は唯一つである。あらゆる芸術家が彼一人の秘密を抱いて死する所以だ。

ここでの「真理」はパウロが遭遇した光と同義である。真理とはふれ得るものだが、けっして所有し得ないものであると小林はいう。所有し得るものは真理ではないとも言えるだろう。小林の言葉が正しければ、私が真理を生きるということはない。奇妙に聞こえるかもしれないが、真理が私を生きる、ということになる。あるときパウロはガラテアのキリスト信徒に送った書簡にこう記した。「生きているのは、もはや私ではなく、キリストこそ私のうちに生きておられるのです」。

芸術家と呼ばれるべき者は、確かに真理と出会っている。だが、それが何であるかを言明できない。語られざる「秘密」としたまま逝かなくてはならない。だが、パウロの生涯が見ることに始まり、沈黙をへて、いのちを賭して語ることに移り変わって行くように、詩人もまた、書くことを求められる。語り得ないことを語ろうとする、ほとんど不可能であることに挑み続ける生涯がはじまる。パウロを語った「測鉛I」で小林は、芸術家の使命にふれ、こう書いている。

芸術家は、みんなが忘れている事に気がつく人間だ、と。然しこれ以外に芸術家の仕事は断じてないという事は多くの人が忘れている。

無から有を創り出すことが創造であるなら、芸術家は創造的である必要すらない。彼らに求められているのは表現することであるよりも「気がつく」ことである。「気がつく」ことさえ厭《いと》わなければ、表現はどこからかやってくる、というのだろう。

　この一節にボードレールの名前はない。しかし、このとき小林の念頭にあったのはこの詩人である。当時の小林にとってボードレールは「芸術家」の代名詞だったといってよい。芸術家にとって「気がつく」とは能動的な行為ではない。徹底的に受動的な営為である。人が、気が付くのではない。彼のなかにある古い記憶が、気が付かないままでいることを許さないのである。

「みんなが忘れている事」との一節は、真理とは未知のことではなく、すでに万人のうちに宿っている記憶であることを指す。詩人が呼び覚まそうとする記憶、それは個的な人間の回想ではない。個を超えて他者に、そして過去に、さらには永遠に開かれてゆく「記憶」、ボードレールの言葉を借りて言えば「前生 la vie antérieure」の記憶である。

　前生は「前世」ではない。前世は他者であった過去世を意味するが、「前生」は生まれて来る以前の世界における生を指す。ロシアの詩人レールモントフは同質の時空を天使界と呼んでいる。ボードレールに「異国の人」と題する詩がある。そこに示されているようにこの詩人には「前生」の思い出がある。


——おやおや、それじゃあ一体君は何が好きなのさ？　奇妙な異国人よ。

——私は雲を愛する……逝く雲を……彼方に、ずっと彼方に逝くあの素晴しい雲を！

(井筒俊彦訳)

あえて井筒俊彦の訳を引いた。彼は『露西亜文学』と題する著作で、同じく雲を謳った詩人として十九世紀の詩人レールモントフをボードレールの精神的隣人として論じている。そこで井筒はレールモントフにふれ、「人がこの世に生れて来る時、その幼い魂は天使の腕に抱かれて天から地上へと下りて来る」と書いたが、それはそのままボードレールの実感でもあった。

こうした詩人たちにとって雲は、「前生」の世界の存在を告げ知らせる象徴だった。「雲」の彼方にあったときの記憶を呼び覚ますために詩人は「忘我」の道を進まなくてはならない。忘我とは、少し難解に響く表現だが、後年の小林ならそれを無私と書いただろう。

極度の忘我とは極度の期待に他ならない。これが生を享けて止まる事を知らない魂の定命だ。ボオドレエルの天才が獲得した倦怠とはこの極度の期待に他ならぬ。彼は倦怠の裡に、遠い昔、時間の流れの如何なる場所、如何なる日にか魂と肉体とが離別した事を追懐する。（「『悪の華』一面」）

無私が極まったところに生起する「極度の期待」、それは祈りの極点をも意味する。「倦怠」とはボードレールを読み解く重要な術語だが、この語に潜んでいる烈しさは多くの場合、見過されてきたように感じる。

「倦怠」を生きるとは、人間がなし得る「最も謙譲なる形式」であると小林は言う。ここでの「謙譲なる」は、背後に控えているのが超越者である以上、敬虔なると書き変えてもよい。

宗教者にとっての無私が、全身が祈りで満たされることを意味するように、詩人における無私とは、その魂が言葉で充溢するときを指す。

詩人は、言葉が自分を用いるときまで、「倦怠」の日々を送りながら、ひたすらその到来を待つほかない。このとき詩人は詩を書くことはできない。詩の訪れを待つ、それは祈りに限りなく近い。ボードレールは人知れず日記を書いた。それが先に見たように「赤裸の心」と題され公にされ、そこに苛烈なまでの求道の営みがあったことを私たちが知るのは彼の没後である。

「遠い昔、時間の流れの如何なる場所、如何なる日」が、いつなのかは分からない。だが、詩人には生まれ出る以前の世界での記憶がはっきりと宿っている。「魂と肉体とが離別した事を追懐する」とは死ではない。生まれる以前の「前生」の状態を指す。こうした世界にいた頃の記憶をボードレールは「阿房鳥」と題する詩でいっそう鮮明に描き出す。

世の詩人の姿とは、嵐のうちに往き来して、射手の狙いをあざ笑う、この雲の王子に似てはいないか。今は、下界に追いやられ、勢子の叫びに、巻かれては、いやもう巨人の双翼も、手足まといになるばかりさ。（小林秀雄訳）

天界では、なくてはならなかった大きな翼も、「下界」では無用の長物にすぎない。何と生きづらい世界かと詩人は嘆息する。誤解を恐れずにいえば、ボードレールにとって詩作とは、言葉によって天界の記憶をよみがえらせることだった。

「考えるという事は生命への反逆であるが、この事実が思索家の無意識の裡にあって彼の思索に初動を与えて了う」（「『悪の華』一面」）と小林は書いている。「考える」その瞬間に、世界は「死物」と化す。「考える」、すると世界は凝固して、生命の輝きは封じ込められるというのである。「死物」となった世界を突破し、万物に生命の息吹を吹き込むこと、それが詩人に託された使命だった。

理性は万象を思考し得ない。それは他の動物の感覚が人間を超えていることが証明している。真に人間が考えることは、世界を人間の理性に封じ込めることに終らない。だが近代以降人は、いつからか理性によって「考える」ことが世界とふれ合うことだと思い込みはじめた。

人間は実在を考え尽すことはできないが、わずかにふれ得ることがある。「ふれる」対象は必ずしも五感に感覚されるとは限らない。生理学がとらえる感覚以外の領域においても、人はそれに「ふれた」という実感をもつことはある。たとえば、優しさ、懐かしさ、あるいは温かさにふれる、と口にすることでかろうじて、その出来事を現実に定着させようとしている。先の一節のあとに小林はこう続けた。

彼〔ボードレール〕はXを敢然と死物となし生命を求めて上昇するが自然は復讐として或は恩恵として最後の獲得である実在という死を与える。詩人にあっては美神の裡に住んだ彼の追憶がXを死物とする事を許さない。彼は考える事で生命を殺しつつ、死を求めて沈下するが自然は復讐として或は恩恵として最後の獲得である虚無という生を与える。

「自然」とはボードレールにとって絶対者の「象徴」を意味する。彼が世界を「象徴の森」と表現するのはそのためだ。

「実在」は、この世に自然が顕われたときの姿を指す。実在はときに人に戦慄《せんりつ》を呼び覚ますものでありながら同時に、人の内なる空虚を充たすものでもある。人が実在を求めるのは、それなしには生きて行くことができないからだ。

人間はほとんど本能的といってよい仕方で真理を、美を、あるいは善を追求する。真善美は、実在に付された三つの異なる名前に過ぎない。アリストテレスはそうした実在を渇望する働きを「オレクシス」と呼んだ。

実在との邂逅を小林は「復讐として或は恩恵」と書く。ここでの復讐が意味するものは、報復よりも試練に限りなく近い。もともとフランス語で復讐を意味するrevancheは、失われたものを取り戻すことを指す。小林はボードレールという詩人の境涯を頼りにしつつ、理性的思考がそのまま、叡知に変貌する道を探そうとしている。理性的思考の奥に潜む、別な姿をした「考える」という営みを想起しようとしている。

傍観する者の眼には、「考える」ことを止めたボードレールの姿は「倦怠」だと映った。ここでの「倦怠」とは、単なる怠惰ではない。「忘我」を、無私を生き抜くことを意味している。だが、ボードレールが試みていたのは、「自然」に捧げる無私の「托身」だった。詩人とは、言葉を生みだす者の謂いではなく、何ものかによって営まれる「創造という行為の磁場」の異名だと小林はいう。

詩人は何を歌わんとするか？　かかる時の詩人の内部面貌を点検してみるといい。彼の魂の中のあらゆる精神的沈澱物は既に去った。〔中略〕彼の魂には表現を要求する何物も堆積していない、何故なら彼は一つの創造という行為の磁場と化したから。（『悪の華』一面」）

詩を読むとは、読み手もまた一つの「磁場」になることだというのである。語るのは詩であって、詩人ではない。洞窟を風が突き抜け轟音《ごうおん》がする。何が音を生んだのかと勇んで穴にむかっていっても何も見つからないように詩人の「魂には表現を要求する何物も堆積していない」。

詩人の生活の周辺や詩人に関する噂話を頼りにして、詩人を理解しようとしてはならない。そこに見つけるのは詩人の名前を冠した空の棺に等しい。そこには詩人もいないが、詩人の魂もいない。本当に詩の言葉に、詩人の魂にふれようと願うなら、書かれた作品から離れてはならないというのである。

「詩人の内部面貌を点検してみるといい」との一節は、十五年後に書かれた「西行」に記された言葉を強く想わせる。

西行は何故出家したか、幸いその原因については、大いに研究の余地があるらしく、西行研究家達は多忙なのであるが、僕には、興味のない事だ。凡そ詩人を解するには、その努めて現そうとしたところを極めるがよろしく、努めて忘れようとし隠そうとしたところを詮索したとて、何が得られるものではない。

発言の内実においては先のボードレール論と何ら変わらない。証拠を調べれば浮かび上がってくるような像を詩人の本質であると思ってはならない。語られざるもの、表現されることを拒むものを示そうとしたところに詩人の使命がある。詩歌を読む者も見えざる何かから眼を離してはならない。さらにいえば見えざるものを見る「眼」を開かなければ詩人の、あるいは歴史の声は聞こえてこない、というのである。

声ならぬ声を聞こうとするとき、読み手に課せられているのは待つことだ。ランボーとの邂逅の真実を、二十余年後になってようやく、「或る偶然な機会が、再びランボオについて、僕に筆をとらせる。事件は去って還らない。僕は、何に出会おうとするのか」と語り始めた小林である。「啓示」とも呼ぶべき出来事だったボードレールとの出会いによって宿った問いが、十五年の歳月を経て日本の古典詩人を論じるときによみがえってきたとしても何ら不思議ではない。

「西行」には『後鳥羽院御口伝』にある一節が引かれている。「生得の歌人とおぼゆ。これによりて、おぼろげの人のまねびなどすべき歌にあらず。不可説の上手なり」。西行は生まれながらの詩人であり、並みの者が真似ることなどできようはずもない。その詩的世界、詩境もまた言語不詮、言葉で語り尽くすことなどできないというのである。国も時代も状況も、全く異なるところで発せられているにもかかわらず、言葉がそのままボードレールの境涯を言い当てている。

詩人が現わそうとしたのは詩であり、隠そうとしたのは、本人にまつわるあらゆる個的な現象である。それが小林の文学における根本経験だった。しかし、そうした小林が、作品よりも逸話をもって語られてきたのは皮肉である。小林秀雄の周辺を調べることは確かに小林秀雄研究には不可欠なことだろう。だが、そうした者の眼に映るのは小林がいう「西行研究家」たちが見たものと同質のものに過ぎないだろう。

「一種素朴な、そして素朴的に神秘的な偶像崇拝精神が、この偶像破壊者の名とその遺物を礼拝する」とヴァレリーはいった。偶像に呪縛されていた人々を解放した偶像破壊者の名前と遺物は、その功績ゆえにいつしか「偶像」となるというのである。先のヴァレリーの一節を引きながら、作家深田久弥が小林にふれ、次のように書いている。

まことに坂口安吾はよく言った、小林秀雄こそ教祖である。その対談が一冊の本になるほど一言一句が尊ばれた文士が、明治以来わが国に存在したろうか。しかもこの偉大な文芸評論家はただ礼讃されるだけで、未だ誰一人として彼のミスティクを分析したものがないとは！（「小林秀雄君のこと」）

「ミスティク」は神秘家あるいは神秘道を意味する。「神秘道」の一語を積極的に用いたのは柳宗悦だったことは先に見た。小林も「道徳について」と題する一文で「道徳は遂に一種の神秘道に通ずる。これを疑うものは不具者である」と書いている。

この深田の一文が、書かれたのは一九五五年、小林の二回目の『全集』が編まれたときだった。小林は無数の礼賛を受けた。しかし、彼が提示した神秘観をそのまま信じた者はいないではないか、と深田は小林の読者を自任する人々にむかって問い返すのだった。学生時代からの友人である深田が小林を論じる言葉は、概念的な説明を超え、実相に肉迫する。文学者にとって、言葉を顧みられることなく、人物として崇敬されることは「偶像」となることにほかならないというのである。小林もまた、ボードレールをめぐって同質の発言を残している。

ボオドレエルは詩人は何物かを表現すると信じていたフランス浪漫派に介在して、詩人とは何物も表現しないという事を発見した最初の人であった。(「『悪の華』一面」)

「表現」という術語は小林のなかでボードレールと固く結びついている。一九五〇年に発表された「表現について」と題する講演録がある。これは詩と表現をめぐる小林のボードレール論だといってよい。そこで小林は、ボードレールがワグナーの音楽に出会い、見つけたものにふれ、「嘗て言葉の至り得なかった詩に於ける沈黙の領域に気付かせたという事だ」と語っている。詩人に託されているのは、物を美しく謳い上げることではなく、沈黙していながらも美が、世界に遍在していることを明示することだというのだろう。

その境涯を証するのが、ボードレールの詩「腐屍　Une charogne」だ。
この詩人は、人々は見過すばかりか、嫌悪してけっして顧みることのない、腐りゆく死骸にも美は伏在することから眼を離さない。

腐乱する亡骸《なきがら》の陰惨な姿が美しいと言うのではない。見えるものはすべて、見えないものと不可分的に共存している。それを解き放つのが死である。死とは、存在の消滅を意味しない。世界が移り変わることを意味する、そう語り、新たな神学を打ち立てたのが十八世紀の神秘哲学者エマニュエル・スウェーデンボリである。『悪の華』にある作品「照応」に見られるようにボードレールにおけるスウェーデンボリの影響は著しい。小林が訳したポー論にもその名前は出て来る。この人物はダンテが『神曲』で描き出した出来事を自ら経験したと語った。天界と地獄を見た、そこで経験したことを述べるといい、膨大な著作群を残した。

当然ながら同時代の保守的な思想家、神学者には容易に受け入れられなかった。それは今も続いている。だが、バルザック、ドストエフスキーをはじめ、文学者に与えた影響は大きい。この人物を本格的に紹介した最初の日本人は鈴木大拙であり、ウィリアム・ブレイクを通じてその影響を受けたのは柳宗悦だった。

後年小林は、先に引いたボードレールの詩を『近代絵画』の中軸に据える。セザンヌはボードレールの詩を愛した。彼はこの詩を暗唱することができたという。

これまで見て来た若き小林のボードレール論「『悪の華』一面」は、彼の生前に刊行されていた全集に収録されることはなかった。

発表されたのは『仏蘭西文学研究』である。この作品は未完である、という説があって、大岡昇平はこの問題だけを取り上げ「小林秀雄書誌上の一細目について」と題するエッセイを残している。初出の誌面には「明瞭に『終わり』と印刷されている」、と大岡は述べつつ、一方、小林秀雄本人は「未完」であると語ったというのである。一読すれば未完であるばかりか、「未完成」で小林が全集に収録するのを認めなかった気持ちも分かる。

この頃の小林にとって批評は、論じる対象と関係を深める行為ではなく、むしろ離れるための営みだった。『悪の華』一面」を書くことで小林は、ボードレールの影を振り払おうとした。数年来、『悪の華』は自分を「支配」していた。だが「今僕はやっとこの一巻に一種の別離が出来る様に思うのだ」と書いてはみたが、内実は違った。作品は書き上がらず、その影響はより深みへと進んでいく。

未完の作であり、未熟な作でもあったからかもしれない。この作品にはのちの小林の重要な作品につながってゆく鍵語が多く潜んでいる。むしろ、あまりにも多様な視座と思想を語ろうとしたがために作品としては成功しなかったのかもしれない。その一つが「意味の世界」である。

> すべての形種の芸術はそれぞれ自身の裡に感覚の世界と言葉の世界とを持っている。美という実質の世界と倫理という抽象の世界とを持っている。つまり型態の世界と意味の世界とを持っている。思うにここに深奥な問題がある。

この詩人にとって美は、自己を超えゆく契機となった。詩人の願いはいつも我を越える機会に巡り会うことにある。ふれ得るものとふれ得ないものの不可分な、しかし、不可同な実相を描き出すことを詩人は託されている。「型態の世界」の奥にある「意味の世界」への扉を開くこと、それが詩人の役割だというのである。

『近代絵画』に至るまで小林は、新たなボードレール論を書く代わりに詩人論を書いた。彼にとってボードレールの実相を見極めるとは、そのまま詩とは、あるいは詩人とは何かを見極めることだった。「西行」のあとに書かれた「実朝」で小林はボードレール論で語った「意味の世界」に言及する。

実朝の横死は、歴史という巨人の見事な創作になつたどうにもならぬ悲劇である。そうでなければ、どうして「若しも実朝が」という様な嘆きが僕等の胸にあり得よう。ここで、僕等は、因果の世界から意味の世界に飛び移る。詩人が生きていたのも、今も尚生きているのも、そういう世界の中である。

ここでの「意味の世界」とは、先に見たスウェーデンボリが語る「天界」に似た境域、死者の世界にほかならない。詩を読むとは、詩人の魂を感じることでもあるが同時に、詩人に導かれて異界をかいま見ようとすることでもある。小林はこれを喩えで書いているのではない。「詩人が生きていたのも、今も尚生きているのも」との一節は、こうした世界が小林にとってどれほど親しいものであるかを如実に物語っている。戦後に書かれた最後のランボー論が死者論であり、冥界論だったことを想起してもよいだろう。

文壇へのデビュー作となった「様々なる意匠」が発表されたのは、「測鉛I」や「『悪の華』一面」が発表された二年ほどあとである。「様々なる意匠」にある、次の一節の「彼」もまた、ボードレールである。

この時、彼の魔術に憑かれつつも、私が正しく眺めるものは、嗜好の形式でもなく尺度の形式でもなく無双の情熱の形式をとった彼の夢だ。それは正しく批評ではあるが又彼の独白でもある。人は如何にして批評というものと自意識というものとを区別し得よう。彼の批評の魔力は、彼が批評するとは自覚する事である事を明瞭に悟った点に存する。批評の対象が己れであると他人であるとは一つの事であって二つの事でない。批評とは竟に己れの夢を懐疑的に語る事ではないのか！

これまで多くの小林論は、「己れの夢」を小林自身のそれだと理解するに終始してきたように思われる。だが、ここでの「私」とは、自分という殻から抜け出せずにいる私ではない。「彼」と「私」の間では、主客が渾沌とするような交わりが起っている。無私が実現されるとすれば、それは「自意識」の極北に於いてであることを小林に教えた詩人はボードレールである。彼が語ろうとしていたのは、「己れの夢」であるより「彼の夢」だった。

ここでの「夢」は、壮大な希望やいたずらな夢想ではない。小林はそれを「夢」だなどとは思っていない。だが、わが身に起ったこの不可思議な出来事をそのまま話せば、人はそれを「夢」に過ぎないといって終りにするだろう、と小林はいうのである。

「批評の対象が己れであると他人であるとは一つの事であって二つの事でない」と小林が語

るとき、すでにこの世にいないはずの「対象」が「私」を通じて、語り始めるという実感が小林にはある。「私」は「彼」の言葉を読む。「彼」の言葉が物理的に書かれたのは十九世紀のフランスだったが、言葉は「私」に読まれることによって、ひとたび「私」の魂の深奥に沈み、書くことによって「私」の魂の奥底から新生する。このとき表面上は同じ言葉であっても「私」にとってはすでに「彼」の言葉ではなくなっている。むしろ「彼」から託された「私」の言葉となっている。

読み、書くことが言葉をよみがえらせる。それは確かに「魔術」的かもしれない。だが、「彼の魔術に憑かれつつも」とあるように、ボードレールというよりもこの詩人を司る美神に用いられていることは、この作品を書くときすでに小林には自明のことだった。自己の彼方に自己を見出そうとすること、それが批評の起点であることを小林はすでに感じ始めていた。

第三章　ウルトラ・エゴイストの問題

一九二七年は、小林秀雄のなかで批評家という像が結び始めた年だった。先に見たように五月にボードレールのポー論の訳書を武者小路実篤の日向新しき村出版部から出し、同じ月に「測鉛」を『手帖』に寄稿、七月から菊池寛が経営していた『文藝春秋』に匿名ながらランボー伝の連載を始めている。八月には「測鉛」の続編を武者小路と柳宗悦が編纂《へんさん》する『大調和』に書き、九月にはボードレール論を東京大学での師だった辰野隆と鈴木信太郎が中心となった『仏蘭西文学研究』に発表。小説「女とポンキン」が、紆余曲折を経て『大調和』に再録されたのは同じ年の暮れである。「様々なる意匠」によって小林は、突然世に知られたのではない。むしろ、先に挙げた人々に後押しされながら着実に文壇に出ていったのである。

さらに、この年のはじめには先にふれた未発表に終わった「志賀直哉の独創性」が書かれている。内容は「様々なる意匠」で鮮烈にデビューした後に書かれた「志賀直哉」に近かったというのが江藤淳の予想である。だが、生前の小林の編集者の一人だった郡司勝義の考えは違う。活字になった「志賀直哉」は未発表のものから一段と飛躍したものになっているはずだという。当然ながら草稿が残っていない以上、内実は不明なままだ。しかし、書かれるに至った経緯には手掛かりがある。この作品の場合、何が書かれていたかだけでなく、なぜ書かれたかを見るのも、小林の知られざる一面を見るのには重要な道程になる。それを明らかにすることは漠然と小説家になることを意識していた小林が、いかにして批評の道を切り拓いて行ったか、その道程をかいま見ることになるからだ。

『武者小路実篤全集』（小学館）に収められている小林宛の書簡がその糸口になる。作品自体は原稿の依頼があって書いたのではない。まず小林が、武者小路に書いてみたい旨の意思を伝え、了承を受けてから書かれたものだった。

直哉論是非拝見したく思います、新潮でよければよろこんで出すと思いますが、君の方は新潮では御困りですか、他の方、たとえば女性、改造、中央公論なぞも話して見るのはなんでもありませんが、新潮が一番ものになりそうに思います、この十五六日に上京しますからそれ迄に新潮御いやなら御返事願います。

手紙がいつ書かれたか日付は不明なのだが、「この十五六日に上京」するとの記述などをたよりに、武者小路の年譜と他の書簡との関係から類推すると、おそらく一九二六年十二月上旬に書かれたと思われる。この年の十二月十日から築地小劇場で彼の戯曲「生命の王」が舞台に掛けられていた。この手紙を受け小林は、翌年の一月中ごろ、武者小路に作品を送り、次の返事を受け取っている。

たしかに見方が根底からされているのを感じてうれしく思いました。僕にはぴったりしない個処もありましたが、いい評論と思いました。他の雑誌がだめでしたら四月から出す雑誌におのせしたく思います。

この書簡の日付は、翌年の一月十八日となっている。おそらく武者小路は、作品を手にしてほどなく読み、時間を置かずに返事をしている。自分の思いとは違うがよい、という表現は消極的な表現ではない。武者小路の場合、高い評価であることを示す彼独特の讃辞の表現なのである。彼は志賀や柳といった畏友との関係を語るときも同様の語り口でその業績を語り、邂逅に感謝を示している。

ここで述べられている四月刊行予定の雑誌とは、先章でふれた『大調和』である。作品を受け取り、武者小路はまず約束通り、『新潮』に掲載の打診をしたのだろう。結果は思わしくなかった。だが、約束されていた『大調和』にも掲載されることはなかったのである。『大調和』は、『白樺』が終刊したあと、春秋社が武者小路に主筆に就くことを依頼し、始められた月刊の商業誌だった。発刊から十九号で終刊になっている。

終刊の理由は新たに武者小路の個人誌を創刊するため、というものだった。このころ武者小路は文壇でもっとも存在感のある作家の一人で周囲の状況もめまぐるしく変化していて、書き手という立場に留まらず、新しき村をはじめ、演劇にも乗り出していた。『白樺』時代とは別な人々が彼の周辺を固め始めていた。

最初の志賀直哉論の後、『大調和』に小林が芥川論などを書いたのはすでに見た。翌年になっても小林の筆の勢いは止まらず、アンドレ・ジッドの『パリュード』の翻訳を数回にわたって掲載している。小林の寄稿はのべ七回にわたった。これらの事実は、武者小路をはじめ編集部との関係も良好だったことをうかがわせる。作品の掲載を取り下げたのは小林自身だった可能性が高い。活字にしたいと真に願っていたなら、実現される環境は整っていたのである。

若い書き手が習作を書くとき、作品が生まれ、それが確かな眼に読まれれば文章が公になるかどうかは二義的な問題になる。当時の小林にとって武者小路からの評価は、雑誌掲載に勝るとも劣らない重大な出来事でもあったろう。志賀をもっともよく知る人物の一人に「見方が根底からされている」と語られれば、その作品はすでに千人の眼に読まれたに等しかったといってよい。

また、「志賀直哉の独創性」を書いたとき、おそらく小林のなかには志賀直哉という一作家を論じるに終わらない何かが芽生えているように思われる。それを実践したのが「様々なる意匠」だったのではあるまいか。この作品で小林は志賀にまったくふれない。だが、小林における志賀の影響は、この作品に色濃く刻まれている。次に引く一節はその好例だろう。

芸術家にとって芸術とは感動の対象でもなければ思索の対象でもない、実践である。作品とは、彼にとって、己れのたてた里程標に過ぎない、彼に重要なのは歩く事である。この里程標を見る人々が、その効果によって何を感じ何処へ行くかは、作者の与り知らぬ処である。詩人が詩の最後の行を書き了った時、戦の記念碑が一つ出来るのみである。

真に芸術家と呼ばれるべき人間にとって芸術はいつも固有の、二度と繰り返すことのない出来事になる。何を作るかを意図することすらも芸術家には許されていない。問題は、ただ実践することにあると小林はいう。さらにその作品がもたらす影響すら芸術家の第一の関心には成り得ない。結果の如何にかかわらず、その人物は歩き続けなくてはならないからである。「志賀直哉」には次のような一節がある。

思索する人でもない、感覚する人でもない、何を置いても行動の人である。氏の魂は実行家の魂である。氏の有するあらゆる能力は実生活から離れて何んの意味も持つ事が出来ない。

書くために行動するのではない。行動するところに書く必然が生まれる。身辺雑記を描けば私小説になるという俗説を小林は、まったく相手にしない。志賀直哉という「魂」が動き出すとき、そこにはいつも小説として生み出されなくては終らない何かが放射される。思索によって感覚を研ぎ澄ませるのではない。行動することによって心の奥にある魂を動かす、それが志賀直哉の流儀だというのである。

さらに小林は、この作家の態度にふれ、「ウルトラ・エゴイスト」と呼ぶ。この表現を彼は、『罪と罰』のラスコーリニコフを論じながら用いたこともある。

然るに、志賀直哉氏の問題は、言わば一種のウルトラ・エゴイストの問題なのであり、この作家の魔力は、最も個体的な自意識の最も個体的な行動にあるのだ。氏に重要なのは世界観の獲得ではない、行為の獲得だ。

個であることで個を超えること、それが志賀直哉の試みだった。それは世界を自己流に見ることではない。現実世界での出来事のなかにもう一つの世界との不可分な関係を見出すことだった。小林がいう「ウルトラ・エゴイズム」とは単に強度の自己中心主義を示す言葉ではなかった。「ウルトラ」とは度合いが激しいことを示す表現ではなく、ある次元を超えることを指す。それはどこまでも自己であることによって、自己中心主義の彼方へ向かおうとすることを意味する。

また志賀にとって重要なのは、書かれた作品よりも書くという行動であり、問題は作品を残すことにではなく、言葉の力によって現象の奥深く隠れている実在を世に顕わすことにある、と小林はいう。そうでなければ小林は志賀を論じながら「魔力」だと言う表現を用いたりはしないだろう。

この一語が「様々なる意匠」においてもっとも重要な鍵語であることは先章でボードレールにふれた際に見た。このとき小林は、ボードレールの詩学の精髄をこの一語に収斂《しゅうれん》させたのだった。「様々なる意匠」では繰り返しを恐れることなく「魔力」あるいは「魔術」の表現が用いられる。それは冒頭にも記されている。

吾々にとって幸福な事か不幸な事か知らないが、世に一つとして簡単に片付く問題はない。遠い昔、人間が意識と共に与えられた言葉という吾々の思索の唯一の武器は、依然として昔乍らの魔術を止めない。

「志賀直哉の独創性」と題した作品はおそらく、「志賀直哉と魔力」と題してもよい内容だったのかもしれない。「志賀直哉」でも小林は、志賀と異界と魔力を凝視した詩人ネルヴァル(一八〇八〜一八五五)とを対峙させる。対比するのではない。小林は、この十九世紀フランスを代表する神秘詩人の境涯と共振するものを志賀の文学に見出している。

ジェラル・ド・ネルヴァルが、その恐ろしく鋭敏な神経の上に、「夢と生」なる神経的架空の世界を築き得た所以は、彼が又恐ろしく神速に観念的な頭を持っていたが為である。彼の遊離した神経は、利用すべき観念の無限な諸映像に不足を感じなかった。志賀氏の神経も亦その鋭敏の故に肉体を遊離しようとする。

『夢と生』とはネルヴァルの遺著の題名である。「夢」はもう一つの人生である、とネルヴァルは、この本に収められた「オーレリア」の冒頭にいう。夢は精霊の世界であるとも書いている。ネルヴァルを幻視の人と呼ぶのはよい。しかし、この詩人にとって幻が意味するのは、実在界の現実であって空想の産物などではなかったことを看過してはならない。

ここで小林が「架空」と述べているのは仮想的世界を意味しない。表層意識では捉えきることのできない世界の深みを指している。また、小林がいう「神経」は、解剖生理学が示す肉体の働きではなく、文字通りそれは「神」へと続く「経路」すなわち超越的実在へと向かう働きを意味する。

世は、志賀を即物的な作家、冷徹な現実的表現者だという。ネルヴァルの対極に位置する作家だと思われている。だが小林の感覚は違う。志賀の精神――先に見た一節の言葉を借りれば志賀の「魂」――はネルヴァルの魂と同じように肉体を離れ、存在の深みにむかって動き出す。先の一文に小林は、志賀の言葉を引いている。

踏切りの所まで来ると白い鳩が一羽線路の中を首を動かしながら歩いていた。私は立ち留ってぼんやりそれを見ていた。「汽車が来るとあぶない」というような事を考えていた。それが、鳩があぶないのか自分があぶないのかはっきりしなかった。然し鳩があぶない事はないと気がついた。自分も線路の外にいるのだから、あぶない事はないと思った。そして私は踏切りを越えて町の方へ歩いて行った。

「自殺はしないぞ」私はこんな事を考えていた。（『児を盗む話』）

ここに記されているのは浮遊する精神ではない。肉体と精神は危機にあるときいっそうつながりを深め、確かめ合い、一なるものとなる。描かれているのは存在に内在する牽引力、深みから湧き上がる生の躍動である。

「様々なる意匠」にも同質の記述がある。ここで小林は、ネルヴァルとともに、その先行者としてバルザックに言及する。この「人間喜劇」の作者こそ、近代フランス文学でもっとも熾烈に神秘の世界を生き、描き出した人物だった。

二十世紀ドイツを代表する批評家E・R・クルティウス――ドイツ人でありながら、フランス人以上にフランス文学を愛した人物――のバルザック論は、すでに古典の風格を備えている。そこで描き出されているのは、この小説家が優れた表現者である前にまず、特異な一個の神秘家だったということだ。この著作が書かれたのは一九二三年、「様々なる意匠」が書かれる六年前である。この作品を小林が読んでいた可能性は十分にある。

またクルティウスは、バルザックにおけるスウェーデンボリの影響からも目を離さない。この天界の旅人ともいうべき人物が、ボードレールの世界観に深く影響を与えていることはすでに見た。バルザックには『セラフィタ』『ルイ・ランベール』をはじめスウェーデンボリの思想に導かれて書いた作品が複数ある。ネルヴァルにもその痕跡は深い。この詩人にとってスウェーデンボリは、宗派の境域の彼方へと誘う導師だった。ネルヴァルは手記にこう書き残している。

『聖書』の唯一神教的見地からとらえたすべての宗教間の関係。
最後の啓示、スウェーデンボリ。（稲生永訳）

作品で小林は、直接スウェーデンボリにはふれない。知らないのではない。小林はこの人物の名前を出しただけで、ある偏頗《へんぱ》な憶測を喚起することを感じとっている。小林はスウェーデンボリではなく、この神秘家によって開かれたバルザックの眼に映る世界を論じる。バルザックにとって「最も驚くべきものと見えた事は、人の世が各々異った無限なる外貌をもって、あるが儘であるという事であった」と小林はいう。

個が個であることによってつながり、まったく様相の異なる個がすべて普遍への窓になっていることにバルザックは驚愕する。無限に広がる多の世界が、無差別的に一なるものに帰ってゆく。仏教の華厳《けごん》哲学の世界、「一即多・多即一」の世界を、小林はバルザックに見ている。小林の視座は正鵠を射ていた。万物が一なるものへの通路であり、一なるものは万物に宿っているという世界観、それはそのままスウェーデンボリの存在論でもあったのである。

さらに小林は、バルザックにふれ、この小説家には「あらゆるものが神秘であるという事と、あらゆるものが明瞭であるという事とは二つの事ではないのである」、と述べる。もっとも深い神秘は、もっとも明瞭に人々の眼に映っていることのなかにある。真実は隠れているのではない。あまりにはっきりと見えているが、当たり前だと思う私たちがそれを重んじないだけというのである。バルザックをめぐって語られたこの一節は、先に見た志賀をめぐって記された「氏の有するあらゆる能力は実生活から離れて何んの意味も持つ事が出来ない」との一節に著しく呼応する。

神秘は日常に伏在している。誤解を恐れずにいえば、それははっきりと分かるかたちで存在しながら、多くの眼には隠れている。さらに小林は、バルザックの見た世界にネルヴァルの言葉を重ね、スウェーデンボリの見た存在の実相を表現しようとする。

彼〔バルザック〕の眼にとって、自然の皮膚の下に何物かを探らんとする事は愚劣な事であったのだ。そういう人には、「写実主義」なる朦朧たる意匠の裸形は明瞭に狂詩人ジェラル・ド・ネルヴァルの言葉の裡に存するではないか、「この世のものであろうがなかろうが、私が斯くも明瞭に見た処を、私は疑う事は出来ぬ」と。（「様々なる意匠」）

『コーラン』に「しかと己れの目で見たものをなんで心が詐れるものか」（井筒俊彦訳）との一節がある。これは、預言者ムハンマドを通じて語られた超越者の言葉だったが、同質の思いはバルザックやネルヴァルにもあった。それは志賀直哉の実感でもあった。小林にとって志賀は、バルザックやネルヴァルがそうだったように高次な意味での神秘家だった。ヴァレリーは『テスト氏』のなかで「神なき神秘家」という表現を用いているが、それはそのまま小林秀雄が見た志賀の姿に重なる。

昭和初期、プロレタリア文学はじめ、「様々なる意匠」が文学を形骸化しつつある潮流のなかで、志賀は小林にとって、野性の精神によって生ける文学を体現する存在であり、あらゆる教条を排し、裸形《らけい》の眼で世界を凝視する作家だった。詩人ボードレールにふれ小林は、「何物も表現しないという事を発見した最初の人」だと述べた。志賀もまた、何も小説らしいことを述べないまま、私小説という地平を切り拓いた人物だった。

「志賀直哉」を書いたあとも小林は、しばしば志賀にふれた。だが、小林が武者小路に言及している文章は少ない。のちに『武者小路実篤選集』に推薦文を寄せているが、正面から論じた作品はほとんどないといってよい。
可能性はあった。一九三〇年に書かれた「文学と風潮」で小林は、武者小路の戯曲「頑固な男」にふれるはずだった。だが、体調を崩していた小林は、この作品に言及する前に「発熱でどうにも先が続けられない」といい、作品を閉じてしまう。
だが、このとき体調が整っていたとしても、改めて論じるべき武者小路論が展開されたかどうかは疑問が残る。それ以後も小林は武者小路をめぐってはほとんど論及することはないからだ。信頼する人物としてではなく、あくまでも書き手としての武者小路に小林が打たれるには、小林自身がくぐり抜けなくてはならない経験があった。武者小路に直接言及するかたちではないがこの作品で小林は、次のような一節を書いている。

凡そ今日の文学程、熱烈に適確を求めて、適確を失っている文学はない。健康を求めて頽廃を得、明朗を求めて感傷に堕している。私は、あらゆる新興の文学作品に、この頽廃的影を読む。

「文学と風潮」が書かれた当時はちょうど日本文学に大きな変動が起こっていた。芥川龍之介が亡くなって三年、大正期に活躍した文学者たちが書き場を失っていった。プロレタリア文学が勃興し、その影響を真っ向から受けたのが白樺派の人々だった。なかでももっとも強く煽《あお》りを受けたのが武者小路実篤だった。このとき、小林が言及している武者小路は第一線で活躍している作家ではない。むしろ、急速に存在感を奪われた書き手の一人だった。「頑固な男」にはそうした武者小路の実情がなまなましく描かれている。

主人公は村岡という。この男は作家で、ある時期は「二三十万は売れたこともあるが、今は二三百切り売れない」という状況にある。日々の生活に困り、友人に日々の金を借りながらどうにか生きている。村岡のいないところで友人はある人に、この人物がものを書く姿をこう語る。

「自分のもののよさは今の人にはわからないが未来の人にはわかるってね。それであいつは売れもしない原稿を一生懸命になってかいているのです。その内にはすばらしいものもあると、あいつは自分で思っているらしいのですよ」。友人の言葉はさらに辛辣になって、自分は民衆を、流行を軽んじることはないが、村岡はそうしたものを軽視し、「自分だけが天才のように思い込んでいる。〔問題は〕その傲慢さにあるのです。あいつの目は自分のこと切り見えないのです」と語る。

数年前まで武者小路はもっとも収入のある作家だった。当時の金額で二万、三万円の収入は当たり前だった。それを超えることもあった。諸説あるが、およそ一七〇〇倍すると今日の価値になるとされる。だが、こうした収入の多くは新しき村に消えて行った。当時を振返って武者小路は「失業時代」だと述べた。

友人が自分のことを語るのを村岡は立ち聞きしてしまう。彼はそんな風に思われていると は知らなかったといい、絶交を申し出る。さらに内心でこう語った。「僕は社会よりは真理を信じているよ。今の社会がどんな社会か、僕は知らないかも知れないが、僕は人間の心と云うものが何を愛しているかは、ちゃんと知っている。君のように社会の風潮のおともをして、何んでも新しいもののおともをしていればいいと思うような人間には僕の心持はわからないよ」。すると友人は、一人で高邁《こうまい》だと信じたことを、一人の人間が考えたところで一体何の意味がある。「何千、何万と云う人が考えた方が正しい」ことに目をつむるのは傲慢にほかならないと応酬する。

「頑固な男」は、もっとも新しい『武者小路実篤全集』に収められていない。これまで顧みられてきた形跡も薄い。だが、これまで見たように昭和初期の変動期において忘れられてゆく作家の心境をまざまざと活写している点で注目してよい。武者小路の存在感が頂点にあったとき創刊されたのが『大調和』だった。ここで小林と武者小路が出会い武者小路の影が急速に消えて行こうとするとき、小林秀雄は文字通り、文壇に勃興してきたのである。「頑固な男」の最後にはこう記されている。

一人の人間の心が本当に、一生を通じて生きぬいたら、それは必ず又、本当の心をもっている人間の心にひびくものと思っているよ。物質的に生きるには本音は必要かも知れないが、本音を必要としている人間も必ずいるのだ。僕はその一人なのだ。僕の他にもそう云う人間は必ずいると思うのだ。いる！　いる！　いる！

この一節は武者小路の告白でもあるが、そのうしろには彼が見たトルストイの影響が強く感じられる。明治後期から大正期に掛けての日本でトルストイは文豪として尊敬を集めただけではない。その存在が大きな出来事だった。徳冨蘆花《とくとみろか》のようにロシアへ出向いてトルストイと面会した者もいる。

『アンナ・カレーニナ』を書き終えるころ、時代を代表する文字通り大作家だったトルストイがこれまで築き上げてきた「芸術」の世界を否定する。争いと不平等が止まない世界にむけてトルストイは、人道と博愛を説く預言者となった。「預言者」、それは武者小路がトルストイを呼ぶのにしばしば用いた呼称だった。

文学の世界から宗教の世界へ軸足を移す姿を見て、これをトルストイの「転向」と呼ぶ人がいる。その実情が述べられているのが、一八八二年に書かれた『懺悔』をはじめとした作品群である。一九〇三年、十八歳の武者小路は、叔父のすすめでこれらの作品を手にした。それ以降の彼のトルストイへの傾斜は、心酔と呼ぶにふさわしいものだった。その実情は自伝的小説『或る男』に記されている。

彼は益々トルストイに夢中になって、日本語は勿論、ドイツ語に訳されているものでも手に入るものは片ぱしからよんだ。(中略)手にふれるものはのこらずよんだ。雑誌に、トルストイの言葉が一行でもかいてあると、よろこんで買った。学習院でトルストイと云えば彼のことだった。彼と云えばあのトルストイかと云えばわかる位いだった。彼は何かに片仮名でトとかあるのを見ると顔がほてるのを覚えた。

ここにあるような状況は二十代のはじめで終わる。厳格なトルストイ主義者ではなくなったが、この作家への畏敬がなくなったわけではない。彼はトルストイ主義を盲信することなく、敬愛する道を見つけたのだった。しかし、それでもなお、他者の眼からみれば武者小路の熱情は大きかった。それは文学者が論じるという状況を超え、トルストイの思想を伝道しているように映った。伝道というのも喩えではない。彼が伝えようとしていたのは宗派的な宗教ではなかったが、トルストイという一個の人間によって切り拓かれた「道」だった。

人類の運命をトルストイ程、心から気にした人は少ない。現世的のさけられない不幸をどうかして不幸な人の為にのぞいてやりたいとトルストイのような真心から思った人は少ない。（中略）晩年のトルストイは涙のトルストイだ。自分はそれを限りなく貴しとするものだ。（「トルストイに就ていろいろ」）

同質の文章は『白樺』はもちろん、それに続いた『大調和』にもある。こうした武者小路の言葉に小林も、もちろんふれている。武者小路は熱烈にトルストイを語った。それがあまりに率直だったからこそ、多くの人に受け容れられ、また、新しき村という共同体を生みだす力にもなった。しかし、このことが小林のような人物をトルストイから、さらに武者小路からも遠ざけたのかもしれなかった。小林にとって武者小路の姿がまったく違って見えるようになったのは、小林がドストエフスキーを論じるようになってからである。

評伝「ドストエフスキイの生活」の連載が始まり、後半に差し掛かったころに書かれた「トルストイの『芸術とは何か』」で小林は、この作家の核にふれようとしてこなかった自分を悔やむ言葉を残している。

はじめて『芸術とは何か』を手にしたのは十年ほど前だったがほとんど感じるところがなかった。だが「再読する人は、屹度僕の覚えた様な意外な興味を強いられるだろうと思った」と小林はいう。これまではトルストイ的なことに距離感を覚えていただけで、トルストイ自体には充分にふれていなかったというのである。

「強いられる」との表現は、小林のなかで起こったトルストイとの邂逅が、新しいといってよいほどの鮮烈な出来事だったことを物語っている。この作品で小林は武者小路に言及する。

トルストイの人道主義の代弁者の様に言われた武者小路氏も、実際はトルストイから学んだ同じものを例えばドストエフスキイにもロダンにも見附けた作家であった。そう考えて来ると、トルストイの正体なぞには、わが文壇は未だ一指も染めてはいないという気がして来る。彼の研究も追い追い行われるだろうと思う。(「トルストイの『芸術とは何か』」)

穏やかな表現だが、ドストエフスキー論を書いた小林から送られた武者小路への大きな讃辞だと思ってよい。ドストエフスキーと対立する作家としてのトルストイではなく、むしろドストエフスキーを生みだした土壌としてのトルストイを完全に看過していた。すでにこのことを深く知っていた武者小路の意味も看過していたというのである。

また、小林はドストエフスキーを論じながら、一方で正宗白鳥とトルストイの死をめぐって「思想と実生活」論争を展開している。小林秀雄におけるドストエフスキー体験が決定的な意味を持つことはこれまでも幾度となく論じられてきた。だが、それは同時に彼のトルストイ体験でもあったことは注目してよい。さらにいえば、トルストイの真意に出会うことがなければ、小林のドストエフスキー論は、今日私たちが眼にするものとはまったく異なるものになっていたように思われる。武者小路は、ドストエフスキーをめぐる経験を次のように語った。

> 彼はこの世のあらゆる苦痛を耐えてひたすら人間・神の愛にすがりついて生きて来たような男で、又実に深く人間を愛している。彼の同情心は無限で、「カラマゾフ兄弟」を読んだ時、全人類を救いたいと思って、この小説をかいたのではないかと思われた。「白痴」「悪霊」「罪と罰」なぞ、一度読むと忘れることが出来ないものだ。「虐たげられし人々」も僕は独訳で読んだのだが、まだその時日本訳はなかった。あまりに可哀想で涙が出て五頁とは読みつづけられなかった。かくドストエフスキイはさぞ涙をながして書いたろうと思った。そしてもう普通の人なら息切れがしそうに思う処を、彼は息切れがせず、もっと深くもっと深く感動さす力をもっているのに驚いた。他の人ならここまでかけば、もう安心して浮かび上ってくると思う所を、彼は浮び上がらず、もっと深い真実を求めて沈潜するその息のつづくのには驚いた。人心の深淵にもぐり込む彼のような息のつづく潜水夫を僕は知らない。（「ドストエフスキイに就て」）

教条的なトルストイへの信仰にも似た想いから離れ、再び歩き出そうとしたとき武者小路が出会ったのがドストエフスキーだった。この一文が書かれたのは一九四一年だが、武者小路は同様のことを『白樺』の時代にも書いている。ドストエフスキーの作品を多く読む者はいる。だが、「あまりに可哀想で涙が出て五頁とは読みつづけられなかった」という人はどれほどいるだろう。この作家を貫いているのが人類救済の悲願であると、これほどまで素朴な言葉で語った文学者は日本にどれほどいただろうか。

先に引いた小林の言葉通りであるとすれば、武者小路はここに記したことを、ドストエフスキーからだけでなくトルストイからも学んだことになる。それは同時に、小林がこの二人に見たものであることを物語っている。先の武者小路のドストエフスキー観は、小林のそれと著しく接近し、共鳴している。

『ドストエフスキイの生活』の終わり近くには次のような一節がある。「ドストエフスキイの眼前にはいつも民衆が在った」と書き、小林はこう続ける。

だがそれは確かに在ったのか。彼が力の限り叫ぶロシヤの民衆とは、言う迄もなくロシヤの農民だ。では農民は確かに彼の眼前にあったのか。周知の様に、彼の作品に尋常な農民は遂に姿を見せなかった。〔中略〕では何が在ったのか、言葉が在ったのだ、ナロオドという言葉が。而もこの言葉は彼が手に触れ眼で眺める人間の様に生きていた。

ここに述べられているのはドストエフスキーの実感だったかもしれない。それは貴族の末裔として生まれながら新しき村という人格的平等の共同体を作った武者小路の思いでもあっただろう。だが、小林にとっての言葉を語る一節として読むとき、いっそう強い躍動を感じさせる。

第四章　鏡花とランボオ

批評家小林秀雄の誕生の道程を論じる多くの人は、『文藝春秋』に連載した文芸時評「アシルと亀の子」にふれる。もちろん、小林と同時代との関係を見るとき、この連作を無視することはできない。だが、生きる日本文学の伝統と小林との交わりを考えるとき、一九三〇（昭和五）年に書かれた「文学と風潮」は、「アシルと亀の子」とは比べることのできないほど重要な作品となる。「アシルと亀の子」は、若き小林の才気の表現だが、もう一方は、小林における文学の淵源《えんげん》をさし示す一文になっている。「文学と風潮」で小林は、自身が考える文学の境域にふれ、次のように書いた。

幸か不幸か、文学という形はその影をもっている。瞬時も同じ格好をしていない人間の心という影をもっている。作品という死物に、命を与える人間の心は、社会の鏡でもなければ、又、社会は人間の心の鏡でもないのである。文学に関する困難は、ただこの影の世界を覗くにある。ここには、ただ、数々の、互に異質な、個々の組織が、犇き合っている。この影の世界で、世の風潮とは無意味である、少くとも、無意味な程、錯乱した事情を示すに過ぎぬ。

影は、光がなければ生まれない。ここでの「影の世界」は、闇を意味しない。むしろ、合理という白昼の世界の秩序では測ることのできない時空を指す。ここではすでに世にいう論理や常識はほとんど意味を失っている。影の世界とは人間の意識界にほかならない。それはどこか仏教の唯識《ゆいしき》派が説くアラヤ識の世界を想起させる。唯識仏教では万物はアラヤ識から生じると説く。世界は意識によってつくられているというのである。

当時、作家たちは、どうやって社会や風俗を的確に描こうかと苦心していた。現象的には異なる表現のように見えても、世の動きが人間の心の鏡になっていると信じ込んでいる点において、「様々なる意匠」はほとんど差異がないように小林には映った。文学の使命は、顕われ出ている事象を解説することではない。容易に顕現しないことを言葉によって引き寄せることにあるというのである。

先に見たように「文学と風潮」で小林は、武者小路《むしやのこうじ》実篤《さねあつ》の戯曲「頑固な男」の名前を挙げたが、作品自体を論じることはなかった。一方、このとき小林が熱を込めて語ったのが泉鏡花だった。小林にとって鏡花は、影の世界をひとり歩き、その光景を活写した稀有《けう》な同時代の精神界の旅人だった。

同時代の日本作家で、小林秀雄がもっとも愛したのが泉鏡花だったことは、なぜかこれまであまり注目されてこなかった。このことに最初に、そしてもっとも的確に着目したのは中村光夫である。「簡単に考えれば」と前置きしながら中村は、小林の仕事は「ボードレール、ランボオらの詩に心酔した青年期から出発し、ヴァレリイ、ジイドを経て、日本の古典に開眼し、さらに本居宣長に熱情を注ぐ対象を見出したことに要約され」ると述べたあと、こう続けた。

多くの日本人がそうであるように、目まぐるしい思想の遍歴ですが、氏の独自性はこれをひとつの強い呼吸で貫いた点にあります。氏の著作が力を入れたものほど未完に終わっているのはそのためなので、「ドストエフスキイのノオト」「ベルグソン」等はその典型です。

日本の近代作家の中で一番好きなのは泉鏡花だという氏が、鏡花については病床で執筆した未完の讃辞しか残していないのは、この点から見て象徴的です。(「八十歳の若死」)

鏡花と小林の間に横たわっている問題の深みは、小林とフランス象徴派詩人たちとの間に生じたものに勝るとも劣らないと中村はいう。また、ドストエフスキー論、ベルクソン論といった小林の代表作を例に未完の鏡花論を挙げていることも、この問題を中村がいかに重要視していたかを示している。だが、題名から推察できるように、中村が小林と鏡花の関係に言及したのは、小林が亡くなった際で、中村はこの問題をこれ以上論究することはなかった。

鏡花をめぐる指摘に限らず、中村光夫の小林秀雄論は、今日、正当な評価を得ているとはいえない。あまたある小林論のなかでもっとも重要な、また優れたものの一つである。中村には一冊にまとまった小林論はない。各所に発表した小林秀雄論を集めた著作『《論考》小林秀雄』があるだけだ。このことも彼の小林論が充分に顧みられることのなかった理由の一つだったのかもしれない。中村は、研究的に小林を論じない。彼にとって小林は客観的に観察し得る対象ではなかった。だが、中村は誰も見通すことのできなかった小林秀雄の核を確実に描き出す。

たとえば『近代絵画』の意味を中村ほど早く、また的確に論じた人物は、越知保夫《おちやすお》を別にすればおらず、小林の先行者として北村透谷《きたむらとうこく》を挙げ、二人が高次な神秘家だったと指摘するところにも中村の批評眼は光っている。鏡花との関係もその一つだった。

確かに、鏡花と小林のあいだに見過ごしてはならない何かを指摘する中村の一文には彼の慧眼《けいがん》を強く感じる。だが、誤り――あるいは見落とし――もある。小林は「鏡花について は病床で執筆した未完の讃辞しか残していない」わけではない。小林には「鏡花の死其他」と題する、鏡花の死を契機に記された一文がある。中村はこれを読んでいない。

「病床で執筆した未完の讃辞」は「文学と風潮」を指している。この作品の終わりには「甚だ申しわけない事だが、発熱でどうにも先が続けられない、はんぱだがこれで止めます。あとは来月につづけます」と但し書きのような一節が記されていて、小林は、発熱のために途中で筆を擱いている。しかし、先の中村の一文が小林への追悼文だったこともあって、「病床で執筆した」との表現は、あたかも最晩年の小林が、病いの床で鏡花をめぐって書いた作品が未発表のままあって、それを小林の近くにいた中村はたまたま瞥見することができたようにも読むことができる。少なくとも私にはそう感じられ、長く未刊行の鏡花論を中村が手にしていたように思い込んでいた。長く小林と接した編集者とこの問題をめぐって言葉を交わしたとき、彼も同様に感じていた。ともあれ、鏡花と小林の問題は、これまで十分に論じられて来なかった小林論の死角の一つだったといってよい。「鏡花の死其他」は、論究の深さにおいても「文学と風潮」に引けを取らない。むしろ、鏡花論としては「鏡花の死其他」の方が優れている。

はじめて中村が小林に会ったのは、中村が高校三年生の二学期の終わりごろ、一高での講演会の依頼に小林の自宅を訪ねたときだった。はじめての面会だったが、このとき小林は、講演を受諾したあとも中村たちを前に多くを語ったらしい。自伝的なエッセイ『今はむかし』で中村は、当時の様子を次のように記している。

座をもたせるために、いい加減な世間話をするということがほとんどないので、ときどき沈黙がたえがたいことがありますが、その代わり話すことが一語一語、考えぬいて肚からおしだすようで、その突きはなしたことばには不思議な暖か味がありました。

講演を承知してもらって、その晩だいぶおそくまで話をしましたが、帰り道でも興奮して、湯浅（同級生、文芸部委員）と論議をつづけたのを覚えています。

「文学の結晶したような人だね」

と湯浅が氏を評して言いましたが、僕も同感でした。

しばらくして、小林が訳したランボーの詩集『地獄の季節』が出る。この詩集を手にしたことが中村と小林の出会いを決定した。彼自身が述べているように小林に出会うことがなければ中村が批評家になることはなかった。

最初の出会いがどう生起したかは、それぞれの生涯を貫くことがある。中村も例外ではない。中村が小林の書いた言葉に打たれる前に、小林という人間に魅せられていることにも注目するべきなのだろう。この出来事は小林を見る中村の視座を決定している。

若き日の二葉亭四迷論を皮切りに中村は、小林が論じなかった近代日本、あるいはその時代の文学を論究することに大きな熱情を注いだ。それは小林が論じなかった、さらにいえば論じ得なかった問題群だったといってよい。また、中村の独特の文体も小林との異同を確認するなかで紡がれていったのだった。中村光夫の批評は、熾烈な小林の影響の上に始まったと同時に、小林がふれ得なかった場へと展開した。鏡花と小林の関係を中村が見出し得たのもそのためだ。

「文学と風潮」で小林は、鏡花の作品との邂逅をこう述べている。


氏の流絢たる文字を辿って夢みたのは、はや十年の昔である。その後、私は長い間、氏の作を忘却した、私は変り、従って氏の作は形を変えた。「高野聖」の山海鼠の描写は、今も猶、昨日の様な同じ生々しさで生きてはいるが、今、氏の作は全く違った現実を、私に明かす様だ。

この作品が書かれたとき小林は二十八歳、それから十年前というと志賀直哉に賞賛された「蛸の自殺」を書く以前にさかのぼる。同人誌に文章を書く以前から小林は鏡花の文学に魅せられていた。

若き小林が、自身の作品を白樺派の書き手たちにではなく、鏡花に送っていたらどうなっていただろう。大げさでなく日本の文学史は大きく変わっていただろう。その作品に著しい変化が生じていたことは容易に想像できる。

さて、先に引いた小林の一節にあった「山海鼠」とは蛭《ひる》を指す。ここで小林は、『高野聖』で巨大な蛭を活写する鏡花の写実の力量を賞賛しているのではない。一見すると古風に映るこの作家が「全く違った現実」を解き明かすことに驚いている。小林は、鏡花が描き出しているのは空間としての異界であるより、人間の心という底知れないもう一つの世界であることに気が付いている。鏡花は、唯識派の継承者であり、西洋でフロイトやユングが科学の場で試みたことを、東洋において文学の場で実践したというのだろう。もちろん、このときユング心理学は日本に紹介されていない。しかし小林の指摘は、今日私たちにユング心理学と鏡花という問題が成り立ち得る可能性とその意義を示唆している。

同じ一文で小林は、鏡花の文学は、同時代にあらわれた風変わりな一現象ではなく、むしろ「手近な最上」の古典であるという。「鏡花氏の才は今日稀有である。一度失ったら二度と得る事は覚束ない」と述べ、こう記した。


氏は現に無類の情熱をもって制作している作家である。それを見向きもせぬような新時代作家の心根が私には解せない。この手近な最上古典が、眼に入らぬ程、文学にたずさわる人々が怠け者でも、頑固でも致し方がない。氏の作品がはや古いという事は、この言葉が正確である範囲では凡そ馬鹿気ている。当来の作家等、誰が氏の作を模倣しよう。氏の様に書けといって、誰が書こう、誰に書けよう。今日を潑剌と生きて、而も氏の作に心を打たれるという事は、余りやさしい業ではないのだ。だが、作家には、この余りやさしくない事だけが大切だ。

作家の存在意義を、古い、新しいで峻別《しゅんべつ》する愚行が止まないことを嘆きながら小林は、鏡花は同時代に出現した「古典」の作家だと言明する。鏡花の独創性は改めて論じるまでもない。近代のみならず、日本文学の歴史に鏡花に似た作家すらいない現実をそのまま眺めれば足りる、というのである。このとき小林はまだ、本居宣長を読んでいないが、後年の小林ならここで、「姿ハ似セガタク、意ハ似セ易シ」という宣長の一節を引いたかもしれない。

「ロダンやトルストイのおせわにならないことを私はほんたうに喜んで居る」と記された鏡花の書を見たことがある。この一節は内なる東洋に充足を感じている鏡花の自負の表現であるとともに、自身に宿っているものを凝視する前に、西洋文化だというだけで騒ぎ、躊躇なくそれらを取り入れる同時代人への警鐘でもあるだろう。

ボードレール、ランボーといった象徴派詩人たちに強い衝撃を受け、ロダン、トルストイの精神は、白樺派の文人たちを経由しながら小林の精神に流れ込んでいた。その一方で小林は、まったく様相の異なる鏡花の文学に魅せられている。鏡花の作品に小林が見出していたのは、母語の問題であると共に血となってわが身を流れる伝統の問題だった。「文体をもつものは肉体だけだ。芸術の秘密は肉体の秘密である。人々は、泉鏡花氏の作品に、今日最も忘れられた、肉の匂いを、血潮の味を認めないか」と苛烈な言葉でこの作品を終えている。

記された文字の羅列が文学なのではない。記されただけの言葉は未だ文学たり得ていない。言葉は、読まれることによってはじめて文学になる。ただ、血で書かれた言葉は、血で読まなくてはならないと小林はいうのだろう。こうした言葉も小林が鏡花との間に見出したものが彼にとっていかに切実だったかを物語っている。

また、同じ一文で小林は、改めて鏡花集を読み返したときの衝撃を次のように記す。ただ、現代の私たちが読むとき、いくつかの言葉には注意が必要だ。たとえば、「陥穽」とは知識を指し、「夢」は、知識の埒外《らちがい》で行われる想像の営みを意味する。ただ、ここでの「想像」は、空想の対極にあって、物質界を突破し、彼方の世界に渡ろうとする精神の営為の呼称でもある。

> 陥穽をもって真実を捕えようとして、ただ陥穽を握り、夢を極端に嫌厭して、ただ陰惨な夢を得た様な気がしている今日、私は、鏡花集を、そこここと読み直して、貫かれた太々しい情熱の線を見て赤面する、「俺は一体何を読んでいたのか」と。

いつからか人は、認識の力によって世界を理解し得ると思い込んだ。鏡花はまったく別な道を行った。彼にとって世界は徹頭徹尾、謎だった。謎であり続けたからこそ、彼は書き続けた。それを理知によって分かろうとすることは、鏡花という作家へのこの上ない冒瀆《ぼうとく》となる、というのである。

また、「太々しい情熱の線を見て赤面する、『俺は一体何を読んでいたのか』と」の一節は、小林の著しい悔恨の表現だろう。以前から小林は鏡花が異界の探究者であることは理解していた。しかし、この作家の態度は、自分が感じていたよりもずっと真摯で、また徹底したものだったことに改めて気が付いたというのである。

同質の言葉を私たちは、先に中村が言及していたように二十八年後に記されたベルクソン論『感想』でも目にすることになる。

一九四一年、第二次世界大戦のさなかにベルクソンが亡くなる。彼は遺言で、未刊行の草稿はもちろん講義録、断片などの発行を禁じた。小林はこの哲学者を敬愛していた。それゆえに亡くなったとき、ほとんど反射的に遺稿集が出ることを望んだ。もちろん、小林はベルクソンの遺言を知らなかった。だが、それは彼にとって何ら弁解の理由にならない。一体自分はこの哲学者の何を見て敬愛の情を抱いていたのか。尊んでいると信じ込みながら、いつの間にか愛する哲学者の願いから遠いところにいた自身を小林は悔いるのだった。ベルクソンの遺稿集を読みたいと思った自分を振り返り、「私は恥かしかった」と小林は書いている。

同質のことは鏡花との間にも起っていた。その溝を埋めることが小林には喫緊の問題だった。記されている個々の事実は異なるが、自己の認識の甘さを戒める態度は近似している。

一九三九年、鏡花が亡くなったときに書いた作品（「鏡花の死其他」）でも、この作家と言葉の深甚《しんじん》な関係にふれる。「文章は、この作家の唯一の神であった、と言っても過言ではないので、これに比べると、殆ど凡ての現代作家達が、信心家とは言えない。多くの神、多くの偶像の間を、彷徨している」と述べ、鏡花という作家が、言葉によって世界を紡ぎ出す秘儀の世界に分け入ろうとする。

たしかに文章は、鏡花の「神」だった。だからこそ、この作家は文章を自己の表現のために用いることをしなかった。逆に、その人生を文章のために捧げたのである。

また、この作家の作風にふれ、端的に、しかし深い情愛を込めながら小林はさらにこう書いている。『高野聖』の昔から、この作家は、倦きずにお化けばかりを描いて来た。近頃お化けも流行らない、従って鏡花も一向に流行らない大家として逝去された」（「鏡花の死其他」）。この小林の言葉通り、鏡花は、倦まず止まず、「お化け」を描き続けた。

「お化け」という言葉を前にするとき現代に生きる私たちはそこに、ほとんど無意識的に比喩の表現を読み取る。現代人にとって、鏡花が描き出す異界は物語上の存在に映るかもしれない。鏡花の実感は違った。文字通りの意味での実在だった。彼にとって異界は人間が作り出した空想の世界ではなく、まれにしか垣間見られることがない、しかし、確かに存在する境域だった。

一九二七（昭和二）年、芥川龍之介が自ら命を絶った。このとき小林が「芥川龍之介の美神と宿命」を書いたことはすでに見た。生前の芥川に小林は会っている。二人きりではなかったが、すでに芥川と親しかった何人かと共に時間を過ごした。匿名の記事だが、このときのことが記録となって残っている。記事が書かれたのは一九三四年だが、小林が芥川の家を訪ねたのは、おそらく十年前、一九二四年頃だと考えられる。大まかだが、その時節を推定することができるのは記事に次の一節があるからだ。

「既に小林秀雄は『一つの脳髄』を書いていて、芥川竜之介はその余りの早熟さに、驚嘆を通り越して、少々反撥をまで感じていた」。芥川は小林の作品を読んでいただけでなく、すでにその才能を認めていた。このことは、やはり芥川が亡くなる一月前に中野重治に会っていることと合わせて、この時代の文学を再考する一つの里程標になる。

高校生だった小林を前に芥川は、「君は、神様を信じていますか？」と尋ねる。さらに「僕も君位の年には、神様を信じていたがね」と続けた。さらに話は「神様」から「お化け」へと移った。記事にはこう記されている。

> すると小林秀雄が、右肩を切り落すように前に下げて、彼の母が見たという幽霊の話を初めた。芥川竜之介の話し方は、立板に水という形容の相応わしい、知らず識らず相手をその声の中に包むような調子だが、小林秀雄は、鋭い声で相手に関《ママ》わず話を刻み込む独り言のような話し方なので、座は忽ち幽霊話に相応しい森としたものになった。小林秀雄の話した幽霊の話というのは夏蚊帳の中で、彼の母が亡くなった夫の姿を見るというような、至極平凡な話だったが、話手までが、彼の母のように確然と幽霊の実在を信じているような調子で、どうやら小便の為に溺れた宣教師も、幽霊になり得る可能性を証明しているような工合であった。小林秀雄はそれから帰るまで、黙ってバットを喫んでいた。（「芥川龍之介二態（抄）——彼と小林秀雄」『論集・小林秀雄Ⅰ』）

当時芥川は、漱石亡きあと、時代の文学を一身に背負うように生きていた。芥川と小林の年齢差は十歳、初対面にもかかわらず小林は真剣に「お化け」の話をする。死者となった父、その姿を見た母の様子をまざまざと語ることで、この作家から何か告白めいた言葉を引き出そうとするかのように問い詰める。

ある日、母親は父の姿をまざまざと「見る」。このころ小林はちょうど富永太郎などとの交流を深め、「見る」ことを重んじるフランス象徴派の詩人の言葉にふれ始めるころでもある。ここで決定的な役割を担ったのが、のちに出会う、詩人は「見者」でなくてはならないと語ったランボーだったことはいうまでもない。

「見る」あるいは「観る」ことは次第に、小林のなかで大きな主題となっていった。見るとは、肉眼で見たことを脳で感じることだと科学はいう。だが、小林は魂で感じたことを人は、まざまざと「見る」ことがあることを経験的に感じている。幻想ではない。小林はこうした営みをのちに「ヴィジョン」という一語で捉え直し、繰り返し論じることになる。たとえば、次の『感想』にある一節はその一例である。

ここまで来れば、ベルグソンが、見るという事に附した二重の意味は、もはや明らかであろう。かつて神学者は、ヴィジョン（vision）という言葉を見神という意味に使ったが、現代の科学が、同じ言葉を視覚という意味に限定してみても、この言葉の持っている古風な響きを抹殺し得ない。生きた言葉は、現実に根を下しているからである。

ヴィジョンとは、肉眼に映る存在の像を捉えながら同時にその奥に実在を見ることだった。ある人々はその確かな存在を「神」と呼ぶ。だが、仏教の伝統ではそれを「空」、あるいは

「無」ともいう。古代ギリシャの哲人ヘラクレイトスはそれを「火」と呼んだ。

『感想』が書きはじめられたのは一九五八年、「文学と風潮」からは二十八年、「鏡花の死其他」からでも十九年が経っている。この問題はそのまま『本居宣長』に引き継がれてゆく。

先に見たように「文学と風潮」が書かれたのは一九三〇年、鏡花を読み始めた時期にふれ小林は、「氏の流絢たる文字を辿って夢みたのは、はや十年の昔である」と書いていた。芥川に会ったとき、小林はすでに鏡花を読んでいる。「お化け」の話をしながら小林の念頭にあったのが鏡花の言葉だったのは、ほとんど疑いを入れない。

鏡花は、芥川と親交があった。二人の間にはおよそ二十年の年齢差があるが互いに信頼を深めた。芥川が逝ったとき、鏡花は「芥川龍之介氏を弔ふ」と題する追悼文を残している。近代日本の作家による友愛と情愛が、もっとも美しく描きだされた一文だろう。以下が全文である。

> 玲瓏《れいろう》、明透《めいてつ》、その文《ぶん》、その質《しつ》、名玉山海《めいぎよくさんかい》を照《て》らせる君《きみ》よ。溽暑蒸濁《じよくしよじようだく》の夏《なつ》を背《そむ》きて、冷々然《れいれいぜん》として独《ひと》り涼《すず》しく逝《ゆ》きたまいぬ。倏忽《たちまち》にして巨星《きよせい》天《てん》に在《あ》り。光《ひかり》を翰林《かんりん》に曳《ひ》きて永《とこ》久《しなえ》に消《き》えず。然《しか》りとは雖《いえど》も、生前《せいぜん》手《て》をとりて親《した》しかりし時《とき》だに、その容《かたち》を見《み》るに飽《あ》かず、その声《こえ》を聞《き》くをたらずとせし、われら、君《きみ》なき今《いま》を奈何《いかん》せん。おもい秋深《あきふか》く、露《つゆ》は涙《なみだ》の如《ごと》し。月《つき》を見《み》て、面影《おもかげ》に代《か》ゆべくは、誰《たれ》かまた哀別離苦《あいべつりく》を言《い》うものぞ。高《たか》き霊《れい》よ、須臾《しばらく》の間《あいだ》も還《かえ》れ、地《ち》に。君《きみ》にあこがるるもの、愛《あい》らしく賢《かしこ》き遺児《いじ》たちと、温優貞淑《おんゆうていしゆく》なる令夫《れいふ》人《じん》とのみにあらざるなり。

辞《ことば》つたなきを羞《は》じつつ、謹《つつしん》で微衷《びちゆう》をのぶ。

「冷々然として独り涼しく逝きたまいぬ」とあるように、鏡花の眼に芥川の死は敗北ではなく、一つの完成として映っている。また、「生前手をとりて親しかりし時」とあるように、鏡花は芥川のなかに生きている神秘家の魂から眼を離さない。芥川は神を信じるとは言わない。しかし、それは、神が不在だと信じていることを意味しない。世に流布するような造られた神の像が信じられなかっただけだ。

「高き霊よ」、と鏡花は死者となった芥川に呼びかける。これは単なる追悼の文章ではなかった。題名のとおり鏡花が死者となった友に送った手紙だった。鏡花にとって芥川は「生きている」。

現代の日本は「霊」の一語を鏡花が芥川に呼びかけたようには用いることができなくなってしまっている。別離は耐えがたい。しかしその一方で、「霊」となって新生した芥川の存在もまた、鏡花にとっては確かな実在だった。そうでなければ「須臾の間も還れ、地に。君にあこがるるもの、愛らしく賢き遺児たちと、温優貞淑なる令夫人とのみにあらざるなり」との言葉も比喩に過ぎなくなる。わずかの間でよい。この世界に戻ってきてはどうか。あなたを愛する者は妻子たちだけではないのだ、そう鏡花は呼びかける。

死者は、生者の呼びかけに応じ得る存在であると鏡花は感じている。さらに魂の言葉は、生者はもちろん、死者にも届くと彼は信じている。この一文を小林が読んでいたかどうかは分からない。だが、鏡花の文学の核心にふれ小林は、先の弔辞に共振するように、もっとも高次な意味をこめて「神秘的」だという。

現代人は、神秘的という言葉を使うのを厭がる。これも鏡花のお化け同様、流行りすたりの関係であって、現代に格別神秘的な事柄が減ったわけではない。人生は理解出来る事柄と同様に理解出来ない事柄も必要とするだろう。率直に考えれば、それは殆ど自明の理である。お化けが恐いのはお化けが理解出来ないからであり、自然が美しいのも自然が理解出来ないからであろう。(「鏡花の死其他」)

「神秘」とは、単に人間にとって不思議だと感じられることを意味しない。文字通り「神」がその秘密を開示する場所での出来事を指す。ただ私たちはここでの「神」を、狭義の宗派や近代的な理解によって読みとろうとしなければよいだけだ。それは名無き、大いなるものの異名である。

世の人は「お化け」を描く鏡花の作品にふれ、古いといい、あるいはこの作家の描く世界を非現実的だというかもしれない。そうした人々にとって理解し得ないことはそのまま存在しないことになる。だが、自分の眼に不可視なことと、それが存在しないことはまったく違う。現代人がどんなに謎を嫌っても、謎は消えたりしない。むしろ「神秘」は、否めば否むほど接近してくる。

先にふれたように、近代日本文学における小林秀雄の先行者を論じながら中村は、鏡花のほかに北村透谷の名前を挙げる。「小林氏は、批評によって自己を表現した詩人として透谷以来の人と思われます」（「人と文学」）といい、彼は透谷と小林に共通する世界観として「何等かの意味で超自然の存在をみとめる」という存在世界への認識を挙げている。

この言葉は、近代日本における批評の来歴を考える上できわめて重要な指摘であるだけでなく、中村が透谷をめぐって卓れた認識をもっていたことを傍証している。彼の透谷論は小林秀雄論同様、「読まれていない」が、秀逸である。

魂の不死、来世の実在、死者との協同といった中村が小林秀雄論でふれた命題は、透谷論においても中心的な問題として論じられる。これらの論考が読まれれば、透谷の文学の秘密だけでなく彼の最期の意味も変じてくるだろう。中村は、小林秀雄の本性は、批評家である前に「ミスチック」、すなわち神秘家だという。

僕は氏が現代で云われる意味の信仰の持主であるかどうか知りません。

しかし氏は、人間の肉体をはなれた魂を信じ、来世の存在を実感する、少数の現代人のひとりです。氏が明治文学で最も好む作家が鏡花であるのもこれを傍証するものでしょう。

ランボオが異教のミスチックであるとしたら、彼に導かれて、「他界」を経めぐった氏の血管にもまた同じ血が流れているのでしょう。氏がここで垣間見た「神」あるいは「自然」は、ゴッホの麦畑の蔭から氏を見据えた眼、雨雲の中に鳴り響いたモオツァルトの音楽と別のものではないのです。（「小林秀雄論」）

この発言は、中村自身もまた、神秘家の血脈に連なる者であることを物語っている。他者の内なる神秘家を知り得るのは神秘家だけだからである。

神秘家と神秘主義者は違う。前者は神秘を生きることに生涯を賭し、後者は神秘的なことを語るのに忙しい。自己の体験としてではなく、世に語られている不思議な事象の周りをうろついているに過ぎない。小林の境涯《きょうがい》は神秘主義から遠く、あまりに神秘に近い。唯物論者だった詩人ポール・クローデルが回心する切っ掛けとなったのはランボーの詩に出合ったことだった。クローデルはランボーを「野性の神秘家」と呼んだ。「野性」とは、狭義の宗派的教条の彼方を意味する。

小林秀雄が最初に書いた「批評」はランボー論だった。彼はそれをのちにフランス語でも書いた。卒業論文として大学に提出するためだった。

この論文の複製版をもっている。かつて中村光夫が所有していたものを譲り受けた。美しいと表現したくなるようなフランス語でノート一冊に記されている。

のちに当時をふりかえって小林は、「僕が、はじめてランボオに、出くわしたのは、廿三歳の春であった」と書いている。「事件」は突然起こった。一九二四年、神田を歩く満二十二歳の小林の前に、一八九一年に死んだはずのランボーが顕れている。ランボーに会って、いきなり「叩きのめ」された、そうとしか書けない出来事が彼に起こった。

その時、僕は、神田をぶらぶら歩いていた、と書いてもよい。向うからやって来た見知らぬ男が、いきなり僕を叩きのめしたのである。僕には、何んの準備もなかった。ある本屋の店頭で、偶然見付けたメルキュウル版の「地獄の季節」の見すぼらしい豆本に、どんなに烈しい爆薬が仕掛けられていたか、僕は夢にも考えてはいなかった。而も、この爆弾の発火装置は、僕の覚束ない語学の力など殆ど問題ではないくらい敏感に出来ていた。豆本は見事に炸裂し、僕は、数年の間、ランボオという事件の渦中にあった。

（「ランボオIII」）

小林秀雄論が書かれるたびごとに引用されてきた一節である。だが、書かれたのが「事件」から二十三年が経過した戦後、一九四七年であることは注意されてよい。それまで小林は、この特異な出来事を言語化することができなかった、あるいは言葉にすることに大きな躊躇があった。

若き小林とランボーの関係を論じるのは戦後まで待たなくてはならない。作品としても一九四七年に書かれた「ランボオIII」がもっとも優れている。ボードレール、トルストイ、鏡花において見たように小林における影響はしばしば直線的ではなく、螺旋状の運動をなして深化してゆく。ランボーの影響も例外ではなかった。

ひとたびランボー論を書き、詩集を訳しただけでは足らず、ふたたびペンを執り、その最後に「果てまで来た。私は少しも悲しまぬ。私は別れる。別れを告げる人は、確かにいる」（「ランボオII」）とまで書き、ランボーの惜別の時期を自らが歌わなければならなかったほど「生けるランボー」は小林に、明瞭に感じられていた。

ただ、この詩人は静かな同伴者ではなかった。彼が沈黙しているときも、不可視な隣人は彼のなかで語ることを止めなかった。「ランボオを読み始めた当時は、勿論、私は彼に逆上していた。逆上していたが、決して愛してはいなかった」（「アルチュル・ランボオ」）と小林は書いている。

当時の小林とランボーの関係を考えるとき、この告白めいた言葉を見過してはならない。小林は、語ることを止めない詩神の言葉を明瞭に聞き分けるために、さらにいえばこの饒舌《じょうぜつ》な死者を黙らせるために、『地獄の季節』を訳したのだった。ランボーに言及することにふれ、若い小林は次のように書いたことがある。

作品を理解するという事は、作品から何物かを抽象する事に外なりますまい。私が、今ランボオの作品から何物も抽象する事を好まぬとしても、それには何の論理的根拠はない。ただ、ランボオを語るには、どうしても己れ自身の事を語って了うので、又、それが、人々には甚だ身勝手な、たわ言に聞える事を恐れるだけです。（「アルチュル・ランボオ」）

詩人と批評家は、同じ存在に付された二つの異名に過ぎないと小林は信じていた。詩人を蔵しない批評家、批評家を秘めていない詩人はそれぞれの名前にふさわしくないと小林は考えている。詩人として出発し、批評家になっていった吉本隆明を想い出せば、この小林の実感が真実であることがわかるだろう。小林は詩を書くこともできた。わずかだが彼にも詩はある。だが、詩集を残さなかった。『地獄の季節』は、訳詩という形式をとった彼の「詩集」

だったのである。

水のなかの水素ほどの誤訳に満ちた訳詩集だと自ら語ってはいるが、ランボーという詩人の実在を、彼ほどまざまざと感じさせた訳者はいなかった。今もいない。

一九一〇（明治四十三）年、小林の翻訳が出る二十年前に高村光太郎がランボーの詩を一篇訳している。『創作』に「訳詩三篇」と題し、彼が選び、寄稿した。「眠れる人」と題する詩を高村はこう訳している。

こは緑のほろあななり。銀《しろがね》の綴れの如き
草にくるおしく寄り添いて
泉はうたい、そそり立つ峯の上より
月は輝けり。
光りも暗きこはささやかなる谷間《たにあい》なり。

年若き一人の兵卒は、口うち開き頭をいだして
青くしたたる水菜の中に頸を沈ませつつ
安寝《やすい》せり。雲の方を仰ぎて光りの雨ふる
緑の蓐《しとね》の中、やや青ざめて草に横《よこた》われり。

水仙菖《すいせんしょう》の中に足投げ出して病める幼児の微笑のごとき
微笑を帯びつつ彼は眠れり。
夢をや見るらん。
自然よ。彼を暖かに見守れかし。彼は寒きなり。

強き香りも彼の鼻を刺撃せず、
手を胸にして日の光りの中に、静かに、静かに、
彼は眠れり。右の脇に赤き二つの孔こそあれ。

青葉に覆われた空洞に光が射し込む。そこに若い兵士が口を開けたまま、首を水菜に沈ませて寝ている。「水菜」はクレソンのことで、この植物はワサビの仲間で、通常の土壌ではなく、清水が湧き出る浅瀬に育つ。

この訳文では分かりにくいが、男の頭部は穏やかな水辺にある。身体は草叢《くさむら》の方にある。男は花咲く場所に足を投げ出し、微笑を浮かべて眠っている。何者かが「自然」にむかって、男は寒いに違いない、彼を暖めろと声をあげる。男は周りに咲いている花の匂いにもまったく反応しない。手を胸にのせ、日の光のなかでじっとして動かない。脇腹に二つの銃創を見せながら彼は眠っている。

同じ詩を小林は「谷間に眠る男」と題し、次のように訳している。

谷川の歌うたう青葉の空洞《あな》、
流れは狂わしげに銀色の綴《つづれ》を草の葉にまといつけ、
悠然と聳え立つ山から太陽がかがやけば、
ささやかな谷間は光に泡立つ。

うら若い兵士が一人、頭はあらわに、口をあけ、
裸身《はだか》を青々と爽やかな水菜に潤して、
眠っている。雲の下、草をしき、
光の雨と降りそそぐ緑のベッドに蒼ざめて。

眠っている、両足を水仙菖《すいせんあやめ》につっこんで、
病児のようにほほえんで、眠っている。
さぞ寒むかろう、自然よ、じっと暖めてやってくれ。

風は様々な香を送るが、彼の鼻孔はふるえもしない。
太陽を浴びて、彼は眠る、動かぬ胸に腕をのせ、
右の脇腹に、赤い穴を二つもあけて。

語調は大きくことなるが、その一方で、異界からのまなざしを描き出しているところにお

いて、二つの訳詩は強く共振する。ここに別な訳者の翻訳を挙げることはしないが、そこで描き出されているのは高村、小林とはまったく様相を違えた世界になっている。

二つの訳詩には、二つ差異がある。高村の詩では泉となっているところが小林では谷川になっている。高村の訳でははじめは月夜の場面が描かれ、のちに日の光へと移り変わる。一方、小林の詩では最初から射し込んでいるのは日光になっている。正しいのはともに小林の方だが、高村の訳詩にも一つの世界が現成している。

正確な訳語であるだけではどうしても埋めることができないものが、翻訳という営みにはある。誤解を恐れずにいえば、あまりに正確であろうとすることで見失う何かすら翻訳という営みにはある。正確な訳がたしかな訳文になるとは限らない。誤訳を通じてすら、人はたしかなものを見出し得る。言語的には矛盾をはらむが、歴史はそれが現実であることを教えてくれている。

書かれた言葉はいつも誰かに読まれることによって完成する。文字の上では、正確さに欠けるように思われても、読者の感動がそこを埋めて余りあることがある。誤訳の方が、正確な訳文よりも原著者の世界をよく表すことすらある。『地獄の季節』もその一例だった。優れた翻訳は同時に優れた批評になる。事実、中村光夫、大岡昇平をはじめ、埴谷《はにや》雄高《ゆたか》など次の世代は、この訳詩集のなかに小林秀雄の肉声を見出していった。

この高村の訳詩を小林が読んだかは分からない。だが『白樺』を媒介にしたとき、小林と高村の距離は急速に接近する。高村は『白樺』の同人だった。とくに武者小路、画家の岸田劉生との間には深い交わりがあった。

先章でふれたように小林は、ロダンには幾度もふれている。彫刻家、詩人であるだけでなく高村は、優れた翻訳者でもあった。小林が高村の訳した『ロダンの言葉』を読んでいるのは間違いない。この訳書は、小林秀雄の『ランボオ詩集』に勝るとも劣らない影響を同時代の文学者に与えた。だが、小林が高村に言及した記録は意外と少ない。その一つ、一九四九年に行われた「文学と人生」と題する三好達治との対談で小林は、高村は詩人であるとともに「批評家」だと発言した。このとき小林は次のように語った。

三好　詩的精神なんだよ。抽象的にものを観るんだから。

小林　それはあんたに近代サンボリスト〔象徴派詩人〕の考えが入っているから、そういうことになる。詩は批評であるということに。

三好　だけど、それは何もサンボリストを必ずしも仲介にしなくても。

小林　君なんかの詩の経歴はね、やっぱり批評ですよ。あんたは批評家です。萩原さんも批評家ですよ。高村さんも。やっぱり日本の近代の詩は批評と一緒に入って来た。これは近代の詩が非常に批評的だったから、現代の詩がそうなんだ。

詩人が批評家であることは小林にとって、最高の讃辞であるのは先に見た。小林のなかで高村は、萩原朔太郎や盟友でもあった三好達治と同じ位置にある。また、先の一節は小林が高村の批評を愛読していることを告げている。高村は、ランボーと同時代のフランス象徴派詩人エミール・ヴェルハーレンの訳者だった。彼は、小林がランボーにおいてそうだったように、日本におけるこの詩人の紹介者となった。高村は訳詩集を出しただけでなく、ヴェルハーレンの評伝も書いている。意識している以上に小林は、高村光太郎がもたらした時代の空気にふれている。むしろ、それを胸いっぱい吸い込んでいる。

今日の日本でヴェルハーレンの詩を読む人は少ないだろう。ことに高村の訳となるとその数はいっそう減る。この象徴派詩人の世界を示す「葬式」と題する一篇を引いておきたい。先に引いたランボーの詩とも共鳴している。また、この詩は小林秀雄と高村光太郎の交点を指し示しているようにも思われる。

彼女には三人の息があった。三人ともボンセルで殺された。
夕暮になる。私は彼女の語るやさしい声を聞く。
あまり赤い太陽がまだ森の中にきらきらする。
けれど夕闇の静けさが彼女のまわりにただよう。

時という時が、ああ、彼女にとって悲しい時であろうに、
彼女は此の不幸を無下に退けようと為ない。
その為にからだは衰えても、その為に心は高まり、
その美しい光明は、彼女の涙の中に、亡びない。

又私は見る、はるかに、彼女がそのゆるやかな手で、

三人の死者の為に、三つの花を路に摘むのを。
私の魂はわれ知らぬ喜で一ぱいになる、
この慈愛に満ちた葬式が地上を進むのを見て。（高村光太郎訳）

表記上の作者はヴェルハーレンに違いない。だが、この詩の真の語り手は、異界の人、私たちがときに天使と呼ぶ者たちなのだろう。描かれている超越の視座がそれを物語る。

象徴派詩人たちにとって詩を書くとは、自らが詩神の言葉のうつわになることだった。十九世紀フランス文学における「象徴主義《サンボリスム》」をめぐって小林は「様々なる意匠」で「絶望的に精密な理智達によって戦われた最も知的な、言わば言語上の唯物主義の運動」だったと述べている。教条的な貧しき「唯物主義」は、小林が「様々なる意匠」で論じた、仮の視点に過ぎない。象徴派詩人たちが言葉の限りを尽して「戦う」のは、語り得ないものに肉迫するためだった。

「言語上の唯物主義」というときの「物」とは、眼に見える物体ではなく、在ることの働きをふくめた実在の顕われを指す。そのことを忘れなければこの小林の言葉は文字通り受け止めてよい。ひたすらに「物」を通じて、人間の五感が捉える世界の奥にあるもう一つの世界からの呼びかけに応えること、それがボードレールにはじまり、マラルメ、ヴェルレーヌ、ランボー、ヴェルハーレン、そしてヴァレリーに至る詩学の実相だというのである。

第五章　川端康成とスルヤ

一九三〇（昭和五）年四月、小林秀雄は『文藝春秋』で文芸時評「アシルと亀の子」の連載を始めた。その冒頭に小林は「私は文芸時評というものを初めてするのである」と述べ、次のように続けた。

川端康成氏に「今月の雑誌一とそろい貸してくれないか、文芸時評を書くんだ」と言ったら、「君みたいに何んにも知らない男がかい」と、彼はふきだした。何も弁解なんかしてるんじゃない。私はただ、最近、文芸批評家諸氏の手で傍若無人に捏造された、「アヂ・プロ的要求」だとか、「唯物弁証法的視野」だとか、「文壇的ヘゲモニイ」だとか、等々の新術語の怪物的堆積を眺めて、茫然として不機嫌になっているばかりだ、という事を、まずお断りして置く方がいいと思ったのである。

「アヂ・プロ的要求」、「唯物弁証法的視野」といった表現を個々に点検する今日的意味はほとんどない。だが、術語の源泉が当時、マルクス主義から、実存主義、構造主義、ポスト構造主義などに変わり、今も海外から輸入した「新術語の怪物的堆積」が一向に止まないばかりか、それらを提示することに、かつてより一層躍起になっている現代の貧しい状況を顧みる契機にする意味は、小さくない。目の前の現実を凝視し、認識を深める以前に、術語の紹介と受容に労力を費やし、疲弊している。八十五年以上を経た今なお私たちは、小林の憤慨を過去の発言だと看過してよいところにいるわけではない。

誰の心にも根付いていない術語を、胸に響かない文章で語ろうとする者が跋扈《ばっこ》したとき、日本に批評が生まれた。小林にとって批評は、流行する術語がしばしば大げさな衣装に過ぎないことを指摘し続けた。このとき小林が相談しているのが川端康成であることは注目してよい。このとき以降も小林は、人生の分水嶺《ぶんすいれい》となるようなときしばしば川端と言葉を交わした。「無常という事」の一節を想い出してよい。

或る日、或る考えが突然浮び、偶々傍にいた川端康成さんにこんな風に喋ったのを思い出す。彼笑って答えなかったが。「生きている人間などというものは、どうも仕方のない代物だな。何を考えているのやら、何を言い出すのやら、仕出来すのやら、自分の事にせよ他人事にせよ、解った例しがあったのか。鑑賞にも観察にも堪えない。其処に行くと死んでしまった人間というものは大したものだ。何故、ああはっきりとしっかりとして来るんだろう。まさに人間の形をしているよ。してみると、生きている人間とは、人間になりつつある一種の動物かな」

たまたま川端が近くにいたから話したと記されているが、横にいるのが川端でなければ、こうした言葉が出て来ることはなかったであろうし、ましてや、それを作品に書こうとは思わなかっただろう。

生者でいるうちは人間になりきっていない。死者として「生まれた」ときに人間は生物としてのヒトから人になるというのだろう。

死を新生の契機としてとらえる生命観は小林の文学を貫いている。その原点となる経験を若き日の小林は、川端とその周辺の人々のなかで築き上げて行った。その道程を辿る途中で私たちは、小林との関係からだけでは見えにくかった中原中也の一面も目撃することになるだろう。

当時、川端はすでに『伊豆の踊子』を発表し、初期の代表作の一つ『浅草紅団』の連載を始めていた。川端は一八九九年の生まれで小林より三歳年長である。

菊池寛の信頼が厚く、雑誌『文藝春秋』創刊以来の同人だった。川端の小林への思いが、菊池と小林の関係をより強めたことは容易に想像できる。

「アシルと亀の子」の執筆以前にも小林は、『文藝春秋』に匿名でランボー伝やボードレール伝などの原稿を書いていた。だが、この期間小林は菊池に会っていない。「菊池さんには、ずい分早くから御世話になっていたわけだが、長い間面識はなかった」（「菊池さんの思い出」）と小林は書いている。

おそらくこのとき、小林に執筆の機会を与えるために働きかけたのは川端だろう。菊池は、ある時代を牽引《けんいん》した作家だったが、事業家としての彼はいっそう秀逸だった。事業家はときに、自分の直観よりも、自分の信頼する人の思いを信用する。「〔菊池〕氏は文学の社会性というものの重要さを、頭ではなく身体で、己れの個性の中心で感じた最初の作家だ」（「菊池寛論」）と小林は書いている。

二人がいつ出会ったかは、それぞれの年譜を見ても詳らかにならない。ともあれ小林は川端を知ることで、志賀、武者小路、柳といった白樺派の人々とは別な人々との縁を切り結ぶことになった。なかでも菊池との交わりがはじまったことは小林にとって、じつに大きな出来事だったといってよい。

先に見た一文で小林は、菊池の作風にふれ、通俗性と大衆性とを峻別《しゅんべつ》するなら、菊池の作品にあるのはどこまでも大衆性で、通俗性ではないと述べている。菊池は「読者に面白く読ませようと努力しているが、読者を決して軽蔑はしていない」と書いた。

この言葉は、菊池寛という作家の本質を言い当てている。菊池は、友人でもあった芥川龍之介とは別な道を行った。菊池にとって文学は、芸術である前に仕事だった。小林が一度ならず引用する、菊池の『半自叙伝』にある次の一節も、この作家の特性を、また、それを引く小林秀雄の文学への態度を明示している。

私には、小説を書くことは生活の為であった。——清貧に甘んじて、立派な創作を書こうという気は、どの時代にも、少しもなかった。

生活上の必要から、小林が本格的に執筆を始めたことはすでに見てきた。後年の講演でも小林は、自分は文士という職業で食べていきたいと思った、と書き始めた動機を語っている。

小林は生活から遊離した言葉を嫌った。「アシルと亀の子」をはじめとした作品で批判するのは、民衆の生活と別所で語られた表現であり、また、民衆の日常と乖離《かいり》した文学だった。それは若い日から変わらない。

二十三年間にわたって小林は、追悼文をふくめ、菊池の名前を冠した作品を複数書いているが、年経るごとに作品はよくなっていった。「菊池寛」（一九五五）で小林は、最初に書いた「菊池寛論」（一九三七）に何も付け加えるべきことはない、と述べているが、そこではじめて、菊池と芥川の関係を次のように簡潔かつ明瞭に記しているのは注目してよい。「菊池氏は、夏目漱石を少しも重んじなかった」、「同様な意味で、芥川龍之介も、友情というものは別として、作品の価値は重んじてはいなかっただろうと思う」。これは、菊池の文学観の中核を見事に射当てているだけでなく、似た感想が小林にもあったことを暗示しているように思われる。

小林に本格的な漱石論がなく、芥川をめぐっても、この作家の死にふれながら書いた作品のほかにはない。より精確にいえば、漱石や芥川自身よりもその周辺に渦巻いていた文学に違和を感じていたように思われる。「私小説論」にある次の一節は小林の漱石、芥川への評価を如実に物語っている。

　鷗外と漱石とは、私小説運動と運命をともにしなかった。彼等の抜群の教養は、恐らくわが国の自然主義小説の不具を洞察していたのである。彼等の洞察は最も正しく芥川龍之介によって継承されたが、彼の肉体がこの洞察に堪えなかった事は悲しむべき事である。芥川氏の悲劇は氏の死とともに終ったか。僕等の眼前には今私小説はどんな姿で現れているか。

この一節は、「私小説論」（一九三五）の第一章の終りにある。私小説は、漱石以後、あるいはその血脈を受け継ごうとした芥川の文学と対峙するかのように生まれてきた。小林は志賀をはじめとした私小説に影響を受けてきた。「僕等の眼前には今私小説はどんな姿で現れているか」とあるように小林は、私小説という流れからあふれ出た漱石、芥川によって追究されるはずだった問いを、自らの仕方で継承しようというのである。

先章で、高校生だった小林が芥川と面会したことにふれたが、川端の芥川との交わりはいっそう深い。むしろ、川端の文学者としての出発において重要な契機になっている。川端と芥川の関係を見ることは、小林が出会った当時の川端の精神をかいま見ることになる。

川端が芥川にはじめて会ったのは菊池寛の家だった。そこで川端は、盟友となる横光利一との面識も得ている。菊池は広い往来のような人物だった。彼を媒介に、この時代の文学は大きく動き出している。川端と芥川の交わりもそこに深まっていった。

川端と菊池の出会いは『新思潮』復刊の時にさかのぼる。『新思潮』は、東京帝国大学文学部の機関誌で、一九〇七年に小山内薫によって創刊された。第二次は谷崎潤一郎、和辻哲郎らが参加している。谷崎はこの雑誌に初期の秀作「刺青」や「麒麟」を寄稿している。第三次は、久米正雄、松岡譲《まつおかゆずる》、豊島与志雄《とよしまよしお》、山本有三らによって継承される。久米、松岡は漱石門下といってよい人物だった。

一九一六年には第四次となり、久米、松岡のもとに菊池寛、芥川龍之介が参加し、黄金期を迎えることになる。このときに菊池は「父帰る」を、芥川は「鼻」を書いた。「鼻」は漱石の賞賛を得ることになる。そして第五次の期間が一年間ほどあって、一九二一年に第六次を継承したのが川端と今東光《こんとうこう》らだった。

この雑誌の同人は従来、暗黙のうちに東大の学生となっていた。だが、この不文律を川端はいとも簡単に破った。東光のためだった。

東光の履歴上の最終学歴は中学校中退である。理由は恋愛と素行が悪いことだった。もちろん東大に属したことはなく、熱心なモグリの学生だったのである。そんな若者だったが、文学への開眼は早く、退学になる以前に同時代の文学は一通り読み、谷崎に至っては耽読していた。文学の野生児のような東光が、幼いときから辛酸を嘗めなくてはならなかった川端と意気投合する。東光は、出会ったときすでに川端を「刎頸の交わりをすべき人物だと感じた」（『東光金蘭帖』）と書いている。

「僕は神戸で中学生の頃、それは一年坊主だったがはじめて谷崎潤一郎の作品を読んで身体が顫えたのだ。〔中略〕それからというもの谷崎作品を追っていやしくも谷崎という名のあるものは漁りまくった」（『十二階崩壊』）と東光はいう。彼にとって文学は、若い日からすでに学ぶものではなく、生きてみなくては分からない何ものかだった。

それは川端も同じで、彼は、世に作家として認められるずっと以前に処女作「十六歳の日記」を書いていた。川端の父親が逝ったのは、川端が満一歳のときだった。翌年には母親が亡くなっている。七歳で祖母を喪《うしな》い、十五歳のときに祖父を喪う。作品名は数え年に因っている。

後年に書かれた「父母への手紙」と題する小説で川端は、自分は両親がそれぞれ何歳で亡くなったかも知らないと記しているように、高校生になる前に孤児になった。以後、川端は親類のもとを渡り住む。大阪から上京し、一高に入学、そして二十歳のとき友人を介して東光を知る。東光の一家は、身寄りのない川端を、文字通り家族として迎えた。母親は「康さん」と呼び、「もしかすると生みの子の僕より可愛がったような気がする」（『東光金蘭帖』）と東光は書いている。川端は生涯にわたって、このときの温情を忘れることがなかった。

第六次『新思潮』をはじめるにあたり、川端は菊池に同人候補の報告に行く。そこで川端が東光の名前をあげると菊池は、不良少年はだめだと強く難色を示した。すると川端は「あれを入れない位なら、僕も入りません」と言った。

「それを聞いた晩、眠れなかった」と先と同じ一文に東光は書いている。

二人の友情は生涯を貫いた。川端の年譜を見ると、東光を知った一九一九（大正八）年の項目に、次のような少し奇妙に感じられる記述がある。「東光の父武平から心霊学（神智学）への興味をうえつけられた」。今武平は小林の作品「信ずることと知ること」にも出てくる。

この間テレビで、ユリ・ゲラーという人が念力の実験というのをやりまして、大騒ぎになったことがありましたね。私の友達の今日出海君のお父さんは、もうとうに亡くなったが、心霊学の研究家だった。インドの有名な神秘家、クルシナムルテという人の会の日本でただ一人の会員でした。私はああいう問題には学生の頃から親しかったと言っ

てもいい。念力というような超自然的現象を頭から否定する考えは、私にはありません
でした。

文中にあった「私の友達の今日出海君のお父さん」は、もちろん武平である。小林が今日《こんひ》
出海《でみ》を知ったのは東京帝国大学に入った一九二五年のことである。

日出海は、小林がもっとも心を開いた友人の一人だった。日出海の父親への敬愛は深く、
先の一節は思いが小林に伝染し、武平との間にも無視できない接触があったことを暗示して
いる。この講演で小林は、「超自然的現象を頭から否定する考え」がないことの弁明に留ま
らず、ベルクソンと柳田國男というもっとも敬愛する先達の言葉にふれながら、哲学、民俗
学と領域は異なるが、この二人が共に高次の神秘家であり、そのことによって根源的な意味
での近代の批判者たり得たことを論じた。

この講演の記録は、活字、録音それぞれのかたちで、小林の講演のなかで、もっともよく
読まれ、聞かれたものである。だがこれまで、武平から小林への影響に関しては、ほとんど
本格的に論じられなかった。先の一節に小林はこう続けた。

今度のユリ・ゲラーの実験にしても、これを扱う新聞や雑誌を見ていますと、事実を事
実として受けとる素直な心が、何と少いか、そちらの方が、むしろ私を驚かす。テレビ
であういう事を見せられると、これに対し嘲笑的態度をとるか、スポーツでも見て面白
がるのと同じ態度をとるか、どちらかだ。念力というようなものに対して、どういう態

度をとるのがいいかという問題を考える人は、恐らく極めて少いのではないかと思う。

理性の常識を超える存在に正面から対峙することなく、肯定も否定もしない現代の精神態度に小林は強く異議を唱える。一方、武平は科学的世界観とは別種の世界があることを真摯な態度で説いてくれたというのである。武平と小林をめぐる関係はこれで終わらない。

一九二七年十二月——小林が武平を知っておよそ二年半後——「スルヤ」という楽団が演奏会を開いた。

「スルヤ」とはサンスクリット語で太陽神を意味し、その神はつねに「七者によってその働」を表現する、と楽団の宣言に記されている。

この楽団はのちに作曲家として知られる諸井《もろい》三郎《さぶろう》、河上徹太郎など七人によってはじめられた。命名したのは武平である。彼は自身の文章では「スールヤ」と表記している。活動は六年間にわたって続けられた。

スルヤには正式な楽団員のほかに、「院外団」と称して、側面からスルヤの活動を支援すると公言している人々がいた。小林はその一人であり、そこにはのちにボードレールの研究で知られるフランス文学者となる佐藤正彰、中原中也や大岡昇平もいた。

日時は特定できないが、スルヤの発表会のあとに撮影したと思われる、小林と中原が共に収まっている写真が残っている。中原、佐藤、大岡は発表会が近くなると周囲にチラシを貼りに歩いた。スルヤをめぐる事実は、秋山邦晴の『昭和の作曲家たち　太平洋戦争と音楽』によるところが大きい。

あるとき武平は、息子である日出海に、自らが訳したクリシュナムルティの「峠」と題する古風な訳詩を渡した。そこに諸井がいて、日出海が読み始めると諸井が、曲をつけてみたいと言う。一九二八年五月、スルヤの「第二回作品発表会」で、この訳詩に諸井が曲をつけた作品が発表される。日出海は、詩文は曲に合わせて書き直され、数ヶ月かけて諸井は「混成《ママ》合唱付きの『交響詩』に仕上げた」、と当時をふりかえりつつ、この日の演奏の様子を熱情に満ちた言葉で書き記している。

　私は幕が降りた時、涙が出るほど感動していた。故中原中也が、客席の椅子にとび上がって何か叫んだのを目撃した。（「クリシュナ・ムルティ」）

　諸井三郎は、武平の周辺にいた人々のなかで、もっとも直接的に影響を受け、それを対外的に表現した人物だったかもしれない。彼は神智学協会の会員にもなっている。諸井は近代日本を代表する作曲家の一人だが優れた著述家でもあった。戦中に行われた河上、小林も出席した座談会「近代の超克」の列に彼がいることも、側面的に言論者としての諸井の位置を物語っている。

　スルヤの活動は先に名前を挙げた人々以外にも波及した。島崎藤村もその一人だった。諸井が藤村の詩に曲を付けたいと願い、藤村の家を訪ねたことが交流の始まりだった。第一回の発表会で藤村の詩「野路の梅」をはじめ五編に曲を付けたものを演奏している。諸井は、その後も藤村は、週に一回の頻度で行われていたスルヤの会合に幾度も出席したという。

同じころ、この会合にほとんど欠かさず出席していたのが中原だった。作風はまったく異なるが、共に霊性の詩人と呼ぶべき藤村と中原が、音楽を媒介にして近くに接している様子はじつに興味深い。スルヤと中原の関係は、八章で改めてふれる。

今武平は、日本郵船の船長だった。あるときインドへの航海から帰って来ると彼は、船乗りではなく、むしろ一人の神秘家になっていた。日出海は、この出来事は父親が二十七、八歳のころのことだったと書いている。武平は一八六八年に生まれ、一九三六年に六十八歳で亡くなっている。回心が二十七歳のときだったとすると、一八九五年の出来事だったことになる。前の年、日本は日清戦争を始めている。

もともと敬虔なキリスト者だった。武平は菜食主義者となり、胡桃《くるみ》をよく食べることから「胡桃船長」と呼ばれたりもした。のちに仕事を辞め、神秘学の研究に没頭した。武平がインドから持ち帰った神秘学とは、アニー・ベサントとチャールズ・ウェブスター・リードビーターに牽引される神智学——武平はある時期まで「霊智学」と呼んでいた——で先の小林の講演にあったジッドゥ・クリシュナムルティの言葉だった。

武平は生前、一冊だけ訳書を公刊している。それは一九二五年に『阿羅漢道』の題下で出版された。発行元は文党社で、発行人は東光の名前が記されている。文党社の住所は東光のそれと同じだから、おそらく自宅なのだろう。その冒頭には、サンスクリット文字と共に次の一節がある。

偽物（無価値）より我を導き玉え
真実（有価値）に
闇黒より我を導き玉え光明に
死滅より我を導き玉え不滅に

ここでの「偽物」とは、私たちが日々、目の当たりにしているさまざまな現象であり、「真実」とは、現象の奥にあって世界を在らしめているはたらきを指す。現象の世界は、闇であり、そこにとらわれ続ければ、死滅から逃れることはできない。だが、光明と不滅の世界に参入する道が閉ざされているのではない。今、ここに真理への道が開かれようとしている、耳のある者は聞け、というのである。クリシュナムルティはのちに「世界教師」との異名をもって呼ばれる人物だが、東洋の世界に、遅れて現われた孤高の預言者だと考えていい。あまたある宗教は群れることを人々に促した。しかし、この人物は、独りで超越者の前に立つ道に人々を導こうとする。事実、彼は幼い頃から神格化して育てられ、彼の名のもとに教団もできていたが、彼は成人するとそれを解散した。教団を作る神秘家は少なくない。しかし、それを解散する人は稀である。

武平の訳した『阿羅漢道』の終わりには、次のように記されている。

聖道に在る人は自分の為に生きているのではない。他人のために存在しているのである。他人に奉仕しようがために、自分を忘れるのである。彼は神の御手に於けるペンのようなものである。是れに依て神の思想は降り、ここにその表現を見るのである。ペンの用途は即ち此所に在る。

この言葉を若き川端はどのような気持ちで読んだだろう。のちの作家川端康成の境涯《きょうがい》が予言的に書き記されているようにすら思えてくる。

また、この本の最後には「霊智学協会の三大目的」と題して次のような記述がある。それはそのまま、武平の根本信条だったと考えてよい。

第一　全人類同胞主義者の核心たるべき団体を組成するためにあり。加入者は人種、信条、男女、人為的階級の如何を問わず。

第二　宗教哲学及び科学の比較研究を奨励するにあり。

第三　未だ闡明せられざる自然法則及び人間に潜在する諸能力の研究に努むるにあり。

徹底した平等主義、宗教、哲学と科学の統合、未だ人知が明らかにしない領域の探究への参入を目的とする、というのである。彼らは民族、宗教の差異を問題とせず、諸宗教を貫く叡知に近づこうとした。

この訳書を川端も読んだであろうことは、先に見た年譜の記述から推量できる。書き手としての川端の名前が広く知られることになるのは二十七歳のときに書かれた『伊豆の踊子』だが、そのほかの「父母への手紙」「白い満月」をはじめとした初期の作品には、神智学の影響をありありと見ることができる。たとえば、「空に動く灯」の登場人物は次のようなことを口にする。

輪廻転生の説は昔、来世で蓮の花に乗っかるために、此世で善根をつまねばならん、蛇には生れ変るなという風に、坊さんの御説教の道具にされていたようだがね。誰かが新しい生命を吹き込んで真理にしてくれるといいんだがな。物質科学的にも、精神科学的にも証明してくれるとね。

輪廻《りんね》転生は、説話上の比喩として語られているが、今はそれを鵜呑みにする時代ではなく、科学的に、また「精神科学」的に証明されなくてはならないというのである。ここで述べられていることは、小林と出会った頃の川端の世界観だと思ってよい。二人がいつ出会ったのかは分からない。しかし、それが武平の家だった可能性は十分にある。たとえそうではなかったとしても武平が日本に紹介した神秘学が、川端と小林の間を切り結ぶ重要な契機になっていることは疑いをいれない。

先の川端の小説にあった「精神科学」とは、精神史を提唱したヴィルヘルム・ディルタイが用いた術語ではない。いうなればそれは、新しき霊性の科学である。

神智学は人間の存在を、身・心・霊という三つの層において捉える。医学が身体の科学であるように心理学は心の科学である。ここでの「精神科学」は心理学をさらに発展、深化させた「霊」の科学だといえる。神智学が「霊智学」と呼ばれることがあるように、「精神科学」は、「霊学」と記されることもある。

ここでの「霊」とは、いわゆる心霊現象というときの霊とはまったく関係がない。個々の存在の根底をなすものであり、また、超越と人間が直接交わることのできる叡知の座である。それは霊性の淵源でもある。「日本的霊性」とは鈴木大拙《すずきだいせつ》の術語だが、彼が考える「霊」、あるいは霊の働きである霊性も同質の意味を宿している。

武平には少し遅れるが、一九二〇年ころから、日本で神智学に深く交わったのが大拙とその妻ビアトリスだった。大拙はいわゆる神智学徒ではなかったが、神智学の存在の現代的意味を認めていた。彼には「欧米における仏教思想の伝播」(『鈴木大拙全集　第十九巻』)と題する、偏見なき眼で見た神智学を論じた一文がある。また私も、武平が訳書に掲げた、諸宗教の統合を意味する神智学の紋章に似たものが、晩年まで大拙の書斎の柱に掲げられているのを見たことがある。

ほかにも川端が武平から受けた影響の痕跡は随所に見ることができる。後年になって川端は、処女作である「十六歳の日記」にあとがきを添えた。この一文は、次の一節で終わる。文中の「おみよ」とは主人公とともに祖父を介護した、五十歳前後の農夫の娘である。

私は祖父が死んだ年の八月家を捨てて、伯父の家に引き取られた。家に対する祖父の愛着を思うと、その時もその後家屋敷を売る時も少しはつらかった。しかしその後、親戚や学寮や下宿を転々しているうちに、家とか家庭とかの観念はだんだん私の頭から追い払われ、放浪の夢ばかり見る。祖父が親戚に見せるのも不安に思って、最も信頼していたおみよの家に預けた、私の家の系図も、今日までおみよの家の仏壇の抽出しの中に鍵をかけたままで、見たいと思ったこともない。しかし私は祖父に対して別段やましいとは思わない。何故なら私はおぼろげながら死者の叡智と慈悲とを信じていたから。

遺品にしがみ付く必要はない。なぜなら、死者は死のあとも「生きている」存在であり、生者に「叡智と慈悲」をもって働きかける存在だからだ。死者たちが望んでいるのは、この世に残された生者の幸せにほかならないように感じる。家を売ることにはためらいもある。しかし、そのことが自分の幸せにつながるなら、それをもっとも喜ぶのも死者たちだというのである。ここに見られるのは、川端の深い実感だったに違いないが、また神智学が説く死生観でもあった。

「伊豆の踊子」に跋文を寄せた小林は、「作者は既に遠く来たと言うかも知れぬ、だが又彼は往年の感傷の可塑性を既に知り得まい」と書いている。

「可塑性」とは、物体にある強度の力を与えたとき、その力を除いても原型にもどらないことを指す。小林は川端が青春期に受けた霊性の刻印は消し難い、と感じている。先の川端の一節に、次の小林の言葉を重ねてみる。同じ地平を見た者の痕跡をはっきりと感じるだろう。

子供が死んだという歴史上の一事件の掛替えの無さを、母親に保証するものは、彼女の悲しみの他はあるまい。どの様な場合でも、人間の理智は、物事の掛替えの無さというものに就いては、為す処を知らないからである。悲しみが深まれば深まるほど、子供の顔は明らかに見えて来る、恐らく生きていた時よりも明らかに。愛児のささやかな遺品を前にして、母親の心に、この時何事が起るかを仔細に考えれば、そういう日常の経験の裡に、歴史に関する僕等の根本の智慧を読み取るだろう。(「序(歴史について)」『ドストエフスキイの生活』)

悲しみは、愛するものが喪われたことを確かめる行為ではなく、むしろ、死者の来訪を告げ知らせるというのである。死者となった愛する者はときに、彼が生きていたときよりも近くに感じることができる。不可視であることは不在を意味するのではない。むしろ、見えないことによっていっそうはっきりと感じる、というのである。

歴史――すなわち、死者たちの生――をめぐって小林はいくつも文章を書いているが、そのなかでもこの作品は、小林の歴史観がもっとも直接的に語られた一文だといってよい。それを小林が若き日の代表作である評伝『ドストエフスキイの生活』の序文に書いている意味もまた再考されてよい。

歴史を見る小林の眼が、神智学的だと言いたいのではない。教義となった歴史観などに小林はまったく関心を示さない。それは川端も同じだ。しかし、彼らはともに歴史にふれるとき人はそこに不可避的に神秘としかいいようのない何かを感じることを否定しない。

ここではふれないが、若き日の川端の代表作「抒情歌」を読むと、彼の神秘観は、より明瞭に感じられる。彼にとって重要だったのは神秘の奥にあるものであって、神秘的現象を解説する特定の神秘主義思想ではなかった。それは小林も同じだ。

武平はどこまでも神智学の道を歩いたが、無理な「改宗」を迫るようなことは一切なかった。むしろ、組織として存在する「宗教」は不完全な形態だと感じていた。それはクリシュナムルティの教えの根本でもあった。一九二九年、クリシュナムルティが自らが率いた教団を解散すると、それ以後の武平は、啓蒙的な活動は止め、静かに霊性探究に残りの生涯を費やした。以下に引くのは、東光が書いたそうした日々における武平の肖像である。

晩年の父は、道を求めてさえ容易に答える人ではなくなっていた。広義の意味ではクリシナ・ムルテが神智学協会を解消したという重要な意義と使命とからであったに相違ない。消極的な意味において父はわが子は勿論、何人も弟子を所有しなかったので、神智学を伝えようとしなかったのであろう。

一九三〇年、三十二歳のときに東光は得度し、僧籍に入った。父はこれを必ずしも喜ばなかったと東光は同じ一文に書いている。だが、東光は僧になったあとも父の志を継ぐことを忘れなかった。先の一文は内容は「初歩的なものではあるが、多くの人々に読まれることを希望」していた父の思いを継いで、一九四〇年、武平の没後、東光が、「今春聴」の筆名で翻訳したリードビーターの『神秘的人間像』の序文にある。

川端だけでなく小林も武平から神秘哲学の遺産を貪欲に吸収したが、彼らがもっとも忠実であろうとしたのは神秘説ではない。確かな生の実感、生の経験だった。だからこそ、その影響もまた深甚にならざるを得なかった。

さて、「アシルと亀の子」の初回、それも冒頭の一節をめぐってここまで来たが、日本文学における批評の誕生に視点を動かしたい。

この作品で重要だったのは、彼の文壇での立場が固まったことよりも、近代日本文学における批評の意味が定まったことだったように思われる。次に引く文中の「彼等」とは、ゾラ、ポー、ヴァレリー、トルストイといった近代を代表する海外の作家たちである。

彼等はそれぞれの個性を生きたであろうが、感傷主義文学なる色彩は一様に逃れぬ処であった。自然主義文学などと、想えば大袈裟な誤訳である。私の血管を流れている血液も、正しくこの感傷国の血潮に違いない。私は自分のこの血行を整調しようと苦労している。中河氏も大宅氏も、私のこんな苦労には洟もひっかけない。が、今愚痴を言う暇はない。（「アシルと亀の子 I」）

外国文学を読み、その方法論を解析することができれば、自らの内を流れる「血」を刷新できるというのか、と小林は問う。日本に生まれ、日本語を母語にし、その霊性を宿していることを忘れているとき、そこで受ける影響も表層にとどまる。どこまでも血に忠実であること、そこにだけ真に文学と呼び得るものが胚胎する、というのである。さらに小林はこう続けた。

人は先ず鶯の歌から始めるものだ。素朴な実在論者として心を歌い、花を歌う事から始めるものだ。この歌い手がそのまま芸術制作の年期奉公に移動して了う。年期を入れている裡に、浮世の辛労と技術の修練とによって彼の作家たる宿命の理論は、獲得されては行くのだが、それは冥々の裡に獲得されるのであって、遂に理論は其人の血肉となり、味いとなり、色気となって沈黙して了うより他に道はない。これが現代日本文芸の達人大家といわれている人々の一般的色彩だ。（「アシルと亀の子 I」）

「鶯の歌」とは、意識によって発せられた声ではなく、切実な思いに駆られ、声ならぬ声として発せられた叫びのようなものだろう。

理論は、文字の姿を脱却し、不可視な姿をとって私たちの血となり肉となり、個々の人間の味わいに、色気にならなくてはならない。真に理論と呼ぶに値するものは、その枠組みが創造的に破砕されたときに働き始める。理論は、内実を運ぶ箱のようなものだというのだろう。このことは表現の様式は違ったとしても、同時代において真に作家と呼び得る人々には普遍的に見出すことのできる境涯だというのである。

さらに小林は、芸術の世界では、形式の差異を超え、作者が望む、望まないに関わらず、作品は作者の「根性まるだし」なものにならざるを得ない、という。なかでも文学は技術的制約からもっとも自由であり、そうした芸術領域では「恐らく最も根性まるだし」になるとも述べている。自分が考える文芸時評では、単に作品の良し悪しを論じるだけでなく、ありありと感じられる「根性」の様相を問いたい、そう小林は連載の初回で語るのだった。

ここで「根性」というのは、文学的精神という表現では語り尽くすことができない何かだというのだろう。そう述べたあと小林は次のように記した。

元来文芸批評というものが、人間情熱の表現形式である点で、詩や小説と聊かも異ったものではないのである。（「アシルと亀の子　Ｉ」）

「情」は、かつて「こころ」と読んだ。ここで小林がいう「情熱」は文字通り、心の熱、心の炎である。どこまでも素直に「情」に従うとき、世界は重い帳《とばり》を開け始める。そのとき人は「物のあはれ」を知る、といったのは宣長だが、この人物と出会うべき素地はすでに整い始めている。『本居宣長』で小林は、「自分の不安定な『情』のうちに動揺したり、人々の言動から、人の『情』の不安定を推知したりしている普通の世界の他に、『人の情のあるやう』を一挙に、まざまざと直知させる世界のあることが彼に啓示されたのだ」と述べ、こう続けた。

彼は、啓示されたままに、これに逆らわず、極めて自然に考えたのである。即ち、「物語」を「そらごと」と断ずる、不毛な考え方を、遅疑なく捨てて、「人の情《ココロ》のあるやう」が、直かに心眼に映じて来る道が、所謂「そら言」によって、現に開かれているとは何故か、という豊かな考え方を取り上げた。

晩年の文章だが、述べられていることは変わらない。小林はこの頃から『人の情のあるやう』を一挙に、まざまざと直知させる世界」を探ることに躊躇がないばかりか、それを貧しい術語で阻害する者と戦った。ここでも小林は「啓示」という表現を用いている。このとき小林は、ボードレール、ランボーをはじめとした自身を貫いた言葉の経験を想起しているのだろう。

文学とは、書き手の胸に灯った炎の様相をまざまざと語ることにほかならない。そうした営みであることにおいて批評は、詩や小説とまったく異なる点はない、それが小林の確信だった。

文学と違って論文は、どこまでも感情を滅却した営みで「根性」の表現からは遠いと考える人もいるかもしれない。しかし、それは一種の空想に過ぎない。人間の感情は隠し果《おお》せるものではない。「論文を読んで根性を云々されてはたまらないなどという不埒な虫のいい考えは、水掛論でもやってる同士でなくては通用しない」とも述べている。小林の指摘は今も有効だろう。

第一回の「アシルと亀の子」で中心的に取り上げられたのは中河与一と大宅壮一の論考だったが、なぜか二人に向けて発せられた小林の言葉はさほど印象に残らない。はじめてこの一文を読んだのはもう三十年以上前になるが、以来、幾度となく思い出されるのは次の一節だ。

この元気のいい本が私の心を動かさなかったのは、それが論文であるが為ではないのだ。

早い話が、以前中野重治氏の「芸術に関する走り書的覚え書」を読んだ時には、頼りなさなどは少しも感じなかった。このうちの「いわゆる芸術の大衆化論の誤りについて」だとか「素樸という事」だとかいう論文は、正当に私を動かした。まだ読まない方はお読みになるがいい、少くともこの二つの論文は見事な論文である。(「アシルと亀の子 I」)

『芸術に関する走り書的覚え書』は、訳書を除けば中野の最初の著作であり、『中野重治詩集』と並ぶ、初期の代表作である。小林があげた二編は、今も読まれている。ことに「素樸という事」は、今でも中野の選集が編まれるとき漏れることはないだろう。そこに中野はこう書いた。

たとえばわれわれが論文を書くとする。その場合その論文が重要な当面性を持っていればいるほど、論文を書いた当人にとっては、その論文自身が不要になってしまうことが大切なのだ。その論文がそれ自身としては死んでしまい、しかしそれがかつてその論文が理論的に解決しようとして努力した問題の具体的な解決そのもののなかに全く別個によみがえることが大切なのだ。それが真実にこのようによみがえりえないような論文なら、それがちょっと見にどれだけ堂々としていようが、いつまでそれが本の形で残っていようが、下の下の論文でしかない。(「素樸ということ」)

この一文は、文学者中野重治の信条の告白だと考えてよい。書くことによって人はそこに記された出来事から自由にならなくてはならない。書き得たことに拘泥《こうでい》してそれを自分の所有物のように感じるなら、書くことを止めなくてはならない。書くとは言語化されたことのみの表現ではなく、ついに「全く別個によみがえる」ことのはじまりに過ぎない。書くとは、言葉を所有しようとする営みではなく、手放そうとする営みだというのである。

ここで中野は「無私」という表現を用いない。だが、語られているのは、無私の精神の実相である。先に見た宣長を論じる小林の言葉とも響き合うところがある。中野も「人の情のあるやう」に忠実であろうとした人物だった。

『芸術に関する走り書的覚え書』は一九二九年九月に刊行されているから、時評に取り上げるには少し時間が経っている。ここで取り上げた小林の意図も別なところにあったのだろう。それは小林の中野に対する偽らざる評価だったと同時に、小林から中野へのもっと近くで語り合おうではないかという呼びかけなのである。

山本健吉に「中野重治と小林秀雄——あるいは、一つの運命——」と題する一文がある。そこで山本は平野謙の葬儀で偶然近くの席に座った二人が顔を合わせたときのことを述べている。小林は中野に笑顔で話しかける。しかし、中野の態度にはあるぎこちなさがあったと山本は述べ、こう記している。

如何にも語り合いたそうな、今にもやさしい言葉を掛けたそうな、小林氏の表情だった。だが中野氏は、小林氏の呼びかけに応ずる気持はなさそうな、何かぼんやりとした表情で、むしろ相手の誘いを拒むような感じを見せて、ゆっくり顔をそむけた。中野氏の心には、小林氏がその時ひそかに期待していたかと思われる雪解は起らなかった。(『刻意と卒意』)

自らにとっての文学は、小林秀雄と中野重治との間で育まれていった、と語るのは平野謙である。それは山本健吉も同じだった。かつてマルクス主義を信じていた山本は、小林の言葉に出会うことでそこから訣別する。だが、そのあとも中野重治、あるいは佐多稲子《さたいねこ》といった人物への尊敬は失わなかった。山本にとって二人の間に和解が生まれることは自身の歴史との融和を意味した。

中野は左翼文学を代表し、小林はそれに抗しないまでも、相対する文学の提唱者のように語られてきた。事実、二人の間に論争が行われたこともある。だが、言葉を戦わせた当人たちにはまったく別種の手ごたえがあった。相違する者はときに反発しあうことによってすら、互いに補完し合うことがある。小林と中野は生涯にわたってそうした関係を築いてきた。一九六一年に中野が書いた「誇張をしない人」と題する一文がある。

あるとき私が堀〔辰雄〕といっしょにいた。新小梅の家だったと思う。何のことからだったか、堀が小林秀雄という学生の名を出して私にいった。
「これはね、ちょっと偉いんだよ。」
そして私が、一議に及ばずそれを承認した。(『わが国 わが国びと』)

当時の中野は「偉いやつなんかはいるもんか」と思って生きていた。だが「見も知らぬ小林秀雄という大学生のことを、堀がいったとおりの形でそのとき承認した」とも書いている。中野のなかでも小林は、出会う前から特別な位置にあった。そのことと活動を共にしないこととは別な問題である。敬意を保つために離れていなくてはならない、そうした関係はある。中野と小林の間にあったのもそうした時空だった。二人をめぐってはのちに改めてふれる。ただそれが互いの周辺に生まれた党派のようなものの向うで紡がれた密かな交流だったのである。

媒介者となった堀辰雄が生まれたのは、一九〇四年、小林の二年後である。だが、堀と小林は一高で同級になる。小林の入学が一年遅れ、堀は中学校を四年で卒業し、一年早まったのだった。

第六章　富永太郎と燃えた詩集

訳詩集『地獄の季節』（白水社・一九三〇）は小林の二つのランボー論から始まる。「人生斫断家アルチュル・ランボオ」と「横顔」と題されていた作品に大幅に加筆され、「アルチュル・ランボオⅠ・Ⅱ」として併録されている。

このほかに戦後に「ランボオの問題」という原題で書かれ、のちに「ランボオⅢ」とされた作品がある。

三つのランボー論のなかで二つ目のランボー論は、もっとも言及されることが少ない。最初のそれは、詩人と遭遇した衝撃が語られている。「ランボオⅢ」は、詩人論としても、そして死者と他界を論じた作品としても優れている。先にもふれたが、詩人との邂逅の光景がもっとも鮮やかに描かれているのも、出来事から二十三年を経て書かれた「ランボオⅢ」である。「ランボオⅡ」はそのはざまにあって見過ごされてきた感がある。だが、若き小林の語られざる心情を考えるとき、この一文はきわめて重要な意味を持つ。ここで小林は、夭折した若き日の友人の名前を挙げながら、最初に手にしたランボーの原典をめぐって次のように書いている。

この「地獄の季節」には一っぱい仮名がふってあった、どうしても、見当のつかない処は、エヂプトの王様の名前みたいに、枠を書いて入れてある。この安本は大事にしていたが、友達の富永太郎が死んだ時、一緒に焼けた。思い出しては足の裏が痒くなるのをこらえる。ヴェルレエヌが、パイプを咬え、ポケットに手を突込んで歩いている流竄天使の様なランボオを粗描している。富永はその絵によく似ていた。（「ランボオⅡ」）

富永太郎は一九〇一年に生まれ、二五年に二十四歳で亡くなった。詩人で、小林も参加した『山繭』の同人だった。生前、活字になった詩は八編しかなく、すべてを半年の間に『山繭』に書いた。習作や翻訳した文章などを合わせた彼の詩集が世にでたのは、没後十六年を経たときだった。だが、彼を知る人々のなかでは、すでに稀代《きだい》の詩人だった。その本性に流れる詩情には小林だけでなく『山繭』に名を連ねた河上徹太郎も、また中原中也すら瞠目していた。この詩人が逝ったとき小林は、その姿を天使になぞらえてこう書いている。「僕は、流竄の天使の足どりを眼に浮べて泣く。彼は、洵に、この不幸なる世紀に於いて、卑陋なる現代日本の産んだ唯一の詩人であった」（「富永太郎」）。

「流竄の天使」とは、詩人ヴェルレーヌがランボーに捧げた呼称だった。ヴェルレーヌはランボーの言葉に天界の記憶の表象を見た。小林はヴェルレーヌがランボーに見たものを富永に発見している。比喩ではない。ただ、ここでの「天使」は西洋絵画に描かれるような翼をもった愛らしい存在ではない。それは一たび出会ってしまえば、そこに生まれる機縁を人間の力ではいかようにもできない存在を意味する。

「流竄」とは罪によって遠くの地に送られることだが、それは単なる堕天使を指す言葉ではない。ランボーが「錯乱」で描き出すような地上に遣わされた天界の使者にほかならない。「私達がいるのはこの世ではありません。あれの行く処へ私も行くより仕方がないのです。それに、あれは何遍となく妾につらく当るのです。この妾に、この哀れな心に」（「錯乱Ⅰ」）とランボーは謳《うた》い、「『悪魔』ですとも。――あなた様も御承知です、あれは『悪魔』です、人間ではありません」と続ける。しかしランボーは同じ詩で、この存在を「天使」とも呼ぶ。告白する女性は「神」に魅せられ、聖なる狂気を生きる者、彼女は日々、悪魔にもなり得る天使、天使にもなり得る悪魔と語らう。人は誰も心の内にこうした不可視な存在を住まわせている。天使は人が想像しがちな煌《きら》めくような姿をしていない、というのだろう。富永もまたこの見えない隣人との語らいを宿命づけられた者だったというのである。「あれの行く処へ私も行くより仕方がないのです」とは富永の告白でもあったというのだろう。さらに同じ一文で小林は、ボードレールにふれながら富永の相貌を描き出す。

> 彼の蝕まれた肺臓が呼吸したものは、幸福というものではなかったが、不幸というものでもなかったのだ。それは、ボオドレエルの仮面を被った「焦慮」であった。而も、この「仮面」が、痛ましくも、彼にとって恐ろしい真実であったのだ。彼の眼に映じたものは、潑剌たる人生の個別ではなかった。現実は、最も造型的な喜劇の一形式によって、彼に感傷的な昇天を辛くも給与する時、彼に恕すべきものに見えた一厭嫌物に過ぎなかった。最初の毒を嚥下した時、彼の面前に現れたものは、あまりに明らかな虚無の

影であった。（「富永太郎」）

ここでの「焦慮」は魂が絶対を渇望するさまである。自分はボードレールの強い影響のもとに世界を見ている、あるときまで富永はそう感じていたかもしれない。しかし、ボードレールの影響は契機に過ぎなかった。現象の奥に存在の無を見通すこと、それは富永の天与の性だったというのである。

ここでの「虚無」は、人間を貧しきニヒリズムに導くようなものではない。それは存在の深みを意味する。万物が生み出される根源である絶対無と呼ぶべきものだといってよい。小林は、ボードレールを論じたときも「虚無」という言葉によって同質の実在を語った。「秋の悲歎」と題する詩には、富永が見た「無」の光景が鮮烈に描き出されている。

私は透明な秋の薄暮の中に墜ちる。戦慄は去つた。道路のあらゆる直線が甦る。あれらのこんもりとした貪婪な樹々さへも闇を招いてはゐない。

私はただ微かに煙を挙げる私のパイプによつてのみ生きる。あのほつそりした白陶土製のかの女の頸に、私は千の静かな接吻をも惜しみはしない。今はあの銅《あかがね》色の空を蓋ふ公孫樹の葉の、光沢のない非道な存在をも赦さう。オールドローズのおかつぱさんは埃も立てずに土塀に沿つて行くのだが、もうそんな後姿も要りはしない。風よ、街上に光るあの白痰を搔き乱してくれるな。（『富永太郎詩集』）

虚無に直面する者の全身を烈しく貫くのは戦慄《せんりつ》である。「戦慄は去つた」との一節はかえって、それまでに詩人の全身を揺り動かすような慄きがあったことを物語る。

また、「私のパイプ」との一節は、ヴェルレーヌの描いたランボーのスケッチへとつながり、『地獄の季節』を謳った詩人の眷族として生きる、という宣言になっている。

この詩は富永が亡くなる前年の十月に書かれ、十二月に発表された。活字になった最初の作品だった。この詩を彼は「私は私自身を救助しよう」との一節で終えている。

「風よ、街上に光るあの白痰を掻き乱してくれるな」との一節が暗示するように、出会ったときすでに、富永の肉体を襲う結核が、不治の病であることを知っていた。彼らは出会ったときから別離にむかって歩き出していた。小林と富永の本格的な交わりは二年余でしかない。富永との出会いは、小林秀雄が文学者となるために決定的だっただけではなく、宿命的でもあった。それは中原との邂逅に勝るとも劣らない影響を小林のなかに残している。若き小林にとってほとんど預言者のように感じられていたボードレールを知ったのも、富永を通じてだった。戦後、小林は当時を振り返ってこう書き綴った。

当時、ボオドレエルの「悪の華」が、僕の心を一杯にしていた。と言うよりも、この比類なく精巧に仕上げられた球体のなかに、僕は虫の様に閉じ込められていた、と言った方がいい。その頃、詩を発表し始めていた富永太郎から、カルマンレヴィイ版のテキストを、貰ったのであるが、それをぼろぼろにする事が、当時の僕の読書の一切であった。僕は、自分に詩を書く能力があるとは少しも信じていなかったし、詩について何等明らかな観念を持っていたわけではない。ただ「悪の華」という辛辣な憂鬱な世界には、裸にされたあらゆる人間劇が圧縮されている様に見え、それで僕には充分だったのである。（「ランボオⅢ」）

ボードレールとの邂逅にふれ、小林が「啓示」という表現を用いたことは先章に見た。啓示へと導いた者が、強靱な影響をもつのは当然だった。小林にとって富永は導師といってよい者だった。病身を引きずりながら富永が歩く。そこに小林が、そして中原はついていった。その姿は、富永から発せられる不可視な、しかし避けがたい力のようなものに引き寄せられるかのようだった。当時の様子を小林は次のように書いている。

例外なく僕等の連れであった死んだ中原中也が、富永の顔を「教養ある姉さんの顔だ」と言っていたが、富永はそんな顔をして「おい、ここを曲ろう、こんな処で血でも吐いたら馬鹿々々しいからな」と彼に全く無関心な群集を眺めて言ったりすると、僕等は黙って彼について曲るのである。僕は、そういう時、どういう了簡であったか、今となっては、もはや言い現す術がない。（「富永太郎の思い出」）

年齢が一つ上なだけの友人でもありながら、文学においては抗することのできない引力をもって魅了する者、富永は小林にとってそうした存在だった。
ただ、彼らは富永の存在と作品に惹き起された自分の情感を、感じたままに伝えることをしなかった。むしろ、できなかったのである。文学に限らない。若き芸術家の間に生まれる高次の評価は、しばしば嫉妬の姿をして現われる。富永と小林をめぐる関係も例外ではなかった。

『小林秀雄全作品』の年譜には、「在学中、斎藤寅郎を通じて富永と識る」と書かれていて、二人がはじめて出会ったのは一九一五年から一九年の間、二人が中学校に在学中のころだったということになっている。だが、確証はない。むしろ、近い人物の発言を読むと互いに知り合ったのは、ずっとあとのように思われる。

富永との出会いによって小林の文学の眼が開かれた。富永は小林のもとに現われた最初の生ける詩人だった。小林が中原中也を知ったのは富永を通じてである。そのことを考えると、今一度、邂逅の時節を確かめてみる意味もあるだろう。

一九一五年、小林秀雄は東京府立一中(今日の日比谷高校)に進学する。そこで富永は一年上に在学していた。彼と同級だったのは河上徹太郎である。斎藤寅郎は小林と同級だったが富永とも交流があった。斎藤はのちに建築家、雑誌記者になるのだが、あるとき『小林秀雄全集』の月報に当時のことにふれた一文を寄せた。

富永は背丈の高い色白で端正な少年で、剣道の袴をはいた姿などは先輩ながら実にほれぼれするようなものだった。一中を出て仙台の二高に入り、例の恋愛事件があって一度渋谷に帰って来るのだが、この間私と富永とは絵を描いたり詩を作ったりすることで、二町と離れていない両方の家を往ったり帰ったりしていた。そして、富永は小林を識っ

た。（「若い頃の小林秀雄とその周辺」『この人を見よ　小林秀雄全集月報集成』所収）

ここで「例の恋愛事件」と語られている出来事は、富永の詩と生涯を考える上で見過ごすことができない。一九一九年、十八歳の富永は仙台二高に進む。二年後二十歳のとき、八歳年上の人妻と恋愛をする。女性は夫と不仲になっていて実家にもどっていた。肉体関係はなかったが、少なくとも富永は真剣に結婚を考えていた。姦通罪があった時代のことである。当時、富永は「無題」として次のような詩をノートに書いている。

ありがたい静かなこの夕べ
何とて我がこゝろは波うつ

いざ今宵一夜《ひとよ》は
われととり出でた
この心の臓を
窓ぎはの白き皿にのせ
心静かに眺めあかさう
月も間もなく出るだらう

物音一つしない夜、女性を思う心音だけが高く鳴り響く、その異様な、しかし、愛しい心を皿の上にのせ、眺め飽かしたい。そうしている間に月も昇って来るだろうというのである。心を月に捧げようと詠うのだった。

「詠う」というのは、喩えではない。形式は現代詩になっているが、内実は和歌に近い。新古今和歌集の秀歌との共振を思わせる。新古今の時代、月は、完全なる者を示し、「眺め飽かす」とは視覚的営為ではなく、どこまでも彼方の世界にふれることを指した。「飽かす」は動詞の強調的な表現である。同質の思いが富永の詩にも流れている。

結局、富永の母親が間に入り、女性、そして女性の夫と話し合いを重ね、その結果、二人は別れることになる。このときのことを富永の評伝を書いた大岡昇平は次のように書いている。

「恋する男は結婚の方を選んだ。母親は長男の愛情を通させるのを選んだ。父親を説き伏せて、再び交渉した。女がそっぽを向いたのは、この間に夫との和解が成立していたからであろう」(『富永太郎　書簡を通して見た生涯と作品』)。女性は、自分は結婚を考えていたわけではない、「私はただお友達のつもりで、お付合していました」と語りはじめたのだった。

評伝を刊行してすぐ大岡は、この女性と直接会っている。当時、彼女は八十歳を超えていた。彼がこの女性から聞いた話は先に引用したものとは違う。女性は富永の母親と会っていないと答えた。その上で大岡は評伝を改訂するときに先のように書いたのだった。

少なくとも大岡は、富永も母親も一たびは、結婚に向けて真剣に動き出し、そのあと、女性が夫のもとへ戻ったと考えている。本当に何が起こったかは誰も分からない。

しかし、当事者同志は本気だったが母親が別れを演出した、そう大岡が考えていたと述べている論者がいるが、それは大岡の認識とは異なる。女性の発言を母親の口から聞いた太郎は「ほんとかなあ」（同前）と言葉をもらし、隣室へ去ったという。

さて、先の斎藤寅郎の一節に戻る。先の一節には中学時代から仙台二高を経て、東京に戻ってくるまでのことが語られている。「そして、富永は小林を識った」との表記からも窺われるように小林が富永に出会ったのは中学時代ではなく、富永が仙台二高に進み、さきに述べた恋愛事件を起こし、東京に戻ることを余儀なくされた後であるように思われる。

富永と小林の交流が始まったのが中学時代ではない可能性を告げる文章はほかにもある。河上徹太郎は小林との交わりにふれ、「〔小林との〕つき合いは中学の上級の頃から始まった」（「小林秀雄」）と記す一方で、最初の富永の詩集に寄せた一文では次のように書いた。

富永太郎君は私と東京府立一中時代の同級生で、器械体操のうまい白皙長身の美青年であった。海軍士官になるのが目的で、中学時代から高等数学などマスターしていたが、結局高校へ入学したようだった。要するに私は彼の親友と自分の親友とが共通であったが、直接は余り識らないというような間柄であった。

ここで語られた富永の相貌と履歴をめぐる事実は、のちに一つ一つ大岡昇平によって打ち消されることになるのだが、ここでそれは問わない。また、この一文にも一見する以上の時間的飛躍がある。「要するに」とは、河上が、年譜上では富永と同級生だが、実際のところは、生前の彼をほとんど知らなかったということに過ぎない。

「詩人との邂逅」と題する一文で河上は、富永太郎という詩人を知ったのは彼の没後私家版として編まれた『富永太郎詩集』によってだったと述べる。自分は富永も名前を連ねていた同人誌に寄稿していたが、彼との交流はなかった。人間を媒介にしない、言葉を通じてのみの邂逅だからこそ、自分にとってこの詩人からの影響は決定的だったと述べている。

また河上は、別な一文で富永と小林の交友にふれ、富永と小林の出会いは、少なくとも自分には「非常に興味ある文学的形成の一事件」だと書く。

しかし、青春の日々の隠されたことを、自分で掘り下げようとしても面映ゆい思いをするだけでうまくいかない。小林も、思い出などの作品では彼の名前を懐かしそうに挙げても富永太郎論と呼ぶべき作品は残していない。だが、二人の邂逅が重要であることはいうまでもなく、「もし後世小林秀雄伝を書く実証的伝記作者が現れるなら、ここの所を自分の空想を逞うして誠しやかに詳述すべきなのである」（「小林秀雄と中原」）という。

この一節は二人の出会いがいかに重要な出来事であるかを指摘していると同時に、河上がそれについてほとんど知ることがなかったことを示している。もし、小林と富永が中学時代に交わりがあれば、小林は河上にそのことを話さなかったということはほとんど考えられない。

この詩人の名前を今日私たちが知り、その作品を読むことができるのは大岡昇平のほとんど執念に近いような熱情ゆえである。大岡は、富永が亡くなって一ヶ月もたたない頃、成城学園中等部で、弟の富永次郎と知り合う。これが太郎の詩に親しむ契機となった。次郎は逝った兄の書斎を占領していた。壁面には太郎が画いた絵が飾られていて、当時は「太郎の死んだ後の雰囲気が、まだ富永家にありました」(「富永太郎の詩と絵画」)と大岡は語っている。
　第二次世界大戦が終わり、一九四五年の十二月、大岡は戦地から帰った。翌四六年以降、彼は富永の遺稿を預かることになる。以後彼は、太郎の詩集を編み、詩画集を編集し、評伝を書いた。太郎をめぐって書かれたエッセイも少なくない。大岡は、富永太郎という人物が果した決定的な役割が歴史の塵埃のなかにうずもれて行くことを見過すことができなかった。小林、河上、中原の文学さえも、富永と出会うことがなければまったく違う姿になっていただろうことを大岡は、実証的にまた、深く、静かな情熱をもって語った。彼は評伝『富永太郎　書簡を通して見た生涯と作品』で、小林との関係にふれ、次のように述べている。

　小林は府立一中では(富永の)一級下で、当時から斎藤寅郎を通じて知っていた。大正十二年、恐らくは上海行の前にカルマン・レヴィ版の『悪の華』を貰う。それをボロボロにするまで読んだ時、ランボーにぶつかったと(小林は)書いている。
(富永が書簡で記したように)いっしょにビールを飲んだ「中学のときのグループ」の中には、小林秀雄がいたかもしれない。小笠原旅行の話が出て来るからである。しかしこれはあまり確かではない。しかし富永の上海の手帳に、小林の芝今里町の住所が記されている。

「小笠原旅行」とは、一九二五年四月に小林が当地へ行ったことを指している。この旅行記として小林は「紀行断片」と題する一文を書いた。

だが、富永の手紙が書かれたのは、そのおよそ一年前、二四年五月三日である。その手紙には、「先日の夜、中学のときのグループが集って、友達の一人の家で飲んだ」、また、「京都ゆきは当分あきらめてくれ給え。〔中略〕その時はむしろ小笠原島へ行きたいと思っている」と記されている。

この頃はまだ、富永にも小林の旅に同行したいと思えるほどの体力と気力は残っていた。富永が亡くなるのは翌年の十一月、彼が最初の喀血《かっけつ》を経験するのは、この手紙のおよそ五ヶ月後である。

先の一節で、「確かではない」と大岡がいうのは、「中学のときのグループ」という表現の厳密性である。大岡は同じ一中出身の、というくらいであれば小林も入るが、それ以上の交流があったとする確証にはならないというのである。

このことを踏まえると先の一節にあった「当時から斎藤寅郎を通じて知っていた」、というときの「当時」が、中学時代を指すのではなく、富永が上海旅行を計画し実行した時期であることは、注意して読めば分かる。それは一九二三年を指す。大岡は、この時点ではすでに小林が斎藤を通じて富永を知ったということに言及しているに過ぎない。

ここで語られていることは、先に見た斎藤自身の文章とも一致するのである。先に引いた一節に彼はこう記している。

富永はやがて、破綻の傷をいやすために、ヨーロッパに一歩近い上海に渡って行ったが、生活苦と病気のためにやつれ果てて再び渋谷に戻って来た。

私は富永との再会がうれしくて、毎晩のように無理して渋谷の街に出て二人で飲んだ。富永はお土産に一本の水煙管を呉れたが、当時富永と同様肺を患っていた私にはこの水煙管は何か怖ろしいもののように見えて仕方がなかった。この頃から富永と小林との交友は段々と深くなって来たようだった。

上海に渡ったものの、富永の肉体は旅に耐えられなかった。帰国後、富永と小林の交わりは本格的なものになっていったというのである。

酒を飲み交わすとき、斎藤は富永の口から小林のことが語られるのを幾度となく聞いたのだろう。旅の土産に富永は自分と同じく肺を悪くしている友人に水煙管《みずぎせる》を買ってきた。水煙管はボードレールによって謳われた「倦怠」の象徴で彼にとっては詩と詩人との接点だった。詩の伝統につらなること、それは富永にとって身を賭すべき営みであったことが伝わってくる。

『富永太郎』の初版が出たのは一九七四年、大岡はそれを一九八三年に改訂している。先の引用は改訂版による。初版のとき、先に見た個所は、「小林は府立一中では一級下で、当時は交際はなかった」と記されていた。それが、のちに「当時から斎藤寅郎を通じて知っていた」と表記が改められた。

初版と改訂版を並べて字面の差異だけで追うと「当時」の時間軸が変わっていることに気が付かなかったとしても無理はない。しかし、そこには八年の歳月が横たわっている。

いつ富永と小林が出会ったか、それは大岡にとって重大な関心事だった。彼にとって、自らの文学を決定した二人がいつ出会ったかは、そのまま自己の文学的基点を探ることでもあった。

評伝を出した五年後、一九七九年に書かれた「よしなしごと」と題する一文で大岡は、二人の邂逅の時期を推測する有力な発言として、河上が『厳島閑談』で語った事実を挙げている。

題名通り、河上の談話をまとめたものだが、そこでも河上は、中学時代、富永とは同級生だったが付き合いはなかった、小林と中原が心酔していたのは知っていたが、自分はもっぱら活字を通じて知ったと述べたあと、こう語った。

ただ彼との縁といえば、富永は上海へ行き、これは彼にとって、とても大事な旅行だったんだけれども、ぼくのおやじが郵船に勤めていたから、金のない彼がそのとき小林を通じて頼みにきたことがありました。三等船客で安く上海へ送ってくれって。それでおやじが手続きして送り出したんです。

この一節を受けて大岡は「はじめて公表された事実」であり、「この証言は貴重である」と述べている。ただ大岡は同時に、このとき富永に小林が同伴してはいなかったことにも言及している。

確かに小林は、富永の旅の便宜をはかってほしいと伝えた。しかし、富永が河上を訪ねたときいっしょにいたのは村井康男だったと大岡は書いている。彼はそのことを村井から聞いていたのだった。村井は、富永の親友で彼の最初の詩集の編纂者になる。先の河上の発言を受けて大岡はこう書いた。

これで〔小林と富永の間に〕かなりの親交があったことを推測することができる。小林は一級下であるから、一中在学中は交渉はない。その後小林の同級で、富永と親交のあった斎藤寅郎の紹介で知ったものと思われる。（「よしなしごと」）

先に見たように、評伝の改訂はこの一文が書かれた四年後である。ここで述べられている以上の追加の事実を知ったという記述は大岡の文章にはない。中学時代、富永と小林の交流がなかったと大岡は認識していた。

ここでは富永と小林の本格的な交友を、一九二三年の夏ごろということにする。翌年の九月、小林は富永を同人誌『青銅時代』に誘う。次に引くのは富永が小林に宛てた書簡である。

用事だけ。斎藤から「青銅時代」の同人への話をきいた、昨日。「身にあまる光栄」とでも言いたいような気持だった。勿論そう言ったって、あの中の小説がどれも僕なんかの寄りつけないような立派なものばっかりだからというわけじゃないのだが。――蛇足だな。

で、君があれに書かせてくれるとすると何をとってくれるのだろう。僕は御承知の通り抒情詩しか書けない人間なんだが、そんなものでいいのかしら。

実際人並に小説なんか書けやしないんだ（尤も文芸春秋あたりの、性格ヌキのシチュエーション小説ならレベルを下げさえすれば書けるけど、それはいやだ）。君は僕が小説が書けないことを知っているのだから、書かせるというのは、多分詩のことだろうと思うけれど、念のためきいておきたい。

それから僕自身の勝手な都合を少し書かせて貰うと、僕にも散文で書きたくてどうしても書けないものを大分以前から少し持ち越していつも弱っている。（『富永太郎』）

同じ手紙で富永は小林の小説「一つの脳髄」を評価する言葉を記している。結局、この雑誌に富永が寄稿することはなかった。この手紙が出されてからほどなく、小林は永井龍男、石丸重治《いしまるじゆうじ》らとこの雑誌から離れてしまう。

翌月、新しい仲間たちと始めたのが『山繭』だった。先の三人に富永を加え、河上徹太郎さらに堀辰雄もこの雑誌に寄稿している。

『山繭』に小林がいたのは半年に過ぎない。雑誌を離れる意志を同人に明確に伝えたのは一九二五年の五月だが、小笠原に行った四月頃にはすでに気持ちは離れていたと永井龍男は書いている。だが、この間に彼はのちに文壇に出る手掛かりになる小説「ポンキンの笑い」を寄稿している。富永の活字になった詩は、すべてこの雑誌に載ったものだった。「断片」と題する作品もその一つである。この作品は次の一節から始まる。

私には群集が絶対に必要であつた。徐々に来る私の肉体の破壊を賭けても、必要以上の群集を喚び起すことが必要であつた。さういふ日々の禁厭が私の上に立てる音は不吉であつた。
私は幾日も悲しい夢を見つづけながら街を歩いた。濃い群集は常に私の頭の上で蠢めいてゐた。時々、飾窓の中にある駝鳥の羽根附のボンネットや、洋服屋の店先にせり出してゐる、髪の毛や睫毛を植ゑられた蠟人形や、人間の手で造られてはならないほど滑らかに磨かれた象牙細工や、紅く彩られた巨大な豚の丸焼きなどが無作法に私を呼び覚ました。私は目醒め、それから、また無抵抗に濃緑色の夢の中に墜ちて行つた。

病魔に冒されながらも、地面をひっかくように記された魂の呻《うめ》きのような文字に満ちている。「こんな処で血でも吐いたら馬鹿々々しいからな」と富永が小林たちにいったのはこの頃だった。

「群集」が必要だったのは孤独を紛らわせるためではない。いっそう深く孤独を生きるためだった。闇にいるときもっとも強く光を感じるように、彼は群集という暗がりのなかでもけっして消えることのない自己という魂の光を探そうとしたのである。そうでなければ「肉体の破壊を賭けて」まで行う必要はないだろう。真に魂にふれること、詩人にとってそれは詩神と合一することに等しかった。

評伝を書きながら大岡は、当時の富永と小林の間にあった距離を感じようとする。彼は評伝の終りに次のように書いた。

こんど富永太郎の手紙を一応注し終っても、まだ富永の作品と生涯の意味を、充分汲み尽したとは感じない。しかしただ一つはっきりしたのは、小林と中原には傷は見えたとしても「痛み」は感じられなかった、ということである。傷は見える時、痛みは却って感じられないからだ。（『富永太郎』）

小林の眼にも富永の傷はありありと見えただろうが、痛みを感じることは別だ。傷つきながらも生きた富永に小林は強く動かされただろうか、彼の魂に、富永が背負わなくてはならなかったほどの傷があったかどうかは疑わしいというのである。さらに大岡は、先に見た「断片」にふれながら、次のように書いた。

素材は上海だが、そこにいるのは、無論現在の富永である。「私は人生の中に劇を見る熱情を急激に失つた」「私は笑ひ声のやうに帰り途を見失つた」。美しく精妙な句が続いているが、これは富永としては珍らしく「私」がなまで出ている作品である。

友人の批評は残っていない。昭和三年春、小林秀雄に富永の作品をどう思うか、と筆者が訊いた時、「行き着いたのは結局〝断片〟じゃないか」と嚙んで吐き出すようにいった。生れて始めて告白した時、富永は軽蔑されたのである。（同前）

友人としてはともかく、詩人としての富永を小林秀雄は認めていなかったというのだろう。だが、必ずしもそうとはいえない。むしろ「断片」は、あるときまで小林の心からひとときも離れなかったように思われる。「噛んで吐き出すようにいった」のは小林が作品を軽蔑したからではない。むしろ、圧倒されていたからだ。
　姿は見えず、呼びかけても返答のない死者となった友との間に埋め難い距離を感じていたのは小林の方だった。小林は、「断片」の一節を引きながら一度ならず富永を語った。たとえば、冒頭でみた「ランボオII」の一節につづけて小林は次のように書いている。

〔富永は〕ちっとも金がない時でも滑々《すべすべ》した紺碧の上に、鉄鏽色《かなさび》の帯の貫いた、「海の児《アンファン・ド・ラ・メエル》」の包みは豊富にポケットに入れて、いいパイプが欲しいと言っていたっけ。肺を患って海辺に閉込められたが、「私には群集が必要であった」と詩に歌いたいばっかりに、直ぐ逃げ帰って来た。人混みをのたくり歩く彼に、私はついて歩いた。想えば愚かにも、私は彼の夭折をずい分と助けた。そして今、私の頭にはまだ詩人という余計者を信ずる幻があるのかしらん。私は知らぬ。

　この一文が書かれたのは、先の大岡と小林の対話の二年後である。小林は「断片」のことを忘れたことなどなかっただろう。むしろ、何と語るべきかその言葉を探していたのである。「海辺に閉込められた」とは、富永が結核のため転地療養を強いられたが、そこを抜けだし、小林たちのもとに帰って来たことを指している。
　当時、結核に罹《かか》ることは遠くない死を告げられているのに等しかった。そうしたなかで、一切の医療を拒み、身を削りながら言葉を刻むために病身を引きずるように歩く富永の姿は異界からやってきた者のように映ったのだろう。富永の行くところはどこでも小林は行った。その後ろを歩き、その声を聞いた。まだ、世に詩人として認められていないとしても、富永が不動の詩人であることは小林だけでなく、中原にも明らかだった。

一九四一年に、彼の詩集の刊行時に書いた「富永太郎の思い出」でも小林はふたたび、「私には群集が絶対に必要であつた。徐々に来る私の肉体の破壊を賭けても、必要以上の群集を喚び起すことが必要であつた」という「断片」の冒頭の一節を引いている。退けようとしても富永の言葉は小林の脳裡《のうり》を去らない。そして死者となった富永との不断の対話の様相を次のように活写した。

記憶とは、過去を刻々に変えて行く策略めいた或る能力である。富永が死んだ年、僕は彼を悼む文章を書いたが、今それを読んでみて、当時は確かに僕の裡に生きていた様々な観念が、既に今は死んで了っている事を確めた。そして、自分は当時、本当に富永の死を悼んでいたのだろうか、という答えのない疑問に苦しむ。

この一文が書かれたのは、富永が亡くなってから十六年後である。字面だけを追うと小林はかつてほど富永を評価していないかのようにも映る。小林がここで苦しんでいるのは、親友の死を前に感じていたのが、彼の死ではなく、彼への嫉妬にも似た思いだったことに気が付いているからである。富永が亡くなったとき小林は次のように書いた。

然し、白銀の衰弱の線条をもって、人生を縁取って逝った詩人よ！　僕は、君の胸の上で、ランボオの「地獄の一季節」が、君と共に焼かれた賞讃すべき皮肉を、何んと言い得よう？　君の苦悩が、生涯を賭して纏縛した綳帯を引きちぎって、君の傷口を点検する事は、恐らく僕に許されてはいないだろう。（「富永太郎」）

詩人にとって傷口は、詩の源泉である。小林は友のそれを見ることすら自分は許されていないという。偽らざる実感だっただろう。このとき小林は友に捧げる畏れの感情表現として先の一文を書いた。しかし、その奥にあるのは畏敬の念ばかりではなかった。

愛読した「地獄の季節」の原書を小林が富永の亡骸《なきがら》といっしょに焼いたことは先に見た。小林はランボーから、あるいは、富永から流れ込む、避けがたい影響から自由になろうとしたのだった。それほどに二人からの影響は甚大だった。小林にとってランボーを語ることは同時に富永に向き合うことにほかならなかった。

小林秀雄におけるランボー体験と富永との邂逅を分けることはできない。それほどに二人は、小林の中で強く、分かちがたく結び付いている。その強度をもっとも明瞭に感じていたのは小林自身だった。『地獄の季節』に付された「ランボオII」は次の一節で終わる。「果てまで来た。私は少しも悲しまぬ。私は別れる。別れを告げる人は、確かにいる」。

これまでは、この作品で語られたのはランボーとの訣別だったとされた。だが、それでは充分ではないのだろう。このとき小林が別れようとしたのはむしろ富永だったように思われる。何度封印しようとしても死者となった富永の存在に、小林は目を閉ざすことはできなかった。

先に見た「富永太郎の思い出」も「富永の霊よ、安かれ。僕は再び君に就いて書く事はあるまいと思う」との一節で終わるが、以後も小林は、幾度も富永を語った。むしろ、年経るごとに小林の言葉は核心へと深まって行った。親友が亡くなってから二十二年後、「富永太郎の思い出」から六年後、小林は「ランボオⅢ」でふたたび富永にふれた。

そこで小林は、Au Rimbaud と富永が題し、フランス語で書いた詩を「今でも空で覚えているし、懐かしいので引いて置く」といいながら、三つの四行詩をよみがえらせている。二十年以上経た後でも作品を諳んじることができる。それも母語以外で書かれた詩を暗唱できること自体が、小林の富永への高い評価を物語っている。この詩は、冒頭の六行の草稿が紛失していて、小林の記憶にしか残っていない。記憶していたのは小林ひとりだった。

この詩をめぐって小林は、富永の生前に異論を唱えた。だが、ここでは「何や彼や目下の苦衷めいた事を喋った様だが、記憶しない。僕の方が間違っていた事だけは確かである」と死者に深謝する言葉を書いている。

「ランボオⅢ」で小林が語り始めたのは、死者と、彼が「他界」と呼ぶ死者の国の問題だった。書きながら小林は、姿を変えたが、今も隣人でいる富永の存在をまざまざと感じただろう。ランボーにとって詩人であるとは死者や天使といった不可視な者の口になることだった。

追悼文である「富永太郎」、「ランボオⅡ」、「富永太郎の思い出」そして「ランボオⅢ」と小林は四度富永にふれた、と大岡は評伝の改訂版に書いている。だが、これだけではなかった。小林はさらに富永にふれている。

一九七一年には、「富永太郎の絵」という小品を書いている。富永の絵画展に合わせて書かれた一文だった。富永が絵を描いていたことは無論知っていた。だが、当時は「文学が去れば音楽で充される」という状態だったから、彼の絵に深い関心を抱くことはなかった、と小林はいう。しかし、そんなことを考えていると富永の書斎にあったストーブの絵の印象がよみがえってくる。「懐かしさが油然と湧き上って来る。見たいと思う」との一節で終わる。

この一文は展覧会のパンフレットに印刷されただけで、大岡の生前に刊行されていた小林の『全集』には収められていなかった。

そのことが見過すことになった原因だったのかもしれない。だが、展覧会に大岡が足を運んだ可能性は高い。展覧会のことは彼の評伝の年譜にも記されている。パンフレットは質素なものだが小林の言葉は表紙に書かれている。さらに先に見た「よしなしごと」で大岡は「私は人に笑われるほどの文献主義で、これは私の全集編集、伝記作成の方針にかかわる」と述べているのだから、気が付いてもよかったのではないかとも思う。

その翌年、大岡が編集した『富永太郎詩画集』に小林はさらに一文を寄せた。そこで小林は、次のように記した。この一文は、もっとも新しい小林の『全集』にも収録されていない。

富永太郎の遺した絵の展覧会が行われたのは、去年の春先のことのように思う。その時私は体を悪くして見に行くことが出来なかった。大岡昇平君は、今度、その時の絵と、画帖からの抜粋を加え、詩集を編集し、出版するという。富永の詩集は過去にいくつか出ているが、彼の全作品の完本を作ろうとした大岡君の長年の努力が遂に今度の詩画集を生んだ。富永研究家はもとより、近代詩を愛する一般の人々にも非常に魅力ある本になると思う。(「推薦文」)

この一文を大岡が知らなかったとしたら、そこには重要な親書が届かなかったに等しい不運がある。大岡が行った富永太郎に関する仕事に対し、小林がここまで無条件の讃辞を送ったことはない。それは大岡に対してだけではなく、富永への讃嘆でもあっただろう。富永の没後四十七年のことだった。

第七章　別ちがたきもの――中原中也（一）

一九二五（大正十四）年四月二日、小林は、富永太郎を通じて中原中也を知る。中原が富永と出会ったのは前年の七月、京都においてだった。当時中原はすでに、長谷川泰子《はせがわやすこ》と共に暮らしていた。

京都で中原はまず、富永の友人だった正岡忠三郎と冨倉徳次郎と出会う。中原は、誰に教えられるでもなく、何かに引き寄せられるように自ずと酒場へと足を運んだ。友を探して中原は、街をよく歩いていたと泰子は回想している。

そこにはやはり、語る相手を探している別な者がいた。富永が京都にくると正岡と冨倉が迎え、ほどなく彼と中原を引き合せた。

出会った日からすでに長年の知己のようで、二人は一日中語ることを止めない。あたかも発する言葉をすべて相手が食するかのように対話は続いた。事実、二人は語ることに、また、聞くことに飢えていたのである。このとき、少し離れた東京で小林秀雄もまた、精神に飢餓を感じながら毎日を過ごしていた。

前章に見たように富永は、小林と中原が出会った年の十一月に亡くなっているから、三人の交友関係があったのは八ヶ月間ほどでしかない。富永と小林、あるいは中原と富永はそれぞれすでに知り合っていたが、三人が出会ったとき、はじめて何かが動きだした。

当事者たちは日々起きることに向き合っていただけだろうが、後年に生きる私たちから見るとそこには、何ものかが介入しているとしか思えないような出来事に充ちている。三人は出会うことで、それぞれが高次な意味における詩人、ボードレールがいう批評家を蔵した詩人へと変貌していったのである。

このとき富永はすでに、ボードレールをはじめとしたフランス象徴派詩人を原語で愛読していた。中原はまだ、フランス語がよく読めない。だが、詩情の塊りのような若者の精神にはもう、地盤から水が湧き上がるように言葉があふれようとしていた。富永の知識と教養と中原の野性の詩心がぶつかる。

中原に会ったある日の書簡（一九二四年七月七日付）に富永は「ダダイストを訪ねてやり込められたり」したと書いている。中原は、富永よりも六歳若いのだが、ことここではすでに年齢差はまったく問題ではなかった。

彼らが共有したのは近代西洋の詩と詩人をめぐる感動だけではなかった。富永と中原はともに、詩人宮澤賢治をもっとも早い時期に発見した者たちでもあったことは注目してよい。大岡昇平がこのことにふれて次のように書いている。


中原は宮沢賢治を早くから認めていて、昭和三年頃夜店のゾッキ屋で五銭で売っていた『春と修羅』をまとめて買って、人にやっていた。私も一冊貰ったことがあるが、富永は『春と修羅』の出た次の年の大正十四年一月に読み、あの長い「蠕虫舞手」を筆写

して、友人に送っている。「原体剣舞連」の一部を手帖に写していた。（「恥の歌」その他）

証拠はないのだが、と断って大岡は、中原は富永から賢治の存在を知らされたのではなかったかと述べている。

だが一方、中原自身が書いた文章によると、彼が『春と修羅』を初めて手に取ったのは「大正十四年の暮であったかその翌年の初め」（「宮沢賢治全集」）だから、富永の没後、ということになる。

近しい人が熱く語る書物をあえて手に取らないということは珍しくない。中原は、大岡の言うように富永から宮澤賢治という詩人の存在は、知った。だが、友の没後になって、改めて賢治の詩集を読んだと考える方が自然なのかもしれない。中原が賢治をめぐって書いた文章はどれも小品だが、未発表のものを含めると四編ある。その一つ「宮沢賢治の詩」で中原は、賢治の形而上詩人の面影を見出している。

彼は想起される印象を、刻々新しい概念に、翻訳しつつあったのです。彼にとって印象というものは、或いは現識というものは、勘考さるべきものでも翫味さるべきものでもない、そんなことをしてはいられない程、現識は現識のままで、惚れ惚れとさせるものであったのです。それで彼は、その現識を、出来るだけ直接に表白出来さえすればよかったのです。

要するに彼の精神は、感性の新鮮に泣いたのですし、いよいよ泣こうとしたのです。

つまり彼自身の成句を以ってすれば、『聖しののめ』に泣いたのです。

まずここで問題となるのは「現識」という術語だろう。

一九一〇年、日本における宗教学の父、姉崎正治が、ショーペンハウエルの『意志と表象としての世界』を『意志と現識としての世界』と題して訳出している。「現識」は仏教哲学の古典というべき『大乗起信論』に出て来る術語で、姉崎はそのことを踏まえながら、この言葉を用いていた。

個々の心が捉える世界の表れ、あるいはそれを認識する働きそのものを「現識」という。この一文が書かれたのは一九三五年、中原が亡くなる二年前だが、一九二七年の時点で中原はすでに西田幾多郎の著作を読んでいる。彼は単に西田の言葉を眺めたのではない。烈しい共振と強い共感をもって読んだのだった。

ここで中原は、「現識」という「新しい」哲学的術語を批評に導入しようとしている。中原には詩人哲学者と呼びたくなるような特異の形而上的感覚がある。中原と小林が引かれあうのは詩的境域においてばかりではない。彼らがともに鋭敏な哲学的感覚においても共鳴していることを見過ごしてはならない。

先の一節の冒頭にある「想起」も、単なる思いつきではなく、プラトンが知ることはすべて想い出すことである、と語った意味でのイデア界との交わりとしての「想起」として読むべきなのだろう。

『聖しののめ』と中原が引用しているのは「生しののめ」の誤りで、先に富永が筆写したという賢治の「原体剣舞連《はらたいけんばいれん》」に「生しののめの草いろの火を」とある一節を「聖しののめ」と読み間違えたのだった。

だが、「生」を「聖」と誤読する素地が中原にあったのは注目してよい。また、彼にとって賢治は、宗派的差異を超えたところにある宗教、さらにいえば、大地を踏みしめながら超越界を感じ得る、真の意味における霊性的世界を活写した詩人として認識されていた。

富永は、中原のように賢治を論じる文章を残していないが、認識は相反するものではなかっただろう。

追悼文で中原は富永の姿を「教養ある『姉さん』」と呼んだ。これは友の風貌を言い当てた表現でもあるが、容易に抗うことのできない存在でもあったことを伝える言葉でもあるだろう。さらに「友人の目にも、俗人の目にも、ともに大人しい人という印象を与えて、富永は逝った。そしてそれが、全てを語るようだ」（「夭折した富永」）とも書いている。富永は、中原にとってだけでなく、小林にとっても詩的世界の扉を開示した者となった。先に見たように小林が、彼の若き日の詩神となったボードレールを知ったのは富永を通じてだった。小林にとってのランボー体験は、富永によって準備され、中原との交わりのなかで芽吹き、開花していった。

小林の全集を見ても賢治にふれた文章はなく、彼が賢治を読んだか否かは推察できない。だが、そのことは必ずしも彼が賢治に動かされなかったことを意味しない。また、富永が、小林との会話のなかで一度も賢治にふれなかったとは思われない。

中原が賢治の詩集をはじめて手にしたとき、小林は彼のそばにはいなかった。二人は長谷川泰子のことを発端に絶交状態にあった。しかし、大岡が中原から詩集をもらったと書いた一九二八年には関係は回復しつつあり、二人の間には書簡の往復があっただけでなく、しばしば会ってもいた。中原が、小林に『春と修羅』を手渡した可能性は十分にある。

もし、富永も中原も、小林の前では賢治のことを語らなかったとしても彼は、賢治の詩を一篇だけは確実に読んでいる。なぜなら、坂口安吾が小林を論じ、小林が安吾に読んだ、と語った「教祖の文学」で、賢治の「眼にて云ふ」が全文引用されているからだ。

「西行や実朝の歌や徒然草が何物なのか。三流品だ。私はちっともおもしろくない。私も一つ見本をだそう。これはただ素朴きわまる詩にすぎないが、私はしかし西行や実朝の歌、徒然草よりもはるかに好きだ。宮沢賢治の『眼にて言ふ』という遺稿だ」と書いたあと安吾は、次のように綴られている詩を引いた。

安吾は写し間違え、賢治の原文とは表記に違いがあるが、ここでは小林が読んだかたちを確認するために、あえて「教祖の文学」からそのまま引いてみる。

だめでせう
とまりませんな
がぶがぶ湧いてゐるですからな
ゆふべからねむらず
血も出つゞけなもんですから
そこらは青くしんしんとして

どうも間もなく死にさうです
けれどもなんといい風でせう
もう清明が近いので
もみぢの嫩芽《わかめ》と毛のやうな花に
秋草のやうな波を立て
あんなに青空から
もりあがって湧くやうに
きれいな風がくるですな
あなたは医学会のお帰りか何かは判りませんが
黒いフロックコートを召して
こんなに本気にいろいろ手あてもしていただけば
これで死んでもまづは文句もありません
血がでてゐるにかゝはらず
こんなにのんきで苦しくないのは
魂魄なかばからだをはなれたのですかな
たゞどうも血のために
それを言へないのがひどいです
あなたの方から見たら
ずいぶんさんたんたるけしきでせうが

わたくしから見えるのは
やっぱりきれいな青ぞらと
すきとほった風ばかりです

歴史上の慧眼《けいがん》の士を論じれば世の中はよく見えるのだろうが、そこに一体何があると言うのか。魂から血を流しながら生きてみなければ、見えてこない世界がある。身を切るような悲痛を経てみなければ、どうしても感じられない生の位相がある。西行、実朝、兼好も皆、その上辺を見たに過ぎないというのである。この一文が小林を怒らせることはなかった。むしろ、小林と安吾の間にあった信頼を深めることになる。それを融和に導いているのが賢治の詩だ。「魂魄なかばからだをはなれた」者の眼には惨憺たる景色の奥にも「やっぱりきれいな青ぞらと／すきとほった風」が感じられるというのである。

ここで安吾は小林に世界観を思想として語るのではなく、自分の眼に映っているものをそのまま語れと促している。

この作品が発表されたあと、安吾と小林の対談「伝統と反逆」が行われ、安吾は「あれくらい小林秀雄を褒めてるものはない」と言い、小林は、自分は批評家だから安吾の真意を誤読したりはしないと述べた。それを聞いた安吾も相手が小林だからこそ書いた、とその理由を語り始めた。二人がいつ知り合ったのかは分からない。だがそれは、おそらく中原と安吾が会った時期とさほど変わらないと思われる。

安吾と中原の邂逅は一九三二年であることは分かっている。おそらく夏ごろだと思われるが、確証がない。しかし場所ははっきりしていて、京橋にあった酒場ウィンゾアーだった。前年に開店した店に、中原はほとんど毎晩のように通った。酒場を経営していたのは青山二郎の妻の弟夫婦だった。小林もしばしばこの場所を訪れている。

「ウィンゾアー」は、イギリスの地名ウィンザー Windsor である。英国風の家具をしつらえた店だった。この店に関しては青山の「私の接した中原中也」と題する一文に詳しく、そこで青山は「宵の口に来て中原が毎晩がんばっているので、誰も寄りつかなくなって潰れた」と書いている。中原は、相手を問わず、語ることがなくなるほど話し続けた。そのなかで賢治のことが彼の口からでなかったと考える方がむずかしいだろう。

のちに中原が求婚した坂本睦子がはじめて酒場に出たのもこの店だった。『坂口安吾全集』の編纂者七北数人《なきたかずと》によると、安吾と中原が出会ったのは、中原が求婚していた睦子に安吾が言い寄り、中原が怒ったのがきっかけだった（『評伝坂口安吾　魂の事件簿』）。

誰もそのことを文章に残してはいないが、この場所で中原、安吾、小林のあいだで賢治の文学が語られたことはなかっただろうか。「教祖の文学」が書かれた切っ掛けは、一九四六年に『群像』の創刊号に賢治の遺稿として「眼にて云ふ」が掲載されたことだった、と七北は書いている。それを見た安吾が「（無常といふこと）に就て／宮沢賢治遺稿より出発のこと」と記したメモがあることにも七北は言及している。

「宮沢賢治遺稿より出発のこと」とは安吾自身の境涯を指しているのだろう。彼は賢治の詩に戦後の混迷を切り拓く糸口を見出していた。

当時、賢治の詩に動かされていた人物に高村光太郎がいる。高村は生前の賢治に会っている。賢治が高村のもとを訪れたのだった。詩人の草野心平は、賢治、高村の双方と親交を結んだ。草野は発刊されて間もない時期に『春と修羅』を読んで瞠目し、賢治に彼が主筆だった雑誌『銅鑼』への寄稿を依頼している。彼は「光太郎と賢治」という一文で、高村を訪問した賢治から「高村光太郎氏にはまことに知遇を得たし、以て芸術に関する百千の疑問を解し得」たので、「師礼を以て」接したいとの意が記された文語体の手紙をもらったと記している。また、賢治が「自ら訪問した芸術関係」の人は、光太郎ただ一人だったとも草野はいう。賢治の没後、高村は『宮澤賢治全集』の編纂《へんさん》に注力した。

作品中小林は、ほとんど高村にふれていないが、彼の詩に強く動かされていたことは先に見た。高村が近代日本における初期の、また優れたフランス象徴派詩人の紹介者だったこともすでにふれた。草野は小林と親しく、戦中はともに中国を旅している。

中原も高村に会っている。それだけでなく、中原にとって高村は、もっとも敬愛する芸術家だった。彼の最初の、そして生前は最後の詩集となった『山羊の歌』が高村の装丁であるのも、中原の、高村に対する敬意の表れだった。中原に高村を紹介したのは、彫刻家の高田博厚である。二人が知り合った契機は詳細には分からないが時期は遅くとも一九三〇年であることは確かで、同じころ高田は小林にも会っている。

自伝的著作『分水嶺』で高田は、同じく一九三〇年のこととして、親友でもあった詩人高橋元吉の詩集『耶律』の出版記念会にふれ、小さな集まりだったがそこで、谷川徹三《たにかわてつぞう》と高村光太郎がしきりに賢治の作品を誉めていたと書いている。

だが、谷川自身は「雨ニモマケズ」と題する講演録で、のちに自分は「賢治の生前に竟に〔その作品を〕知ることができ」なかったが、「死後直ぐその作品に接し」たと述べているから高田が聞いたのはおそらく、高村が賢治を評する言葉で、それを谷川は横で聞いていたのだろう。もしくは戦後、谷川による賢治の再評価の業績が高田の記憶を混乱させたのかもしれない。

先の出版記念会の席には中原もいた。先に見たように中原はすでに賢治を読んでいただけでなく、その作品を周囲に喧伝していた。賢治が亡くなるのは、この催しからおよそ三年後、一九三三年のことである。

こう見てくると、賢治と中原には十一歳の年齢差があるが同時代人であることが改めて分かる。同質の発見が小林秀雄においても起っていたと想像することは、あながち空想に遊ぶとばかりは言えないだろう。小林が富永、中原に強く影響された感性を有していたからだけではない。

これまであまり語られてこなかったが、若き小林は、谷川徹三のよき読者でもあったのである。中原が高田と出会ったのと同じ年、小林には「谷川徹三『生活・哲学・芸術』」と題する一文があり、そこで小林はこの本のほかにも「以前に出た『感傷と反省』と最近の『享受と批評』とを読んだ」と書いている。小林は賢治の文学を深く感じ得る精神圏にいた。

ベルクソン論『感想』の冒頭で小林は、亡くなった母親の精霊が蛍となって顕われた経験を語った。そして死者との交わりにふれ、「あの経験が私に対して過ぎ去って再び還らないのなら、私の一生という私の経験の総和は何に対して過ぎ去るのだろうとでも言っている声の様であった」と語り、このことが文学者としての彼の根本問題であることを言明した。このとき小林は、自身の経験は「或る童話的経験」とも呼び得ると語ったのだった。

この一節は、『注文の多い料理店』の広告文で「この童話集の一列は実に作者の心象スケッチの一部である」と書いた賢治の世界観を強く想起させる。さらにいえば、安吾が賢治の詩に着想と執筆の動機を得たように、このとき小林にも賢治の世界が想起されていたとしても驚かない。

仮に小林が賢治の存在を知ったのが一九二八年頃だとして、『感想』が書かれるまでにはあまりに長い時間が横たわっている、との指摘も考え得るかもしれない。だが、母親の死を語るまでに小林は、十二年間、沈黙していたのである。

妹トシが亡くなってから賢治にとって童話は、生者と死者の関係を切り結ぶ営みそのものになっていった。母の死後、小林にとっても死者論はいつも彼の作品の通奏低音となっていった。本格的に死者の存在を語ろうとしたとき、小林の念頭に改めて賢治の存在が浮かび上がってきたとしたら、それはむしろ自然なことであったように思われる。さらにいえば『感想』、ことにその第一章で母親の霊との邂逅を描く小林の筆致は、賢治の『銀河鉄道の夜』の光景と著しく響き合うように私には感じられる。

ほとんど真逆の性格だった富永と中原だが、それゆえに認め合い、ときに衝突する。そうした関係は富永の最晩年、ほとんど死の際まで続くことになる。富永の身体が、衰弱しているといってよい状態になっても中原は、富永に論議を挑むのを止めなかった。

亡くなる二十日ほど前、富永はもっとも心を許した正岡忠三郎に次のような手紙を書いている。文中の「ダダさん」とは、ダダイズムに共感していた中原のことである。

尤もダダさんだけは、相変らずずいぶんちょいちょい来るが、これとてもこの頃は一向有難からぬことになっている。仔細はというほどでもないが、かれこの頃小林に絶交を申渡されたのだ。前々からのダダさんの話で考えると、例の悪癖が小林を怒らせてしまったことは明白なのだが、またそれに一向気づかぬ当人でもないのだが「小林という男はちがった生活の人間に接していると焦躁を感じる質なので遂にそれが高潮に達して今度のことになったのだ」と演説口調で言って見たり、小林をセンチメンタルだの馬鹿正直だのと言ってみたり、その後小林がある友達に話したという「俺は友達を選び間違えたんだ」という言葉をどこからかきいて来て「小林にもずいぶん失敬したと思っていたが、これでそうでなくなった」などと、愚にもつかないことをいうので、僕をも怒らせてしまった。尤も近頃は来ても僕は殆んど一言も口をきかず、むこうでしゃべりたいことだけしゃべって帰ってしまう有様なので、勿論反駁などしたことはない。し出した以上は途中で止めるわけには行かぬ。そんなことを考えるとたまらなくなる。

他者との間合いを取ることができなかった中原の実状が痛々しいまでに感じられてくる。まったく悪気はなかった。こうしたことは中原の日常だった。中原の彫刻をつくった高田博厚も「人をまず馬鹿にして、喧嘩早くて、臆病で、それでいて本当だった」（「中原中也のこと」）

と書いている。

文学者を打ちのめすに暴力はいらない。しばしば言葉が太刀になる。そのことは富永もよく分かっている。だが、このときすでに富永にはもう、反論するだけの気力も体力も残っていなかった。

中原の性格を特異だとして、彼の異常を指摘するのは簡単だ。だがそうした眼は中原という人間の表層をなでるに過ぎない。おそらくこのとき中原は、自分以上に自分に近い存在として富永を認識している。そうした存在が消えゆくことを中原はどうしても認めることができなかった。

親しかった人は誰もが富永の死を深く悲しんだ。あふれる才能をもったまま、一冊の著作も世に問うことなく二十四歳で逝かねばならなかったのである。

だが、悲しみのあまり二晩眠らなかったのは中原だけだったかもしれない。納棺の日の正岡の日記には「夕方、ダダさん、蒼い顔して来る、二晩寝なかった由」と記されてあった。追悼文で中原は「富永は、彼が希望したように、サムボリストとしての詩を書いて死んだ」と記したあと、こう続けた。

彼に就いて語りたい、実に沢山なことをさし措いて、私はもう筆を擱くのだが、大変贅沢をいっても好いなら、富永にはもっと、想像を促す良心、実生活への愛があってもよかったと思う。だが、そんなことは余計なことであろう。彼の詩が、智慧という倦鳥を慰めて呉れるにはあまりにいみじいものがある。（「夭折した富永」）

「倦鳥」とは、空を飛ぶのに倦んで羽を休める鳥のこと、智慧などでは、生の実相を見通すためには何ら役立ちはしないことを、富永の詩は教えてくれたというのだろう。この一節が、誰かが中原のことを語った一文にあったとしても驚かない。富永と中原、さらには小林を含めた三人は、一つの魂を抱き、見るべきものを別々の場所から見ることを定められているようだった。

鈴木大拙《すずきだいせつ》が『日本的霊性』で、法然とその弟子親鸞の関係をめぐって、二つの異なる生涯を貫く一つの人格があると書き、柳宗悦《やなぎむねよし》が『南無阿弥陀仏』で法然、親鸞だけでなく一遍を加え、三つの人生を見ても、そこを通貫《つうかん》する一人格を見ることができると語っているが、同質なことは富永、小林、中原にもいうことができる。しかし奇縁によって結びついていた一つの人格は、富永の死によって分離することになる。

三人はそれぞれボードレールを、あるいはランボーを読む。だが、感じるところが異なる。あるいは、あえて異なるように感じようとさえした。

あるランボーの詩を富永、小林、中原の順で翻訳したのが残っているが題名が違う。富永が「饑餓の饗宴」と訳すと、中原は「飢餓の祭り」と題し、小林は──厳密には『地獄の季節』「錯乱II」のなかにある同根の異形《ヴァリアント》の詩なのだが──「飢」と名付けている。

先行する訳文を継承するだけなら、あえて自分が訳す必要はない。彼らにとって訳詩とはそのまま、沈黙のうちに語られる批評だった。題名はそこに何を見たかを象徴する。

ここでいたずらに個性を表現しようとするだけの者は、仲間からもっとも激しい軽蔑を手に入れることになるのを知っている。三人が挑んだのは、誰がよりなまなましくランボーをよみがえらせることができるか、ということだった。ほかの二人ができない形で異界に赴《おもむ》いたランボーを、この地に呼び戻すことができるかを思案したのだった。
「幸福 Bonheur」と題するランボーの作品がある。この詩を富永が日本語にすることはなかったが、小林と中原がそれぞれの訳詩を残している。先に翻訳したのは小林だった。一九三〇年に刊行された『地獄の季節』（白水社）で小林は、次のように書き記していた。

季節《とき》が流れる、城砦《おしろ》が見える。
無疵な魂《こころ》が何処にある。

俺の手懸けた幸福の
魔法を誰が逃れよう。

ゴオルの鶏《とり》の鳴くごとに、
幸福《あれ》にお礼を言ふことだ。

ああ、何事も希ふまい、
生《いのち》は幸福《あれ》を食ひ過ぎた、

身も魂も奪はれて、
意気地も何もけし飛んだ。

季節《とき》が流れる、城砦《おしろ》が見える。
幸福《あれ》が逃げるとなつたらば、
あゝ、臨終《おさらば》の時が来る。

この訳詩集は、文学を愛する者の心を烈しく動かした。必ずしも小林と意見を同じくしなかった埴谷雄高のような人も、この詩集と出会ったときの衝撃を隠すことはなかった。だが、そうした人々のなかで、もっとも熾烈な想いをもってこの詩集を読んだのは中原ではなかったか。訳文を読むとそう思われてならない。同じ詩を、中原は次のように訳している。

季節《とき》が流れる、城寨《おしろ》が見える、
無疵な魂《もの》なぞ何処にあらう？

季節《とき》が流れる、城寨《おしろ》が見える、

私の手がけた幸福の

秘法を誰が脱《のが》れ得よう。
ゴオルの鶏《とり》が鳴くたびに、
「幸福」こそは万歳だ。
もはや何にも希ふまい、
私はそいつで一杯だ。
身も魂も恍惚《とろ》けては、
努力もへちまもあるものか。
　季節《とき》が流れる、城寨《おしろ》が見える。
私が何を言ってるのかって？
言葉なんぞはふっ飛んぢまへだ！
　季節《とき》が流れる、城寨《おしろ》が見える！

「城砦」と小林は訳したのを中原は「城寨」と表記を変えたがルビには同じく「おしろ」と

書いた。「魔法」と小林は書き、中原は「秘法」と記す。多少の異同はあるが、中原が小林訳に強く動かされていることは一見して明らかだ。

幸福が逃げるとなつたらば、
あゝ、臨終の時が来る。

と小林が訳したところを中原は次のように書く。

私が何を言つてるのかつて？
言葉なんぞはふつ飛んぢまへだ！

中原は、どうにかして小林の言葉から逃れようとしている。それほどに訳詩にうごめく小林の言葉は、力強く中原の魂をつかんで離さない。そうした中原の思いはついに、原文にない一節を訳詩に注ぎ込むことになる。中原の訳詩にある三行目の「季節が流れる、城寨が見える、」の一節は、小林の訳にはない。これはランボーの原詩にもないのである。訳文を変えることができなければ、詩を流れる律動を変える。そのためには新しい一行を加えることも中原は辞さないのである。

先に引いた小林の訳文は、最新の『小林秀雄全集』にはない。年代順に編纂されていて、一九三〇年に刊行されたものとして扱われているが、訳文は一九五七年に小林が改訳したものが最終稿として採用されている。一九五七年版から同じ場所を引いてみる。

ああ、季節よ、城よ、
無疵《むきず》なこころが何処《どこ》にある。

俺の手懸けた幸福の
魔法を誰が逃れよう。

ゴオルの鶏《とり》の鳴くごとに、
幸福にはお辞儀しろ。

俺はもう何事も希《ねが》うまい、
命は幸福を食い過ぎた。

身も魂も奪われて、
何をする根もなくなった。

ああ、季節よ、城よ。

この幸福が行く時は、
ああ、おさらばの時だろう。

季節よ、城よ。

なぜ小林は跡かたもないほど初訳の音律を捨てたのか。あるいは捨てなくてはならなかったのか。

訳は正確になった。だが、この訳詩が一九三〇年に刊行された詩集にあったとしても、あれほど熾烈な影響をもたらすことはなかっただろう。正しくしたために、生気を失うということは翻訳の場合、珍しくない。

小林は中原によって、自らの訳文に似た訳詩が紡がれたとき、そこに流れる音律は、小林が中原から与えられたものであることに気が付いたのではなかったか。小林は、誰にも似ていない言葉を世に問うたと感じていたが、その淵源が中原との交わりにあったことに、中原の訳に接することで気が付かされたのではなかったか。五七年版で小林は再び中原とは別種の言葉を紡ぎだすのに注力しているように思われる。

たとえば、小林の『地獄の季節』が出る前年に、中原が雑誌『生活者』に発表した「月」の初出に流れる律動と、三〇年版小林の訳詩を比べてみる。ある強度の親和性に、すぐに気が付く。

今宵月はいよよ悲しく、
養父の疑惑に瞳《みは》を瞠る。
秒刻《とき》は銀波を砂漠に流し
老男の耳朶は蛍光をともす。

あゝ忘られた運河の岸堤、
胸に残つた戦車の地音《ちをん》、
銹びつく鑵の煙草とりいで
月は懶く喫つてゐる。

七人の天女はそれのめぐりを
趾頭舞踊しつづけてゐるが、
汚辱に浸る月の心には

なんの慰愛もあたへはしない。
遠《をち》に散らばる星と星よ!
おまへの劊手を月は待つてる

詩的言語は多層的に存在している。文字としての「言葉」、そして音律としての、言語の姿を離れた「コトバ」──井筒俊彦がいう言語の形姿を脱したうごめく意味の塊りとしてのコトバ──がそこにある。詩とは、言葉とコトバの織りなす協奏曲だといってもよい。音律に限定されない。色、香り、響き、あるいは姿というコトバすらあり得ることを彼らに教えたのが、フランス象徴派の詩人たちだった。ボードレールの『悪の華』にある「交感」──「万物照応」と訳されることもある──と題する詩は次のように始まる。

自然は神の宮にして、正《せい》ある柱
時をりに　捉へがたなき言葉を洩らす。
人、象徴の森を經《へ》て　此處を過ぎ行き、
森、なつかしき眼相《まなざし》に　人を眺む。

長き反響《こだま》の　遠方《をちかた》に混《まじ》らふに似て、
奥深き　暗き　ひとつの統一《とういつ》の
夜のごと光明のごと　廣大無邊の中に
馨《かをり》と　色と　物《もの》の音《ね》と　かたみに答ふ。（鈴木信太郎訳）

自然は、いうなれば「神」の神殿であり、それはしばしば「言葉」ではなく「コトバ」によって語りかける。その深奥《しんおう》で人は、永遠なるものにふれるのだが、そこで万物の香りと色と響きがあいまって一なる存在を形成しているのを目の当たりにする、というのである。香り、色、響き、これこそ通常の言葉が、詩的言語へと変貌する条件にほかならない。「彼は、詩の音楽性にも造型性にも無関心であった」(「中原中也の思い出」)と小林は中原が没して十二年後に書いている。中原はそれらに関心を示さなかったが、彼がそれに無縁だったわけではない。むしろ、中原の詩には詩における音楽も造形も、天与のものとして豊かなまでに備わっていた。この一節は逆に、小林が中原から学び取ったものを告げている。小林は詩に流れる「音楽」、そこに宿っている「かたち」がいかなるものであるかを中原に教えられたことを示している。

『小林秀雄全集』には収められていないが、「手記断片」(『中原中也全集別巻・下』所収)として知られる、若き日に書かれた小林秀雄の日記がある。そこに小林は中原に出会って五ヶ月ほど経った、一九二五年九月七日の手記で彼の印象を次のように書いている。「N」はもちろん中原である。

私はNに対して初対面の時から、魅力と嫌悪とを同時に感じた。Nは確かに私の持っていないものを持っていた。ダダイスト風な、私と正反対の虚無を持っていた。しかし嫌悪はどこから来るのか解らなかった。彼は自分でそれを早熟の不潔さなのだと説明した。

こうした手記は、嘘が記されているわけではないが、必ずしも真実が述べられているとはいえないだろう。投函しなかった手紙のようなもので、たとえそこに激烈な怒りが表現されていても、書き手の内心に残るのはむしろ、真逆な心情であることは少なくない。

思い切り怒りを表現することで、それまで自分でも気が付かなかった別の情感を発見する。そうしたことは珍しくない。小林も例外ではない。むしろ彼は、自分に欠けている資質を豊かにもっているから惹きつけられた、しかし、嫌悪の情となると「どこから来るのか解らなかった」という記述を字義通り確かめるためであれば、こうした一文を改めて読む意味は希薄だろう。そもそも小林には、「魅力と嫌悪」が、分かちがたく結びついていることくらいはっきりと認識されていたはずだ。

嫌悪が生じる理由を「早熟の不潔さ」だと中原が言ったという記述は、二人の関係が他にない親密さだったことを物語る。面と向かって片方は相手のことを嫌悪していると言い、伝えられた相手も怒るのではなく、その理由を説明する。二人は互いの個性には「魅力と嫌悪」を同時に感じている。

ここに見られるのは、二人がともにあるとき、それぞれの人格でありながら、個性から遊離するという稀有《けう》な現象のように思われる。しかし、何よりも彼らにはっきりしていたのは、二人の間にある、彼ら自身によっても別ちがたき仲であり、そのことに困惑する若者の姿である。小林も中原も、自分たちの手ですら壊すことのできない機縁の存在をはっきりと感じている。しかし、それを御することができない。

中原と小林の関係を語ろうとするとき、長谷川泰子の存在を見過すことはできない。泰子をめぐる恋愛劇が起ったのは富永が亡くなる少し前だった。小林と中原の訣別は、泰子をめぐる問題にだけ原因があるように語られるがおそらく実状はそこに収まらない。

先に見たように一九二四年、京都にいた頃から中原と泰子は同棲していた。小林が二人の前に現われたのは翌年である。泰子と小林の関係が深まるのにはさほど時間がかからなかった。中也に隠れて二人は密会するようになる。しばらくして泰子は、中也のもとを離れ、近くに暮らしていた小林のもとに身を寄せることになる。

のちに小林は中原にふれた文章で「奇怪な三角関係」（「中原中也の思い出」）と述べ、また、中原が「私の女を私から奪略した男」（「我が生活」）と書いたことから、これまで二人を論じた文章ではしばしば小林が、中原から泰子を奪ったかのように描かれることが多い。また、小林と中原が絶交状態になるのも、暗黙のうちにこの恋愛関係に原因が一元化されているように述べられてきたきらいがあるのは否めない。

しかし、一方、二人をよく知る人々が描く当時の様相は、そうした風説とは随分と様子が異なっている。たとえば大岡昇平は、このころの二人をめぐって次のように記す。

しかし一体女が男を替える理由が判然としていることがあるだろうか。今日の泰子は京都時代の十七歳の中原は優しい叔父さんみたいなもので、全然恋愛じゃなかったといっているし、小林の場合にも恋愛はなかったと明言している。

ここで「今日」とは『中原中也伝』執筆当時のことで、大岡は、泰子に直接会って話を聞いている。泰子の中原や小林をめぐる回顧録が発表されるのは、このときから二十五年が経過したときだった。

これまでの小林、中原の論者たちは、あまりに無遠慮に、また臆面もなく三人の恋愛を語ってきたのではなかったか。自分に置き換えてみれば分かるように、恋愛にはどうしてもその当事者でなくては見えない境域がある。語られた言葉と相反するような情感が、当事者たちのあいだを流れていることも少なくない。

三人の関係がもつれたとき、中原は十八歳、小林は二十三歳、泰子は二十一歳だった。相手を十分に受け入れることも、また自分の心情に正直に生きることもできなかった若者たちの生活に、文学者として知られるようになった、のちの彼らの姿を重ね合わせてはならない。

ここで私たちの目の前にいるのは、評価の定まった詩人中原中也、批評家小林秀雄ではない。中原はまだ、自分の書いた詩を泰子のほかには見せていない。小林も同人誌にいくつか発表しただけの小説家を志望する若者だった。のちに泰子が語っているように、当時、三人のなかでは誰も恋愛がどのようなものかを知らなかったのである。

亡くなる直前に富永から小林にむけて記された手紙に「中原とのこと当り前のことだ」との一節がある。泰子が中原のもとを去り、小林のもとに行くのも無理はない、というのである。

だが、この手紙が投函される前に、富永は逝かねばならなかった。富永が他者に向けた絶筆は「僕ニアッタコトハダダサンヘナイショ」だった。小林が中原と絶交に及んだのは泰子のことが大きな引き金になっているが、理由はそれだけではないだろう。むしろ、ほとんど末期の床にいる富永にも傍若無人な態度を取り続ける中原を、小林は許すことが出来なかったのではなかったか。さらにいえば、小林と中原は無意識のうちに富永との関係を取り合っている。

泰子が中原のもとを離れ、小林のもとへと移ったのは、富永の死から間もなくだったことは偶然だとは思えない。富永の死は、これまでの関係の崩壊であるとともに新しい関係を告げる出来事だったように感じられる。三人の関係をめぐって書かれてきた多くの言葉は、小林と中原のどちらかを擁護するような記述ではなかったか。そうしたなかで白洲正子だけは別だった。彼女は三人の関係をまったく違う場所から眺めている。

男同士の友情というものには、特に芸術家の場合は辛いものがあるように思う。中原中也の恋人を奪ったのも、ほんとうは小林さんが彼〔中原〕を愛していたからで、お佐規さん〔泰子〕は偶然そこに居合せたにすぎまい。彼女に魅力がなかったらそれまでの話だが、あいにく好みが一致しているのが友達というものだ。(『いまなぜ青山二郎なのか』)

小林は、中原から泰子を奪うことで、中原との関係を手に入れようとした。富永亡きあと、一人になった中原は、必ず自分との関係を紡ごうとする、小林は意識しないところでそう願っていたというのである。

事実そうなった。小林と中原の関係は、一年もしないうちに、ゆるやかに治癒し始める。中原は、小林と離れている間に、小林にだけ向けた作品を書いたりもしている。その一つが「小林秀雄小論」だった。誰も読まないことを知りつつ、中原はこう書いた。

この男は無意識家なのです。然るに用心深すぎるのです。卑怯なのです。

意識は精神の異名であるなら、「無意識家」は魂の人のもう一つの呼び名でもあるだろう。さらに中原は、こう続けた。「機敏な男とは生活の処理のよくつく男ということといって差支えありません。この男はヴァニティ、即ち自己自身の魂のことを後にしたので生活の処理がつき易かったのです」。

こう書きながら、中原は、小林が意識の奥で自分との関係を新たにする必要に迫られているのをはっきりと感じている。小林の言葉は、意識を通り越して、自らの魂に入ってくる。意識への刺激であれば防御することもできる。しかし、自分さえふれることのできない魂の部屋に何の前触れもなく、小林の言葉は飛び込んでくる。それを強く実感しているからこそ、中原は「卑怯なのです」といわざるをえないのだろう。このとき小林は、中原自身よりも彼の無意識に近いところにいる。

だが、逆のこともまた、小林の魂で起こっていたのである。

第八章　信仰と悲しみ──中原中也（二）

先に小林と中原の恋愛をめぐる白洲正子の言葉にふれた。ある種の正鵠《せいこく》を射た言葉だが、それでもなお、小林、中原の方からしかこの出来事を見ていないようにも感じられる。男の方から見るだけでは、恋の実相が見えて来ることはないだろう。この恋愛事件はこれまで、なぜ長谷川泰子が、これほどまでに二人を惹きつけたかという問題を考えられてこなかった。彼女のインタビューも残っているが、中原や小林の思い出を聞き出すのに懸命で、この女性の生涯、その境涯を十分に顧みてこなかったように思われる。

中学生のようだった、と泰子が述懐しているように、中原が泰子の前にはじめて現われたとき、彼はまだ十六歳だった。当時泰子は十九歳、三歳年下の青年と深い関係を結ぶなど思いもよらなかった。泰子は役者を目指していた。中原は同じ劇団にいた男の役者に拾われるようにして稽古場に顔を出すようになっていた。そこで中原は、泰子に自分の書いた詩を見せるなどしていた。

劇団は、表現座という名だったが、一度切りの公演で解散してしまった。行き先のない泰子は、転がり込むように中原の家で暮らすようになり同居が始まる。

最初は単なる同居だったが、若い男女が同じ屋根の下にいれば同棲に発展するのは避けがたい。しかし、それは泰子が強く望んだことだったわけではなかった。中原は、性の開花において早熟だったが、女性との付き合いにおいて同様だったわけではない。むしろ、性生活において、彼が心で女性とどう交わるかを知る前に、彼の肉体が女性のからだを知ったことに中原と泰子の関係がこじれる火種があった。

「ダダイストを気取っていた中原には優しさもなく、いたわりもない交わりでした。それは精神的にも肉体的にも成熟していなかった私に、大きな衝撃を与えました」（「中原中也との愛の宿命」）と泰子は雑誌のインタビューで語っている。

からだを愛しむことは、心を慈しむのに勝るとも劣らない困難があるという、多くの、むしろほとんどの男が踏む道程を、中原もまた経験している。泰子は、小林のもとに去ったときの心情にふれ、「中原の妻というような気持がありませんでしたから」、とも話している。

小林を擁護しようとするのではまったくないが、小林が泰子を中原から奪ったという表現は、当時の三人をめぐる情況には当てはまらない。小林が現われなくても泰子は早晩、中原のもとを離れていただろうとの大岡昇平の指摘は的を射ている。中原は「我が生活」と題する一文で「私は恰度、その女に退屈していた時ではあったし、というよりもその女は男に何の夢想も仕事もさせないたちの女なので、大変困惑していた時なので、私は女が去って行くのを内心喜びもした」と書いている。「退屈」の理由を泰子に負わせてばかりいては公平を欠くだろう。別れてもよい、かえって喜びだったとの表現が彼の真実を告げていると考えるのは愚かに過ぎるとしても、当時彼には、自分がどのような人生の一時期を過ごしているのかをめぐる、充分な自覚がなかった。中原も泰子を十分に受け止めることができなかったのである。先の一節のあとに中原は次のように続けている。「いよいよ去ると決った日以来、もう猛烈に悲しくなった」。大切にできないものが、手の中からすり抜けるように消えて行ったとしても不平を言うことはできまい。

一九四九年、中原の没後十二年に書いた「中原中也の思い出」で小林は、一人の女性をめぐる、親友との間に起ったことにふれ、次のように書いた。

〔泰子をめぐる〕忌わしい出来事が、私と中原との間を目茶目茶にした。言うまでもなく、中原に関する思い出は、この処を中心としなければならないのだが、悔恨の穴は、あんまり深くて暗いので、私は告白という才能も思い出という創作も信ずる気にはなれない。

何かを語ろうとするが、それに応じることのできる言葉を心中に見つけることができない。むしろ、語り得たことはすべて嘘になる、そんな出来事だったというのである。

一方中原は、先に見た「我が生活」で「然るに、私は女に逃げられるや、その後一日々々と日が経てば経つ程、私はただもう口惜しくなるのだった」と書いたあと、こう記す。

——このことは今になってようやく分るのだが、そのために私は嘗ての日の自己統一の平和を、失ったのであった。全然、私は失ったのであった。〔中略〕とにかく私は自己を失った！　而も私は自己を失ったとはその時分ってはいなかったのである！　私はただもう口惜しかった、私は「口惜しき人」であった。

哲学者の九鬼周造《くきしゅうぞう》によると「惜し」は、古語では実現不可能であることを前にした、悔恨の情を意味した。「愛しい」は、もともと「いと惜し」、どこまで愛しても、愛し切ることができないことを指す。ここで中原が言う「口惜しい」も、単に強靭な悔しさを表現する言葉ではない。自己を見失い、言葉を失うほどの経験だったというのである。

これまで小林や中原を論じてきた者たちは、この当事者たちさえ不可解だといってはばかることのない恋愛を、あまりに饒舌に語って来た。それに対し、河上徹太郎や大岡昇平といった二人に近しい人ほど、この出来事を語るのに慎重だったことも注目に値する。彼らは、分からないことを分かったかのように語ることなどできなかった。彼らが語ったのは恋愛模様ではない。小林と中原の友情の秘密だった。

絶つべき交わりのないところにはそもそも、絶交が生じない。深い信頼関係があるところにだけ、本当の絶交がなされる。ただ絶交はこの二人には起こらなかった。彼らが音信不通のような生活を送った期間はおよそ八ヶ月でしかない。泰子が小林のもとに去ったのは一九二五年の十一月、翌年の七月に中原は「朝の歌」と題する詩を小林に見せている。

晩年に書かれた中原の「詩的履歴書」には当時のことが次のように記されている。

大正十五年五月、「朝の歌」を書く。七月頃小林に見せる。それが東京に来て詩を人に見せる最初。つまり「朝の歌」にてほぼ方針立つ。方針は立ったが、たった十四行書くために、こんなに手数がかかるのではとガッカリす。

「詩を人に見せる最初」とは厳密にいうと精確ではない。ここでの「人」は、他人で、泰子はすでに中原のなかで「家人」であり「人」には入らない、ということなのだろう。泰子は、詩人中原の最初の共鳴者だった。からだを重ね合わせても通じ合わない彼女と中原の心をつなぎ止めていたのは詩だった。先に見たインタビューで泰子は、中原の詩には抗しがたい力があったと述べている。

しかし、中原が詩を読ませてくれるたびに生気がよみがえってくるのを感じました。詩のわからない私には直感的なことしかいえませんが、中原の詩にはなにか美しいもの、胸に響くものがあって自然に涙が流れるのです。〔中略〕まるで詩を書くために生まれたような人でした。

泰子が、中原の詩をもっとも深く味わった一人だったことは疑いをいれない。むしろ、彼女のなかに他に類を見ないような詩を受け容れるうつわがなければ、このような発言は残らない。

ほとんどの人が中原の詩を認めないとき、彼女はそこに稀有なる炎が燃えたつのを目撃している。誤解を恐れずにいえば、彼女は中原の前に現われた最初の受容者だっただけでなく、批評家ですらあったのである。泰子に読んでもらえればよい、そう感じて書いた詩も初期の中原には少なくないはずだ。

彼女が小林と共に過ごした時間は二年半ほどで、けっして短くはないが、泰子は小林の作品をめぐって、先の一節のような言葉を残すことはなかった。中原の魂を感じたように小林のそれを近くに感じることはなかったようにも思われる。

小林との間に距離ができると中原は、それを言葉で埋めようとするかのように小林にむかって手紙を書き、「小林秀雄小論」をはじめ、小林を論じる作品を書き始めた。誰かに読まれることを想定してではない。だが、いつか小林だけは読むであろうことを感じながら書いていることは、行間からもひしひしと伝わってくる。

二人の間にあったのが、泰子をめぐる関係のわだかまりだけなら小林と中原は文字通りの意味で訣別していただろう。しかし、そうはならなかった。一九二七年に中原が書いた作品の一つ、「小詩論　小林秀雄に」には次のような記述がある。

　友よ、この一文を書きたくなった今晩君が傍にいて呉れたら僕は大変沢山なことが喋舌れた。いろんな詩の方法が一度に三つも四つも私に見えて来て僕はもう此の一文を打切ります。けれどもこんな草稿でも君に見せれば大変好いと僕は思っているのです。

この作品を小林が、いつ読んだのかは分からない。この一文の終わり近くに中原は「これは千九百二十七年に小林に送る手紙です」と書いているように、作品の姿をしているが、読者を小林一人に定めた、詩的書簡と呼ぶべきものだった。中原は小林さえ読んでくれればそれで満足だったのだろう。

同じ年の一月十九日付で小林に宛てた書簡で中原は、ドストエフスキーの『虐げられし人々』を読んでいると語り出し、夏目漱石や志賀直哉、正宗白鳥などにふれたあと、友人に関することを述べ、手紙を次の一節で終えている。

「君に会いたい」

受け取った者が、よほど大切にしない限り書簡は残らない。書簡を読むとき私たちは、何が書かれているかに目を奪われがちだが、まず、注目するべきは、手紙が残っていること自体だろう。小林もこの手紙を捨てることができなかった。

ある時期、二人は確かに距離を置いた。しかしそれはより関係を深め、強める契機になった。そのことを二人はどこかで感じていたように思われる。中原が小林を「無意識家」と呼んでいたのは先にみた。さらに交わりを深めるためには、一度別れなくてはならない、彼らはともにそう「無意識」で感じていたのではなかったか。

別な手紙で中原は、「僕は自分をばかり語ったが、僕にとっては哲学をすることでもある。そして僕にとっては一番真実であり、君は僕に真実を語らせることが出来るから、僕は君に随分感謝しているのだ」と書く。

さらに「そしてこの感謝は、僕は自分を未だ非常に未完成だと思っているので、余程強烈だ」と続けた。小林にむかって自らを語るとき、そこに哲学が現出する。真の意味における対話が実現する。著しく真実に接近することができるのを実感する。小林との対話は、未完成な自己を、より完全なものへと近づける、というのである。

この書簡には次のような言葉もある。「西田幾多郎の新著を買おうと思っている」。中原は西田だけでなく、ベルクソンも読んでいる。同年の十二月十一日の日記に中原は「余はベルグソンを／尊敬する者なり」と記している。ベルクソンと小林の関係に中原が介在している。小林におけるベルクソンという問題は、最初から詩的問題と不可分なところにあったのである。

同じころ、中原が深く交わりをもったのが、今武平によって命名された楽団「スルヤ」だった。第二回の演奏会の際、中原の詩にメロディがつけられ、歌われた。選ばれたのは中原が小林に見せた「朝の歌」と「臨終」で、曲を付けたのは諸井三郎だった。

この会場には小林もいた。二十人ほどの人に混じって、中原と小林の二人が収まっている写真が残っている。ただ中原は右端、小林は左端と、もっとも遠いところに座っている。

「朝の歌」は、中原の詩の中でもよく知られた作品の一つだが、彼は第一詩集『山羊の歌』に収録するまで数度にわたって改稿している。作者にとっても、もっとも愛着のある作品の一つだったのだろう。演奏会で発表されたのは次に見る、この詩の最初のかたちである。彼が小林に見せたのもこの言葉だった。

天井にあかきいろいで
戸の隙を洩れ入る光、
鄙びたる軍楽の憶ひ
手にてなすなにごともなし。

小鳥らのうたはきこゑず
空は今日はなだいろらし、
倦んじてし人のこころを
諫めするなにものもなし。

樹脂の香に朝は悩まし
うしなひしさまざまの夢、
森並は風に鳴るかな

ひろごりてたひらかの空、
土手づたひきえてゆくかな
うつくしきさまざまのゆめ。

この楽団は『スルヤ』という同名の機関誌をもっていた。この詩はその第二号に掲載されている。このときが中原の詩が、雑誌上で活字になった最初だった。

この詩が書き上がると中原はまず、小林に見せた。それは小林でなくてはならなかった。「小鳥らのうたはきこゑず／空は今日はなだいろらし、／倦んじてし人のこころを／諫めするなにものもなし。」二人にとって、これほど美しく謳《うた》われた和解の言葉があっただろうか。

世界は静寂に満ち、黎明《れいめい》の光が射し込む。繰り返し人の心を諫めるようなことは何もない、というのである。たとえ、泰子をめぐる出来事がある以前にもどることがなかったとしても、二人のなかにそうしたことを希求する思いがあることが、文字に刻まれ、それが読まれればそれでよかったのだろう。

「スルヤ」にとって音楽は、人々の心を癒すものであるだけでなく、神々にささげられるものでもあった。スルヤという名が太陽神と七つの星々にちなんで命名されたことは先に見た。神々に言葉を送る。中原がこのことに動かされなかったとは考えにくい。彼が詩を書く動機はそこにあったとさえいえる。事実、原稿用紙に書いた膨大な作品を目の前に置き、これに曲を付けて欲しいと諸井に願い出たのは中原だった。「朝の歌」と「臨終」を選んだのは諸井である。これらが選ばれたとき中原は少なからず驚いたかもしれない。

演奏会は成功裡《せいこうり》に終り、中原も歓喜した。先にふれた写真はこのとき撮影されたものである。「音楽と世態」と題する一文で中原は、自らの音楽観をこう述べている。

　私に問題なのは、要するに彼が如何に音楽を要求したかが問題であって、言い換れば、彼れの魂が如何に音楽に於いて満足されたかが問題なのである。

真に詩人と呼び得る者の魂が常に希求しているのは、言葉が自らの心を離れ、飛び立つことである。このとき中原には、自らの詩が歌われることによって、個の思いが無私の悲願にまで高められたように感じたのではなかったか。

詩が人間を結びつけた。中原と泰子の場合も、中原と小林の場合もそうだった。だが、そこに働いていたのは詩だけではなかった。もう一つ中原と泰子の関係を考えるときけっして見過してはならないのは信仰の問題、ことにキリスト教をめぐるいくつかの出来事である。

二人は洗礼を受けていない。いわゆるキリスト教の信徒ではない。だが、ともに信徒たちにけっして引けをとらない態度で自らの信じる信仰生活を生きた。

中原の場合、信仰との交わりは、彼が生まれおちたときに始まり、その影響は生涯を貫いている。河上徹太郎は中原を「カトリック詩人」であるとすら呼んでいる。

泰子におけるキリスト教の影響も無視できない。中原に出会ったとき彼女は、教会とは離れたところで神とつながり、そのはたらきを世に広めようとした、いわば在野の伝道者だったのである。

一九二三(大正十二)年九月、関東大震災の後のことだった。泰子は広島から東京を経て京都へと向かった。彼女の横にいたのは「大空詩人」と自称した永井叔《よし》だった。この人物には詩人、信仰者、旅人、そして役者、さまざまな顔がある。

彼は当時、自らの詩集を刊行するためにさまざまな土地に赴き、托鉢《たくはつ》をしながら生活をしていた。托鉢といっても彼は仏教者だったわけではない。むしろ、若いときに洗礼を受けたキリスト者だった。彼は広島で、「赤い牧師」と呼ばれ、特高にも監視される人物に出会う。ある日、この牧師の教会にミッションスクールを卒業したという長身の女性が訪れる。彼女は牧師夫妻とも親しかった。これが泰子だった。

「やがて、私と彼女とは、聖美な神と霊と哲学と詩（芸術美、芸術愛）を通して相語る機会が多くなって行った」と彼は自伝にいう。あるとき永井は泰子に、どこまでもプラトニックな関係でいよう、「愛の運動——聖即ち真善美の運動を、共々にやろう」とも語った。だが、それが彼の内心の気持ちそのままでなかったことは想像に余る。

この章のはじめに中原と泰子が出会ったのが、表現座という劇団だったと述べた。永井はそこで役者をしていた。彼が中原を仲間に引き入れたのだった。「私が街で拾った中学生」と永井は自伝で中原のことを書いているが、通りで永井に声を掛けたのは中原の方だった。互いの人生観を語り合おうと若き中原がいう。「中原中也少年の私を見据えた目は、私の大好きな猫の眼の程も神秘的で、その奥の方から異様な光と共にブレイクの画でも出て来そうだった」と永井は自伝に書いている。永井は中原を泰子に紹介する。二人が急速に接近する。

ここでの「ブレイク」は、敬虔なる異端者の異名だろう。永井の言葉が確かであれば泰子は、詩人中原中也の才能を、ほとんど本能的にかぎ分けた最初の人物だったが、それだけでなく彼女は中原に、ウィリアム・ブレイクのような異端的なキリスト者の薫りを嗅ぎ取ってもいた。

永井が街で出会った中原を引き連れてきたことに象徴されているように、この人物との日々が泰子の精神をさまざまなかたちで準備した。泰子が中原に出会う前に永井という詩人に出会っていなければ、彼女は中原の詩を十分に受け止め切れなかったかもしれない。永井は泰子に、詩と信仰が交わるとき何が起こるのかを身をもって伝えた。中原は、泰子の前に同質のことをいっそう烈しく実現する者として現われたのだった。

一九〇七年、中原は湯田《ゆだ》温泉がある山口県の吉敷《よしき》郡山口町に生まれた。この地は日本にキリスト教を伝えたイエズス会士フランシスコ・ザビエルとのゆかりが深い。

一五四九年に来日したザビエルは宣教の許可を得るために当時の天皇と将軍に拝謁《はいえつ》を願い出るが謁見《えっけん》は認められない。ザビエルは一たび長崎の平戸に戻るのだが、そのあとはしばらく山口に腰を落ち着けることになる。

当時、この地を治めていた大内義隆は、キリスト教の布教を試みたいというザビエルの願いを聞き入れただけでなく、大道寺という寺院を活動の拠点とすることを許した。この場所が、日本で最初の定住的な教会となった。今、この場所は聖ザビエル記念公園、あるいはザビエル公園と呼ばれ、この人物を記念する石塔が建てられている。

公園の建築にあたって中核的な役割を担ったのは中原政熊、中也の養祖父だった。政熊は、その妻コマとともに敬虔なカトリックの信者だった。公園の建設を提案したのは当時、当地の教会の司祭だったビリオン神父だった。のちにふれるが中也は後年、この神父のもとを訪れている。

政熊は毎週教会に通うような熱心な信徒ではなかったが、神父と政熊は深い信頼関係で結ばれていた。政熊の内心に宿している信仰は、文字通り敬虔と呼ぶべき無私に貫かれたものであることを神父は感じとっていた。建設が決まると神父は政熊に積極的な参加を依頼する。

この養祖父夫妻のキリスト教への接近は中原家に強く影響する。中也の周辺にはキリスト者が多くいた。ザビエルに近いカトリックばかりではない。プロテスタントの長老派の信仰を持つ者もいた。こうした中原家の一族の霊性をめぐって、中也の弟中原思郎が『兄中原中也と祖先たち』という著作を残していて、教理上ではなかなか一致を見ることのない宗派の違いが中原家ではほとんど問題にならず、むしろ積極的な意味で共存し得ていた実情が描かれている。

宗派を超えて超越とのつながりを見出して行こうとする霊性の態度はそのまま中也にも深く、そして強く流れ込んでいた。それはついに、最晩年の中也においてキリスト教と仏教とのあいだに高次な融点を見出そうとする態度へと昇華される。

一九三〇年の一月に中原は「小林秀雄に」と献辞を付した詩「我が祈り」を『白痴群』に発表する。この詩全編を通じて、中原は内心の思いを「神よ」という一語から始めている。

神よ、私は俗人の奸策ともない奸策が
いかに細き糸目もて編みなされるかを知つてをります。
神よ、しかしそれがよく編みなされてゐればゐる程、
破れる時には却て速かに乱離することを知つてをります。

神よ、私は人の世の事象が
いかに微細に織られるかを心理的にも知つてをります。
しかし私はそれらのことを、
一も知らないかの如く生きてをります。

私は此所に立つてをります！………
私はもはや歌はうとも叫ばうとも、
描かうとも説明しようとも致しません！

しかし、噫！　やがてお恵みが下ります時には、
やさしくうつくしい夜の歌と
櫂歌《かいうた》とをうたはうと思つてをります………

前々年二八年の五月、小林は泰子との関係を終らせ、何かから逃れるように奈良に向った。彼が東京に戻ってきたのは翌二九年の春だった。「俗人の奸策ともない奸策」とは小林に当てつけたのではない。むしろ、自らの胸に突き刺した言葉だった。「櫂歌」とは舟歌のこと。中原にとって「お恵み」とは、小林との間に一段と和解がふかまることだったろう。

小林が泰子との生活を止めた年の九月、中也は石田五郎、関口隆克という人物と共同生活を始めている。中原が二人のところに舞い込んできたのだった。中原はとくに関口と親交を深めた。彼は「修羅街輓歌」と題する詩を関口に捧げている。

関口はのちに文部省の官僚になり、開成中学校・高等学校の校長を務めることになる。関口は、「幻想と悲しみと祈り」と題する中原の信仰にふれるじつに興味深い一文を残している。関口は、思うように他者に向き合うことができず、ついには自らを責めるような中原の

姿をしばしば見た。「乱暴をしたり人嫌いになったり自己嫌悪に陥りて、孤独の内に沈潜することが屢々であった」と書いたあと、彼はこう続けている。

> 　そんな時には中原は聖書を読み涙を流して独り祈っていた。祈りは真剣で痛ましく、堪え難い思いをさせたが、やがて彼を優しい静かな人に戻し、毎時も人を愛する心とそのために苦しみ悩む心とを縒り合せた美しい詩稿を書かしめていた。
> 　中原は天主教会に行ったことはなかったであろうが、自らではカソリックの真実の教徒を思っていた。泥酔して教会に乱入し聖像の下にひれふして祈ったベエルレーヌ（ヴェルレーヌ）の逸話を感動をこめて物語り、キリストこそ彼の救主でありカソリックが単一の宗教であると確信をもって云った。

熾烈という表現が文字通りの意味で見てとれる信仰の姿だったというのである。涙を流しながら聖書を読んでいる姿を、同居人が見ているのを中原は知らない。一緒に暮らしてはいるものの生活時間は真逆だったと書いている。人と共にありたいと願いながら同時に、独りの時間を生み出すことに中原は、彼なりの努力をしたのである。

　聖書はいつも中原の傍らにあった。泰子との別れを書いた「我が生活」にも、失意の底で彼が手にしたのは聖書だったことが記されている。

「涙も出なかった。仕方がないから聖書を出して読みはじめたのだが、何処を読んだのだかチットも記憶がない。なんと思って聖書だけを取り出したのだったか、今とあって《ママ》は可笑しいくらいだ」とあるように彼は、ほとんど本能的に誰に打ち明けることもできない思いを、聖書を読み、超越にむかって吐露する。祈りが、押さえがたい衝動として現われる。信仰とは理性の果てにあるものではなく、その彼方で起こる出来事だというのだろう。

教会にはいかない。しかし、自分はカトリックを信じていると中原はいう。ヴェルレーヌの逸話とは、ある日、自身の罪深さに耐えられなくなったヴェルレーヌが、閉まっている教会の門を押し破って中に入り、マリア像の前で涙を流して祈っているところを警官に拘束されたという事件を指している。

中原が書いた手紙でもっとも多く残されているのは安原喜弘《やすはらよしひろ》に宛てられたものである。安原は大岡に紹介され、中原を知り『白痴群』の同人になった。安原は、物心両面で中原を支えた。

安原に自分宛の中原の書簡を中心に編んだ『中原中也の手紙』と題する著作がある。ここにも中原の信仰にふれる記述がある。一九三〇年四月、中原は安原と奈良に行く。当時安原は京都にいた。二人は奈良にいるビリオン神父を訪ねた。そのときの様子を安原は次のように書いている。

詩人の母の養家の祖母は熱烈なカソリックの信者で、詩人の幼年時代彼の家を集りの処として神父が絶えず出入りされて居ったのでその謦咳に接して居ったのである。前年〔一九三〇年〕彼が京都の私を訪れた時も、一日二人して奈良に神父の許をたずね、祭壇の前に額いたことがある。彼はそこのほの暗い神前に暫し手をくんで敬虔な默禱を捧げるのであった。

同じ一文で安原は、中原が洗礼を受けることを再三にわたって考え、そして断念したと語ったことがある、と述べている。中原の父方の家は熱心な仏教徒だった。カトリックに強く魅了されながら、内なる仏教を手放すことが出来なかった。

先に、河上が中原を「カトリック詩人」と呼んだと書いた。もちろん、河上は中也が洗礼を受けていないことを知っている。その上でなお、中也をそう呼ぶ。ここでの「カトリック」とは単にキリスト教の一宗派としてのカトリシズムには留まらない。むしろ、異端者をも包含する「普遍的」霊性を意味する。カトリックに影響されている、というのではない。むしろ、その全生涯を賭して中也は、詩人としてカトリックの世界観を表現しようとしたというのである。

その鍵語になるのは天使だ。中也は自らも天使を謳い、天使を謳った先人の詩を訳した。ボードレール、ランボーはもちろん彼は、ロシアの詩人レールモントフの「天使」も訳している。

　真夜中の、空に天使は翔んでゐた
　静かな頌歌をうたつてゐた。
　　さて月と、星と、むらなす雲は
　その聖い歌をば聴いてゐた。

天使はかつて天上界で、星辰《せいしん》の歌とともにあった。天使はあるとき、地上界に遣わされる。幸か不幸か魂は、天界の調べを覚えている。しかし、人間界ではその片鱗にすら接することができない、とこの詩人は、悲痛な想いをもって語った。

この詩は次の一節で終わる。

永へること幾歳か、不思議な希望に満たされた
その魂も衰へた。
さて悲しい地上のこの歌もあの歌も
天上の響きに代ることとて叶はなかつた。

どんなに美しい詩も天界の調べと比べることはできない、というのである。別な作品で彼は、「忘れよ！ 忘れよ！ 自展的観念が誘起する記憶以外の記憶は、ただ雑念に過ぎないものだ」（「生と歌」）と書いている。「自展的観念」とは超越的働きが惹き起す何ものかだろう。中原にとって真に記憶と呼ぶべきものは、レールモントフがそうだったように、自分の意識と少し離れたところにあった。

ここに描き出されている天使は、特定の宗派に帰属しない。宗派に入ることを経由しないで宗教的世界に生きること、さらにいえば宗派的世界の向こう、霊性の世界を生きるとき、小林と中原は烈しく接近する。

中原は自身の詩でも天使を謳った。小林は自ら詩を書く代わりにランボーの詩を訳した。小林の『ランボオ詩集』は天使の言葉で満ちている。ここにあるのもまた、レールモントフが謳ったように天界から人間界に舞い降りた天使の言葉である。次に引く一節は『地獄の季節』の「悪胤《あくいん》」にある。

この下界と基督教《キリスト》、それより前は俺には覚えがない。この過去の裡に、俺の顔を見直してみても埒はあくまい。如何にもいつも一人であった、家族もなかった、俺の喋った言葉さえ、一たい何処の言葉であったか。基督の教えのなかにも、基督の様な顔をした『高貴な方々』の教えのなかにも、この俺は断じて見つからない。

さらには、次のような言葉もある。「覚えがない」という言葉は、明確に意識できないが、何かが存在していることを匂わせる。事実、「俺」と自らを呼称する人物はキリスト教以前の記憶はないが、キリスト教のなかに自分を見つけることができない、と謳う。だが、彼の中で眠っていた魂の故郷の記憶がよみがえりはじめる。それを彼は「邪教」の血と呼んだ。

邪教の血が戻って来る。『聖霊』は間近かにある。何故基督は、この魂に高貴と自由とを与えて、俺を助けては呉れないのか。ああ『福音』は去ったのか。『福音』よ。『福音』。

かつてカトリックには、他の宗教を「邪宗」と呼んで憚らない時代があった。それは邪な教えであることを示す言葉でもあるが、そこにはもちろん仏教も入る。そのことを考えれば分かるように、キリスト教からの一方的な表現に過ぎない。

男は「邪教」の記憶のよみがえりを感じながら同時に「聖霊」のはたらきを認識している。さらになぜ「基督」は自分を助けてくれないのか、と叫ぶように、彼のなかで「基督教」と「基督」は別なものとして峻別《しゅんべつ》されている。「基督の教え」(基督教)は、自分には役に立たない。しかし「基督」がもたらしたよろこびの知らせである「福音」は別だと感じている。

キリスト教を頼まず、キリストを頼む、この一節はそのまま中原の声であるとともに小林の叫びでもあった。ボードレール、ランボーはもちろん、ドストエフスキーそしてベルクソン、絶筆となった正宗白鳥、ここにリルケやモーツァルトの名前を加えてもいい。小林が文字通り何かを賭すようにその姿を描き出した人々は皆、世に言う教会の門とは別な道を行くことでキリストに出会おうとした。小林にとって中原もその一人だった。

もう一人、中原と小林の間にあってキリストにふれることを熱望した人がいる。ゴッホである。小林が本格的にゴッホを論じるのは一九四八年十二月に連載が始まった「ゴッホの手紙」だが、中原はずっと以前に「ゴッホ」をめぐって、まとまった文章を「書いて」いる。ただ、この作品をめぐっては、「書いて」いる、と括弧《かっこ》に入れなくてはならない、説明を要する事情がある。

一九三二年、安原喜弘の作として『ゴッホ』(玉川学園出版部)と題する本が刊行された。だが、この本の真の著者は中原だった。『中原中也の手紙』のなかで安原がその経緯を詳しく語っている。

当時の中原は、今日私たちが感じているような大詩人ではない。むしろ、社会からは逸脱したところで、生活に窮しながら日々を送っていた若者だった。安原は中原の生活を助けようと出版社には内密で、中原に文章を書かせ、自分の名前で本を出し、印税を中原に渡したというのである。中原を著者として推すことは大きな困難があった、と安原も書いている。事はもう少し複雑で、中原は本文を自分で創案したのではなく、すでに刊行されていた中川一政の『ゴオホ』にあったクルト・ピスタアのゴッホ論に若干手を加えたものだった。

この一書をめぐる状況は、二〇〇〇年に刊行が始まった『新編　中原中也全集』（角川書店）の解題に詳しい。そこには当時の時代状況を考慮したとしても、中原のやったことは、剽窃と呼ぶべきことで今日の常識では許されない、と記されていて、中原が安原名義で書いた『ゴッホ』は、彼の全集でも参考資料の扱いになっている。

確かに『ゴッホ』は、全集の編纂《へんさん》上、ほかに中原が書いた文章と同様に扱う訳にはいかないだろう。だが、問題を書誌的な事柄から少し離してみて、この翻案ともいうべき文章を書くことで、中原のなかに流れ込んだゴッホからの影響に主眼を置いてみる。『ゴッホ』には序文が付されている。著作は「剽窃」であったとしてもこれは中原の作品である。そこには次のような一節がある。ゴッホの生涯にふれることで「天への憧憬というものがどんなものか、現実的に、それをお分りになれば、著者は幸甚に存ずる次第であります」。これはそのまま小林の『ゴッホの手紙』の主題となる。

序章で、ゴッホがボリナージュにいたとき、負傷した坑夫の顔にキリストの「幻」を見たことにふれた。ボリナージュはベルギーの地名で、炭坑のある場所だった。そこにゴッホは牧師見習いとして赴く。だが、うまく行かない。誰かを救いたいと熱望するあまり、彼は人々から疎外されていった。中原はボリナージュでのゴッホにふれ、こう記している。

彼は自分の持物のすべてを施した。最後には下宿をさえ棄てて貧しい人々の間に住んだ。ヴィンセントの熱心は司祭を凌いだ。やがて彼の心の裡に多くの宗教家達に対する疑いが生じた。

彼が組織的に絵を描き始めたのは其の頃である。

『ゴッホの手紙』には当初、「書簡による伝記」という副題が付けられていたように、およそ七割以上が小林訳のゴッホの手紙で占められている。小林はゴッホをめぐる講演（『小林秀雄講演第七巻「ゴッホについて」』）で、この本のことを評伝ではなく「抄訳」だと語ったこともある。構造的には、中原の『ゴッホ』と遠いものではない。もちろん、小林の著作はゴッホの書簡の小林自身の翻訳で、中原のものは、ゴッホ論の、それも翻訳を再編集したものでまったく違うとも言える。だが問題は、いわゆる真贋に関することではなく、ゴッホという画家に彼らが何を見ていたかだ。

小林が中原をめぐって書いた作品は、さほど多くない。短いものが多く、全部で七作である。最初に書かれたのは中原の詩「骨」全文を引いた文章で、小林が中原の生前に発表したものは、それに処女詩集『山羊の歌』を推す作品を加えた二作しかない。多くが中原の没後に書かれていることは二人の関係の深化を考える時に見過してはならない点の一つだろう。交わりは中原の死後にこそ、深まって行ったように思われる。小林のゴッホ論もその一つの契機ではなかったか。『ゴッホの手紙』は、小林の中原への「手紙」のような作品だったようにも感じられる。

一九三四年から三七年――中原が亡くなる年――まで、小林も中心となって運営にたずさわっていた『文學界』に中原の作品が断続的に発表される。掲載回数はのべ二十一回にわたった。

亡くなる年、息子を喪《うしな》い、精神を病んだ中原は生活を立て直そうとしていた。彼はのちに『在りし日の歌』となる草稿を小林に預けて故郷に帰ろうとする。しかし、山口に戻る前に中原はこの世をあとにしなくてはならなかった。

詩集が刊行されたのは亡くなった翌年のことだった。小林は中原を論じることよりも、彼の作品を世に出すことに熱情を注いだ。むしろ、小林の中原に捧げられた敬愛の深みは、彼が書いた中原論よりも、作品を発表する場を黙々と整えていったところにいっそうはっきりと感じられる。

「中原の遺稿」と題する、中原が亡くなってほどなく書かれた小林の小品は、次の一節から始まる。「中原中也の遺稿は、今僕のところに甚だ乱雑な形で一とまとめにしてある。だが実を言えばこれらの遺稿は既に彼が整理して捨てたものなのである」。

「遺稿」とは『山羊の歌』にも『在りし日の歌』にも収められなかった詩篇を指している。その中から小林は四篇の詩を選んで『文學界』の追悼号に掲載した。詩集『在りし日の歌』

が刊行されたのは亡くなって半年後だった。

一九四六年、敗戦後の混乱が続いている時期に小林は梅原龍三郎らと雑誌『創元』を刊行する。この雑誌の創刊号に小林は吉田満の「戦艦大和ノ最期」を掲載しようと考えていた。だが、GHQの横やりが入って企画は頓挫《とんざ》する。小林はここに「モオツァルト」を一挙掲載した。この号にも小林は中原の未発表の詩を四篇発表している。挿画はカラー版の梅原の画が用いられていて単なる商業誌ではなく、雑誌そのものに芸術家たちの日本新生の思いが詰まった一冊になっている。小林は、中原と共に戦後を生きようとする。このとき発表された作品の一つ、「朝」には次のような一節が綴られている。

雀の声が鳴きました
雨のあがつた朝でした
お葱が欲しいと思ひました

ポンプの音がしてゐました
頭はからつぽでありました
何を悲しむのやら分りませんが、
心が泣いてをりました

遠い遠い物音を

多分は汽車の汽笛の音に
頼みをかけるよな気持

心が泣いてをりました
寒い風に、油煙まじりの
煙が吹かれてゐるやうに
焼木杭や霜のやう僕の心は泣いてゐた

「何を悲しむのやら分りませんが、／心が泣いてをりました」。この一節は、中原の生涯を痛切なまでに表現している。自分が悲しいから泣くのではない。世にある無数の、無名の悲しみが詩人に宿るのである。

ただ、「悲しい」という文字は中原の「かなしみ」を十分に伝えきれていないかもしれない。彼はしばしば「愁しい」と書いて「かなしい」と読ませている。「愁しい」と彼が書くとき、そこには悠久の世界を懐かしむ「かなしみ」が謳われている。

この詩が発表された三年後、四九年に『文藝』が中原の特集号を編み、小林は「中原中也の思い出」を寄稿する。そこで小林が語ったのも中原の悲しみだった。

この生れ乍らの詩人を、こんな風に分析する愚を、私はよく承知している。だが、何故だろう。中原の事を想う毎に、彼の人間の映像が鮮やかに浮び、彼の詩が薄れる。詩もとうとう救う事が出来なかった彼の悲しみを想うとは。それは確かに在ったのだ。彼を閉じ込めた得態の知れぬ悲しみが。彼は、それをひたすら告白によって汲み尽そうと悩んだが、告白するとは、新しい悲しみを作り出す事に他ならなかったのである。

詩人を思うたび、書かれた詩は薄れ、かえって人間が浮かび上がってくる。だが、このときの中原は、語り尽くすことができないほどの悲しみを背負っているというのである。「生れ乍らの詩人」と小林は中原を呼ぶ。それは詩に肉体を奪われた者と呼んでもよいのだろう。また、詩人とは、自らの生で詩の起源を目撃し、世に告げ知らせる者の謂いでもあるだろう。詩の誕生にふれ中原は、次のように書いたことがある。

古えにあって、人が先ず最初に表現したかったものは自分自身の叫びであったに相違ない。その叫びの動機が野山から来ようと隣人から来ようと、其の他意識されないものから来ようと、一たびそれが自分自身の中で起った時に、切実であったに違いない。蓋し、その時に人は、「ああ!」と呼ぶにとどまったことであろう。
然るに、「ああ!」と表現するかわりに「ああ!」と呼ばしめた当の対象を記録しようとしたと想われる。恐らく、これが叙事芸術の抒情芸術に先立って発達した所以である。(「生と歌」)

詩人の使命は現象を描写することにあるのではない。むしろ、自分でも推しはかることのできない心情の淵源に光を当てることにある。世界があって、それを認識するのではない。心があって、はじめて世界は存在する。ここで述べられている問題を本格的に小林が論じるのは、晩年の『本居宣長』においてだった。

第二部

第九章　美しき羞恥——堀辰雄（一）

一九三三年六月二十五日付で、小林秀雄が堀辰雄に送った書簡を見たことがある。目にしたのは二〇〇七年に中原中也記念館で行われた「小林秀雄と中原中也」展だった。その手紙には、次のように記されていた。

手紙見た。中原の詩〔〕気に入ったらしく嬉しい。詩はまだうんとあるから「ためいき」は又別のと一緒にしてのせて貰ほう。二号には三篇だけ。

記された言葉は簡潔で要を得ているが、中原の詩をめぐって、小林と堀の間である熱のこもった交感があったことが窺われる。「二号には三篇だけ」との小林の記述通り、翌月に刊行された『四季』第二号には中原の詩が三篇掲載された。

当時『四季』は、実質的には堀の個人編集の冊子だった。命名も堀がしている。創刊号には発刊の辞があり、そこで堀自身はこの冊子を「カイエ」と呼び、雑誌というよりも「小品集」であると述べている。発刊の準備が進んでいるときに小林は堀に、中原の詩を掲載して欲しいと依頼したのである。

この一枚の書簡からも、ある深度の交友があったことは十分に感じられるが、堀と小林の交流はこれまで、十分に論じられてこなかった。

確かに小林の作品を通読してみても、堀への言及は数えるほどしかなく、一見すると、積極的なものばかりではないから関係が薄いようにも見える。だが、小林の場合、言及の回数が少ないからといって関心が低いとは限らない。中原への言及もけっして多くないのはすでに見た。堀の場合も同じである。のちに見るように、ある時期は、堀に言及することはそのまま自分の生傷にふれることになるほど、二人の精神は接近している。

『四季』の黎明期に、小林と堀が中原の作品を介在させつつ、言葉を交わしているのは興味深い。小林は創刊号にランボーの「堪忍」を訳し、第二号にはヴァレリーの「テスト氏航海日誌抄」の訳を寄稿している。しかし、創刊のとき小林がランボーの訳詩を寄稿している事実は、彼の全集の年譜には記載がない。この詩の初出は三年前、一九三〇年『詩神』で、『四季』は再録だったことが理由かもしれない。だが、堀と小林の交わりを見るとき、この掲載には別種の意味がある。この詩は次の一節から始まる。

鹿を追ひ詰めた狩人《かりうど》の
病み耄《ほう》けた合図の声は、
菩提樹の朗らかな枝に消え、
霊《こゝろ》の歌は隈もなく
すぐりの実をひるがへす。

脈管の血よ、笑ふがいゝ、
山葡萄は蔓を交へて立ちはだかる。

「ここに訳したものは、ランボオの今日迄発見された作品の中、散文で書かれたものの全部です」と「後記」にあるように、『地獄の季節』はランボーによる広義の散文詩だったが、ここで訳出されているのは韻文詩で詩人ランボーの異なる一面を照らしだしている。この訳文、そしてそこからかいま見られる詩的世界を小林は、堀と共有したかったのだろう。「霊の歌は隈もなく／すぐりの実をひるがへす」、見えない言葉は、今も世界を揺り動かしている。それは確かに、堀の詩的精神と強く響き合う世界観ではある。

先に見た書簡にあったように堀が中原の詩を認めたことは、小林には頼もしく感じられたに違いない。中原の作品の掲載が、小林が編集の任にあたっていた『文學界』で本格的に始まるのは翌年の七月である。自分が評価する者の作品が他者にも認められ、活字になることには、自らでそれを実現するに比することのできない意味がある。しかし、この冊子は、中原の詩を掲載した号を出したところで終刊してしまう。八百部の発行だったが、あまりに売れなかったのである。

『四季』は、翌三四年に詩とエッセイを中心とした月刊誌として復刊される。研究者は、前者を第一次『四季』、後者を第二次『四季』と呼んで区分する。

四季派という表現があるように、この雑誌に集った人々はのちに、同時代の日本文学において重要な思潮を形成するに至る。第二次の『四季』に中原は、積極的に作品を発表しただけでなく同人になった。

当時の出版状況は、四季派の研究で知られる小川和佑の『「四季」とその詩人』や高橋啓介の『江川・山本・野田の限定本』に詳しい。

発行所は四季社で、名前のとおり、この冊子を堀と作ることを機に立ち上げられた会社だった。社長の日下部雄一は、かつて江川書房に勤めていたが、この雑誌の発刊を機に分離独立した。「四季」という名前を付けたのが堀であることから考えると、出版の方針に関しても堀は影響力を持っていたように思われる。

第一次『四季』が出る前年に堀は、江川書房から『聖家族』を、同年に小林は『テスト氏I』を、翌年には堀は『ルウベンスの偽画』を、小林は『ランボオ詩集』を刊行している。四季社立ち上げのあとも刊行案内を記した「季報」は「四季社・江川書房」の連名で発行されているように、二社はまったく別の会社というよりも、雑誌、単行本という様式によって分社化されたと考えた方がよい。しかし、江川書房は一九三三年に倒れてしまう。同年の十二月、小林は、四季社から『一つの脳髄』を刊行しているが、ここに何らかのかたちで堀が関与していると考えるのは自然だろう。

『小林秀雄全集』の年譜には記載されていないが、小林はこのとき、横光利一と共に江川書房の顧問を務めていた。『聖家族』の刊行に際し堀は、「『聖家族』限定版に」と題する執筆と出版の経緯を記した小品を書いている。この一文は次の記述で終わる。「この書を出すように私に勧めて呉れたのは小林秀雄君である。最後に私は同君に感謝したい」。堀の著作を世に送り出す際に、強く働き掛けたのは小林だったのである。

のちに小林は、出版社創元社の役員に就任する。ここから北條民雄の『いのちの初夜』や当時はまったく無名だった詩人八木重吉の詩集が刊行されている。小林には批評家とは別に、この時代の文学の場をつくった編集者、あるいは出版人としての顔がある。それは堀にもいえて、彼も小規模出版社と関係を深め、新しい雑誌の発刊には積極的に参加した。

ざっと彼らが係わった雑誌を挙げてみる。参加した時期は異なるが、堀も小林も同人だった『山繭』、二人が共に同人だった『文学』、堀が、中野重治らと一緒に中心的役割を担った『驢馬』とそして『四季』、小林は、『文學界』に深く関係し、戦後、文学だけでなく画家梅原龍三郎らと『創元』を刊行した。

二人の交流の始まりを告げる確たる痕跡は見つからない。一九二五年、二人は東京帝国大学に進む。同じ年の夏、堀は『山繭』に参加している。このことを堀と小林の接点として書いているものもあるが誤りである。堀が同人になる三ヶ月前に小林は、富永太郎と共にこの雑誌を離れているのは先に見た。

一高で堀と小林は同級だった。堀が高校時代の同級生に小林がいたことを自ら年譜に書き添えていることを考えると、このときすでに、ある深度での交友はあったと思われる。

先に一高時代、小林が芥川龍之介に会っているのにふれた。堀が室生犀星《むろうさいせい》の紹介で芥川に出会ったのは一九二三年、関東大震災のあった年である。震災のとき堀は母親を喪う。彼女は逃げた川で溺れて亡くなっている。このことは堀にとって決定的な経験になる。堀は最愛の人を喪ってほどなく、師と呼ぶべき人に出会った。その喜びはどれほどだったろう。だがその分、師の自殺は堀の心に容易に癒えない傷を残した。当時、堀は十九歳、小林と芥川の面会は、「一つの脳髄」執筆のあとで、小林が一高に通っていたころだというから、おそらく一九二四年のことだと思われる。紹介者は堀辰雄の可能性が高い。

前章で、堀が、小林と交わる一方で中野重治とも親しくしていたことにふれた。あるとき、堀が小林の名前を口にしながら、「これはね、ちょっと偉いんだよ」と語ると中野は、その言葉をそのまま「承認」した、という中野の文章も見た。

今日では小説家として知られる堀だが、その出発は詩作にあった。詩を堀が積極的に発表したのは『驢馬』においてである。一九五三年五月に堀が亡くなると、その年の九月に室生犀星が「詩人・堀辰雄」と題する長文の堀辰雄論を書く。そこで犀星は堀を、詩を書かない詩人だったという。

　堀は詩人のいちばんすぐれたものを沢山に持ちながら、詩といったら四十八年の生涯にほんの四五篇しか書いていません、書かずに持っていた詩はことごとく小説の中につぎこまれ、小説に書きこんでしまったような作家であります、書きこんでしまったということは、詩になるようなもの、詩のなかのおもだった幾行かが、いつの間にか小説の中にとけこんでいったということであります〔……〕

数多《あまた》ある堀辰雄論のなかでも、これほど深く、この作家の秘密に分け入った文章を知らない。それは堀個人への指摘に留まらない。この時代の文学が背負った宿命をも言い当てていない。

る。ここで犀星が「小説」と書いたところを「批評」に変えればそのまま、小林秀雄のことであるとも言える。堀と小林は、本質において詩人であるにもかかわらず、詩を書くことを諦めなくてはならない宿命を背負った点において烈しく共振する。この宿命の星は犀星にも、また、中野にもその光を注いだ。彼らは皆、詩と小説あるいは批評との相克のなかで、それぞれの道を切り拓かねばならなかった。

一九二九年五月、大学を卒業して間もないとき、堀が『帝国大学新聞』に寄稿した「詩的精神」と題する一文がある。そこで堀は、詩の危機にふれ、こう書いている。

> さて、いま僕らの努力しているのは、詩を文学から引離すことである。文学はもはや手品師がクリストに似てるようにしか詩に似ていない。多くの人々は文学によって手品によっての如くにだまされる。それが人人には面白いのである。しかしそれはもはや僕らをだまし得ない。だから僕にはすこしも興味がない。それに反して、詩は、その宗教的精神に酷似した詩的精神によってクリストの行為のように僕らを感動させる。

詩と文学は峻別《しゅんべつ》しなくてはならない。今はもう、文学の世界において詩が生きるのは困難になってしまったというのである。堀は詩を守護するところに立とうとしている。ここでいう「文学」は、文学者と自称する者に独占されてしまった場のことで、詩は、万人の魂にあって美を渇望する本能を指す。

ここで堀は、キリストの名前を引いているが、ここには彼の宗教批判もこめられているのだろう。「文学」が詩を締め出したように、今の宗教はキリストを追い出してしまった。キリストは教義のなかにいるのではない。いつも助けを必要としていながら、声を出せないでいる人々の傍らにいる。キリストに出会うためにはキリスト教の世界の外にでなくてはならないように、真実の意味で詩を近くに感じようと願ったなら、「文学」の世界でいう詩の形式のなかに閉じこもっていることはできないというのだろう。

この一文を書いた前年に堀は、詩を書かなくなっている。むしろ、彼の本性が詩人だったから、詩を書くことをやめたのである。犀星がいうように、自身が信じる新しい小説に詩情を宿すことで、人々に詩の言葉を届けようとしたのである。同じ作品で堀は、「詩人は夢なんか見ていてはいけないのだ」と書き、次のように言葉を継いだ。

最近、プロレタリア革命が、天然痘のように、多くの若い詩人らの皮膚をかえた。革命は詩人らを政治家らとごっちゃにする。彼らの多くは面倒臭い計算をせずに、ただ演説するばかりである。「詩の革命家ら」である僕らから、「革命の詩人ら」である彼らを引き離したまえ。そして平静に計算することが必要である僕らを、彼らのわいわい騒ぎから守ってくれたまえ。

詩に革命を起こすのはよい。しかし、政治的革命に詩を利用することを堀は是認しない。思想であれ、宗教であれ、人間が不在の観念の集合体を護教的に語る文学を認めず、教義を無反省に取り入れ、それを唱和するために文学を利用する者を信用しない。詩は、どこまでも一人で行う魂の営みであるという認識においても堀と小林は強く共振する。

『驢馬』の人達」と題するエッセイで犀星は、この雑誌が終刊したときにふれつつ、堀の特異な立場に言及している。

この睦まじい驢馬の仲間は、堀辰雄を一人残して四人は何事かを結び、日本共産党に何時の間にかはいっていたのである。私がその仲間の一人でなかったことは、私が原稿を書いていて食えたからであり、食えずにいたら容易に仲間にはいっていたかも判らなかった。

先に見た堀の「詩的精神」が書かれた前年に『驢馬』は終刊している。この雑誌は、ぬやま・ひろし、宮木喜久雄、窪川鶴次郎、中野重治、堀辰雄の五人によって編集され、執筆も彼らが中心になって行われた。彼らは皆、プロレタリア芸術運動に身を投じた。犀星も『驢馬』の一員だった。堀と中野がこの雑誌の同人であるという意味とは異なるが、犀星自身もこの雑誌の一員だった。それを証明するように堀が亡くなったとき犀星は、『驢馬』の一人として弔意を表している。

あるとき小林は不十分な表現で犀星を論じ、のちにそれを補正する作品を書いたことがある。

先年、室生氏が、「熊」という作品を発表した時、私は雑誌の時評で、この作家に、パテベビイの撮影機でも持たしてやりたい、と憎まれ口をたたいたことがあったが、翌月だったかの「文学時代」で作品を一言二言で片付けられてはまことに迷惑の旨、氏の抗言を読んで甚だ恐縮した。以来釈明を書こうと思って、その機を失していた。

自作を犀星自身が読み、さらに、抗議の言葉を送ってくるとは小林も思わなかっただろう。「パテベビイ」とは、フランスのメーカー、パテー社の小型の撮影機のことで、ここで小林は、小説に映画の手法を過度に取り入れた犀星の姿勢を批判したのだった。

「憎まれ口」を書いたのは、文芸時評「アシルと亀の子」の第二回でのことだった。発表されたのは一九三〇年五月である。その二ヶ月前に堀は、「新潮」に「室生犀星の小説と詩」（のちに「室生さんへの手紙」に改題）と題する一文を書き、同様の感想をより詳細に述べていた。小林が犀星の作品への言及を「一言二言で片付け」たのは、堀の批評に言葉を重ねることになると感じたからだろう。犀星にしてみれば、小林の言葉が批判の上塗りのように感じられたのは容易に想像が付く。

この一文で堀は、犀星が同時代に類例のない特異な詩人であることを認めながら、本能に忠実に書くことを止め、リアリズムという潮流に寄り添おうとする態度を批判する。

「あなたの方法がそういうレアリスムとして欠陥を持っているのは、一つはあなたの方法が映画の方法からあまりに多くのものを借りているからではないかと思います」と述べ、さらに批判の言葉を重ねた。

私は芥川さんの「玄鶴山房」の細部にセザンヌの絵を認めたと同じ程度に、あなたの小説の全体のテンポ、一場面から他の場面への転回の仕方、俳優の顔を大写しにするようなところどころの心理描写、等の中に映画的なよさを認めました。しかしカメラは、いかに努力しても、現実の陰影をしか捕えることが出来ないものです。それがどんなによい映画であっても、全体としてはすぐ忘れられて、そして我々の記憶にはその細部だけしか残らないという事実が、それを証明します。

カメラでは捉えきれないものを言葉で把捉するのが、書き手の役割であって、カメラの真似をすることを託されているのではない。カメラは表情を映し出す。言葉は、表情にすら現れないものを描き出さなくてはならないというのである。

定められた手法は、ある作家たちにとって作品を完成させるのに重要な働きをなすのかもしれない。だが、堀にとって犀星はそうした既定の文学からもっとも遠いところで作品を生み続けてきた書き手だった。既存の常識から自由なところで独自の詩的世界を現出させてきた犀星が、映画という新しい文化現象に、ほとんど無反省に影響され、模倣する姿が、堀には我慢ならなかった。

小林の犀星論は、堀のそれと必ずしも同じではない。小林は犀星の小説を認め、詩は初期のものを除いては小説の域には達していないという。堀は、犀星の小説は、詩において成功しているような「本当の意味でレアリスムの小説にまで到達していない」と書いている。ほとんど正反対の評価だが、映画と小説をめぐる犀星の作風においては二人は同感だった。

だが、堀が他者を批判するだけで終わっていたら、今日、私たちは彼の言葉を改めて読むことはなかったかもしれない。犀星を批判する言葉はまず、彼の胸を突きぬけて発せられていた。真のレアリスムをめぐって、堀が犀星に向けて書いた一節はそのまま、小説を書くときの根本態度になり、彼は「聖家族」によってそれを実現したのである。

同年の十月、堀は「聖家族」を脱稿、翌月『改造』に発表される。編集者は、のちに作家になる深田久弥だった。書き上げたあと堀は、それまでになくひどい喀血《かっけつ》を経験する。血を吐く想いで書くとは、まったくの比喩ではなかった。堀は文字通りの意味でこの作品を、身を賭して生み出した。

「聖家族」は、芥川龍之介の死を背景に書かれている。登場人物の九鬼《くき》が芥川で、彼と恋愛関係にあった未亡人細木にも片山廣子というそれぞれモデルがいる。片山は、松村みね子という筆名がある随筆家、翻訳者でもあった。その娘絹子は、のちに宗瑛の筆名で小説を書く片山総子で、河野扁理という若者には、堀自身の影が色濃く残っている。

九鬼と未亡人、扁理と彼に亡き九鬼の影を見る未亡人、彼女の娘と扁理の間に恋と命名することもできないような茫漠たる情感がうごめく。死者となった九鬼を巻き込みながら、燃える情愛のカルマは、人々の心の場所を占め、その心身を締め付けていく。

また、九鬼は、突然、不自然な死を遂げている。だが、自殺とはどこにも記されてはいない。作品には、師を突然に喪った若者の、いっこうに言葉になろうとしない心境が、何かを投げ出すような様子で描かれている。

九鬼の突然の死は、勿論、この青年の心をめちゃくちゃにさせた。しかし、九鬼の不自然な死をも彼には極めて自然に思わせるような残酷な方法で。

青年の心は、悲嘆と困惑と混乱で彼自身にも捉えがたい。しかし、その一方で彼は師の逝去を「自然」なことであるとも感じ始めている。「残酷」だというのは、耐えがたい別れであるにもかかわらず、この若者は、片方で、ある摂理に似たものを感じ始めているからだ。世は、この作家の死をめぐって様々な憶測を繰り広げる。そうしたなかで若者は、死者となった師との対話を深めている。世人は、なぜ死ななくてはならないのか、理由をそれらしく語っている。しかし、若者の胸には、師の声ならぬ声が届いている。

堀と芥川の関係は周知で、同時代の人々は、「聖家族」を読み進めながら暗黙のうちに九鬼の背後に芥川の存在を読みとっていただろう。だが、モデル探しがある領域を超えたとき、その読者の眼の前にあるのは「小説」ではなく、かたちを変えた資料に過ぎなくなる。事実以上のものを描こうとした作家のおもいを見過ごすことになる。小説は、理性と因果の法則から世界を解き放とうとする。私たちが日頃、現実と呼んでいる事象は、真に実在するものの一断面に過ぎないことを示そうとする。「聖家族」もそうした野心を底にたたえた作品である。小説中、堀が九鬼の後ろに芥川の存在を暗示するのは次のような表現によってである。扁理は、九鬼の死後、遺族から頼まれて彼の蔵書を整理する。

或る日、彼は一冊の古びた洋書の間に、何か古い手紙の切れっぱしのようなものの挟まってあるのを発見した。彼はそれを女の筆跡らしいと思った。そしてそれを何気なく読んだ。もう一度読みかえした。それからそれを注意深く元の場所にはさんで、なるたけ奥の方にその本を入れて置いた。覚えておくためにその表紙を見たら、それはメリメの書簡集だった。

それからしばらく、彼は口癖のように繰り返していた。

——どちらが相手をより多く苦しますことが出来るか、私たちは試して見ましょう……

死者は、さまざまな手段で生者に語りかける。ときには書架にある本を通じて呼びかける。プロスペル・メリメ（一八〇三〜一八七〇）は、ナポレオン三世の側近として活躍した政治家であり、内務省の「歴史記念物の監督官」となった時代に歴史、考古学、言語学の分野でも研鑽《けんさん》を積んだ、と訳者の杉捷夫《すぎとしお》は書いている。芥川はメリメを愛読した。このフランス人作家を精神の同胞であると感じていた。堀は、「芥川龍之介論」でメリメの心象的自画像として知られる「エトルリアの壺」の一節を引き、その記述は芥川の姿を活写したものだという。

彼は実に優しい、弱い心を持っていた。それと同時に、彼は高慢で野心家だった。言い出した事は子供のように後へは退かなかった。そうして不名誉な弱さと思えるものは何でも人前では隠そうと努力した。そのようにして彼の優しい弱い心を他人から押し隠せはしたが、深く彼のうちに秘せばそれは百倍にも増して烈しくなるのである。世間には冷淡で、無感覚だと言う評判が立てられる。彼の苦悩は、彼が誰にも秘密を打ち明けたくないと思えば思うだけ一層烈しい苦悩となって沸いて来るのである。

訳は堀辰雄である。この作品は、堀の最初の本格的な評論だが、これほど芥川の魂に接近し得た作品を寡聞にして知らない。人は他者に弱さを隠すことはできる。しかし、それを自らに隠すことはできない。人は誰も他者には思いもよらないところで、それぞれ自己の弱さと対峙している、というのである。同質の言葉を堀は「聖家族」にも書いている。

九鬼は自分の気弱さを世間に見せまいとしてそれを独特な皮肉でなければ現わすまいとした人だった。〔中略〕だが、彼自身の心の中に隠すことが出来れば出来るほど、その気弱さは彼にはますます堪え難いものになって行った。扁理はそういう不幸を目の前に見ていた。

小説という形によってのみ、ようやく告白することができる。秘められた羞恥の心を持つ者としてメリメは、芥川の友であり、堀の友でもあった。

自然主義文学と白樺派の私小説が主流となっていた時代に堀は、事実を述べるだけの告白とはまったく位相の異なる告白を物語を通じて実現しようとした。事実は五感で認知できる。しかし、真実は五感を超えた意識で、さらにいえば無意識のはたらきを借りて認識するほかない。堀は「芥川龍之介論」で自らの師が、告白をめぐって最晩年に書いた「侏儒の言葉」にある次の一節を引く。

完全に自己を告白することは何人にも出来ることではない。同時に又自己を告白せずには如何なる表現も出来るものではない。ルッソオは告白を好んだ人である。しかし赤裸々の彼自身は懺悔録の中にも発見出来ない。メリメは告白を嫌った人である。しかし「コロンバ」〔メリメの小説〕は隠約の間に彼自身を語ってはいないであろうか？……

人は、懺悔という形式を通しては何も告白することはできない。語ろうとする自意識がその実現の邪魔をする。この作品のはじめに堀は、「批評と云うものが、他人の作品を通しての自分自身の表現であります」と書いているように、ここで記されているのは堀自身の思いでもあった。

批評とは、他者を通じて自分を語ることだと堀はいう。この言葉は「様々なる意匠」で小林が書いた「批評の対象が己れであると他人であるとは一つの事であって二つの事でない。批評とは竟に己れの夢を懐疑的に語る事ではないのか！」を想起させずにはおかない。「芥川龍之介論」が書かれたのは一九二九年三月、「様々なる意匠」の発表は同年の九月である。小林が堀の表現を真似たのではない。堀の文章は大学に提出した卒業論文だった。小林の一文を読んだ堀が小林への信頼を深めたのは想像に難くない。

芥川、堀、小林をめぐる交わりはこれだけでは終わらない。先の「侏儒の言葉」にあった告白をめぐる批判精神は芥川から堀だけでなく、小林にまで届いている。一九四二年に書かれた「当麻《たえま》」で小林は、世阿弥《ぜあみ》を論じながらルソーの『懺悔録』をめぐって告白の不可能性に言及する。「仮面を脱げ、素面を見よ、そんな事ばかり喚き乍ら、何処に行くのかも知らず、近代文明というものは駈け出したらしい」と述べながら、彼はこう続けた。

ルッソオはあの「懺悔録」で、懺悔など何一つしたわけではなかった。あの本にばら撒かれていた当人も読者も気が付かなかった女々しい毒念が、次第に方図もなく拡ったのではあるまいか。僕は間狂言の間、茫然と悪夢を追う様であった。

このとき小林が「侏儒の言葉」を読んでいたのなら話は簡単だ。しかし、そうでないとしたら文学における影響の軌跡が描く線の複雑さに驚かされる。先に小林が、自分なりに芥川の遺産を継承したいと語っていたのを見た。それを彼は、意識しないところで行っているのである。

「聖家族」には幾人かの人間が描かれる。しかし、そのなかに主人公はいない。一見すると河野扁理のように思われるが、この人物も本当の語り手が語り始めるときの媒体の一つとなる。真の主人公は「心」である。

ここでの「心」は心理でも意識でもない。それはもう一つの世界にほかならない。堀が愛した詩人リルケがいう「世界内部空間」Weltinnenraum である。人間と人間をつなぐ、心の世界ともいうべき不可視な境域を描き出すことが堀の眼目だった。堀にとって告白とは、人間が沈黙し、「心」が語り始める言葉を聞き、それを書き記すことだった。
「心」の世界では、生者と死者の境涯《きようがい》は、双方が生者だったときよりもいっそう熾烈に交わることすら起こる。登場人物は皆、自分の想いと「心」の声との狭間に苦しむ。自分が誰を、どれほどに、なぜ好きなのか、そうした原初的なことが登場するすべての人々の謎になっている。作中自らは一言も発することはないが、圧倒的な存在感をもつ死者である九鬼すらも、ここで「心」と呼ばれる未知なる場が活写されるときの一つの場に過ぎない。

扁理。――この乱雑の犠牲者には今まで自分の本当の心が少しも見分けられなかったのだ。そして何の考えもなしに自分のほんとうに愛しているものから遠ざかるために、別の女と生きようとし、しかもその女のために、もうどうしていいか分らないくらい、疲れさせられてしまっているのだ。（「聖家族」）

こうした非人称的な実在を主格に据え、人間を超えたものの働きを湧出《ゆうしゆつ》させる堀の作風は『風立ちぬ』に至って、いっそう高次な完成をみる。「聖家族」における真の主格が「心」であるように、『風立ちぬ』での本当の語り手は、病に伏せる女性でも、そのそばにいる婚約者である作家でもない。「風」である。小林は、「聖家族」にふれ、こう書いたことがある。

「聖家族」に溢れている羞恥は美しい。と言ってもいいのではないか、彼は羞恥のうちに生きている。或は病気している。

彼は今度の本のノオトに書いていた。一年振りで恐る恐る雑誌の切抜きを読んでみた、と。私は彼の声を聞く様な気がした。

人々がもっと彼を理解してくれるように。この作は容易な作ではない。（「堀辰雄の『聖家族』」）

「容易な作ではない」のは、文字の彼方で、書き手とは異なる何ものかが語り始めているからだ。作家とは、その何ものかを招来《しょうらい》し得る者の呼び名だというのだろう。安易な告白を嫌い、「心」の声を聞こうとする堀の態度を小林は見逃さない。

ここで小林がいう「羞恥」は、堀が「心」と呼んだものへの畏怖である。小林は敬虔と書いてもよかった。自作の切抜きを何かこわいものを見るようにでなくては読み返すことができないように堀は、自分が何を書いたのか、その全貌を知らない。

先に見た自著の序文のような一文（「『聖家族』限定版に」）で堀は、「聖家族」を書こうとしても容易に言葉になろうとしなかったことにふれる。雑誌掲載から書籍になるまで一年三ヶ月しか経過していないが、「五六年も年をとってしまったような気がする」と書き、また、長い間、逡巡していたが、あるときを境にペンが動き始め、およそ一週間で脱稿したと述べている。彼としては「一気呵成に書いた」ように感じている。書いてよかったのかは、今でも判断が付かないとも記している。

時計で計られる時間と過ぎ行くことのないもう一つの「時」のはざまで仕事をし、人が言葉を記すのではなく、言葉が人を用いるような感触のなかで作品は徐々に形を帯びていった、というのである。

「聖家族」は確かに芥川の死が契機になって生れた作品だが、それは、この作家の生前の様子を描きだそうとしたものではなかった。そこには過去ではなく、死者となった師が、かつてよりも近くまた、深く感じられるという永遠の今が記されている。そうした不可思議な事象が起こり得る境域の存在することを堀は、どうにかして描き出そうとした。この小説の終わり近くにはこう記されている。

　　そうして扁理はようやく理解し出した、死んだ九鬼が自分の裏側にたえず生きていて、いまだに自分を力強く支配していることを、そしてそれに気づかなかったことが自分の生の乱雑さの原因であったことを。

「聖家族」が『改造』に発表された翌年の十一月に小林は、同じ雑誌に小説「オフィリア遺文」——のちに「おふえりや遺文」と改題された——を発表する。小林にとっては久しぶりの小説だった。この作品を書くとき、小林の念頭にあったのは堀の「聖家族」だったように思われる。小説を書くことが自らの魂の声を聞き分けることになることを小林は、堀の作品によってまざまざと知ったのではなかったか。この作品が発表されると熾烈なといってよい言葉で反応したのが堀だったのも偶然ではないだろう。そのことは次の章でふれる。

オフィーリアは、シェイクスピアの『ハムレット』に登場するハムレットの恋人であり、ハムレットを愛し、愛されたからこそ彼女も悲劇の生涯を送らなければならなかった女性である。オフィーリアはわが身を川に落として、命を落とす。書かれることのなかったこの女性の遺言を小林は、世界の暗部から浮かび上がらせようとする。

この小説の冒頭の一節には次のような言葉がある。

妾《わたし》はこんな日が来るのを、前から知っていたのじゃないかしら、ひょっとすると生れない前から。何かしら約束事めいた思いがします。今迄に幾度となく、これとおんなじ気持ちになったような気がします。

狂おしいほどに誰かを愛し、そのためにいのちまで捧げなくてはならないことは、生まれる前から知らされていた、とオフィーリアは語り出す。生前に暮らしていた世界で告げられたことを、生涯をかけて想い出すことが人間の一生の仕事だというのである。

ランボーの詩を想起させるこの世界観は、話が進むごとにオフィーリアのなかで直観から確信へと変わって行く。この小説は、小林のランボーへのひとつの応答だったのかもしれないのである。小林は、次の一節から始まる「オフェリヤ」と題するランボーの詩を訳している。

静かな黒い流れの上に、星の群れは眠り、
真っ白なオフェリヤが、大きな百合の花のように浮いて行く。
長い面帕《かずき》に寝かされて、静かに静かに浮いて行く。

遠い森の方角には、鹿追う角笛の音がする。

はや千年は過ぎたのか、悲嘆に暮れたオフェリヤが、
幽霊のように血の気もなく、黒い長流《ながれ》を過ぎてから。
心優しい気の狂い、恋歌《おもい》は夜風に託されて、
もう千年もたったのか。

風は乳房に口附《くちづけ》し、やすらかに眠る大きな面帕は、
花冠《はなかんむり》のように拡って、
枝垂柳《しだれやなぎ》は肩越しに、身を慄《ふる》わせてすすり泣き、
夢みるようなその額《ひたい》、気高い額に葦《あし》は傾く。

乱れくだけた睡蓮《ひつじぐさ》、寄りそいめぐり吐息して、
ふと、目ざめれば、茫然たる榛《はんのき》の樹蔭《こかげ》、
何の巣か、かすかな羽撃《はばたき》の音が洩れる。
誰の歌か、金色の星から歌声がおちる。

これを謳《うた》ったのは、ランボーではなく、千年の歳月を生きる天上の神々である。詩人は神々の言葉が顕われるときの通路に過ぎない。死者を永遠の世界から追悼する、それは詩に

託された冒されざるべき責務だというのだろう。同質のことを小林は「聖家族」に発見し、彼自身もそれを実践したのである。

「芸術のための芸術について」と題する堀辰雄の作品がある。そこで堀は「自分の先生の仕事を模倣しないで、その仕事の終ったところから出発するもののみが、真の弟子であるだろう」と述べ、芥川への想いを切々と語る。

死の近く芥川が、「人生は一行のボオドレエルにも若かない」（「或阿呆の一生」）と書いたことはよく知られている。敬愛する作家のそうした言葉と境涯をそのまま引き受けながら堀は、「僕はこの言葉の終るところから僕の一切の仕事を始めなければならない」と述べ、さらに「あらゆる作品の中で我々がよき涙を流すのは悲しい数頁のためではなく、適当な場所に置かれた一行の奇蹟のためである」と、師に改悛を迫るような言葉を紡いでいる。

もちろん、芥川がボードレールの一行との遭遇を希求するところには痛切なまでの想いがあったことを堀は熟知している。その姿をもっとも近いところで凝視した一人だった。だがそれでもなお、彼は師とは異なる道を行こうとする。

芥川龍之介がボオドレエルの一行を欲した気持は悲痛であった。しかし何が彼をあんな絶望の中にまで落ち込ませたか。それは、一つは彼が詩人の一行と小説家の一行とを混同したためであるかも知れぬ。詩人の一行と小説家の一行とはおのずから異るものである。芥川龍之介はドストエフスキイの一行をこそ欲すべきではなかったか。

雑多な現象を掻き分けながら、彼方の世界へ邁進し、この世のあり様よりも、ひたすら存在の根源へと深化しようとするボードレールではなく、超越界を見据えつつも、大地からけっして遊離しないドストエフスキーの一行こそ欲するべきではなかったか、と堀はいうのである。

「『スタヴロギンの告白』の訳者に」と題する小品で堀は、「あの頃は、どうもドストエフスキイが皆にへんな風に感心されていた頃だったので、僕なんかはそのためドストエフスキイの小説はあまり読みたがらないでいたっけ」と書く。彼が敬愛した詩人萩原朔太郎をはじめ、周囲があまりにこの作家からの影響を口にするのでかえって遠ざかった時期があると述懐している。

だが、ある時期から堀は強い関心をもってこの作家と向き合い始める。堀にドストエフスキーを論じたまとまった作品はない。だが、もっとも愛読するのは『白痴』であるとアンケートに答えるなど、時折、この作家の言葉にふれた衝撃を語っている。

さらに、先に見た「芸術のための芸術について」でスタンダールとドストエフスキーを比較しながら語った一節は、彼の内心の思いを語るに十分な言葉となっている。「スタンダアルの態度はより人間的であり、ドストエフスキイの態度はより超人間的であった」と述べたあと、次のように書いた。

後者〔ドストエフスキー〕は他のいかなる人間との交渉よりも、彼自身或は神との交渉においてより密接であったということである。自分自身或は神との交渉の苦痛は、ごく僅かな人人にしか耐えられないのだ。それを拒絶することはそれから逃げ出すことを意味する。

この一文を読む小林の姿を想像する。そこには烈しい戦慄《せんりつ》を覚える男の姿が浮かび上がる。書かれたのは一九三〇年。『新潮』に発表された。小林がこの作家を論じるのはもう少しあとである。

若き日にボードレールから啓示された言葉をドストエフスキーという地金《じがね》で陶冶《とうや》すること、それは小林にとってのっぴきならない問題だった。さらにそれは堀、小林という個々人の問題ではなく、当時の日本文学が直面する不可避な試練だった。小林の評伝『ドストエフスキイの生活』の連載は一九三五年の一月から始まる。

この年は、批評家小林秀雄にとっても分水嶺《ぶんすいれい》になる一年だが、世の中も、小林の周辺も大きく動き始めていた。中野が左翼運動からの離脱、いわゆる転向を表明したのはその前年で、「第一章」や「村の家」をはじめとした転向をめぐる小説を発表したのは同じ年である。

すでにドイツでは三三年にナチスが政権を握り、ファシズムが拡がりつつあった。それは人々の気が付かないうちに、遠く日本まで飛び火していた。世にはびころうとしていたのはマルクス主義への弾圧だけではない。堀辰雄が憂いたように詩の危機、すなわち文学自体が死に瀕していたのである。『四季』は、そうしたなかで文学の自立と自由を象徴するように出現したのだった。

第十章　すばらしい失敗——堀辰雄（二）

「遺文」とは通常、遺言でなかったとして、故人が生前に書き残しておいた文章で、没後に発見されたものを指す。だが、文学の世界では必ずしも字義通りの意味において用いられてきたわけではなかった。むしろ、それを大きく逸脱したところで使われてきた。それは、言葉にし得なかった、あるいはなり得なかったものの現われだったのである。

室生犀星に『かげろうの日記遺文』（一九五九）と題する作品がある。この作品で犀星は、基となる作品で語られていたことに導かれながら、言語化されることのなかった、未見の文字とも呼ぶべきものをよみがえらせようとした。強く思ったが書き記されることのないおもいに言葉というからだを与えようとした。

しかし、小林の「おふえりや遺文」の場合、そこからさらに心の深みへと入ろうとしているように感じられる。そこには、この女性が秘めたおもいをこの世で語るだけでなく、冥界に行ってなお語り続けている趣がある。

ハムレットに恋心を寄せるオフィーリアはハムレットに自分の想いを伝えることができないまま逝く。オフィーリアがハムレットを愛し、ハムレットもまた彼女を愛した時期があったことは互いに知っていた。それを確かめた次の瞬間、別れを決定するような言葉が二人の間を引き裂く。よく知られた「尼寺へ行け」という言葉は、次のような場面で語られる。

ハムレット（前略）心からお前を愛したこともある。
オフィーリア　本当に、そう信じさせてくださったのに。
ハムレット　信じたのが間違いだ。美徳を接木しても、もとの台木の罪深い性質はそのまま残る。お前を愛したことなどない。
オフィーリア　それなら私は二重にだまされて。
ハムレット　尼寺へ行け。ああ、罪人《つみびと》を産みたいのか？（松岡和子訳）

恋は成就しない。ハムレットには女性を愛することよりも、現在の王に殺された父親の復讐を完遂《かんすい》することの方が重要だった。だが、「罪人を産みたいのか」との言葉からは彼の女性への情愛も感じられる。叔父を殺さねばならなかった宿命が、罪となってオフィーリアとの子供の人生をも支配することを怖れている。それを愛する女性に背負わせないために別れる、というのである。

作中で彼女は、持ってきた花冠を枝にかけようとしていたところを、誤って川に落ちて亡くなってしまう。遺書は残されていなかった。死は突然訪れたのである。「おふぇりや遺文」の世界はその地点から生まれる。彼女がわが身の命に代えても伝えなくてはならないと願った――あるいは、小林がそう感じた――ことは、二人の恋とは少し位相が違うところにあった。この作品は、次のような一節から始まる。

ハムレット様。

　今は静かにあなた様にお呼びかけする事が出来るのです、……と、こんな風に申し上げただけで、もう妾《わたし》は不思議な気持ちになってしまいます、あんまり思いもかけない変り方ですもの。それをこんなに空々しい程、静かな気持ちでいるのは如何《どう》した事だろう。


　ここで、静かに呼びかける「今」とはいつのことなのだろう。また、「あんまり思いもかけない変り方」とは何を意味するのか。

　オフィーリアが死ぬことになる少し前、これまでの混乱した気持ちが嘘のように落ち着きを取り戻したことを思いがけない変化だというのが、常套的《じょうとうてき》な理解だろう。しかし、先にも見たように、「妾はこんな日が来るのを、前から知っていたのじゃないかしら、ひょっとすると生れない前から。何かしら約束事めいた思いがします」と彼女が語り始めるのを見ると、そうした認識に終らない何かがあるようにも感じられる。

　ハムレットが輪廻《りんね》する業の働きを信じていたようにオフィーリアは、前生を信じている。前世ではない。生まれる前の世界、それは先に見たボードレールがいう「前生 la vie antérieure」にほかならない。

　このときオフィーリアにとって死はすでに、未知な場所へ旅立つことではなく、懐かしい場所へ赴くことのように感じられている。魂は安堵する。だが、彼女の身体感情はそれに必ずしも同調しない。オフィーリアは、先に語った静謐《せいひつ》を覆すような苛立《いらだ》ちと悲しみの情を語り始める。

どうしてこう苛々して来るのでしょう。妾は決してそんな積りじゃなかった。何んの為に、そうですとも、今となって、何んの為に妾は苛々しなければならないのか。それがどうしてもわかりません。妾は泣きます、悲しくはない、悲しくて誰が泣くものですか。

あなたには、おわかりになるまいが、泣く事だって、ちっともやさしい事ではないのです。善い事にしろ、悪い事にしろ、涙はいつも知らないうちに妾の心を決めてくれた。それこそ妾の覚えた奇態な修練です。誰にわかろうとも思えない。妾は、涙が妾の心をうまく搔雑《かきま》ぜてくれるのを待っています。

ここでの「遺文」とは身体を持った人間の感情が、身体から離れ、魂へと変貌していく道程の記録なのかもしれない。

涙が心のありかを決めてくれる、とあるように、オフィーリアは悲しいと命名することができないような情感のなかにいる。身を焼くほどの悲しみが全身を貫いているのだが、自分の知っている悲しみという言葉だけでは、この情感を覆い尽くすことができない。実感が言葉を大きく逸脱していくことに苦しみ、語り出せないことに苛立つ。涙を流すことができさえすれば、固まっていた心も動き始める、だが今、涙すら自分を見放した、とオフィーリアは嘆く。

悲しいから泣く、と人はいう。だが、必ずしもそうともいえないことは、人生を少し歩いた経験のある者なら誰もが知っている。悲しみが極まるとき、涙は涸れることがある。むしろ、悲しみが深まるとき人は、泣くことすらできなくなる。「悲しみは疾走する。涙は追いつけない」と小林がのちに「モオツァルト」で描き出すのもそうした光景だろう。

「悲しみ」は、小林秀雄の作品を読み解く、もっとも重要な鍵語の一つだ。それは『ドストエフスキイの生活』『モオツァルト』『ゴッホの手紙』の主軸となる心情であり、『本居宣長』に至るまで変わらない。「おふえりや遺文」は、そうした試みにおける初期の、しかし、高次の結晶であることは注目してよい。

たとえば、『本居宣長』にある次の一節を、先の引用に重ね合わせて見る。「生きている人間には、直に、あからさまに、死を知る術がないのなら、死人だけが、死を本当に知っている」と書いたあと、小林は、宣長の言葉を引きながら死をめぐる「情《ココロ》」のありようを語る。「彼〔宣長〕の言い方に従えば、『物のあはれをしる情《ココロ》の感《ウゴ》き』は、『うき事、かなしき事』に向い、『こゝろにかなはぬすぢ』に添うて行けば、自然と深まる」。「うき事」とは、「憂き事」であり、「こゝろにかなはぬすぢ」とは、おもうままにならない境涯、不条理を指している。死を知ろうとしないこと、そこに「死」の秘密は自ずとその姿を露わにする、というのである。

「感く」と書いて「うごく」と宣長は読む。彼にとって「感情」とは喜怒哀楽のことではなく、「情」の「感き」をまざまざと感じ、生きていることだった。

宣長は、高次の意味における感情の人だが、そのなかで根本感情として彼が認識していたのは憂いと悲しみである。憂いと悲しみをひき起こす不条理に寄り添えば、人生はおのずと深まってゆく。それは、人は誰も、おもいのままに生きることはできないという事実を身をもって経験することにほかならない。それが「物のあはれ」を知る「情《ココロ》」のうごきだというのである。人は死を知らない。しかし憂愁と悲嘆とが「情《ココロ》のおのずからな傾向の極まるところで、私達は、死の観念と出会う」と述べ、小林はこう続けた。

この観念は、私達が生活している現実の世界に在る何物も現してはいない。「此世」の何物にも囚われず、患わされず、その関わるところは、「彼の世」に在る何かである、としか言いようがない。この場合、宣長が考えていたのは、悲しみの極まるところ、そういう純粋無雑な意識が、何処からか、現れて来る、という事であった。と言って、こういうところで、内容を欠いた抽象観念など、宣長には、全く問題の外にあった。

ここでの「観念」は空想的概念の謂いではない。それは意識の深みから訪れる、懐かしい「古い感情」である。この言葉は『ゴッホの手紙』で書かれ、それは「深い真面目な愛」と記されることもある。『ゴッホの手紙』とは、他者の痛みを自己の痛みと感じ得た人間の「古い感情」がよみがえっていく物語だといってよい。

悲痛の出来事は、私たちを未知の世界に連れ去るのではなく「古い感情」を呼び覚ます。悲しみは魂の故郷と呼びたくなるようなところに私たちを導く。それは宣長がいう「物のあはれを知る」という世界と烈しく響き合う。「あわれ」を宣長は「哀れ」と書くこともある。「あわれ」とは「ああ、我」——「それはわたしだ」——という魂の叫びであると小林はある講演で語っている。

宣長が——小林もまた——拒んだ「抽象観念」は、誰もがそれを記号的に理解する符牒《ふちょう》である。感情と切り離された言葉、死せる概念だといってもよい。「観念」はそれと似て非なるもの、むしろ対義語だと考えた方がよい。小林にとって悲しみは、けっして概念になり得ない情感だった。同じ悲しみは二つない、そうしたところに立ってみなければ、悲しみの実相にはふれ得ない。また、人は、悲しみを通じて、この世界とは別な「彼の世」の存在を知る。生者にとっては悲しみが、もっとも確かに自分と亡き者が暮らす世とをつなぐ窓になるというのである。

それはオフィーリアの実感でもあった。宣長が見た世界を、小林はすでにオフィーリアの眼で見ている。

今になって、わかったってどう仕様もない、けれど、だけど、妾には色んな事がわかりました。悲しい目に会うと、ふと心に浮んで来る様に、色んな事がわかるものです。この世は空しいという事も、今こそやっとわかりました。まるで生れた時から知っていた事の様にわかりました。と言っても、あなたには何やらおわかりになりますまい。

（「おふえりや遺文」）

人生には悲傷と呼ぶべきものを経験してみなければけっして開くことのない扉がある。そこを押し開け、吹きくる風を経験した者は、かつてのように世界を見ることはできない。彼女にとってハムレットはまだ、扉の向こうにいる者に映った。

悲しみを語っていたオフィーリアは、いつの間にか宣長がいう「彼の世」、死者の国のことを語り始める。さらに、この世に生まれる前に暮らしていた世界とは、未生のいのちの国であると同時に、死者の国でもあることに気が付いてゆく。この世にあるもっとも大きな謎は、この世とあの世が驚くべき相似の関係になることだともいう。

今にも壊れそうなこんな心を後生大事にだき乍ら、妾はあの世に行きたかない、あの世、あの世とは何んだろう、あの世だって、おんなじ景色をしているのじゃないかしら。晩かれ、早かれ、気が附くんです、気が附いた途端に死んで了う人もある。気が附いて、びっくりして暫く生きてる人もある。もしも、やっぱりそんな事だったら……

この「遺文」を読んでいると、オフィーリアの肉体はかろうじてこの世にあるように書かれているが、魂の眼はすでに煉獄《れんごく》の門を見ているように感じられる。そうでなければ「妾はあの世に行きたかない」という告白の緊迫度も「あの世だって、おんなじ景色をしているのじゃないかしら」とのつぶやきに似た吐露の真義も分からなくなる。彼女は事故のような出来事で死んだ。しかし、自らの眼前に「彼の世」の門が開こうとしているのを感じている。天国と地獄の間に煉獄という場所があり、そこでは、神の光によってこの世の生のすべてが照らし出される、そうカトリックでは信じられている。人の眼には隠されていたことでも、あるいは意識の奥にあって感じられることのなかったことも、この場所では白日のもとにさらされる。

「おふえりや遺文」で小林は、単に忘れ去られていたことを浮かび上がらせようとしたのではない。確かに、「明日はもうこの世にはいない身です」とあるように、「遺文」が記されたのは彼女の死の前日ということになっている。だが、その筆致には、あたかも死者が今、ここで感じていることを書き写しているような趣がある。死者が、生者のときに書き忘れたことを述べている、いわば死者が書く遺言のように感じられる。小林は過去にさかのぼってオフィーリアの気持ちを代弁しているのではない。むしろ、今、彼方の世界にいる彼女の手に、口になろうとしている。時空を超えて道なき森を歩くように小林は、オフィーリアの心に分け入って行く。彼女の心中にあって、未だ言葉の姿をしていない情感に、文字というからだを付与しようとする。

　生きるか、死ぬかが問題だ、ああ、結構なお言葉を思い出しました。問題をお解きになるがいい、あなたのお気に召そうと召すまいと、問題を解く事と、解かない事とは大変よく似ている。気味の悪い程、よく似ています。いいえ、この世で気味の悪い事といったら、それだけだ。あとは、あとは何んの秘密もない人の世です。（「おふえりや遺文」）

生きる意味は、問いの答えを見つけるところにあるのではない、問うことに意味がある、というのだろう。

ここで「問題」と書かれている事象はそのまま、ドストエフスキー論における「謎」という表現になってよみがえってくる。人生という謎は、解かれることよりも、愛されることを望んでいる。謎を謎のままにその世界を歩くこと、それが小林にとって生きることだった。

父を殺したのが叔父であることをハムレットに知らせたのは、死者となった先王である。死者の存在は『ハムレット』の世界観を決定している。死者は、生者の人生に働きかけることができるとハムレットは確信していて、周辺の者たちも次第に同様の思いを強めて行く。

王を殺害した男が今、王位に就いている。それればかりかその傍らには叔父の妻となった実母がいる。王子であるハムレットは復讐のためでなく、彼が考える正義のために立ち上がる。それが彼にとっての勇気だった。しかし、オフィーリアの実感は違う。彼女の眼は、人を見ていない。その彼方の世界を凝視する。

真の勇気があるとすれば、それは永遠の謎の前に立つときにこそ発揮されなくてはならないとオフィーリアは静かに、しかし、はっきりと語りかけるのである。この作品は次の一節で終わる。

今、すぐ取ってあげます、待ってて下さい、すぐ帰って来ますよ、馬車も待っています、そしたら、歌も歌ってあげます。

ハムレットは苦しんでいた。彼の苦しみは、叔父の殺害という宿命の呪縛に生きることにだけあったのではない。自分の力では、生涯にわたってオフィーリアを守り続けることができないであろうことを、彼はどこかで感じていたのである。一人の女性を守ることのためにささげなくてはならない勇気は、宿命を前にしたそれに勝るとも劣らないことをハムレットも感じ、その相克のなかで懊悩《おうのう》するのだった。

愛する人の苦悩を、生者だったオフィーリアは分からない。しかし、死者となった彼女には、はっきりと感じられる。だからこそ彼女は、彼方の世界から今も、ハムレットの燃える心を鎮めるために歌を歌っているというのである。この作品の主題は、生者の実現されなかった悲恋ではなく、死者となってもなお、ハムレットを想う、いわば死者の悲愛であるように思われる。

「おふえりや遺文」を読み、苛烈なというべき反応を示したのが堀辰雄だった。堀は、「手紙」と題する一文を書く。それも著しい熱情をもってその文字を刻んだ。

「死があたかも一つの季節を開いたかのようだった」という一節から堀の「聖家族」が始まることが示しているように、「おふえりや遺文」とを結びつけるのも死者である。二人は、死者の世界を覗き込むことに興味があるのではない。彼らを惹きつけるのは死者の声が響きわたる場所である。堀の「手紙」には次のような言葉が記されている。

とにかく、まあ、なんという込み入った、いろんなことを考えさせる作品だろう。考え出せば切りがありあしない。それも小林が書いたことそのものより、その書いたことからあいつが何を書こうとしたかを引き出して行けば行くほど面白くなるのじゃないかしら。そうなると作品の出来不出来なんぞは問題じゃなくなってくる。こっちですこし本気になってそれに向っていると、作者自身が大へんなものにぶつかってしどろもどろになっている様子がはっきり浮んでくるが、しかしそれは作者の方ばかりじゃなしに、こっちまでひどくしどろもどろにさせずには措かないような、底の知れない、気味の悪い作品だ。

確かに小林は、亡き者の声を聞いたと堀は感じている。そして、その声ならぬ「声」を前に小林が強く動揺していることからも目を離さない。それは「聖家族」を書きながら堀自身が経験していた日常だったからである。

文学とは、自分の心に他者の想いを宿すことであると思い立ったところに堀の文学が始まっていることはすでに見た。関東大震災で母を喪い、その経験の深みに見たものを堀は最初の詩に謳った。そして同じ年に出会った文学の師である芥川の死の奥に広がる世界を描き出すことから彼は、作家として出発したのだった。

「聖家族」には次のような一節がある。文中の「九鬼」が芥川をモデルにしたと考えられる、すでに亡くなっている人物である。堀自身を思わせる河野扁理が失踪したのを心配した絹子に、母親はこう語りかける。母親は九鬼を愛した人だった。

「……そんなことはないことよ……それはあの方には九鬼さんが憑いていなさるかも知れないわ。けれども、そのために反ってあの方は救われるのじゃなくって?」若者には死者が寄り添っている。だからこそ、彼は無事なのだと彼女は言う。この女性は、生者を守護することが死者の役割だと感じている。同質の試みが小林の作品で展開されているのを堀は、まざまざと目撃する。堀は、自らの問いから遊離することなく、他者の人生に横たわっている問題を深化させる小林の態度に驚きを隠せない。

小林はそのなかに自分を生かしながら、しかも自分とはまるで異った他人を描こうとしたんだ。なんというアムビシァスな仕事だろう。――しかしデモンをふり落すことには成功した小林も、どこまでその他人を描けたか？　見事にそれには失敗した。そのすばらしい失敗以来、小林はこの種の作品をまだ書かずにいる。しかし書きたくって書きたくってしようがないらしい。僕はその作品を非常に待っている。小林よ。デモンに憑かれろ！　憑かれろ！（「手紙」）

「すばらしい失敗」、これほどの讃辞があるだろうか。人の意識をざわつかせるような、あるいは流麗な文章を生み出すことが「成功」なのではない。心の奥、魂の世界と呼ぶべき境域にむかって歩みを進め、前のめりで倒れること、そこに書くことの意味がある。「底の知れない、気味の悪い作品だ」と堀がいうのは、こうした仕事には終点などないことが彼にも分かっているからだろう。魂に語りかけようとした仕事はいつも「失敗」に終ることを堀は熟知し、同質の挑みの跡を小林の作品に見たのである。

「小林よ。デモンに憑かれろ！　憑かれろ！」とは比喩ではない。ここでの「デモン」を詩神と読み替えてみれば、それが堀の、さらには小林の切実な願いだったことが分かるだろう。

評論と批評をあえて区別するなら、ここで行われているのは評論ではない。評論の眼目は作品の優劣を論じ、評価することにあるのだろうが、「批評」は、まったく違う場所に生起する。批評も、字義通りの意味は、問題点を指摘し、それを論評することにあった。だが、少なくとも小林秀雄の登場以降、近代日本における批評は、単に作品を批判的に論じることに終らない営みになった。むしろ、批評という言葉の意味を刷新し得たところに小林の仕事の、もっとも重要な意味があるように思われる。

批評とは、評価する前に、それが何であるかを見極めようとすることである。見極める前に、対象に評価を下すことを止めることだといってもよい。

「おふえりや遺文」を読む堀にとって、いわゆる出来栄えはさほど重要な問題ではなかった。むしろ、彼はこの作品が生まれてきた淵源を考え、畏怖の念を拭い去ることができないでいる。堀は小林が描き出した世界の光景もさることながら、その風景に小林がどうやってふれ得たのかに関心を寄せる。問いを受容し、継承すること、そこに批評の真意があることを堀は熟知している。彼は、オフィーリアの問いは、そのまま小林のそれであることを見逃さない。批評という営みのなかに小説に転生するような主題が宿ることから目を離さない。

「これは小林の私小説であると同時に、自分とはまるで異った他人の中に自分を生かそうとした小説ではないかしらん。そうしてそういう底の小説を書いた小林の気持が三年もかかって漸っと僕に解りかけてきたような気がする」と堀は書く。

「三年」とは「おふえりや遺文」の初出から堀がこの一文を書くまでの期間を指すのだろう。

「おふえりや遺文」は前年に単行本として刊行されている。それで再びこの作品を読んだ堀は、自分が何を書こうとしていたのか改めて分かり始めたというのである。

ここで小林の作品を「私小説」であると語るとき、その言葉は、そのまま堀自身の小説観を物語る表現となっている。彼にとって小説とは、どこまでも自身の経験に寄り添いながら、その小さな世界の深みに横たわるもう一つの世界の実情を描き出すことだった。自らの思いを語るだけでは十分ではない。ひとたび自分の思惑を鎮め、未知の他者の悲願を心に宿すこと、そこに言葉が生まれるというのである。

さらに堀は、書き手の言葉は、読む者の言葉と出会い、その心に織り込まれなくてはならない、という。書き手と読み手、二者の心の綾が織りなすところに言語の殻を打ち破った、真の「言葉」が生まれる。そのはたらきを堀は「直覚」と呼ぶ。

直観よりもさらにするどく心の奥に明証される出来事、「直覚」という言葉にはそうした語感がある。直覚を招き寄せることが文学者の営みだと感じてもいる。先に見た「聖家族」の一節には次の言葉が続いている。言葉を編む、それは堀にとって比喩以上の意味をもっていたことが「緯」の文字から伺い知ることができるだろう。

河野扁理にはじめて会った時から、夫人に、彼の生のなかには九鬼の死が緯《よこいと》のように織りまざっていることを、そしてそれが彼をして死に見入ることによって生がようやく分るような不幸な青年にさせていることを見抜かせたところの、一種の鋭い直覚が、いま再び彼女のなかに蘇《よみがえ》って来ながら、そういう扁理の不幸を絹子に理解させるためには、いま言ったようなごく簡単な逆説《パラドックス》だけで充分であることを彼女に知らせたのだ。

ここでの主語は「直覚」である。どこからともなくやってくるうごめく想念が、この女性に言葉を語らせている。彼方の世界とつながる言葉の扉を開くこと、それが堀にとっての、また、堀が「おふえりや遺文」に実現されていると考えた文学の密儀だった。さらに堀はゲーテが書いた戯曲「エグモント」にふれ、「おふえりや遺文」は「小林の『エグモント』だったんだ」と述べ、こう続けた。

僕は最近ゲエテの「エグモント」を読んだが、あれを書いたゲエテの気持が非常によく解った。「ゲエテはデモンに憑かれてリリイとの恋に落ちた。もしその恋を遂げてしまったら、ゲエテは自滅する他はなかったろう。しかしゲエテはその一歩手前に踏み止って、それと同じ道を最後の一歩まで行って自滅するエグモントを書いて自分自身を救った。」たしか鷗外がゲエテ伝の中でそんなことを書いていたと覚えている。

恐らく小林がオフェリヤを書きたかったのはそれと同じ気持だったんではないかと思う。デモンに憑かれた小林にはそれをふり落すためには、一人のオフェリヤを書くことが絶対に必要だったんだ。

ここで堀が指摘しているように「遺文」は、小林が自身を救い出すために書かれたのだろう。同質の指摘は二人に共通の友でもあった河上徹太郎も残している。河上の言葉も堀のそれに勝るとも劣らない烈しいものだった。

これまで「おふえりや遺文」は、ハムレットとオフィーリアの悲恋になぞらえ、小林秀雄と長谷川泰子《はせがわやすこ》との関係において論評されてきた。だが、河上は、そうした指摘に留まる者を強く否む。

『おふえりや遺文』の行間に空しく流れ果てる血で以て幾何の人間が救えるであろうか？　私は自分の指を齧《ちぬ》らずして、この書の頁を繰る者を、近代理智の洗礼を受けた者とは呼び得ないのである。（『おふえりや遺文』I）

血で書かれた文章は、血で読まなくてはならない。その場所以外のどこに文学が生まれ得ようかというのである。

『小林秀雄全集』を読んでも、先章で見た「聖家族」をめぐる小品を別にすれば、堀との関係を明示する文章はほとんど見つからない。記録だけを見ると、一定の関心をもって眺めているが格別の評価もしていないようにすら映る。まだ、代表作を書いていない、というのが小林の堀の評価であり、期待でもあった。

一九四六年十二月、小林秀雄は梅原龍三郎らと雑誌『創元』を刊行する。このとき小林は、堀に原稿を依頼している。小品ではない。「少くとも百五十枚乃至二百枚位の創作」、完成すれば一冊の本になるほどの量を小林は依頼しているのである。

投函されたのは一九四五年十月十九日、終戦から二ヶ月ほどしか経過していない混乱期であることも念頭において読んでみたい。

御無沙汰してゐます　御元気の事と思ひます　扨て突然ですが、小生今度文学季刊雑誌を編輯発行する決心をしました　ジャアナリズムは急に活潑になると思ひますがその害毒は又相当ひどいものになると見当をつけてをります　ジャアナリズムからの疎開問題が僕等の問題になつて来ると考へてゐる。真面目に文学的結実を集めこれに持続的に対抗する必要が又来つゝあるといふ風に考へてゐるのです。一つ御助力願へませんか成るたけ少数者の力作だけで編輯したい所存でをりますから紙面は御存分に利用して下さつて構ひませぬ　少くとも百五十枚乃至二百枚位の創作が戴き度いのですが如何でせうか　シメ切りは別に定めませぬ　ゆつくりと気の向いた時に書いていたゞければ結構です　稿料は四百字詰一枚廿円　金御入用ならすぐお送りします　神西君にはプーシキン論を頼みました　君もどうぞ身体にさはらぬ限度で御助力下されば幸甚です

小林秀雄

堀辰雄様侍史

この手紙を受け取った堀は、ほどなく承諾の返事を出した。同年、十月三十日付けで「御手紙拝見　御承諾被下有難う存じました」と書かれた小林の手紙が残っている。

体調を崩していた堀は、小林の申し出にあったように原稿料の融通を利かせてもらえると有難いと書かれていた様子も窺える。堀は一九四七年ごろからすでに病のために創作ができない状態にあった。それゆえに小林が、そして堀が誕生を願った彼の代表作もまた、書かれ

ることはなかったのである。

一九五三年五月二十八日、堀辰雄は軽井沢の自宅で逝く。彼が完成を楽しみにしていた書庫が出来上がって十日ほど後だった。主に使われることのなかった書庫は、今も彼の住居あとに残っている。

第十一章 「Xへの手紙」と「テスト氏」

「おふえりや遺文」を書いた翌年（一九三二）に小林は、「Xへの手紙」を『中央公論』に発表する。前者のときは、小説であることをよく認識しながら書いていたが、後者のときは少し事情が違った。何かに強いられるように小林は、小説とは何かを改めて考えつつ、ペンを走らせていた。逆説的なようだが、この小説を書き上げることで小林は、批評家として新たに生まれ直したといってよい。

「X」が誰なのかを考えることは、さほど重要なことではない。だが、この書簡体の小説の姿をした告白が、どういった道行きを経て生れたかは、小林秀雄の精神遍歴を考える上で極めて重要なことのように思われる。

誰かを「X」に特定しようとしたとき、私たちはこの作品をすでに小説としては読んでいない。宣長がいった「そらごと」（物語）のもつ力を見過ごすことになる。それよりもこの作品の背後にポール・ヴァレリーの影響を感じてみる方がずっと重要だ。ヴァレリーが小林に批評家の可能性を明示したのである。

若き日に小林が複数の小説を書き、なかには志賀直哉から賞賛された「蜻の自殺」のような作品があったことは先に見た。だが、当初から小林が小説家になることを志望していたかどうかは分からない。自身が切り拓くことになる批評という道が、当時の彼の前にない以上、それを望むことがなかったとしても何ら不思議ではない。

のちに中野重治は、「歌のわかれ」（一九三九）と題する小説を書き、若き日、詩の世界から出発して、プロレタリア文学の世界へ行き、彼自身の表現を借りれば、世にはびこる不条理という「兇暴なもの」に立ち向かうために、詩を書くことを止めたいきさつを描き出した。同質なことは小林にも起っている。「Xへの手紙」は、小林にとって「小説のわかれ」と言うべき作品になった。

二人は同年の生れで、共に東京帝国大学文学部卒で、堀辰雄は共通の友だった。中野が小林のことを堀から聞いたように、小林は中野のことを堀からも聞いていただろう。小林の中野の評価は一貫して高かった。高い、というよりも小林にとって中野は、真の詩人であり、優れた批評家でもあり得た稀有《けう》なる同時代人だった。小林と中野は、近代日本文学において別な場所で、しかしともに、ときに烈しいまでに響き合う宿命を生きた。それは、詩の精神を身に宿しながら、詩を書かずにそれを人々の魂に送り届けることだったといってよい。

「歌」と題する詩で中野は、次のように謳っている。

おまえは歌うな
おまえは赤ままの花やとんぼの羽根を歌うな
風のささやきや女の髪の毛の匂いを歌うな
すべてのひよわなもの

すべてのうそうそとしたもの
すべてのものうげなものを撥《はじ》き去れ
すべての風情を擯斥せよ
もつぱら正直のところを
腹の足しになるところを
胸さきを突きあげてくるぎりぎりのところを歌え
たたかれることによつて弾《は》ねかえる歌を
恥辱の底から勇気を汲みくる歌を
それらの歌々を
咽喉《のど》をふくらまして厳しい韻律に歌いあげよ
それらの歌々を
行く行く人びとの胸郭にたたきこめ

この詩がいつ書かれたのか精確な事実は分からない。ただ、この詩をふくむ『中野重治詩集』がナップ出版部から発刊されようとしているとき、製本中に発禁処分になったのは一九三一年、「Xへの手紙」が書かれる前年のことである。小林は中野に幾度となく『文學界』の同人になってほしいと願い出ている。中野はそれを拒む。小林への内なる畏敬は変わらなかっただろうが、小林の周囲にいた人々と仲間になることはできないと感じていた。一九三四年のいわゆる転向を経たあとも中野はプロレタリア文学運動の中心にいた。転向者のプロレタリア文学を象徴する「村の家」が書かれるのは、その同年か翌年である。そこで中野は「転び」を経験したあとも、信じる理想に向かって生き、書いて行きたいと語る。

一九三六年から翌年にかけて、小林と中野は論争のようなことをしているが、そのほかは、さほど表立った接点があるわけではない。中野が強い批判を小林にむけても、小林はそれに論戦で応じるようなことはなかった。中野が「閏二月二十九日」で小林に鋭い言葉を投げかけ、それに応じた小林の「中野重治君へ」を読んでも、論争する意志はまったく感じられない。世は自分たちの衝突を傍で見て喜んでいるようだが、二人でどこか静かなところへいって話すことはできないだろうか、と対話を呼びかけている雰囲気すらある。

論争を別にすれば、中野の作品を読んでも小林の名前が出て来ることは多くない。逆も同じである。だが二人は、互いの存在を忘れることなどなかっただろう。

目に映る交点はなくても深く交わるということはある。事実、中野と小林の見えない交わりの境域に二人のあとに続く人々が行き交った。中村光夫、平野謙、山本健吉といった次の時代を担った批評家たちは皆、小林と中野二人の影響を著しく受けながら、自らの立ち位置を模索していった。彼らは皆、二人のどちらかだけを高く論じるようなことはけっしてない。平野謙は『さまざまな青春』で、小林と中野の間が自らの居場所だったと述べているが、それは中村、山本の心情でもあっただろう。中村は中野の晩年にふれ、聖者の面影すらあると語っている。山本に「中野重治と小林秀雄」という一文があるのは先に見た。

没後に書かれた中野重治をめぐる評論は少なくない。しかし、それらで小林秀雄との関係が正面から論じられることはほとんどなかったように思う。小林論においても同じである。

文学の政治的な立場の相違だけが強調されて、地下水脈が交わるような二人の関係に迫ろうとする試みが忘れられている。「Xへの手紙」が、小林の「歌のわかれ」であるというのも比喩ではない。小林にとって小説は、中野にとっての「歌」だった。この小説は次の一節から始まる。

　この世の真実を陥穽を構えて捕えようとする習慣が身についてこの方、この世はいずれしみったれた歌しか歌わなかった筈だったが、その歌はいつも俺には見知らぬ甘い欲情を持ったものの様に聞えた。で、俺は後悔するのがいつも人より遅かった。と俺は嘗て書いた事がある。

どんな様式であっても自分にとって書くことは「歌」を詠《よ》むに等しい行為だったというのである。歌を「詠む」とは詠嘆の表現であると共に、「詠」という文字に見られるように言葉を永遠の世界から受け取ることであり、彼方の世界に言葉を送ろうとすることだった。現実界ともう一つの世界を言葉によってつなぐこと、それが、ランボーから教えられたことだった。

小説で小林が試みようとしたこと、それは高次の意味における告白である。それは、自意識が捉え得るような心の表層の出来事を言語に置き換えるのではなく、書くことでしか言葉に結実しないものをこの世に顕現させることにほかならない。

告白とは、心中に渦巻くことを縷々《るる》述べることではなく、究極的には一つの言葉を見出すことに収斂《しゅうれん》すると小林はいう。「Xへの手紙」では「俺はよく考える。俺達は皆めいめいの生ま生ましい経験の頂に奇怪に不器用な言葉を持っているものではないのだろうか」と述べたあと、次の一節が続く。

ただそういう言葉は当然交換価値に乏しいから手もなく置き忘れられているに過ぎない。若しそういう言葉を取り集めてはっきり眺め入る事が出来るとすれば、俺達は皆言葉というものが人間の表現のうちで一番高級なものだと合点する様になるのではないだろうか。

様式は書き手が選ぶのではない。言葉が決める。この厳然たる言葉が誕生するときの理法を、この作品を書きながら小林は確かめていった。訪れた言葉が変容していくのにしたがって、書き手は歩みを進めていかなくてはならない。人間が言葉を使うのではなく、言葉と共に、さらにいえば人が、真の意味で言葉に用いられたとき、出来事が起こる。

言葉は人間の意志通りには生起しない。だからこそドストエフスキーやバルザックのような真に小説家と呼ぶべき者たちは、作中の人物が小説を牽引《けんいん》するのであって、物語が展開する是非は作家の手中にはないとすら語る。人間が書こうとして生まれた作品は、意識の波を動かすだけだが、生ける言葉は「心」に届くと小林はいう。

とまれ小説を書こうと思って書かれた小説や、詩を書こうと思って書かれた詩の氾濫に一切の興味を失って了った今、俺は他人のそういう言葉が、俺の心に衝突してくれる極めて稀れな機会だけを望んでいると言っていい。

書こうとする人間は、胸を自らのおもいで埋め尽くすのではなく、言葉が宿る空白の場所を作らねばならない。小林はそう感じている。詩、小説、批評、とさまざまな形式のなかから一つを選ぶことはできる。ここで重要なのは選んだ先に、言葉が顕われるか否かだと小林はいう。小説家であることも詩人であることも第一義の問題ではない。言葉の使徒になることが文学者の使命ではないのかと問うのである。

この作品が小林の最後の小説になった。「おふえりや遺文」と「Xへの手紙」にはすでに、批評の萌芽《ほうが》をありありと見ることができる。しかし、そのことはこれらの作品が小説として未熟であることを意味しない。むしろ小説の精神を飲みこみながら、小林にとっての批評が生まれてきたことを見過してはならないのだろう。

人間に用いられた言葉ではなく、人間を用いて顕現した「言葉」との邂逅、そうした稀なる言葉との遭遇を企図することが小林にとって文学という営みだった。

批評家はまず、読むことを究めようとする。読むことが、書くことに劣らない創造的な営みであることを知らなければ、どんなに豊富な知識を蔵したとしても小林が考えた批評家にはなれない。彼にとって読むこととは言葉の海を必死に泳ぐことでもあった。試練は書くことよりも読むことの方にあったといってもよい。この小説には読むことの秘義とでもいいたくなるような告白も記されている。

すべての書物は伝説である。定かなものは何物も記されてはいない。俺達が刻々に変って行くにつれて刻々に育って行く生き物だ。俺は近頃ニイチェを読み返し、以前には書いてあった文字が少しも見当らないのに驚いている。

人はつねに変化している。読むとは二度と起こることのない出来事だというのである。また、読むとは、心の中に不可視な文字で書くことである。読むとは、魂の奥に、ふれることのできない一冊の本を書くことにほかならない。人が衝撃を受けるのは、紙の上に印刷された文字にではなく、自らの胸の内に読むことによって記された言葉だというのである。しかし、その言葉はすぐに目に見えない姿となって心のなかに沈潜していく。そう考えてみれば、胸に刻まれた言葉が書籍のなかにないことも何の不思議もない。むしろ人は、いつからか言葉は紙に印刷された記号だと思い込むようになった。言葉とは紙の上に記録されたものだと思い込むようになってしまった。

読むことの探究がもっとも高次な変貌を遂げるのは、『本居宣長』においてである。読むことの深秘《じんぴ》にふれたことが、いかに小林の批評を貫いたかを、瞥見《べっけん》しておきたい。

小林は読むとは、文字となった言葉だけでなく、肉眼では捉えられないもう一つの「言葉」に出会ったときに始まる、とまで考えるようになる。宣長を論じながら小林は、先人たちの読む営みにふれ、こう語った。

例えば、岩に刻まれた意味不明の碑文でも現れたら、誰も「見るともなく、読ともなく、うつら〳〵と」詠《なが》めるという態度を取らざるを得まい。見えているのは岩の凹凸ではなく、確かに精神の印しだが、印しは判じ難いから、ただその姿を詠めるのである。その姿は向うから私達に問いかけ、私達は、これに答える必要だけを痛感している。これが徂徠の語る放心の経験に外なるまい。古文辞を、ただ字面を追って読んでも、註脚を通して読んでも、古文辞はその正体を現すものではない。「本文」というものは、みな碑文的性質を蔵していて、見るともなく、読むともなく詠めるという一種の内的視力を要求しているものだ。特定の古文辞には限らない。もし、言葉が、生活に至便な道具たるその日常実用の衣を脱して裸になれば、すべての言葉は、私達を取巻くそのような存在として現前するだろう。こちらの思惑でどうにでもなる私達の私物ではないどころか、私達がこれに出会い、これと交渉を結ばねばならぬ独力で生きている一大組織と映ずるであろう。

古典と呼ばれる書物には必ず、読める文字の奥に、読むことのできない「意味不明の碑文」のような文字が潜んでいる。それはいつも「見るともなく、読むともなく詠めるという一種の内的視力を要求」する。言葉は人が「心」で受けとめたとき、隠された意味――秘義――を開示する。

「よむ」は、読むと書くが、「詠む」とも書く、「詠む」は「よむ」とも読めるが、「ながむ」とも読む。井筒俊彦の『意識と本質』が正しいなら、新古今集の時代、「ながむ」とは、何かをぼんやりと見つめることではなく、もう一つの世界、異界にふれることだった。ここで小林が「内的視力」と書いているのも彼個人の実感に留まらない。万葉の時代、見ることを意味する「見ゆ」は、不可視なものと交わることを意味した。白川静の『初期万葉論』によれば、五感ではなく、心でふれ合うことを指した。

「Xへの手紙」を書くときすでに、小林にとって読むとは生きているものに、心でふれることだった。書物は生きている。当然ながら言葉もまた生きている、それが小林の実感だった。

先のニーチェにふれた一節のあと、小林はこの哲学者の心性をめぐって興味深いことを語り始める。世のほとんどの人が、哲学者だといって疑わないニーチェを小林は、その魂においては「小説家」だという。小林はのちにドストエフスキーを論じるとき、一度ならずニーチェにふれることになる。

極端につくり話を嫌悪する資質を持ちながら、不幸にも一流小説家の眼力を合わせ持たされた彼〔ニーチェ〕の運命が、今思いも掛けず俺を捕えて放さない。

哲学者は小説家たり得るか、と小林は問う。同質の問題を小林がベルクソンにふれながら、ベルクソン論を書くとは哲学者は詩人たり得るかを考えることだ、と書いたことはすでに序章で見た。

「Xへの手紙」が発表された年、小林は「小説の問題」と題する文章を二つ書いている。ここで小林は、自身における小説の内的定義を試みる。すでに「Xへの手紙」の着想もあったはずである。「小説の問題Ⅱ」の冒頭にはこう記されている。

近頃、必要があってヴァレリイの「テスト氏」を訳していて、ふとこれを小説と呼んではいけないものかしら、と考え、色々な疑惑に捕えられた。

この一節は、今日からみると少し奇妙にさえ見えるがとにかく、当時、小林の周囲にいた人々が、「テスト氏」を「小説」ではない、何か別なものだと感じていたことは伝わってくる。

日本では小林の以前には彼が考えたような批評がなかったように、「テスト氏」を書いたときのヴァレリーにも、この作品を一語で言い当てるような様式はなかった。先に引いた一節に小林は次のように続けている。以下の「作者」とはヴァレリーを指す。

兎も角作者は、この制作で、極端に抽象的な問題を、芸術家の手で呈出し、これをなかば自棄なかば信仰とでもいう様な奇態な態度で解決しようとしている。結果としてテスト氏という極端に知的な、極端に孤独な人物が創り出された。勿論所謂作品の具体性とか現実性とかいうものは薬にしたくもない。だから「テスト氏」を小説と呼ぶ事は出来ないというのか。習慣というものは厄介なものである。

この作品を訳しながら小林は、形而上的な主題が小説という新しく、また、ある意味では伝統的な様式で現代によみがえりつつあるのを感じている。狭義の文学、哲学、あるいは論考、詩、小説といった既定の様式を創造的に打ち破らなくては言葉になろうとしないうごめきのようなものを目撃している。

おそらく小林は、このとき、「テスト氏」を新しい詩であり、来たるべき「小説」だと思っている。ヴァレリーはのちにフランスを代表する批評家として活躍することになるが、それは「テスト氏」を書き終え、長い沈黙を経たあとである。ヴァレリーは、マラルメを師とする詩人だった。言葉の訪れを経験した者はときに危機を経験する。だが、危機を生き抜くためにもその者は言葉を語らなくてはならない。それは「テスト氏」を書き始めたころのヴァレリーの日常だった。ヴァレリーは「テスト氏」を書かずにはいられなかった。それは湧き出る創作意欲のためではない。次の瞬間を生き抜く言葉を見つけるためにである。この作品の「序」にはこんな言葉が刻まれている。

僕は正確という烈しい病に悩んでいた。理解したいという狂気じみた欲望の極限を目がけていた。そして、自分の裡に、自分の注意力の急所を捜し廻っていた。（小林秀雄訳）

「狂気じみた」と書かれているのは比喩ではなかった。ただ一つの「正確」なものを認識しようとする者は、不完全な認識を自ら打ち消すことになる。そもそも人間にあるのは、「正確」な認識ではなく、個々人に固有の認識であるとしたら、人は存在しないものを探して生きつづけることになり、当然ながら精神は危機に直面する。「テスト氏」の「僕」は、彼自身を救い出すために、新しい様式を生み出さなくてはならなかった。

それは小林も同じである。「Xへの手紙」では、語り手の危機が述べられる。この男は二度自殺を試みたと語る。「一度は退屈の為に、一度は女の為に」と書く。ここではもう小林と長谷川泰子の問題には帰らない。恋愛の現場には他者の眼によって見通せるような事実は何もない。そう感じたところに小林が小説という姿で自らの危機を語らなくてはならない必然もあるのだろう。

人生の秘密は詮索するところになど、けっして正体を明かさない。人間と同様に相手が胸を開くのを待つほかない。小林のような書き手の場合、私たちにとっての「相手」とは、小林秀雄という偶像ではなく、彼が、わが身を移し替えるように書いた「言葉」になる。小林が読むことで試みたのも、そうした精神の旅である。彼は、「消え易い」微かに語られた言葉を全身で感じるという道を歩き始めた。


正確を目指して遂に言語表現の危機に面接するとは、あらゆる執拗な理論家の歩む道ではないのか。どうやら俺にはこれは動かし難い事の様に思われる。われわれの伝統は、西洋の伝統に較べて、この言語上の危機に面接してただこの危機だけを表現して他を顧みない思索家を、なんと豊富に持っているかと俺は今更の様に驚くのだ。卓抜な思想程消え易い、この不幸な逆説は真実である。消え易い部分だけが、思想が幾度となく生れ変る所以を秘めている。（「Xへの手紙」）

書くことの意味は、書き得ないことにふれることにある。「われわれの伝統」、とここで小林がいう東洋では、この言葉たり得ないものの上に叡知の伝統を築き上げてきた。言語の危機に直面しながら、危機の存在だけを語るとは、禅でいう不立文字の境域を語っているのかもしれない。

先の一節のあとに小林は「俺は屢々思想の精髄というものを考えざるを得ない」と続けている。「精髄」とは、思想のなかにあって、感じることはできても、語り得ないものを指す。意匠となった思想は、思想の精髄からもっとも遠いところにある。それが、「様々なる意匠」で小林が明示しようとしたことだった。このとき、小林が試みたのは世に「思想」と呼ばれる生命なき概念の怪物の正体を見破ることだった。

水をH_2Oと書くことで、理解し得ていると信じているように、思想はしばしば、世界を静止的に捉えようとする。しかし、世界は一瞬たりとも止まったりはしない。「テスト氏航海日誌抄」でヴァレリーが試みるのも思想の批判である。

　僕は君達の思想なぞ軽蔑している。何処《どこ》も彼処《かしこ》も見通しだと思っているし、僕の思想の言わば無駄な装飾だと考えている。硝子の瓶一杯の澄んだ水の中で、三四匹の金魚が泳ぎ廻り乍ら、いつも無邪気な、いつも同一な発見をしているのを眺める様に、君達の思想を眺める。（小林秀雄訳）

金魚は、ガラス瓶のなかを世界だと思っている。そこで生み出した「思想」こそ普遍に至る道だと信じて疑わない。ヴァレリーはデカルトを敬愛した。この先人が『方法序説』で述べているように、本当の意味で「哲学」と呼びえるものがあるとすれば、それは「世界という大きな書物」のなかでつむがれなくてはならないというのだった。

「初めてポオル・ヴァレリイを知ったのは大学の学生の時で」、その言葉に「ひどく感心して、彼の作品と彼に関する評論とを皆んな読んで了おうと決心した」（「ヴァレリイの事」）と自身が書いているように、「様々なる意匠」で文壇に登場する以前に小林はすでにヴァレリーの作品を読み、そして強く心打たれている。「様々なる意匠」の終わりの言葉を、先のヴァレリーの言葉に重ねて見る。その共振のあとは明瞭だ。

私は、何物かを求めようとしてこれらの意匠を軽蔑しようとしたのでは決してない。ただ一つの意匠をあまり信用し過ぎない為に、寧ろあらゆる意匠を信用しようと努めたに過ぎない。

ここにあるのは模倣ではない。むしろ血脈という表現があるようにヴァレリーと小林の間にあるのは血のつながりである。そこにあるのはニーチェが『ツァラトゥストラ』で語った「血」のまじわりである。

「いっさいの書かれたもののうち、わたしはただ、血をもって書かれたもののみを愛する。血をもって書け。／そうすれば君は知るであろう、血が精神であることを」（手塚富雄訳）。血と精神は、同一のものを呼ぶときの異なる表現であるに過ぎないとニーチェはいう。言葉の世界においては、精神を継承することこそ、血の関係を結ぶことになる。「精神の危機 La Crise de l'esprit」を書いたヴァレリーは、血と言わずに「精神 esprit」と書いた。ヴァレリーにとって「テスト氏」は、内なる「精神」が血肉化し、顕現した姿にほかならなかった。

先にもふれたように「テスト氏」の主要部分を書き終えるとヴァレリーは、およそ十余年の文学的には沈黙する生活に入る。むしろ、彼はこの作品を書き終えることで安堵のときを手に入れたのかもしれないのである。結婚し、老いた新聞人の私設秘書などをしながら暮らしたと清水徹は書いている。

真理を語ることにヴァレリーは関心がなかった。そうでなければ十年を超えるような期間、黙することはできなかっただろう。彼の問題は、どうそれを生きるかにあった。一九三九年に小林は、『テスト氏』を改訳して改めて出版する。それに呼応するように書かれた「テスト氏の方法」と題する一文で小林は、「発見は何物でもない。困難は、発見した処を血肉化するにある」との「テスト氏」の一節を引きながらヴァレリーの危機にふれる。

ヴァレリーの危機を論じる前にはどうしても、「Xへの手紙」で彼自身の危機が描き出されなければならなかった。先の一節の前にヴァレリーは、以下のような言葉を記していた。

ここを考えつめると、僕は結局、テスト氏は僕達の知らない精神の法則というものを発見するに至ったのだと信ずる様になった。疑いもなく彼はこの探究に、多くの年月を捧げねばならなかっただろう、が、彼がその発明を成熟させ、遂にこれを本能化するに至ったには、同じ年月、或は遥かに多くの年月の用意が入用であったという事は、更に確実な事である。発見は何物でもない。困難は発見したものを血肉化するにある。（小林秀雄訳）

多くの人は何かを発見することに注力する。しかし、ヴァレリーにとって発見は始まりに過ぎなかった。その真の姿を見極めるために人は、見出したものを自らの心身と合一させなくてはならない。意見や信条ではなく、それが生の習慣にならなくてはならない。

同じ一文で小林は、人間存在の精神化、より精確にいえば、存在の精神的純化に言及する。生の秘密を生き、それを血肉化するとは、けっして滅びることのない「精神」という存在の主体を、その手で確かめることでもあった。

「人間」がそのまま純化して「精神」となる事に何んの不思議なものがあろうか、人間が何物かを失い「物質」に化する事に比べれば。大部分の人々が、女と同衾する様に、出来上った様々な観念や思想と同衾する。彼等は“vérité”〔真実〕を得たと信じて、実は“réalité”〔現実〕の世界に呑まれているに過ぎない。（「テスト氏の方法」）

「Xへの手紙」の言葉が心に宿るのを待つとき、「テスト氏」が小林の念頭を離れることはなかっただろう。ここに見られるのはそれ以上の近似、むしろ著しい共振だといってよい。ここで小林は女性を軽んじているのではない。「女は俺の成熟する場所だった。書物に傍点をほどこしてはこの世を理解して行こうとした俺の小癪な夢を一挙に破ってくれた」と「Xへの手紙」には書かれている。女性と一緒に寝れば、女性が分かると思い込んでいる男が、ここでは強く批判されているだけだ。

翻訳とは、それが真摯に行われるとき、原著にある言葉を訳者が血肉化することになる。目で読むのでなく、書くことによってそれは全身で読むことになっていく。小林は、ヴァレリーの作品を翻訳した動機にふれ、こう語った。

僕は、今迄に様々のフランス文学作品の飜訳を試みたが、外国文学の紹介者の立場で仕事した事は一度もない。これは飜訳という仕事の曖昧さに心を労するのは、僕の柄ではなかったからである。僕はいつも自分の為に飜訳した。飜訳は、言わば僕の原文熟読の一法に過ぎなかった。（「テスト氏の方法」）

同質のことを小林は、ランボーの詩集の翻訳をめぐって語ったことがある。だが、小林の場合、翻訳は単に原文熟読の一形式に終りはしないだろう。それはもっとも高次な批評でもあった。現代の枠組みから言えば、批評と翻訳はまったく異なる領域の営為だが、小林の内心ではきわめて近似した、形式の違いをよそに、むしろ折り重なるような営みとして認識されていたように思われる。翻訳は小林にとって、沈黙の批評だったのである。

これまで読んで来て分かるように「テスト氏」は平易な文章ではない。それはヴァレリー自身も感じていた。しかし、その一方で、小林のようなまったく文化背景の異なるところに生まれた者によって自作が翻訳されることを予感しているような文章を残している。

この様な極めて特殊な諸条件を強いられた本文は、確かに原文でもあまり容易な読みものではない。まして、これを外国語に移そうとする人は、殆ど打ちかち難い困難にぶつかるに違いない……

先にみた『本居宣長』で書かれた碑文の文字を読む者が感じていた抵抗を、ヴァレリーを訳す小林も経験しなくてはならなかったことは、容易に想像できる。

しかし、言葉を前にし、これ以上読み解くことは不可能であるとの道を、ひとたび通り抜けた者にだけ開いてくる眼があり、耳がある。むしろ小林は、ヴァレリーが書いた言葉に文字の上からだけでは理解し得ない、文字の奥にこの異国の先達の肉声を探したのだった。「宣長の述作から、私は宣長の思想の形体、或は構造を抽き出そうとは思わない。実際に存在したのは、自分はこのように考えるという、宣長の肉声だけである」と小林は『本居宣長』に書いている。

若き日の小林において、ランボーはもちろん、ボードレールもランボーに勝るとも劣らない重要な、決定的な影響を与えた詩人であることはすでに述べた。私たちは今その列にヴァレリーを加えなくてはならない証言に遭遇している。さらに、それは彼の生涯を貫くものですらあった。

ボードレールは小林に、詩人とは言葉を自由に用いる者の謂いではなく、言葉に十全に用いられるべき存在であることを教えた。内心の思いを書くのが詩人の役割ではない。書くことによって、自身と他者の心を、さらには超越との間を架橋し得る言葉を世界に刻みつけることが、小林が見たボードレールの使命だった。詩人の精神裡《せいしんり》にはいつも優れた批評家が同居している、とは小林がしばしば引くボードレールの言葉だが、それを文字通りに体現した人物こそヴァレリーだった。

先に「見る」営みの多層性にふれたが、このことは「Xへの手紙」で、そして「テスト氏」でもともに鍵となる言葉となっている。小林がヴァレリーから継承したもの、それは「眼」である。世界の見方ではない。眼の働きそのものを言葉によって継承する、それが小林秀雄のヴァレリー体験だった。「エミリイ・テスト夫人の手紙」と題する、テストの妻が、夫のありようを語る言葉には眼をめぐる記述が幾度もある。

> ご存じの通り、あの人は、眼では殆ど何にも読みません。眼というものの妙な使い方をして居るのです、言わば**内的な**使い方、と言っても違う、寧ろ**特別な**使い方と言った方がいい様ですけれど。いえ、それでも当っていません。どう説明していいか分りませんが、同時に、**内的な**、**特別な**……又**普遍的な**とでも言って置きましょう。あの人の眼はほんとに美しい、あの眼は、眼に見える一切のものよりはほんの少し大きい、そこが好きなのです。

「見る」ことでは、願っているものは、「観え」てこないことをテストは熟知している。何も見ない眼を持って生きるとは、世界が存在の深みへと導いてくれるのを待つことにほかならない。それはボードレールやランボーにおいては、自らの言葉を語らない者たちの口となることだった。思うままに見ようとしない眼、語ろうとしない口を持った者を探すこと、それはテストにとって叡知が受肉した人間に逢うことだった。「テスト氏との一夜」には次のような言葉がある。「僕」はヴァレリーであると考えてよい。

> そこで僕は、最も強い脳髄の持主とか、最も鋭敏な発明家とか、思想を最も正確に認識する者は、無名の人々であり、もの惜しみをする人々であり、自己を主張せず死んだ人々でなければならぬと想像した。

世界は、無名の人によって体現された叡知に満ちている。真に叡知をわが身に宿した者はそれを書き記さないばかりか語ろうとしない。その不可知な言葉を読もうとすること、それがテストの、そしてヴァレリーの沈黙だった。

世間から離れ、十余年の沈黙の間に彼が試みていたのは、精神の日記を書き続けることだった。今日、私たちはそれをヴァレリーの『カイエ』として一つの、それも彼のもっとも重要な作品として読んでいる。彼は沈黙していたのではない。語ろうとしない者の心の響きを聞き、それを刻むことに懸命だったのである。『テスト氏』の翻訳が出版された翌年、「新人Xへ」と題して、書簡体で書いた作品で小林もまた、「無名の人々」の叡知にふれている。

　文章を読めない人々の心にも、実生活の苦しみや喜びに関する全人類の記憶は宿っている。この記憶こそ、人々の文学に対する動かし難い智慧なのだ。元来観念的な産物である文学が、観念的焦燥にかられる事を常に警戒しているのはこの智慧だ。

文学を、文学たらしめているのは言葉ばかりではない。そこには人生の秘密にふれながらそれをけっして声高に語ったりしない、無数の、無名の人々の記憶が生き、働いている。文学者には、そうした未見の想いに言葉の姿を付すことが託されている。

　ここでの「記憶」を小林は、のちに「歴史」と呼ぶことになる。歴史にたゆたう沈黙を世に顕現させること、それが小林にとっての批評に課せられた役割だった。

「新人Xへ」が特定の個人に向けて書かれたかどうかは分からない。しかし、ここにはちょうどこの年に大学を卒業したばかりの中村光夫の存在も意識されていたかもしれない。中村が小林を知ったのは大学在学中のことだった。

　この年、中村はフローベルの『ジヨルジュ・サンドへの書簡』を訳し、出版している。三年後、中村はフランスに留学する。パリに到着して中村が熱心に聴講したのがコレージュ・ド・フランスで行われたヴァレリーの授業だった。中村はこのときの経験を「巴里通信」（のちに「パリ通信」に改題）と題する書簡体の作品として『文學界』に連載する。

　書簡のあて先は誌面には記されていない。しかしのちに中村本人も語っているようにそれらは小林秀雄に向けて書かれたものだったのである。

第十二章　神なき神秘家

『テスト氏』の一章、「エミリイ・テスト夫人の手紙」にはテストの妻が、神父に向かって夫の実相を語った、こんな一節がある。太字にして強調してあるのは訳文のままで、原文でも書体が変えられている。

　そこで私はモッソン師に言いました、私の夫はよく**「神」のない神秘家**みたいに思われます……

「『神』のない神秘家」と小林は訳しているが、原文は mystique sans Dieu だから、清水徹が訳しているように「神なき神秘家」（『ムッシュー・テスト』岩波文庫）と記した方がヴァレリーの本意に近く、語意もいっそう明らかになる。

　この表現はヴァレリーの独創ではなかった。「神なき神秘家」と彼を呼んだのは、作家キャサリン・マンスフィールドで、ヴァレリーがそれを好んで用いた、と清水は書いている。

　人は、超越者の存在を感じ得ても、その全貌は知り得ない。ヴァレリーが「神なき」というときは、人間の認識の範囲にあるような限定的な「神」とは関係のないところで生きる、ということを指している。

ここでの「神」とは、何であれ特定の宗派によって固定された「神」である。キリスト教徒はしばしば、「神」を全知全能であると語る。しかし人間が全知全能でない以上、「神」がどのような働きを有しているかを知り得ようはずがない。それにもかかわらず、人は「神」をめぐって饒舌《じょうぜつ》であり過ぎた。「神なき神秘家」という一語は確かに、ヴァレリーの精神を的確に表現しているが、ある一群の現代人には、ほとんど宿命的といってよい生の姿でもあった。小林も例外ではない。敬虔であろうとすればするほど「神」から遠ざからなくてはならないところに導かれる。

自己に忠実なまま超越との関係を結ぼうとすれば、宗教から離れた場所に行かざるを得ない。テスト夫人は、夫が世に生きづらい人間であることは承知している。しかし夫が行こうとしている場所が、教会の神父が日曜日のミサで語るような境域とは異なっても、名状《めいじょう》しがたい確かな場所であることを直感的に認識している。

私達の人間性は、そんなに遠く離れた光まで、ついて行けるわけのものではありません。きっとあの人の魂は、自然に反して、葉ではなく根の方を、光に向って拡げている不思議な植物にでもなるのでしょう。（「エミリイ・テスト夫人の手紙」）

古代ギリシア以来、神秘思想史に現れる多くの神秘家たちは、叡知を求めて高きところへ向った。プラトンはその場所をイデア界と呼ぶ。そうした趨勢は文化圏を異にしても変わらない。たとえば仏教においては、同様の歩みを向上門と呼ぶ。門という表現は、その先に道があり、ある「開け」の場所、地平が開かれていることを示す。

また、仏教においてもプラトン哲学においても向上の道だけでなく、一たび上に達した者がふたたび、下の世界（現実界）に向かうことが強く求められる。その道を仏教では、向下門と呼ぶ。プラトンの哲学においても哲学者の本務は、高きところに叡知を求めるがのちに現実世界でそこでの経験を実現することの方にある。むしろ、実践を伴わない叡知の探求は、求める行為に遊ぶに過ぎないとみなされる。ともあれ伝統的な神秘家たちは文化、宗派の別を越えて、まずは上へ向かう「上への神秘主義」といえるが、テストは違う。どこまでもこの世界に沈もうとする。徹底的に下へ向かう「下への神秘主義」を生きようとしている。

次に引くのはテストが自身の日常を語った言葉である。記されているのはヴァレリー自身の経験でもあるのだろう。


僕はね……別に大した事ではないんだが……僕はね……かっきり十秒たつと……待ち給え……自分の身体が輝やき出す瞬間があるのだ……実に不思議だ。突然身体の内部《なか》が見えるんですよ……自分の肉の層の奥行がはっきりとね、僕には苦痛の様々な帯《たい》が感じられる、苦痛の圏だとか、極だとか、冠毛だとか。こういう生きた形像《かたち》が貴方におわかりかなあ、こういう僕の苦痛の幾何学が。色々な観念に全く類似した色々な光がある。そういう光が理解というものをさせてくれる、——ここからあそこまでという具合に……処《ところ》が、この光のやつ僕には知らん顔なんだ、僕自身は依然として**有耶無耶**だ。有耶無耶というのは言葉じゃないよ……この有耶無耶がやって来ると、混雑している様な又散漫な様な何かしらあるものが、僕の裡に姿を現す。（『テスト氏との一夜』）

「下への神秘主義」、この言葉はフランスのキリスト教哲学界の重鎮だったエチエンヌ・ジルソンが、『嘔吐』を書いたサルトルを呼ぶときに用いた表現だった。サルトルも「神なき神秘家」だったが、ヴァレリーはそれに先んじている。地上にあってもっとも身近な、神秘なるもの、それは私たち自身の内部世界だというのである。

同時代で同様のことを語っていた詩人がいた。リルケである。ヴァレリーとリルケは後年、交流を深め、文字通りの知己になる。リルケは、ヴァレリーに捧げる意味を込めてフランス語で詩を書くことさえしている。小林もまた、のちに強くリルケに動かされることになる。『近代絵画』の「セザンヌ」はかたちを変えたリルケ論だといってよい。

内なる光を経験する。さらにいえば、光となったある働きが、已れを存在の深みから照らし出してくれるのに遭遇するのだが、テストはその「光」に名前を与えることはできないという。光が、生けるものであることは疑いがないが、特定の呼び名を付した途端、それは姿を隠してしまう。それをテストは「有耶無耶」incertainと呼ぶ。ヴァレリーの故国の人々は、ここですでに、必要以上の「神秘」を感じるのかもしれないが、東洋に生まれた私たちにはむしろ、「有耶無耶」と呼ばれる存在は何か、身近なものとして感じられるのではないだろうか。ヴァレリーが「有耶無耶」と呼んだものは『荘子』では「道は名無し」と記され、『老子』では「名無し、天地の始。名有り、万物の母」と語られる（井筒俊彦訳『意識と本質』）。

名なき大いなるものは「道」と呼ばれ、名なきものが、名前を得たときそれは個物となって世に顕われるというのである。ヴァレリーが定まった概念によって何かを呼ぶことは、生けるものを固定することであり、その生命を奪うことになるというのを理解するのも『荘子』にある「渾沌」の話を想い出せば足りるだろう。フランスで書かれた言葉が、東洋において真の読者を見出すことは、ある。むしろ、それは近代においてしばしば起こった文学の伝承における正統なる事象ではないだろうか。

未知でありながら、分かっている。そうした矛盾するような認識は、私たちの日常にもある。むしろ、知り得ないからこそ人は、「信じる」という行為を呼び覚ます。ヴァレリーにとって「神秘家」であるとは、大いなる何ものかへの敬虔を意味した。「あの人が底まで解らないということを、私は結局幸福だと思っています、この地上を歩きながら、来る日も来る夜も、一瞬間先きのことも、私には見透しがつかないということを幸福に思っています」と語ったあとテスト夫人は、こう続けた。

> 私は栄光に包まれた「神」を見ているより、「神」を信ずる方がいいと考えたので、一度ならずそのことを懺悔しましたが、叱られました。私の聴聞僧《コンフエスウル》は、そういう考えは罪というよりは寧ろ愚鈍だと仰言いました。（「エミリイ・テスト夫人の手紙」）

神学や、教義のなかにだけいる「神」ではなく、むしろ、それらを活かしている神と共に在ること、「神」ではなく、神を感じること、「神」を論じるのではなく、生ける神にふれること、それがテスト夫妻の日常だった。だが、それを教会は認めない。それは誤りであるよりも愚かだという。

批評家の精神が、小林のなかで醸成されて行く道程で、いくつか欠くことのできない交流がある。一つは富永、中原、河上といった友人と柳、芥川といった先行者との出会い、その一方にボードレール、ランボーそしてベルクソンとの邂逅も見過してはならない。ヴァレリーから受けた影響の深度は、それらにけっして劣らない、むしろ、これまでさほど論じられてこなかった分、いっそう重要な出来事だったように思われる。のちに小林は「批評の精髄とでもいうべきものを教えてくれたのはこの人だと思っている」（『ヴァレリー全集』）とまで書いている。

ボードレールやランボーも造られた「神」を嫌ったが、『神なき』世界にはいなかった。ベルクソンは遺言で、ファシズムの勢力によるユダヤ人への迫害を共に生き抜くために、生涯ユダヤ教徒であり続けるが、信仰においてはすでにカトリックであることを明言していた。そうしたなかでヴァレリーは敬虔であることと信仰者であることは一致しないと語り、それを体現した。ヴァレリーの作品を読むことで小林は、この詩人の精神にふれ、「神なき神秘家」として生き抜く道があることを知ったのである。

だが、振り返ってみれば小林と神との問題はすでに、母が彼を身籠《みごも》っていたときから始まっていたのかもしれない。小林の母親は、宗派とは異なる意味において宗教的な人物だった。母親の存在が小林の文学に及ぼしている影響は大きい。「モオツァルト」が彼女の霊にささげられていて、ベルクソン論の『感想』が、蛍となった母、生ける死者である母親との邂逅から書き起こされていることからだけでも、そのことは十分に伝わってくる。彼女の名前は精子《せいこ》という。一八八〇（明治十三）年に生まれて、一九四六（昭和二十一）年に亡くなっている。

一九七五年に毎日新聞の紙上で行われた今日《こんひ》出海《でみ》との対談「交友対談」で小林は、母親が天理教を信仰していたと語った。この話を聞いた今は、少し驚いた様子で「小林といつも話しちゃいるけれども、君のおっ母さんが……天理教だとは知らなかったな」と語っている。今の父親武平もまた神秘家で、若き小林に無視できない影響を与えたことはすでに見た。そうした関係にありながらも小林が、自身の母親の信仰のことを親友である自分に七十歳を過ぎるまで語らなかったことに驚いているのである。先の引用にあった、今の沈黙にも読み取るべき問題がいくつも隠されている。

また、小林はこの対談で戦時中、天理でその催事に参加したことにも言及している。このとき小林は、天理教の二代目の真柱《しんばしら》中山正善《しょうぜん》と会っている。小林は教祖である中山みきを「宗教家として天才」といい、二代目にもその血脈は生きていると語った。中山正善は文化、芸術に造詣が深く、国立の博物館に勝るとも劣らない天理教の博物館にあたる天理参考館の建設と運営において指導的な役割を担った。小林はその後も幾度か二代目と会っている。最後に面会したのは二代目が亡くなる前日だった。

天理教は一神教である。日本は多神教で、一神教はなじまないという、しばしば聞かれる論説は俗説に過ぎない。あるとき天理教には数百万の人々が集った。教義の差異は別に、神とその言葉を受けた教祖との関係において、天理教にはイスラームと共鳴する霊性がある。

名なき神、天理教の神は、そうした生ける神である。天理教ではその神を「親神」と呼ぶ。それは世界の古層にあって万物の創造に、かっても今も直接的に関与する超越者である。

イスラームにおいてムハンマドがそうであるように、天理教においても教祖は神ではない。人々は教祖を偉大なる者として敬愛するが彼女は神ではない。だが、それと同時に神を宿す者であり、神と世界をつなぐ者である。そして、死のあとも神と共に、働きとなってこの世に「生ける」者である。死を経てもなお、臨在するとは、現代人には容易に受け容れ難いかもしれない。しかし、同様の信仰は、真言宗における弘法大師となった空海にもあり、イスラームのシーア派の一つ、十二イマーム派にもある。

小林が親交を深めた二代目の真柱の時代、天理教に独自の神学を樹立しようとした人物がいた。諸井慶徳という。諸井は、宗教哲学者であると共に布教者でもあり、二代目からも深く信頼され、天理教における神学、教義学の研究を文字通りの意味で牽引した。優に三十を超える言語に通じ、ことにイスラーム神秘主義、あるいは原始キリスト教パウロの神秘主義の研究において先駆的かつ独創的な業績を残した。しかし、一九六一年、病のために四十六歳で亡くなっている。

ここで詳しく論じる紙幅《しふく》をもたないが、諸井はのちに、井筒俊彦ときわめて近似した学問領域において、彼に勝るとも劣らない力量をもつ人物だった。『天理教教義学試論』と題する著作で諸井は、教祖と神との関係をめぐって次のように書いている。

神のやしろとは、〝神の心がその人に入り込み〟その人の口や筆や行為を通じて、その神の心が表現せられる如き方を言うのである。これは一時的な憑格《ひょうかく》ではなく、また霊感でもなく、更にまた感応でもない。永続的一貫的な神の入り込みであり、体現なのである。ここに教祖の外観は通常の人間の姿をしておられるとはしても、その内面において神の心に外ならず、いわば、神の肉体を具えて顕現せられた御存在なのであった。

「神のやしろ（社）」。神が自らを顕わす場所と定めた人間を指す。その人間の口や筆を通じて、神が自らの心のうちを表わす。ユダヤ教やイスラームにおけるそうした人間を、それぞれの世界では、神の言葉を預かる者という意味で「預言者」と呼んできた。

教学を通じて諸井が語ったように、母親から小林に天理教が伝えられた、というのではない。それは論理を通じて語られることはなかったかもしれない。しかし、だからこそ、いっそう肉感的で直接的な、そして素朴だが力強い言葉となって語られたのではなかったか。「預言的」な言葉の世界に小林は、フランスの象徴派詩人によってだけ招かれたわけではなかった。母から子に伝えられる信仰の言葉は碩学によって打ち建てられた神学とは別な重みがある。その影響は理性の壁を飛び越え、一気に心の奥へと染みて行く。薫染《くんせん》あるいは、仏教で語られる薫習《くんじゅう》という表現は、そうした信仰の感化のありようを示している。

ここで確認したいのは、母親を通じて小林が文学とは別なところで人間と深く交わる、生ける神と共にあったことである。

人間によって造られた「神」ではなく、生ける神と生きる、そうした生を深化させた小林が辿りついたのは、いわば魂の門だった。他者の魂ではない。どこまでも自己の魂のありようを感じてみようとする道を、小林は歩き始める。次に引くテスト夫人の告白は、小林の内心の思いの表明でもあった。

つまり、すべての魂が「存在」のなかに住んで居る様に、一つの存在界に自分は住んでいる、そういう独得の経験を私はしているのです。（「エミリイ・テスト夫人の手紙」）

「私」のなかに魂があるのではない。「存在」と呼ばれている大いなる魂のなかに私がある。「存在」のなかに万物が内在している。神は魂の姿をしてすべての人間のうちにいる。

これはヴァレリーだけの感慨ではなかった。自己を信じることが、そのまま大いなるものを信じることになる。魂を見極めることとどこまでも神を求めることが同義になる。その境涯を小林は、「信仰について」と題する一文でありありと語っている。発表されたのは一九五〇年、彼が四十八歳になる年だが、同質の思いはすでに不文律として彼のなかに息づいていたことは容易に想像できる。自ら「信仰」をこう語った。

「宗教は人類を救い得るか」という風に訊ねられる代りに「君は信仰を持っているか」と聞かれれば、私は言下に信仰を持っていると答えるでしょう。「君の信仰は君を救い得るか」と言われれば、それは解らぬと答える他はない。私は私自身を信じている。という事は、何も私自身が優れた人間だと考えているという意味ではない。自分で自分が信じられないという様な言葉が意味をなさぬという意味であります。本当に自分が信じられなければ、一日も生きていられる筈はないが、やっぱり生きていて、そんな事を言いたがる人が多いというのも、何事につけ意志というものを放棄するのはまことにやすい事だからである。〔中略〕

……自分自身が先ず信じられるから、私は考え始める。そういう自覚を、いつも燃やしていなければならぬ必要を私は感じている。放って置けば火は消えるからだ。信仰は、私を救うか。私はこの自覚を不断に救い出すという事に努力しているだけである。

自己を信じなければ、一瞬たりとも生きて行くことができない。しかし、その一方で人は、誰も自分が不完全であることを知り、自分の思いを疑わしいと感じている。しかし、それでもなお、生きて行くことが「信じる」ことだというのだろう。

信仰を考えるとき小林は、宗教と人類の関係というような大仰《おおぎょう》な場所には出て行かない。そうした姿勢は彼にとって概念を弄することに過ぎないと感じられた。人間が信仰を切実に考え得るのは、それは真に生きることと同義になったときだけだというのだろう。

また、信仰を考えるとき小林が、定められた「救い」という問題から離れているのは注目してよい。彼は現代における「救い」という表現にも空疎な概念の匂いを感じとっている。救われるから信じるのではない。そこに生きるほかないからこそ信じる。それが小林の態度だった。

信じるとは小林にとって、超越者を崇めることでも、教義に通じることでもなかった。戒律を遵守《じゅんしゅ》することでも、定まった祈りを行うことでもなかった。それは徹底的に己れという存在を生きてみることだった。自己自身を知る方法を、自己の内に生ける神と出会う道に探ること、それが小林秀雄の信仰だった。そこに姿を顕わすのは世にいう「神」とは異なる姿をした何ものかである。「テスト氏航海日誌抄」にあるのも、そうした「神なき」信仰の姿だった。テストは「神」の彼方にいる何ものかに「主よ」と呼び掛け、祈り始める。

テスト氏の或る祈り、主よ、僕はどうにも仕様のない静まり返った虚無の裡におりました。この状態に害《そこな》われて、とうとう怪しい狂宴のなかに投げ出されました……そして貴方の御心尽しで、苦しんだり、楽しんだり、理解したり、勘違いしたりする為に入用なものはみな頂戴しました。併しみんな不揃いな斑《むら》のある下され物です。

僕が思索する時に眺める暗黒、貴方こそあの暗黒の王者だと思います。最後の思想というものは、あの暗黒の上に自分の名を書くのでしょう。

ああ、暗黒、どうぞ「最高の思想」をお与え下さい……

人間はときに「不揃いな斑のある下され物」を、唯一無二な絶対的なものだと信じているのかもしれない。それぞれの宗派が、思想家たちが、自らの主義の絶対性を声高く宣言すればするほど「斑」は大きくなっていく。

万物の源泉、あらゆる事象の母胎を、ここでヴァレリーは「暗黒」と呼ぶ。同質のものを東洋哲学では長く「無」あるいは「渾沌」と書き、近代では絶対無という呼び名を付すこともあった。

東洋における「無」は、有の対極にあるのでも、有の否定として存在するのでもない。あらゆるものを生み出し得る心を無心というように、それは有の源泉にほかならない。先に見たようにそれは『老子』においては「万物の母」とも述べられている。

万物の淵源である無をすら創造する者こそが、ヴァレリーにとっての超越者だった。絶対的超越者は時間を支配する。それだけではない。超越者は永遠と瞬間の両方にその権能をふるう。

君の最上の瞬間に、君の最大の思い出に、身を以って屈従し給え。
時間の王と認めねばならぬものは瞬間である、
即ち、最大の思い出である、
即ち、君が容赦なく鞭で追い込まれる状態だ。（「テスト氏航海日誌抄」）

永遠はつねに瞬間において自らを顕現させる。瞬間の意味を見失う者は永遠の扉の前に立っても通り過ぎるだけだ、というのだろう。のちに小林は永遠を「歴史」と呼ぶようになる。歴史の経験を書くとき、小林はしばしば瞬間の出来事を語った。この『テスト氏』の一節にそのまま、次の「無常という事」の一節を重ね合わせて見る。

確かに空想なぞしてはいなかった。青葉が太陽に光るのやら、石垣の苔のつき具合やらを一心に見ていたのだし、鮮やかに浮び上った文章をはっきり辿った。余計な事は何一つ考えなかったのである。〔中略〕僕は、ただある充ら足りた時間があった事を思い出しているだけだ。自分が生きている証拠だけが充満し、その一つ一つがはっきりとわかっている様な時間が。無論、今はうまく思い出しているわけではないのだが、あの時は、実に巧みに思い出していたのではなかったか。何を。鎌倉時代をか。そうかも知れぬ。そんな気もする。

ここでの「文章」とはこの作品の冒頭に引かれている『一言芳談抄』のなま女房の一節を指すのだが、このとき小林は、本を手にしてそれを読んでいたのではなかった。言葉はどこからともなくやってきたのである。

神田の街を歩いているときにランボーが突然彼を襲ったように、道頓堀《どうとんぼり》を歩いていた彼にモーツァルトの曲が訪れたように、また、複製の画の前にいるはずなのに、その彼方からゴッホが彼に呼びかけたように、文字の姿をしていない「コトバ」が、彼の魂に直に届いたのだった。「この短文が、当時の絵巻物の残欠でも見る様な風に心に浮び、文の節々が、まるで古びた絵の細勁な描線を辿る様に心に滲みわたった」と小林は書いている。

ギリシアの神話には、カイロスと呼ばれる「時」の神がいるが、小林は、時を神と呼ばなくては収まりがつかない古代ギリシア人たちの心情をよく理解できただろう。「時」の神と対峙するとき、神学は必ずしも必要がない。空白を準備した心があれば足りる。

こうした心に映じる世界との遭遇を本居宣長は「もののあわれ」と呼んだのだった。未来の自分の仕事を先取るように、小林が宣長に言及した最初の作品が「無常という事」だったのも偶然ではないのだろう。

過ぎゆくものを「時間」と呼び、過ぎゆくことのないものを「時」と呼ぶとするなら、ここで小林が「充ち足りた時間」と書いているのは「時」である。「時」にもう一つの「時」が呼応する経験、それは彼にとっての歴史だった。

「無常という事」で小林が強く語るのは経験の優位というよりも歴史観の否定である。彼には特定の歴史観を持つ歴史家とは、生けるものと直接交わることを恐れ、剝製《はくせい》となった動物を見れば足りる、と強弁を張る似非科学者のように映った。

歴史の新しい見方とか新しい解釈とかいう思想からはっきりと逃れるのが、以前には大変難かしく思えたものだ。そういう思想は、一見魅力ある様々な手管めいたものを備えて、僕を襲ったから。一方歴史というものは、見れば見るほど動かし難い形と映って来るばかりであった。新しい解釈なぞでびくともするものではない、そんなものにしてやられる様な脆弱なものではない、そういう事をいよいよ合点して、歴史はいよいよ美しく感じられた。

歴史とは小林にとって広大な、無限なといってよい地平だが、歴史観とはそれを一つの価値に限定して観察することを指す。歴史は眺めるものではなく、生きてみなくては、それと交わってみなければ知りようのないものであると小林は感じている。

永遠が、部分的にであっても、人間に認識されるためには、論じられる前に、どうしても生きられなくてはならない。それは小林の生涯を通じて、不変の信条だった。また、それは同時にヴァレリーの境涯でもあったのである。

後年、小林は「『テスト氏』の方法」と題する一文を書き、ヴァレリーが思索する態度を論じた。そこで小林は、真に自己を理解しようと思うとき、まず手放さなくてはならないのは方法論（メトドロジイ méthodologie）だという。ヴァレリーが小林に教えたのは方法論の放棄である。歴史観は、跋扈《ばっこ》する方法論の典型だろう。

人間は、自分以外のものを、本当に理解出来ないという事は、僕には疑いのない真理と思われる。考える人も行う人もその方法の源泉をメトドロジイという空しい知識から離れて、自分のうちに探らねばならぬ。

世にあるもののなかで、ただ一つ、全的認識の可能性が開かれているものがある。それは自己自身である。だがそれは、自分の心のなかにあるものをすべて知る、という網羅的な知解を意味しない。存在の核にふれることを指す。その道行きは畢竟《ひっきょう》、超越者の働きにふれることになっていく。大いなるものへの道はある。だが、それは外ではなく、自己自身のうちに探さなくてはならない、というのである。

ここでの小林が「方法」と書くとき、想起されているのはデカルトの『方法序説』だ。小林はしばしば、静かな、だが確かな熱情をもってデカルトを語った。同じ作品で小林は、

『方法叙説』は、デカルトの自伝である。H_2Oを純粋な水という殆どその意味で純粋なと形容してよい自伝であり、自分以外のもののみを材料とした世の所謂自伝を笑殺して立っている」とも述べている。

デカルト的二元論という表現は、身体と心を分離して考え、世界を即物的に理解する、近代の悪弊のように用いられる。だが、デカルトの著作のどこを見てもそのような二元論は語られていない。『方法序説』と並ぶ代表作『省察』には次のような副題がある。「神の存在、及び人間の霊魂と肉体との区別を論証する、第一哲学についての省察」（三木清訳）。この人物は単なる理性のみで世界を理解し得ると考える貧しき合理主義者でもなければ、冷酷な心身二元論者でもない。

哲学者をさほど重んじないヴァレリーにもデカルトは特別だった。ヴァレリーはこの哲学者を愛した。彼にとってデカルトこそ「神なき神秘家」の先達だった。「デカルトは、『その注意力の全体を以って、自分のうちに閉じ籠った』、テスト氏の言う内部《こころ》の島を創り上げた」（「『テスト氏』の方法」）と小林は書いている。

この一文は当然ながら、あらゆる「方法」を信用しなかったヴァレリーも、自己を見極めよ、というデカルトが語った方法だけは別だった。小林は、ヴァレリーとデカルト、二つの精神が時空を超えて交わるさまをいきいきと描いてみせる。次の文中のCogitoとは、もちろん、「われ考える、ゆえにわれあり Cogito ergo sum」とデカルトが語ったコギト、すなわち厳然たる謎としての魂である。

テスト氏はヴァレリイの Cogito である。だが、こういう言い方を比喩的な意味に取らず、そのまま受け取る事が易しくない。ヴァレリイは、人間を抽象して Cogito という認識の一般的形式を得たのではない、自分の純化に身を削ったところに、テスト氏という極めて純粋なもう一人の人間を見附けたのである。この二つの事は大変異った事である。

「コギト」を自我の意識とすることで、現代人は安心している。その動きは心理学が教えてくれると思っている。だが、小林が考えるコギトはまったく違う。それは自意識の彼方にある純化された精神だというのである。それを小林はしばしば「魂」と呼ぶ。

コギトは意識ではない。ときに人間の意識は肉体に引きずられて病むことがある、だが、コギトはけっして害われることはない。

ナチス・ドイツの強制収容所での日々を記した『夜と霧』の作者ヴィクトール・フランクルも、ここでいうコギトの完全性を強く主張した人物だった。あるときフランクルは、若き医学生への講義でこう語った。「病気になるのは、この心身的なものであって、精神ではありません。このことはいくら強調しても、強調しすぎということはありません」。ここでの「精神」はコギトと同義である。魂には誰もふれることができない。誰においても「コギト」はいつも完全な姿をしている。

「われ考える」というときの「われ」をルネ・デカルトという個人に限定したところに悲劇的な誤認が始まった。ここでの「考えるわれ」はデカルトを通じて顕われる大いなるものである。先に神の口となった預言者における主体にふれたが、ここでもデカルトにとっての「われ」は近代的自我と同一なる者ではない。どこまでも一個の「私」でありながら同時に超越とつながっている「われ」である。

序章でもふれたように小林にとってのベルクソン（一八五九〜一九四一）は、デカルト（一五九六〜一六五〇）の没後およそ二百年に登場した、正統なる後継者だった。同時代の哲学者に対し、直接的な讃辞を述べることがほとんどなかったヴァレリーが、敬意を隠さなかったのがベルクソンだったのである。

第二次世界大戦が勢いを増すなかベルクソンは、ファシズムの影響力の強いヴィシー政権の時代に亡くなる。このフランスを代表する知性の葬儀に集まったのは数えられるほどの人々だった。ユダヤ人だったベルクソンの大規模な葬儀は禁じられ、人々も関わりを恐れた。そうしたなか敢然とアカデミー・フランセーズを代表すると明言し、葬儀に出席したのはヴァレリーだった。こうしたことも当然、知りながらだろう、『「テスト氏」の方法』のなかで小林は、次のような『思考と動くもの』にあるベルクソンの言葉を引いている。

真の哲学者の眼で眺めれば、古代の大理石像の観照から、哲学論文の全体に散らばっている真理よりも多くの集中した真理が迸るだろう。形而上学の目的は、個別の存在の中に特殊な光を取り戻し、これをその光源まで辿る事にある。個別のものにその固有のニユアンスを与え、与えるというその事によって普遍の光に結ばれている特殊な光を。

叡知の光に照らされている者は、大理石の像からも溢れんばかりのコトバを聞く。彼らにとって言語は、無尽に広がるコトバの一様式に過ぎない。光に照らされたとき、万物はそれぞれのコトバを語り始める。その声ならぬ声を聞き得る者こそ哲学者と呼ぶにふさわしい、というのである。それはベルクソンの実感であると共にそれを引く小林のそれでもあった。

このベルクソンの言葉をヴァレリーが読んだなら、それは詩人に託された使命でもあると語っただろう。のちに小林は、ベルクソンを論じながら、問題は「誤解を恐れずに言うなら、哲学者は詩人たり得るか」というところに帰着する、と書いている。これはそのまま詩人であり哲学者だったヴァレリー自身の根本問題だったといってよい。

詩と哲学が折り重なる場、詩学とも言うべき地平を小林は常に探す。詩学は哲学者の言葉のなかにも、音楽にも絵画にも、あるいは宗教家の言説にも存在している。それはヴァレリーがいった「無名のひと、おのれを出し惜しむ人、告白することなく死んでゆく人」（清水徹訳）の生涯にもあり、また小林がいう「文章を読めない人々の心」にもある。彼にとって批評とは、出会ったものとの交わりのなかに、詩学へと通じる扉をさがすことでもあったのである。

第十三章　『文學界』の創刊――中村光夫と中野重治

初めて中村光夫が小林に会ったのは一九三〇年、高等学校三年だった彼が、湯浅という友人と共に講演を依頼するために小林の自宅を訪ねたときのことだった。すでに「様々なる意匠」を読んではいたが格別の共感もなく、中村もまだ文章を書き始めていない。しかし、面会の前と後では人生の方向はまったく変わっていた。当時の光景を中村は後年、回想録『今はむかし』で次のように述べている。


長火鉢の前にすわった主人は、紺がすりの着物に対の羽織をきた、まったくの書生風で、書くものから想像したような気取りは毛ほども感じられません。

精悍な細面に、特色のある蓬髪で、話に興がのると、片手でそれをひっぱる癖は、そのころからありました。

座をもたせるために、いい加減な世間話をするということがほとんどないので、ときどき沈黙がたえがたいことがありますが、その代わり話すことが一語一語、考えぬいて肚からおしだすようで、その突きはなしたことばには不思議な暖か味がありました。

講演を承知してもらって、その晩だいぶおそくまで話をしましたが、帰り道でも興奮

> して、湯浅と議論をつづけたのを覚えています。
> 「文学の結晶したような人だね」
> と湯浅が氏を評して言いましたが、僕も同感でした。ともかくここに今まで現代にいると思えなかった型の文学者がいる。お前の求めていた人ではないか。こんな気持ちさえしきりにしました。

発せられた言葉に潜む「不思議な暖か味」に魅せられた中村は、この日ののちも、何度となく小林の家を訪れるようになり、次第に自分にも文学者として生きていく可能性が開かれているのではないかと思い始める。このときを境に文学は、中村にとってまったく新しいものとなった。何かを知り、考える機会を提供してくれるものではなく、本来の自己に出会うための道になったのである。

最初の作品は、中村が大学生になったばかりの一九三二年に書かれた「モウパッサンの道」である。このとき彼は「中村光夫」という筆名を用いる。本名は木庭一郎という。次に書かれたのが「鉄兜」と題するプロレタリア小説だった。

国家による左翼への弾圧は、すでにはじまっていた。転向が頻発するには至っていないが、同年の四月四日、プロレタリア文学運動の象徴的な存在の一人だった中野重治は、村山知義《むらやまともよし》、蔵原惟人《くらはらこれひと》など周囲の作家同様、治安維持法への違反で逮捕されている。コップ（日本プロレタリア文化連盟）の弾圧として知られる出来事である。

翌年の二月には小林多喜二が獄死、六月には運動の中心的人物だった佐野学、鍋山貞親《なべやまさだちか》が転向する。中野が転向を表明して、獄から出るのは一九三四年五月のことである。

左翼運動と中村の交わりは、さほど長く続かなかった。プロレタリア作家として生きると は小説を通じて革命運動に参与することである。小説を書くために革命に連なると、そこに どうしても「一種の演技性」が生じることは否定できない。表現の「ため」にする行動は、 ついには「行動だけでなくその表現自体まで不純にするのではないか」と思ったからだ、と 書いている。また、「世の中の不正や不合理は相変わらずであるにしろ、自分にとって革命 とは厭世の一形式にすぎず、結局、年少な嫌人家である自分に、たしかな元手は自分自身し かない」(『今はむかし』)という自覚が生まれたためだった、ともいう。

革命が世界観の変転を意味するのであれば、真の意味において自己の精神に革命を起こす ことなく、世に革命をもたらすことはできない。それは「様々なる意匠」以来、小林が抱き 続けた信条だったといってよい。小林との関係の深化は、中村を思想から引き離し、言葉に 引き寄せた。


小林との邂逅の一方で中村は中野重治の言葉に出会っている。小説を書き始めた頃、プロ レタリア文学運動の中心に中野がいなければ中村は、「鉄兜」を書くことはなかっただろう。 中村光夫における中野重治の影響は無視できない。むしろ、それは生涯を貫くほど強靱なも のだった。

これまでの小林秀雄論、あるいは中野重治論では、二人の接点が充分に論じられてこなか ったように思われる。相違する政治的/文学的な立場を象徴する人物として、それぞれが論じられるに留まり、本当の意味での交わりは論究されてこなかったように思う。試みはいくつかあった。小林と中野の影響の相克のなかに自己の立場を見出さなくてはならなかったと語った平野謙や山本健吉が、二人の交点を描き出そうとしたが、必ずしも成功しているとはいえない。

その点において中村の作品は別種の試みを行っている点において注目してよい。中村は中野と小林をともに論じるような作品を残していない。だが、それぞれをめぐって書かれた文章を見るといわゆる文学的世界のさらに奥の境域を凝視していたのが分かる。さらにいえば、二人が真に出会うことがあるとすれば、狭義の文学の彼方においてであることを感じとっていた、稀有《けう》な人物だったように思われる。二人が出会う場所、それは、宗教の彼方、霊性の地平にほかならない。小林の「信仰」をめぐる考えは先に見た。中野重治は、幼いころから浄土真宗の霊性が豊かな土地で、篤信家《とくしんか》の家庭に生まれ、その影響を強く受けつつ、育った。左翼運動への参加も彼の宗教的、霊性的実践だったのである。

一九七七年、六十六歳になる年に出された、小林秀雄論をまとめた本のあとがきに中村はこう書いている。

僕は氏について書きたいと思ったことはないし、進んで書いたこともありません。まだ大学にも這入らぬ子供のころから、氏は好きで尊敬もしていましたが、それだけに氏を文学者として、いわば客観的に把握しているという自信もなく、下手なことを書いて氏に対する自分の気持を汚してしまうのも惜しかったのです。

氏の口吻をかりて言えば、僕には氏が好きだというだけで充分であったので、その上、氏を理解しようなどとは思わなかったのです。（『《論考》小林秀雄』）

好きであれば、それだけで十分だったと書いた中村だったが、小林の模倣者だったわけではない。むしろ、小林秀雄が語らなかったこと、あるいは語り得なかったことを書くこと、それが中村の文学者としての起点であり、終着点でもあった。中村の生涯を見ると、小林が試みようとしたが十分に行い得なかったことも見えて来る。

たとえば、二葉亭四迷をはじめ、明治から昭和を貫く近代日本文学の座標軸の発見において中村が果した役割は甚大だといってよい。しかし、そうした点における小林の働きはけっして大きいとはいえない。一方、中村は『志賀直哉論』、『谷崎潤一郎論』、『佐藤春夫論』、あるいは『風俗小説論』など小林が高く評価していた作家に対し、一冊の本をもって批判的に論じた。中村にとって「批判」とは彼の讃辞の表現でもあるが、その語り口は小林が彼らを論じたときとはまったく異なるものだった。

決定的なのは文体である。ある時期から中村は「です・ます」調で作品を書く。その直接的な契機になったのは、フランスへの留学時代、小林秀雄宛に書いた公開書簡「パリ通信」の執筆だった。

四十代後半になって批評から離れ、戯曲、小説を書き始めたところも、「Xへの手紙」以降、小説を書かなかった小林とは、ほとんど正反対の境涯を生きたといってよい。

晩年の中村は、中野重治と同じ病院に通っていて、何度か中野の姿を見かけることがあった。病院の待合室で、中野が高名な作家であることなど知らない老婆が、顔なじみになった彼に長々と愚痴をこぼす。そんな老婆とごく自然な態度で接している中野の姿にふれ、あるいは近くに接する人々が次第に中野の人間性に魅せられてゆくことを語りつつ中村は、大げさな表現は使いたくないがと断りながらも、「聖者のやさしさ」を感じたと書いている（「中野重治の魅力」）。

ここで中村が「聖者」という言葉を用いているのは、小林を「ミスチック」と呼ぶときと同じく比喩ではない。中村は、中野のなかに生きている宗教性、あるいはいわゆる宗教を超えた霊性的な働きを見ている。

転向を表明したあと中野が、十分な沈黙を経ることなく小説を書き始めたとき中村は、その態度を著しく強くまた、烈しい言葉で批判した。中村は転向したことを糾弾したのではない。その経験を沈潜させることなく、私小説の形式で、あたかも読者に懺悔するように書く態度を批判した。

後年、この頃のことを振り返って中村は、「いわゆる転向小説は、そのころいくつか書かれていましたが、どれも納得の行かないもので、中野氏ならば、僕の幼稚な疑問をぶつけても答えてくれるかも知れないと思いました」（『今はむかし』）という。論争の端緒となった「転向作家論」には次のような一節がある。

出獄早々、刑務所を題材にした私小説を書く作家の性急さ、またはそれらの氾濫にまかせる読者の甘さを、甚だ日本的な風景だと言うのである。ドストエフスキイが『死の家の記録』を書いたのはシベリア流刑後十数年を経てからである。しかも彼はその序文の中で、この「記録」は殺人犯の貴族の手記だと断わっているのである。

〔中略〕

しかし、私は彼らの文学を読んで育った世代の一人として、次のことは言っておきたいと思う。この私小説の伝統を最も勇敢に叩き破ったのは、いや少なくとも破ろうと試みたのは、諸君らプロレタリア作家ではないか。諸君は「政治的立場」とともに自己の文学理論をも棄てたのであるか？（『百年を単位にして』）

当時の左翼思想に連なった人々がそこに捧げた熱情は、ほとんど宗教的だったといってよい。中村と同時代の批評家で優れた小林秀雄論の作者でもあった井上良雄《いのうえよしお》もまた、ある時期、左翼運動に没入していた。彼は自伝的な著作（『戦後教会史と共に』）で、当時のマルクス主義のあり方を振り返って、それは「倫理的な規範であり、さらには宗教的な何ものかでさえあった。ソヴィエト連邦は神の国のごときものであった」、また、「プロレタリア・メシアイズム」（プロレタリアによる世界の救済）という言葉さえ耳にしたことがある、という。

同質のことは後年、中村も唐木順三との対談で語っている。昭和初期の権力による左翼思想の弾圧とは、信じるものを奪う経験であり、形を変えた「宗教弾圧」でもあった。昭和初期の転向が、幕末から明治初期に起った「浦上四番《うらかみよばん》くずれ」をはじめとした切支丹の迫害と棄教、すなわち「転び」に近似してくるのも必然だった。

転向の問題の本質は政治的勢力の動向にはなく、信じるという徹底的に個的な、誤解を恐れずにいえば、魂の次元の問題に国家が力をもって介入したところにある。放棄したのは政治的な立場なのか、それとも信じるという営為なのか、そうした実相を見極めることなく、自己の弁明にのみ注力する転向作家の姿を中村は問いただす。

そうでなければ、中村がここでわざわざ『死の家の記録』を書くドストエフスキーにふれる意味も希薄である。彼の眼には、文学の守護者だったはずのプロレタリア作家によって文学が、あるいは道を求めるという営為すらもが、打ち捨てられたように思われたのである。

思想犯として捕えられ、シベリアへ行く。そのときの経験をもとに『死の家の記録』は書かれている。シベリアでの経験はドストエフスキーにとって思想的変化をもたらしたのではない。そこに生まれたのは宗教的な回心だった。

一八五四年、『死の家の記録』の主題となる、シベリアでの獄中生活を終え、まだほどないとき、ドストエフスキーがフォンヴィジン夫人宛に送った書簡には、次のような一節がある。訳者は小林である。

……僕は時代の子、不信と懐疑との子だと言えます。今までそうだったし、死ぬまできっとそうでしょう。この信仰への飢えが、今までどんなに僕を苦しめて来たか、今も苦しめているか。飢えが心中で強くなればなるほど、いよいよ反証の方を摑む事になる。併し、神様は、時折僕が全く安らかでいられる様な時を授けて下さいます。そういう時には、僕は人々を愛しもするし、人々から愛されもする、そういう時僕は信仰箇条を得ます、すると凡てのものが、僕には明白で、神聖なものとなります。

十分に時を経たのちに中野からこうした告白の言葉が生まれるのを中村は期待していた。発し得るとしたら中野以外にはいない、と中村は思っている。しかし、そこで語られたのは転向に至る経緯であって、真の意味における告白ではなかった。

先のドストエフスキーの一節を小林が引用している『カラマアゾフの兄弟』が書かれたのは一九四一年、中村の「転向作家論」よりもあとである。しかし、中村の作品が書かれたのと同じ年、それも二ヶ月前に小林は、自身が編集人となった『文學界』で長編のドストエフスキー論の執筆を始めている。

批評を書き始めたころの中村の作品のほとんどは、『文學界』に掲載された。「転向作家論」も『文學界』の時評の一つとして書かれた作品だった。ドストエフスキーに言及する中村の背後に小林との間で交された、いくつかの対話を想起するのは、当時の二人の関係と距離感を考えたとき、むしろ自然なことに感じられる。

『文學界』は、一九三三年に創刊され、三五年一月から小林が編集人を務めた。その第一号の編集後記で小林は、自身が編集という仕事に不向きであると述べたあと、次のような一節を記している。

萩原〔朔太郎〕、中野〔重治〕、村山〔知義〕、河上〔徹太郎〕、今〔日出海〕、中村〔光夫〕の諸氏のものは毎月続けて書いて頂く約束になっている。

　このときすでに小林は、書き手として中村を認めていた。時評の連載のあと中村はここで「二葉亭四迷論」を書く。三六年に『二葉亭論』として刊行、同年にこの著作で中村は、保《やす》田《だ》與《よ》重郎《じゆうろう》の『日本の橋』とともに池谷信三郎《いけたにしんざぶろう》賞を受賞している。賞の運営は菊池寛が経営する文藝春秋社だったが、選考したのは『文學界』の同人たちだった。当然ながら小林はその中核にいた。ここでもっとも重要なのは、当時の小林と中野の関係である。先の記述は、このころ二人の間には、中野が連載を引き受けるほどの交わりがあったことを示している。

　このとき中野が寄稿したのは「控え帳」である。連載は一九三六年の一月から八月まで続けられた。中野が連載を受諾しているという事実は二人の交流を考えるとき甚大な意味をもつ。中野は小林を最初の読者とすることを認めた。まず、小林に向けて書くことをこのとき中野はよしとした。小林と対話しながら言葉を世に問うという立場を自ら選びとったのである。

　二十五ヶ月間の獄中生活のあと中野が、左翼運動からの離脱を表明するいわゆる転向をしたのは、小林が編集人になる前年、一九三四年の五月である。同九月に中野は『文學界』で、同人を中心とした座談「リアリズムに関する座談会」にも小林と共に参加している。共産党から、あるいはプロレタリア芸術運動からも離れ、自身の文学を再建しようとしたとき、中野にとって小林は無視できない存在だったばかりか、重要な対話者だった。

　先の一節にあった劇作家で小説家の村山知義も、このときすでに転向を経験している。小林にとって『文學界』は政治的イデオロギーの向こうにある場所だったことは、この事実からだけでも十分に感じることができる。

『ドストエフスキイの生活』は小林にとってはじめての長編作品となった。小林がデビューした頃、批評は広義の文芸時評を舞台に始まった。「様々なる意匠」も「芥川龍之介の美神と宿命」も、ドストエフスキー伝のあとに書かれた「私小説論」も時評の性質をもっている。時評から独立した批評の出現を予感させたのがドストエフスキーをめぐって書かれた「『罪と罰』についてI」(一九三四)だったのは偶然ではない。

この評伝は、小林にとってだけでなく、日本における近代批評史においても初めての長編評論だったことは記憶しておいてよい。また、最初の長編が評伝だったことも、小林における批評のありようを決定したといってよい。それは厳密な意味における「伝記」ではない。飽くまでも精神的評伝である。それは『ゴッホの手紙』『近代絵画』『感想』を経て、晩年の『本居宣長』までを貫く様式になる。

一九三五年は、小林、中村、中野、それぞれにとって一つの里程標になる年である。中野は「第一章」「鈴木・都山・八十島」そして中野の転向小説の中核に位置する「村の家」を発表している。中村が「転向作家論」で批判したのは「第一章」である。この年に小林は「文芸時評に就いて」、「再び文芸時評に就いて」と題する作品を書き、時評から逸脱する批評のあり方を模索する。

これらの作品は小林にとってのある種の宣言を含むものだったが、それは同時に中野重治との間で展開される論争の発端になる文章でもあった。個に立脚した営みであるはずの文学が集団の声を代弁するところに、小林は危機を感じていた。

「行動主義だとか日本浪漫派だとかいう新語も、いずれ何等かの現実的な根拠がなければ生れて来る筈はない。発明者等には、恐らく、新語発明に際して現実的な感情の動きがあった筈だ。僕にはこの感情の率直さを信じられれば足りる」と断ったあと、こう記した。

考えてみれば奇妙な事で、新語を思い附いたからと言って、秩序ある主義思想が生れるわけがない、そういう事は人生には起らない。発明者等が自分の主張の無論理を恥じる必要もなければ、反対者等が相手の無論理を攻撃する事も無意味である。何処を探したらそういう主張の実現物があるのか。素人の眼をごまかして無いものを在る様に見せ掛けつつ、論戦を開始する。そこら辺りに当節流行の批評のからくりがある。文壇に時評の種を探す時評家の眼は、無いものを在るとするほど必要以上に鋭敏になっている。そしてこの必要以上の鋭敏さが、文壇を監視して批評の積極性を保つという自負を支えている様は奇怪である。（「再び文芸時評に就いて」）

巧みな造語を生み出しても、実体のある思想がそこに生まれるとは限らない。ある人はそこで論争を展開し、あたかもそこに重要な問題があるかのように見せかける。うまく説明できることと世界の深みを照らしだすことはまったく関係がない。批評が託されているのは後者で、前者の営みは別な名称で呼んだ方がよい、というのだろう。

マルクス主義あるいは左翼文学と小林の関係を論じてみても、豊かなものがもたらされるかは疑わしい。小林の文学は「主義」という実体のないものから世界を眺めまいと決したところにはじまったからである。だが、左翼運動に身を投じた同時代人との関係になると問題はまったく異なる意味を帯びてくる。「小林秀雄への手紙」と題する作品で河上徹太郎が、この時期に小林が批判していたのは「左翼の理論そのものよりも、その理論の身につけ方、その理論の人間化に」あった、と書いているが正鵠《せいこく》を射ている。

先に引いたのと同じ一文で小林は、日本において本当の意味における批評が誕生するには長編の作品が書かれなくてはならない、「長篇評論を要求しない様な批評精神」は、どんなに進歩的に見えても「貧弱な」批評精神の現れでしかないのだが、「今日の文芸時評という形式は批評家がその野心を実現するには不便な形式である」と述べた後、こう記した。

僕は、今日のインテリゲンチャに向って、我等何をなすべきかを説教する自信を全くもってはいないが、自分の野心に就いては信念を持っている。野心を実現しないうちに多く語る事を好まないが、僕はこう思っている。若し作家が彼の思想を人に訊ねられたら、その作品を示すだろう。では批評家がその思想を示せと言われたらその批評的作品を示すべきではないか。批評的作品を読まなくても、彼の思想はわかっているというが如き批評家があるとすれば、そんなものは思想とは言えぬ、彼はただ批評の方法を心得ているに過ぎぬのである。（「再び文芸時評に就いて」）

この作品が発表されたのは『ドストエフスキイの生活』の連載がはじまって二ヶ月ほど経過したときだった。「野心を実現しないうちに」とはそうした状況を含意している。長編批評作品の執筆が珍しくなくなった今日、ここで小林によって述べられていることはすでに克服されたようにも思われる。しかし、小林がいうように方法や見解、あるいは解釈を示すのが批評ではなく、内なる精神の表現にならなければ批評と呼ぶに値しないのだとしたら、今日の日本で一体どれだけの作品を批評と呼ぶことができるだろう。

時評ではなかったとしても、論じる対象の良し悪しに言及するだけの論述に終始するならばそれは、どんなに奇抜に見えてもボードレールがいう意味での詩情の表現としての批評ではない。

小林にとって批評を確立するとは、特定の主義、あるいは方法、あるいは体系を樹《た》てることではなかった。同時代の文学に限定される場所から離れ、それを包含しつつ、逸脱するところに批評の沃野《よくや》を発見すること、それが、書き手として小林が、ほとんど本能的に選び取ってきた道だった。先に引いた一節のあとに小林は、ドストエフスキー論を始めた心情を次のように語った。

> 僕がドストエフスキイの長篇評論を企図したのは、文芸時評を軽蔑した為でもなければ、その煩に堪えかねて、古典の研究にいそしむという様なしゃれた余裕からでもない。作家が人間典型を創造する様に、僕もこの作家の像を手ずから創り上げたくてたまらなくなったからだ。誰の像でもない自分の像を。僕にも借りものではない思想が編みだせるなら、それが一番いい方法だと信じたが為だ。僕は手ぶらでぶつかる。

批評とは、ひとつの「人間典型」を浮かび上がらせようとすることだと小林はいう。しかし、それはドストエフスキーが『罪と罰』でラスコーリニコフという人間を生みだしたように、批評家は論じる相手を「手ずから創り上げ」なくてはならない。また、「誰の像でもない自分の像を」と語るように小林にとって、このときドストエフスキーを描くとは、どこまでも「私の」ドストエフスキーを浮かび上がらせることだった。
批評とは、畢竟《ひっきょう》、詩的独断であるという認識は、このときすでに内なる確信になっている。のちに『ドストエフスキイの生活』が単行本として上梓されるとき小林は「歴史について」と題する長文の序章を付す。そこでは、評伝を書くことで、ドストエフスキーという作家を今によみがえらせようとするとき、「無論在ったがままの彼の姿を再現しようとは思わない」と述べられたあと、次の言葉が続いている。

僕は一定の方法に従って歴史を書こうとは思わぬ。過去が生き生きと蘇る時、人間は自分の裡の互に異る或は互に矛盾するあらゆる能力を一杯に使っている事を、日常の経験が教えているからである。あらゆる史料は生きていた人物の蛻の殻に過ぎぬ。一切の蛻の殻を信用しない事も、蛻の殻を集めれば人物が出来上ると信ずる事も同じ様に容易である。立還るところは、やはり、ささやかな遺品と深い悲しみとさえあれば、死児の顔を描くに事を欠かぬあの母親の技術より他にはない。

どんな史観であれ、理論が詳らかにするのは生活の表面に過ぎない。評伝を書くとは生活の奥に分け入って、その奥の部屋、いわば意識の奥の部屋に入ることだというのだろう。

史料は幾つかある目印の一つに過ぎない。母親が亡き子供の遺品のうちに見るのは、過去の現象ばかりではない。死者の今、生ける死者の声である。

このとき母親は懐かしんでいるのではなく、姿を変えた子供と声ならぬ声によって対話している。亡児の心を映しとる母親のように、小林はドストエフスキーを読む。書かれた文字の奥に記されている不可視な「言葉」を読むこと、この作家の評伝を書くときに留意したのはそうした態度だった、というのである。

『文學界』でのドストエフスキー伝の連載が終わったのは一九三七年三月、その翌年の秋からおよそ一年間、中村はフランス政府からの奨学金を受け、留学する。このときの出来事が書簡体で記されているのが『戦争まで』である。中村がフランス留学から帰国したのは一九三九年の末、ヨーロッパでの戦争が激化したため、予定を切り上げて日本に戻らねばならなかった。

この作品は全編書簡体になっている。冒頭に収められている「パリ通信」は、公開されることを念頭に置きながらではあったが、文字通りの意味で小林秀雄に宛てた手紙だった。そこで中村はパリにあるコレージュ・ド・フランスで行われていたヴァレリーの公開講義に参加したときの印象を語っている。

　博物館は、イタリーでは時間がなくて充分に見られなかったのが、いかにも口惜しかったので、それから発心して暇があるたびにルーヴルその他へ通っています。学校は、御察しの通りあまりでていませんが、コレエヂュ・ド・フランスで、一週に二回あるヴァレリイの講義には欠かさずでています。

同質の発言はいくつもある。それればかりか、この書簡はヴァレリーの言葉にふれた感動と衝撃の言葉であふれている。中村にとってヴァレリーのことを書き送る小林は、敬愛する批評家であるだけでなく、当然ながら、『テスト氏』の翻訳者である。翻訳は沈黙のうちに行われる批評でもあることは、すでにフローベルのジョルジュ・サンドへの書簡の訳書を出していた中村にも自明のことだった。

非常な手際で人の肺腑を刺す様な言葉、——他の誰よりも話す当人が僕達の身近かにいる事を思わせる様な言葉、精神と精神とを隔てる永劫の壁が崩れ堕ちる様な思いをさせる様な言葉の数々も、話そうと思えば、彼の口をついて出ただろう……彼はそういう言葉を吐けば、恐らく**他のすべての人**を動かしたという事を、見事に心得ていた。（「テスト氏との一夜」小林秀雄訳）

通常の言語とは位相が異なる、自己と他者の間にある心の壁を突き破る「言葉」を語る者、それが中村にとっての、あるいは小林にとってのヴァレリーだった。中村は書簡で、ヴァレリーの講義の様子を、さらにこう続けている。

……〔ヴァレリーが〕僕等がふだんの会話につかっている言葉の素朴な感覚をとりあげて、すぐにそれを哲学的に展開して見せ、そこでいろいろな概念の性質を見せてくれた上で、それをそのまま自分の直感の証明に持って行くといったような手際は、実際見事なものですが、それよりももっと感心するのはそういう練れた雑談がそのまま積極的な自己告白になっていることで、ものについての自分の考えを述べることによって、あれだけ自己が語れるなら、思想が血肉になるという言葉も決して誇張でないと思います。

　ヴァレリイの思想の精髄がどこにあるか、僕にはまだよく解りませんが、とにかくその「ポエティック」があの人の考え方を生きたまま裸の形で見せてくれることは確かです。話が時々熱をおびて来るのをじっと聞いていると、ヴァレリイの身体がいつのまにか透明になって消えてしまって、そのあとにはただ彼の精神を現代に支えている源泉の数々がさまざまの形で燃えているような気がします。


　思想を血肉化すること、それが『テスト氏』のもっとも重要な主題だったことは先に見た。こうした生ける思想の認識はそのまま、一九三六年にトルストイの死をめぐって小林と正宗白鳥との間に行われた「思想と実生活」の論争にも生きている。

「実生活を離れて思想はない。併し、実生活に犠牲を要求しない様な思想は、動物の頭に宿っているだけである」（「思想と実生活」）と小林は書く。ここで小林がいう「犠牲」とは、犠牲者というときと同じではない。それはもっとも高き献身、自己放棄を意味する。旧約聖書『創世記』でアブラハムが神にわが子を献げようとしたとき、あるいは十字架の上で死んだイエスがその生涯そのものを神に献げる姿を想い浮かべてもよい。先の一文を書きながら小林は転向という「実生活に犠牲」を強いる出来事を経た中野の姿が、一瞬なりとも想い浮かばなかっただろうか。

先に引いた中村の言葉は、印象批評に過ぎない、という者もいるかもしれない。だが、回想録の記述からも分かるように中村のなかで、小林と出会ったときの印象は、小林の作品を読むことにけっして劣ることのない意味を持っていた。

今日、印象批評が批判されるのは、それがうつろいやすく、論拠のうすい認識によって導かれているからだけではあるまい。「ヴァレリイの身体がいつのまにか透明になって消えてしまって、そのあとにはただ彼の精神を現代に支えている源泉の数々がさまざまの形で燃えているような気がします」というようなけっして反復されることのない神秘体験を基盤にした言葉を、どこかで恐れているからでもあるだろう。

小林の批評を成り立たせているのは客観的論証ではなく、主観的な印象であるという批判はしばしば目にする。しかし、共通の情報を知らせるだけの概念では語り得ないところに批評の原点を求めた小林にとって、「印象」は、けっして打ち棄てることのできない、かけがえのない現実の事件だった。

論証に依拠した評論をどんなに繰り返しても、理性の領域から、けっして出ることはない。小林や中村の言葉の起源が印象だったとしても、彼らは自らの認識を真に意識化するために言葉を紡いだ。彼らにとって印象は、二度と繰り返されることはない。それはいつも言語による表現を超えたところで生起する詩の源泉だった。中村が小林から継承した、もっとも大きなものも、そうした詩的直観だったといってよい。それを証明するように、中村は「パリ通信」で、授業でポーの作品を論じるヴァレリーの姿を次のように活写する。

聞いていると、頭のなかが何だかきれいに掃除されて、すがすがしくなったような気がします。ああいう風に解析という知性の習練で個性的な思想の表白が、少しも偏頗でない行き届いた批評に達するというようなことも、むろん大したことだと思いますが、それよりももっと美しいのは、なにかその先きに、ヴァレリイの魂とポオの詩魂が抱きあったようなところがあって、そういうヴァレリイの批評そのものに純粋詩百年の歴史が感じられるところです。方法こそ違うが二人とも同じ場所に立ってものを云っている、というより、ポオの思想がヴァレリイに乗りうつってそのシステムを借りて喋っているという感じです。
むろんヴァレリイはポオを弁護してもいません、またその理論に昂奮してもいません。しかしヴァレリイのポオに対する気持には、何かそんなものとはまるで違った鬼気を帯びた愛着があります。

何のためらいもなく、またなまなましく、中村は「魂」という言葉を用いる。ともすれば大きな誤認を引き起こすような術語を手紙に記すところからは、中村と小林の間には日ごろからこの一語をめぐる対話があったことが窺える。
ヴァレリーの魂は、先人であるポーの詩魂と「抱きあったような」ところがある、と中村は書く。ここで活写されているのは、批評の理論ではなく、その現場である。批評とは、複雑な論説を整理し明確化することではなく、魂と魂、さらにいえば詩魂と詩魂が共鳴するさまを書いてみることではないか、というのだろう。

「ポオの思想がヴァレリイに乗りうつってそのシステムを借りて喋っているという感じ」と書くのも比喩ではあるまい。このとき中村はヴァレリーに詩人の姿をした言葉の巫者の面影を感じ取っている。

次に引く一文は、「パリ通信」からおよそ四半世紀後、一九六五年に中村が小林をめぐって書いた一文である。

ボオドレエル、ランボオ、ドストイェフスキイ、ゴッホなど、氏は天才の表現をいくどか繰返しましたが、対象の把握と主体の熱情がこれほど渾然と一致した作品は他に見当りません。ダンテがヴァージルに導かれて地獄を巡るように、この評論の読者は氏を案内として、モオツァルトの魂の内部を訪れます。魂の内部といっても漠然とした抽象の世界でなく、そこには自然があり、空には雲が浮び、嵐が海上を通りすぎます。芸術の世界です。自然と芸術がモオツァルトにおいて一致したように、氏は彼と完全に合体して筆をすすめます。文字の間から音楽が響き、その果てにひとりのこの世のものでない男の生が姿を現わします。（「人と文学」『《論考》小林秀雄』）

「魂の内部」という表現は、比喩でも抽象概念でもなく、もう一つの確固たる世界である、小林の文学の源泉はそこにある、というのだが、この言葉はそのまま中村の日常でもあっただろう。

異界の光景を目撃した者でなければ「漠然とした抽象の世界でなく」と書くことはできないからである。さらに後年、中村は『本居宣長』を書いていたころの小林に触れ、「氏はそれらの偉人たちといっしょに生き、ほとんど彼等に乗り移り、あるいは乗り移られているので、人生を退屈せずにすごすに、これ以上のやり方はないでしょう」（「素描」）と書いている。小林の批評は巫覡《ふげき》の文学だというのだろう。小林という精神の実像をこの一文ほど直接的にいった文章は稀有なのである。

一高、東大で中村の同級で、友人でもあった越知保夫《おちやすお》（一九一一～一九六一）という批評家がいる。彼は一冊も自らの著作を出すことなく四十九歳で亡くなった。だが、没後に刊行された『好色と花』は驚きをもって世にむかえられる。没後五十年を経ても彼の作品は静かに読まれ続けている。代表作の一つが「小林秀雄論」で、そこには、宗教なき霊性の道をひとり旅する者としての小林の姿が見事に活写されている。管見ながら、小林における求道性を越知以上に描き出せた作品を知らない。越知は、中村光夫論も書きたいと周囲に語っていたという。

若き日、越知も左翼運動に連なった。運動との関係は中村よりもいっそう深く、背負った傷も深かった。逮捕され、転向し、出獄したあと、彼の肉体は結核に冒されてゆく。その後越知はしばらく鎌倉に暮らした。このときしばしば中村と会い、真剣に文学をめぐって言葉を交わす。一九四一年から四三年まで彼は中村も参加していた『批評』という同人誌に参加、詩を寄稿している。四二年には体調が崩れ、療養のため、越知は地元である関西に帰ることになり、『批評』への寄稿が困難になってくると、二人の交わりは途絶えることになる。その後、長い沈黙を経て、越知は一九五四年に小林秀雄論をはじめとした批評作品を書き始め、亡くなるまでの七年間、関西の同人誌『くろおぺす』に寄稿を続けた。

遺著で越知は、「人間的反撥から出発し、これを掘り下げて成功した中村の所謂さめた批評はヴァレリーを思わせる」と書いている。中村を論じた人は少なくないが、越知のように中村の精神の実相を言い当てた者は稀有である。小林もヴァレリーから深甚《しんじん》な影響を受けただろうが、それに勝るとも劣らない熱意をもって中村は、『テスト氏』の原作者に向き合っている。

先に引いた「人と文学」と題する小林論で中村は、ヴァレリーから小林にもたらされたものは、ボードレールからの影響にも勝るとも劣らないと語る。次に述べられている一文と若き日の「パリ通信」とが共振するのは偶然ではない。小林を見る中村の眼は、容易に動じない。しかし、歳月を重ねることにより繊細に深化する。

氏は批評の問題を考えるたびに、ポオを思わずにいられないと「志賀直哉」に書いていますが、そのほかボオドレエル、ヴァレリイも、詩の散文的表現としての批評への道を氏に示唆したでしょう。

透谷以来、詩人が散文で自己を表現する伝統は、我国の近代文学の特質といってよいでしょう。ただ独歩を経て自然主義、白樺と推移して行くうちに、その散文はいつのまにか小説の同義語になり、日常生活の表現とされていましたが、氏はこれを本来の姿にもどしたと云えます。

芸術理論の展開が、そのまま彼等の自己表現に通ずるのは、ポオ、ボオドレエルをはじめ、象徴詩人に共通する特色ですが、とくにヴァレリイは詩よりむしろ散文に「みずみずしさ」が感じられる点で、小林氏に多くの暗示をあたえたと思われます。

この一節は小林秀雄における批評の影響史ともいうべき問題を見事に言い当てている。中村は小林の先駆者として北村透谷《きたむらとうこく》に注目していたのはすでに見た。詩集『蓬莱曲』を書き、「内部生命論」を書いた透谷は、高次な意味における魂の詩人であり、批評家だった。中村は、近代日本における批評の確立とは、透谷以来の「詩の散文的表現」の復権であり、批評家とは散文によって詩を書こうとする者の異名であると指摘する。

ポーとボードレールからの影響は、小林自身も語っていた。しかし、ここで中村が述べている以前にヴァレリーからの影響を彼自身が語ったことはない。この中村の一文が書かれたのは、一九六五年、小林がこの詩人から受け継いだ「批評原理」に改めて言及することになる文章（「ヴァレリー全集」）を書くのは六七年である。本人よりも、他者によって内心の状況を知らされる、ということはある。むしろ、それが批評の役割だろう。

批評はついに、理論さえ包含することができる広義の詩学になる。それはたしかに中村がいうようにヴァレリーの来た道だった。小林がヴァレリーから受け継いだ「批評原理」とは、研究によって獲得された知識でも、体系だった思想でもない。それは日常生活のなかで積み上げられた固有の経験を「意識化」しようと試みる「直観」の陶冶にほかならなかった。

第十四章　不可視な「私」

一九三五（昭和十）年五月、『文學界』が創刊されてしばらくたったころ、小林は『経済往来』に「私小説論」を寄稿する。掲載は、八月まで四回にわたって続けられた。『経済往来』は、名称から窺われるように文芸誌ではなく、日本評論社が月刊で刊行していた総合誌だった。

後年になって中村光夫は、「私小説論」だけでなく、小林の作品がしばしば総合誌に掲載されていたことの意味を振り返る言葉を残している。「私小説論」にふれた一文で中村は、日ごろは文学と直接的な交わりを有さない読者にとっても、ある影響力を持ち得ていたところに小林の文学の秘密があると述べ、総合誌に文芸評論が掲載されることは、今では例外的になったと断りつつ、かつての小林の作品の受け容れられようをめぐって、次のように書いた。

このころの読者には、文学は現在のように娯楽ではなく、生きる指針をそこに求める気持が強かったのですが、小林氏の文章は、どれをとっても、文学をダシにして人生を語っている趣きがあって、一般の小説類よりじかにその要求をみたしてくれました。

「文学をダシにして人生を語っている」とは、中村自身の実感でもあっただろう。それは、哲学を内包する文学と言えるかもしれない。人々は小林の言葉に、文学を包摂した人生の道標を指し示す何ものかを見ていたというのである。

ここで述べられているのは、近代日本文学における批評分野の先駆者という小林秀雄をめぐる典型的な理解とは、まったく質を異にする。若き日、中村と親しくしていた大岡昇平が後年、小林を「人生の教師」と呼んだのも中村と同質の実感があったからだろう。

「人生の教師」は、一九六五年に大岡が書いた小さな小林論の題名だった。そこで大岡は、「小林は文芸評論家、批評家に分類されるのが普通である。しかし毎月生産される小説の評価を行う月評家の役目は、戦争中からやめてしまっている。ドストエフスキイの作品研究のほかは、文学を論ずることすら稀になっている」と述べている。

「西行」や「実朝」は戦時中の作品で、戦後もランボーを論じているから、大岡の発言をそのまま是認することはできない。だが、語ろうとしていることは理解できる。

たしかに第二次世界大戦がはじまる頃には新聞での月評も止めていて、ある時期から小林は、同時代の小説作品を積極的に評価する者としての「評論家」稼業からは明らかに距離を保つようになっていた。

時評をいくら繰り返しても、批評の可能性を深めることにはならない。そうした告白にも似た思いは、「私小説論」に先んじて書かれた「文芸時評に就いて」「再び文芸時評に就いて」においてもすでに語られていた。時評を創造的に逸脱するところにはじめて、真に批評と呼び得るものが誕生する、そうした小林の確信をいっそう強固にする契機となったのが「私小説論」だったのである。

「私小説論」は、「様々なる意匠」と並んで、初期の小林における時評的作品を代表する一篇であり、自身の考える批評の可能性を探った野心的な作品でもある。同時代の日本文学と近代フランス文学に並行的にふれつつ、文学の核心に迫って行こうとする言葉は、今も問い掛ける力を失わない。小林秀雄の生涯を顧みるとき、この作品を看過することはできないが、そこに何か帰結めいたものを見出そうとするとむしろ、試みとしての意味を見失うことになる。「私小説論」にあるのは結論ではない。あふれかえる問いであり、問題の提起である。のちに書かれることになる代表作の補助線となるような言葉も随所にある。たとえば、次に引く冒頭の一節もその典型である。


私は、嘗て例もなかったし、将来真似手もあるまいと思われることを企図するのである。一人の人間を、全く本然の真理に於いて、人々に示したい。その人間とは、私である。

ただ私だけだ。私は自分の心を感じ、人々を知って来た。私の人となりは私の会った人々の誰とも似ていない、いや世のあらゆる人々と異っていると敢えて信じようと思う。偉くないとしても、少くとも違っている。

本文での引用はここでは終わらず、さらに続いている。訳しているのは小林だが、原文はジャン＝ジャック・ルソーの『告白』にある一節である。

フランス文学では、この著作の出現によって、「私」という主題をめぐって語り得る言葉の地平が開かれた。「私」とは、これまでも、これからも二度と現れることのない固有な存在であり、その事実だけで十分に語るに値する、とルソーは考えた。この革命的な思想家に共感するにせよ、抗うにせよ、「私」の問題を無視することはできなくなった。それだけでなく「私」の発見はそのまま、近代の黎明《れいめい》の合図になったと小林は考えている。この作品で、『告白』の著者と並んで小林が、何かを託すかのように引用するのはギュスターヴ・フローベルの言葉である。「私小説論」は次の一節で終わる。

私小説は亡びたが、人々は「私」を征服したろうか。私小説は又新しい形で現れて来るだろう。フロオベルの「マダム・ボヴァリイは私だ」という有名な図式が亡びないかぎりは。

小林が考えている「私小説」が、日本における自然主義、あるいは志賀直哉を典型とする私生活の深層を吐露する文学様式を、限定的に指すのではないことはこの言葉を読むだけで分かる。「私小説論」の主眼は、近代日本における私小説批判ではない。「マダム・ボヴァリイは私だ」という一節が意味するのは、小説の登場人物には必ず、何らかの意味で書き手の姿が刻まれている、という当然のことが述べられているのではない。

確かにエンマの夫は医者の息子で、自身も様々な苦労を経て医師になった。フローベルも外科医の息子として生まれている。たしかにそうした環境での生活は作品に流れ込んでいる。だが、フローベルが主人公の名前を挙げつつ、それが「私」だという地平はそれとはまったく異なる。

この作家は、事象的には自己とほとんど接点のない女性の姿を描き出すなかで、それまで気が付くことのなかった「私」の存在を発見したというのである。私を語らない言葉のうちにまざまざと「私」が浮かび上がってくる、こうした文学の秘儀とも呼ぶべき出来事に彼は、静かに、だが深く驚いている。

「私小説論」は、告白論だといってよい。人は果して、自分で感じている「私」を語ることによって「私」を語り尽くすことができるのか。それが小林が「私小説」をめぐって考えた根本問題だった。「私小説論」で小林は「己れの作品に作者の名を冠せまいとは、又フロオベルの覚悟であった」と書きながら、次のようなフローベルの一節も引いている。

芸術家たるものは、彼はこの世に生存しなかった人だと後世に思わせる様に身を処さねばならぬ。

真に告白することを願う。このとき人は、しばしば「私」をそのまま語ることを止めねばならないかもしれない。むしろ、告白とは、ひとたび私に沈黙を強いることなのかもしれないと小林は考えている。

この問題は、先に見た「当麻《たえま》」を経て戦後の『ゴッホの手紙』へと続いていく。「私小説論」の発表から十三年を経て、一九四八年に『ゴッホの手紙』の連載が始まる。小林の眼に、この画家の書簡は、稀代《きだい》の告白文学に映った。『ゴッホの手紙』には次のような一節がある。

有名な《木を接ぐ男》が描かれた時、テオドル・ルーソーは、こう言ったそうである。「ミレーは自分に頼る者たちのために働いている。丁度、花や実をつけ過ぎる木の様に、身体を弱らせている。子供たちを生かして置く為に、自分を使い果している。野生の頑丈な幹に開花した嫩枝《わかえ》を接ぎ、ヴィルギリウスの様に考えている——ダフニスよ、梨の木を接げ。汝の孫たち、その実を食うべし」、これが、ミレーの敬虔なペシミズムである。どんなにゴッホは、こういうペシミズムを求めていたろう。愛する妻を持ち、九人の子供の父親となり、彼等の為に梨の木を接ぎ、彼等の為に自分の身を使い果す、ゴッホがどんなにそういうものを望んでいたか、僕はそれを疑う事が出来ない。このルーソーの言葉をミレー伝に読むゴッホの心を、僕は想像してみる。彼が牧師になりたかったのは、説教がしたかったからではない、ただ他人の為に取るに足らぬわが身を使い果したかったからだ。

この世に痕跡を残さないように生きること、それはゴッホの悲願でもあった。ゴッホは牧師になろうとしたが、誰も彼を受け容れてくれずうまく行かなかった。ゴッホが画を描いたのは画家になりたかったからではない。彼は絵を描くことによって自らに沈黙を強い、声ならぬ声で、不可視な大いなるもの、彼がキリストと呼ぶ者にむかって「告白」したのである。

「私小説論」は、発表されるとほどなく、ある反響をもって迎えられた。この作品をめぐって当時も、また、今でもほとんど紋切り型に語られているのは、「社会化した『私』」という、ほとんど概念化した一節をめぐってである。ここでの「概念」は、ヘーゲルが用いたような普遍的な理念を意味しない。それはむしろ、剝製のような死物と化した言語情報を指す。当時はよく知られていた評論家杉山平助は「小林の思想が『私』というものを、社会とのつながりに於て眺めようという方向に動いていることに、肯定したい要素を多分に感ずる」と述べ、賛意を表したが、東京朝日新聞の匿名の論評では「『社会化された私』と云うような得体の知れぬ合言葉でもって、社会小説を持ち得ぬ自分の貧困を欺いたり胡麻化したりしているのである」と批判されたりもした。

のちに「私小説論」の主題をこの一節と結びつけて考えたのは平野謙で、平野はこの言葉に小林秀雄とプロレタリア文学、さらにいえば中野重治との接点を見いだそうとしていた。そうした平野の認識には無理がある、と語ったのが江藤淳だった。ともあれ、理由はどうあれ、「社会化した『私』」を語られるたびにこの一節と「私小説論」の関係は深まって行ったのだった。

この作品を襲った一つの不運は、読者がフランスと日本の「私」のあり方に目を奪われて、「社会」という術語で小林が何を語ろうとしたのかを十分に考え得なかったところにあった。ある読者たちは、「社会」に同時代の市民生活に深く根差した可視的な空間を見た。だが、小林にとって「社会」は、歴史と不可分の関係を有する不可視な境域を含む歴史的な有機体だった。のちの小林の表現を借りれば、「感情によって直かに触れていると私達が感じている」(「歴史」『考えるヒント1』)、生きものだったのである。

たしかに小林は、ルソーの『告白』が出現して以来、フランス文学における「私」は社会に開かれつつある「私」であり、フランスの作家たちが語ろうとした「私」も同質のものだった、と語った。

それは「自然や社会との確然たる対決」を経た「私」だとも述べた。ジッドやプルーストも「私小説家」であるとしながら、「彼等がこの仕事の為に、『私』を研究して誤らなかったのは、彼等の『私』がその時既に充分に社会化した『私』であったからである」と書いた。同時代のある人々は、こうした小林の言葉に、対ヨーロッパにおける日本の劣位という判断を暗黙のうちに読み込んだ。

だが小林は、近代日本の私小説における「私」は、そうした闘いを経ていない、と否定したのではない。フランスで私小説をめぐって起こった変遷をそのまま日本に当てはめることができないと語っただけだ。自分たちの直面している問題は、自分たちの歴史にさかのぼって、その解明の糸口を探すほかないと述べたのである。

こう語っても人は、こうした見解に反対して、次のような一節を引くかもしれない。

花袋が「私」を信ずるとは、私生活と私小説とを信ずる事であった。ジイドにとって「私」を信ずるとは、私のうちの実験室だけを信じて他は一切信じないと云う事であった。これらは大変異った覚悟であって、ここに、わが国の私小説家等が憑かれた「私」の像と、ジイド等が憑かれた「私」の像とのへだたりを見る事が出来ると思う。（「私小説論」）

一見すると、アンドレ・ジッドは成熟していて、田山花袋は未成熟である、と語っているように映る。そうした感慨が、小林にまったくなかったとはいえない。だが、それゆえに小林が、他人事のように日本における私小説と私小説家を批判したわけではなかった。日本文学の現状はどんなにヨーロッパのそれとかけ離れていても、小林にとっては、かけがえのない、わが事だった。

花袋など自然主義の潮流を作った作家たちの境涯《きょうがい》にふれ、小林はこう語っている。

文学自体に外から生き物の様に働きかける社会化され組織化された思想の力という様なものは当時の作家等が夢にも考えなかったものである。こういう時に「天上の星」を眺める事を禁止された彼が、自分の仕事に不断の糧を供給してくれるものとして、己れの実生活を選び、これに新しい人生観を託して満足した事は当然なのである。（「私小説論」）

フランス文学が、どれほど魅力あふれるものであったとしても、それをそのまま輸入できないことを小林は熟知している。そうした状況を嘆くことに小林は意味を認めない。それはついに書き手であることを諦めることになる。切実な経験に裏打ちされた自らの生活のほかに「思想」が生まれる土壌はない。誰も歩いたことのない道を行くゆえに愚かしい失敗をすることもある。

この時代の私小説作家たちが直面していたのは——あるいは、小林を含め、選ぶほかなかったのは——道なきところに道を切り拓かなくてはならないという現実だった。小林が論じているのは、彼自身を含む避けがたい日本の現実である。小林は日本における「私小説」が生まれる環境を主体的に——我が事として——論じているのであって、客観的に批判しているのではない。

「社会」と並んで「思想」は、「私小説論」を読み解く鍵語である。小林にとって「思想」は、概念の集積ではない。それはときに人ばかりか、時代までを飲みこみかねない怪物だった。

〔フランスから〕自然主義文学は輸入されたが、この文学の背景たる実証主義思想を育てるためには、わが国の近代市民社会は狭隘であったのみならず、要らない古い肥料が多すぎたのである。新しい思想を育てる地盤がなくても、人々は新しい思想に酔う事は出来る。ロシヤの十九世紀半ばに於ける若い作家達は、みな殆ど気狂い染みた身振りでこれを行ったのである。併しわが国の作家達はこれを行わなかった。（「私小説論」）

「思想」は、新しいというだけで価値を有しているかに映る、不思議な存在だというのである。新しいというふれ込みだけで、けっして根付かないだろう「思想」をこぞって輸入する。

十九世紀ロシアではそうした蛮行が横行した。

だが、近代日本は、私小説に関しては同じ道を行かなかった。


ロシアにおける過度のヨーロッパ文化の輸入という現象に、強く抗いつつ、永遠のロシアを謳《うた》いあげながら民衆の前に現れたのが、のちに国民詩人と呼ばれることになるプーシキンであり、その血脈を継いだのがドストエフスキーだった。

「私小説論」の執筆が『ドストエフスキイの生活』と同時に行われていたことを見過ごしてはならない。文中にもドストエフスキーに言及している箇所があるが、書かれていること以上に、双方の作品に通底しているのは、小林がドストエフスキーから引き継いだ、文化と社会、そして小説のあり方を凝視するまなざしなのである。

「私小説論」は、私小説が中心にあった当時の日本文学への単なる批判ではない。むしろ、小林は、私小説作家の玉座に君臨していた志賀直哉に心酔していた自覚を忘れたことなどなかっただろう。私小説の影響が小説にのみ現れるのではないことも小林にはよく了解されていたはずだ。

その一方で小林は、志賀とは別な、私小説から離れて行く作家たちの試みからも目を離さない。谷崎潤一郎における古典主義の復活を評価し、久米正雄や菊池寛が、私小説に席巻されつつある純文学の世界から訣別し、大衆小説作家へと変貌していく姿にふれ、「両氏が純文学を捨てるに至った根柢には、日常生活こそ純文学の糧であると信じざるを得なかった一方、日常生活の芸術化そのものに疑念があったという極めて正当な矛盾があった」と語り、積極的な意味を認めている。ここでの「芸術化」とは、これまで見て来た概念化に近い。あるいは剝製化と書いた方がよいのかもしれない。

さらに小林はこの作品で、一見すると私小説から遠いところにあるプロレタリア文学にも、私小説の影響が有形無形の姿で流れ込んでいることを少なくない紙幅を割いて指摘している。

当時はすでに左翼運動の弾圧は始まっていて、転向者は幾人も出ていた。しかし、このことはプロレタリア文学の敗北を告げているのではなく、その淵源には権力が封殺しなければならないほどの力が躍動していることを小林は見過さない。これからの日本文学のありようをめぐって、次のように提言したのだった。

わが国の近代文学史には、こういう特殊な穴が方々にあいている。僕等は批評方法について、西洋から既にいやというほど学んだのだ。方法的論議から離れて、そういう穴に狙いをつけて引金を引くべき時がもうそろそろ来ている様に思われる。

この一文を書き上げることで小林は、自分たちが立っている大地の感触を確かめた。精神の大地の古層に小林は、真に「思想」と呼び得るものの原点をさぐろうとする。

どんな天才作家も、自分一人の手で時代精神とか社会思想とかいうものを創り出す事は出来ない。どんなつまらぬ思想でも、作家はこれを全く新しく発明したり発見したりするものではない。彼は既に人々のうちに生きている思想を、作品に実現し明瞭化するだけである。思想が或る時は物質の様に硬く、或る時は人間の様に柔らかく、時代の現実のうちに生きている時、作家にとって思想とは正当な敵でもあり友でもあるのだ。（「私小説論」）

誰も時代と文化の影響から逃れることはできない。その影響は万物に働く。それぞれの土地に条件があり、その上に適合する花々が咲くように人間の精神に働きかける。同時代の文学論であるはずの「私小説論」を書くことで、小林が出会ったのは「伝統」という一語だった。

「伝統主義がいいか悪いか問題ではない、伝統というものが、実際に僕等に働いている力の分析が、僕等の能力を超えている事が、言いたいのだ。作家が扱う題材が、社会的伝統のうちに生きているものなら、作家がこれに手を加えなくても、読者の心にある共感を齎す」と述べた後、こう続けている。

題材でなくてもよい、ただ一つの単語でもよい。言葉にも物質の様に様々な比重があるので、言葉は社会化し歴史化するに準じて、言わばその比重を増すのである。どの様に巧みに発明された新語も、長い間人間の脂や汗や血や肉が染みこんで生きつづけている言葉の魅力には及ばない。どんな大詩人でも比重の少い言葉をあつめて、人を魅惑する事は出来ない。小は単語から大は一般言語に至るまで、その伝統が急速に破れて行く今日、新しい作家達は何によって新しい文学的リアリティを獲得しようとしているのか。

（「私小説論」）

花、情、歌、涙、こうした一語にも、今日までに生きてきた人間の想い、言葉、行いのすべての歴史が刻まれている。言葉を読むとは、そのまま歴史に出会うことであり、書くとは歴史と共に何かを行うことだというのだろう。

言葉を生きてみること、それが「当麻」や「無常という事」に始まり、「西行」「実朝」に至る、第二次世界大戦中の日本古典論へと彼を導くことになる。小林は「私小説論」を執筆することによって伝統との関係をより深めたといってよい。

一つの言葉に意味の地層への通路を探し、そこに隠された意味を見出すこと、そうした仕事を織り重ねるように続けながら、解読できなかった『古事記』を読み、『古事記伝』を著したのが本居宣長だった。のちに小林がランボーとの邂逅をめぐって語ったように、一つの言葉との出会いであっても、それは十分に「事件」と呼ぶに値する出来事になり得る。

小林は宣長の言葉にふれ、西洋の伝統とはまったく異なる足取りで叡知の道程を進んだ真に哲学者と呼ぶべき者の姿を見る。小林が宣長を知ったのが戦時中だったのは先に見た。その頃、世間はこの国学者に小林とはまったく異なる態度で接していた。伝統はつねに生きていて、今によみがえってくる機をうかがっている。だがそれは、いつも好ましい姿をして顕現するとは限らない。伝統は単に受け容れるだけの対象ではない。それはひそかな闘いを秘めつつ対峙するものだと小林は考えた。

哲学と文学の交点、あるいは、詩と形而上学が折り重なる境域を、ここでは「詩学」と呼ぶことにする。哲学とは、万物に潜む叡知の扉を見出そうとする試みであり、文学とはそれと同質の通路を、美のうちに言葉によって見出そうとする営みだろう。

近代日本において、詩学の起点を見出すことを宿命づけられた点において、小林とも深く共振する一人に夏目漱石がいる。そうした漱石の格闘の痕跡は『草枕』に著しい。この作品は、小説の姿をした詩論だといってもよい。

雲雀の声を聞いたときに魂のありかが判然《はんぜん》する。雲雀の鳴くのは口で鳴くのではない、魂全体が鳴くのだ。魂の活動が声にあらわれたもののうちで、あれほど元気のあるものはない。ああ愉快だ。こう思って、こう愉快になるのが詩である。

詩は、魂と魂が邂逅したところに生まれるという認識において漱石と小林は接近する。しかし、『小林秀雄全集』を繙いても漱石が言及された箇所はけっして多くない。ともあれ、漱石の名前、あるいはその作品を直接論究した作品は残していない。この事実と小林の周辺にいた人々がこぞって漱石論を書いたこととは無関係ではないだろう。漱石を論じることを文字通りライフワークにした江藤淳だけでなく、大岡昇平も、中村光夫も漱石とその生涯をめぐる作品を複数残している。「私小説論」は小林が漱石に言及した作品としても注目してよい。

鷗外と漱石とは、私小説運動と運命をともにしなかった。彼等の抜群の教養は、恐らくわが国の自然主義小説の不具を洞察していたのである。彼等の洞察は最も正しく芥川龍之介によって継承されたが、彼の肉体がこの洞察に堪えなかった事は悲しむべき事である。芥川氏の悲劇は氏の死とともに終ったか。僕等の眼前には今私小説はどんな姿で現れているか。

この一節は、幾重かの意味で注目してよい。まず、小林が漱石に言及した、数少ない一節であることが挙げられる。そして、小林は芥川を、漱石の正統なる後継者であると感じていたこと、そして、芥川が漱石の血脈を継ぐ者であるからこそ直面した悲劇を、変貌する私小説との絡みあいのなかで理解しようとしていたことが分かる。

『草枕』が発表された翌年、一九〇七(明治四十)年四月に漱石は、岡倉天心が創設にかかわった東京美術学校で「文芸の哲学的基礎」と題する講演を行っている。その記録に加筆し、発表するとき漱石は「余の文芸に関する所信の大要を述べて、余の立脚地と抱負とを明かにする」ものだと書き添えている。

このとき、すでに天心は東京美術学校にはいない。ある騒動があって校長を辞任、一八九八年、野に下って日本美術院を創設している。だが、天心が率いていた時代、ここで哲学の一領域である美学を講じていたのは森鷗外である。明治の終わりごろはまだ、哲学と文学だけでなく、芸術までが、あたかも一つの教会に集う共同体のように存在していた。

当時の日本ではまだ、近代における哲学の文体も確立していない。西田幾多郎の『善の研究』が刊行されるのは一九一一年である。西田が、自らの哲学の分野における先駆者である、と述べた大西祝《おおにしはじめ》（一八六四〜一九〇〇）が形而上学の術語、文体を生みだそうとしながら病に斃《たお》れた頃だった。漱石は、小説家でありながら同時に、その初期から一貫して詩学の地平を歩いた人物だったことは注目してよい。

のちに漱石は、『草枕』にふれ、「此の種の小説は、従来存在していなかツたようだ。また多く書くことは出来ないかも知れぬ。が、小説界の一部に、この意味の作物もなければならぬと思う」、あるいは「この種の小説は未だ西洋にもないようだ。日本には無論無い。それが日本に出来るとすれば、先ず、小説界に於ける新らしい運動が、日本から起ったといえるのだ」（「余が『草枕』」）とも語った。日本から新しい文学運動が起こり得て、また、そうあらねばならないとの決意にも似た思いは「私小説論」を書いた小林にもあったのである。『草枕』のはじまりは小説というよりも文字通りの意味における詩学の書である。たとえば次の一節は、現代の哲学的主題に強く呼応する。

住みにくき世から、住みにくき煩いを引き抜いて、難有い世界をまのあたりに写すのが詩である、画《え》である。あるは音楽と彫刻である。こまかに云えば写さないでもよい。只まのあたりに見れば、そこに詩も生き、歌も湧く。着想を紙に落さぬとも璆鏘《きゅうそう》の音《おん》は胸裏に起る。丹青は画架に向って塗抹せんでも五彩の絢爛は自から心眼に映る。

現象の彼方にある実在を顕現させるのが詩であり、画の役割である。だが、厳密にいえば、詩として、絵として表現することが目的なのではなく、「只まのあたりに見」ることに真義がある。

語られず、描かれる以前の経験のうちに実在は、現象の殻を打ち破って現成する。そこで抱かれた思いは、文字にされることがなくても、胸中にうごめき、浮かび上がる色も、描かれることがなくても心眼にまざまざと映じてくる、というのである。

漱石はベルクソンを読んでいる。『草枕』や「文芸の哲学的基礎」の頃はまだ、漱石はベルクソンを知らない。彼が英訳で『時間と自由』を読むのは、一九一一（明治四十四）年のことである。日記に「昨日ベルグソンを読み出して『数』の篇に至ったら六ずかしいが面白い、もっと読みたいが今日は講演の頭をととのえる都合があって見合せる」と記されている。ベルクソンを読んだ衝撃があまりに強く、予定されている講演の内容に大きな変化をもたらしそうなので、一たび本を閉じたというのである。ベルクソンとの邂逅の痕跡は、『心』『道草』をはじめとした後期の作品にも顕われている。『草枕』で語られた事象と同質のことをベルクソンが語ると次のようになる。引用は小林のベルクソン論『感想』からである。訳文も小林による。

色を定義するのには、色とは赤も青も緑も現すものではないと言うより他はないわけで、これは否定から出来上った肯定であり、空虚を限る一つの形式だ。抽象のうちに留る哲学者は、これで満足する。普遍化の道を辿れば、事物の統一に向って進む、と信じている。つまり、様々なニュアンスの差異を際立たせている光を、次第に消して行き、終いには、これらを一様な闇のなかに混ぜ込んでしまうのである。本当の統一を得る方法は、これとは全く異なる。それは、青、紫、緑、黄、赤の無数のニュアンスを取り、これらを収斂レンズを透して一点に導くにある。

赤も青も緑も、それぞれ色には違いないが、色そのものであるとはいえない。それはむしろ、色そのものの断片である。色の断片をかき集めて、そこに共通する要素を見つけても色そのものにふれることはできない。だから、抽象的な概念を語ることを好む哲学者は、色とは「非」色的な何かである、ということで満足する。しかし、真の形而上学者の望みはまったく別なところにある。色そのものを語ることにではなく、それを「収斂レンズ」、すなわち漱石がいう「心眼」、魂のレンズに収斂し、色そのもの、色の彼方なる色を経験することにある、というのである。

色として現象する以前の姿を、この現実界の深層、すなわち形而上の世界に見出そうとすること、それが形而上学の使命だとベルクソンは考えた。この一文を小林は『感想』だけでなく、ヴァレリーを論じた文章でも引いている。

直接的に漱石に言及していない、という事実は、必ずしも小林の関心が薄かったことを意味しない。漱石が亡くなった一九一六（大正五）年、小林は十四歳になる年である。その五年後に小林は志賀直哉に会っている。

若き小林が出会った日本文学は漱石没後の、新しき道を模索しつつある文学だった。その先頭を走っていた一人が志賀直哉だった。漱石は志賀の才能を認めていた。志賀は、芥川とは異なるかたちで漱石の文学を継承している。「私小説論」で小林は、漱石に言及したあと、何の前ぶれもなく、次の志賀の一節を引く。

　夢殿の救世観音を見ていると、その作者というような事は全く浮んで来ない。それは作者というものからそれが完全に遊離した存在となっているからで、これは又格別な事である。文芸の上で若し私にそんな仕事でも出来ることがあったら、私は勿論それに自分の名などを冠《かぶ》せようとは思わないだろう。

ここで語られていることは、先に引いた、作家は名前を残そうとしてはならないと言ったフローベルの心境とも強く共振する。まったく作風の異なる志賀とフローベルを架橋するもの、それが、小林の求めていたものだった。のちにそれを彼は「無私」という表現で語ることになる。

私小説は無私への道たり得るか。それが小林の、「私小説論」を書いたときの根本問題だった。

朝日新聞に『心』を連載していた漱石は、自分の作品が終わったあとの紙面を志賀直哉に託そうと考えていた。すでに面識のあった武者小路実篤《むしやのこうじさねあつ》を通じて漱石は、志賀に執筆を依頼、志賀も大きな喜びとともに承諾する。だが、筆が思うように進まない。志賀は、あるまとまりまで書いて、漱石に送ったりもしたが、結局、依頼を断ってしまう。そうした経緯にふれながら、その後の志賀の状況を関川夏央は『白樺たちの大正』で次のように端的に書いている。

志賀直哉は大正二年、漱石から東京朝日新聞に小説を連載するよう慫慂された。漱石に見出されたことを名誉に思いつつ引受けたが、ついに小説を完成することはできなかった。漱石に丁重な断わりを伝え、漱石からも慰藉の言葉を受取ったものの、そのことが負担となり、大正五年暮れに漱石が死ぬまでついに小説を書くことができなかった。

作品を封じ込められるほどに志賀は、漱石の影響を強く受けていた。影響が深いためにその人のことをあえて語らないことがあるのは、小林と鏡花との関係にふれたときにも見た。同じことは漱石と小林にもいえる。

影響は、いつも書き手にペンを握らせる方向に働くとは限らない。「人生の教師」で大岡は、道なき道を一人進み、批評の沃野《よくや》を拓こうとする小林の姿をこう記している。

小林は、人生の教師として、人間の生き方、考え方を教えてくれるだけではない。また隅々まで神経が行き届いた文体によって、われわれを諾かせるだけではない。一つの男らしい不変の視点に貫かれた作品を、引き続いて生む努力、忍耐の主体として、われわれの前にいるのである。

この言葉は、若き日から小林に近くで接した者の身贔屓《みびいき》ではない。大岡は小林からの影響を考えるとき、その言葉だけでなく、態度、あるいは、その姿からさえも名状《めいじょう》し難《がた》い甚大な何かを受け取ったというのである。

宣長がいうように「姿ハ似セガタク、意ハ似セ易シ」なのかもしれない。こうした実感は、志賀と漱石の間にも、小林と漱石の間にもあったのではなかったか。

時評では、作品の出来不出来を論じることを求められる。そこで主に論じられるのは「意」である。だが、批評は違う。批評家は、渾沌とした「意」のなかにも稀有なる「姿」を見出そうとする。むしろ、姿のうちに不可視な言葉を読みとろうとする。

批評家は作品の優劣を見ない。そこに刻まれている人間の劇を見るのである。

第十五章　すれ違う同時代人――中野重治

時代に蔓延《はびこ》るどんな「意匠」も世界の一隅を照らし出す光線に過ぎないのではないか、「様々なる意匠」で小林は、そう問いかけ、文壇に登場した。「私小説論」は、もう一つの「様々なる意匠」でもあった。そこで小林は、日本には私小説という小説で「私」を語る、容易に打ち消し難い意匠があることを明示した。小林は、自然主義小説の実相をめぐって、こう記している。

わが国の自然主義小説はブルジョア文学というより封建主義的文学であり、西洋の自然主義文学の一流品が、その限界に時代性を持っていたに反して、わが国の私小説の傑作は個人の明瞭な顔立ちを示している。

この一節に中野重治が著しく反応するのは当然だった。ブルジョア文学と呼ぶべきものは存在しない、という小林の言葉は、中野の眼にプロレタリア文学の核に否定の楔を打ち込むように映った。

翌年の四月、中野は「二つの文学の新しい関係」と題する一文の冒頭で、先の小林の言葉を引き、反意を語った。プロレタリア文学を前にブルジョア文学の優位を語ることは「剝製標本を生きた獣《じゅう》の世界へ飛ばして、そこでそれに後者を支配させようとする」ことであり、「その理由づけの根拠を独断主義、神秘主義、ほとんど信仰にまで求めて行くのは必然」だろう、と述べ、強い言葉を小林や横光利一にも送っている。

このとき中野が苛烈な言葉を書かなくてはならなかった理由は、「私小説論」に書いたプロレタリア文学をめぐる小林の言葉にさかのぼるのかもしれない。

思想の力による純化がマルクシズム文学全般の仕事の上に現れている事を誰が否定し得ようか。彼等が思想の力によって文士気質なるものを征服した事に比べれば、作中人物の趣味や癖が生き生きと描けなかった無力なぞは大した事ではないのである。

人物が描けていないと書かれてはいるが、ここにあるのは小林のプロレタリア文学への讃辞だと考えてよい。プロレタリア作家たちがマルクス主義という「思想」に捧げた、ほとんど宗教的敬虔といってよい心情から、小林は目を離さない。しかし、その本意がプロレタリア作家たちに認識され難いのも理解できる。小林は、いわばプロレタリア文学運動の「神学」を認めないが、それに突き動かされ、真摯に「祈る」姿に動かされている。

この作品を発表して五ケ月後の一九三五年十月、小林は中野重治に『文學界』の同人に加わるようにと説得する。だが中野はそれを断る。後日小林は、その話し合いの様子を文字通り赤裸々に記すことになる。「あの際、僕は中野君の同人加入を極力説いた」と書き、こう続けた。

呉越同舟のそしりなぞ聞き流して置け、アッソシアシオン・エゴティストで沢山だ、僕らが実際に今苦しんでいるジャアナリズムの無統制を何んとかする為に、と僕は自分の俗論を吐露して君の助力を求めたのだ。

この一文は、翌年、読売新聞に「文芸月評 IX——岸田國士の『風俗時評』其他」（三六年二月）として掲載された。新聞紙上であるにもかかわらず小林は、「君」と記し、あたかも中野ひとりに向けて呼び掛けるように言葉を紡いだ。

思想的立場の相違や文学観の違いはある。だが、問題の本質を見極めようとするとき、どうしてそれが障壁になろうか。むしろ、立つ場所が異なる者同士だからこそ、響き合う言葉を交わらせることができるのではないかというのである。

「アッソシアシオン・エゴティスト」とは、仏語の association égotiste のことで、自己中心的な者の集まりを意味し、ここでは『文學界』のことを指す。この雑誌の編集責任者として、思想信条の区別なく書き手を包摂しようとする小林の態度を、誰かが揶揄《やゆ》したのだろう。

小林にとって党派の違いはいわば、一つのトンネルを掘るときの方向の違いに過ぎず、真摯に掘る者は、異なる場所で仕事をしていても同志たり得ると感じられた。こうした態度は意匠の奥にある人格を凝視するという批評家としての小林秀雄の特性であるが、同時に編集者としての彼の力量を示すものでもある。また、「ジャアナリズムの無統制」とは、もちろん小林がジャーナリズムは統制されるべきだ、と考えていたのではない。この言葉をめぐる齟齬《そご》がのちに中野との論争の火種になる。

一九三四年に内務省警保局長が設置させた「文芸懇話会」をめぐる態度の相違が、小林と中野の間に溝が生まれた原因だった。

権力によってもたらされたこの集まりが、言論統制を目的としたものであることを中野は「文芸統制の問題について」（三五年八月）で論じた。『文學界』の同人たちが、この懇話会に接近し始めると、「ある日の感想」（三六年三月）を書き、さらに語気を荒らげて批判した。ここではある小林の発言を受け、「俗論中の俗論」と批判している。

問題は、「統制」あるいは「無統制」という言葉を用いるときの語感にあった。中野はそれを政治的な術語として論じる。そこに誤りはない。だが、小林は違う。彼が「無統制」という表現で語ろうとしたのは、日本における「批評的言語」が、あまりに未熟であることへの嘆息を示す言葉だった。先に見た「再び文芸時評について」でも小林は、「僕は時々、今日の批評的言語の混乱について茫然と考え込んで了う事がある」と書いていた。「批評的言語」が十分に芽生えていないところで批評を行わなくてはならない、そこに自分たちの挑戦がある、それが小林の認識だった。

近代日本の哲学者たちが、西洋の哲学を咀嚼《そしやく》し、それを日本語に移し替えることが真理への道程につながると信じていたとき、翻訳するのではなく、母語としなくてはならないと訴え続けたのが西田幾多郎だった。「学者と官僚」と題する一文で小林は、哲学者として伝統と文化から離別したところで、ひとり形而上学的言語を紡がなくてはならなかった西田の苦闘と悲劇に言及している。

デカルトは『方法序説』を母語であるフランス語で書く。このとき彼は物理的にはひとりだが、フランス語という言葉の背後に潜むフランス人という「友」がいた。ニーチェもドイツ語で考えるとき、「ドイツ国民と呼ばれる俗人」と共にあったと小林はいう。ニーチェが大衆をどんなに唾棄すべき存在だといったとしても、彼を孤独にすることはなかった。だが、西田の場合は違う。彼のそばにいたのは亜流の追随者だった。「亜流は魂を受け継がぬ」と小林は書いている。

新奇な学説が奏でる音に魅せられた者たちは、西田の孤独な闘いの道程を凝視することなく、「何処の国の言葉でもない言葉を並べ、人間に就いては何一つ理解する能力のない、貧弱な頭脳をもった哲学ファン」となった。

伝統と文化との関係を遮断したところで、人間への理解を深めることなく、人間性という概念を振りまわしているのは、哲学の世界だけではない。西洋哲学の紹介者であることをもって哲学者であると自ら任じ、西洋文学を紹介するだけで、詩人の境域を闊歩しているようにふるまう者は、小林の時代にもいた。

一九三一年に発表された「マルクスの悟達」以前のことだと断りながら、中島健蔵が左翼思想をめぐって小林と話したときのことを「バラック時代の断片」と題するエッセイに書いている。左翼をめぐって何かを語ろうとして中島が言葉を探していると小林は、「マルクスは正しい。しかし、正しいというだけのことだ。それはなんでもないことだ」（小林秀雄全集月報集成『この人を見よ』と語ったというのである。

お手本をなぞることが仕事だと考える、そうした人々にとって「正しく」語ることは大きな意味を持つ。だが、「正しい」ことを語るだけでは何を明示したことにもならないと小林は考えている。むしろ、「正しい」ことの奥にあるものを浮かび上がらせるのが批評の役割だと小林は信じた。

ここで小林が語った「マルクス」は、生ける一個の思想家としてのマルクスであるより、マルクス主義の象徴としてのそれである。マルクス主義の論理は正しい。しかし、論理上で正しいということが、叡知としての不完全性を露呈している、というのである。

小林は「マルクスの悟達」においてすでに、この問題に言及していた。「真理は世の創めと共に古く、人はこの理論(弁証法的唯物論)の真実を書物から学ぶことは出来ぬ」、この理論は確かに、「見事な人間生活の規範である。だが、物指ではない」。

あまりに「正しい」こと、それが小林秀雄のマルクス主義という思想に感じていた、根源的な異和だった。論理における正しさによって人は、存在世界のある一面を凝視することができる。しかし、それがいつも多面のなかの一部に過ぎないことを忘れてはならないというのである。

語り得ないもの、書物に収めきれないところに叡知は生きている。先に見た「学者と官僚」で小林は、洋書を読めば世界の深部が理解できると思っている者たちは、ロダンが「考える人」を作るとき、本を持たせなかった意味を到底理解できないだろうと書いている。「考える人」が求めているのは知識ではない。生きるための叡知だというのだろう。

最初にして最後の詩集『中野重治詩集』をひっさげて詩人として出発し、「歌のわかれ」や『むらぎも』『梨の花』などの小説で知られる中野だが、彼が残した仕事の分量においてもっとも多いのは批評である。この時代、小林と共に批評の確立に大きく貢献したのが中野重治だったことは記憶しておいてよい。

プロレタリア文学をめぐる作品はもちろん、ハイネの評伝、鷗外論、あるいは茂吉論、犀星論をはじめとする広義の詩人論もけっして見過ごすことはできない。また、中野が優れた漱石の読み手だったことも小林との比較を考えるときに注目してよい。中野は確かにプロレタリア文学の中心的論客だった。それはプロレタリアという言葉を人々が用いることがなくなってからも変わらなかった。

だからなのだろう、自身がマルクス主義から離脱しても中野重治への敬愛は変わらないという人は少なくない。中村光夫、井上良雄《いのうえよしお》——批評家として出発し、のちに神学者カール・バルトの訳者になる——、批評家井上良雄を再評価した平野謙、そして山本健吉もその一人である。

若き日のある時期、山本は左翼運動に身を投じたが、そこから離れるときに小林の言葉に出会う。

それらの作品は「それまで私の頭を締めつけていたマルクス主義の呪縛による後遺症を完全に拭い去った」（「『歴史』の一語」『刻意と卒意』）と山本は書いている。また山本は、小林の言葉にふれ、批評という仕事が「小説や詩のような仕事と同じく、一つの創造的な仕事であり、それに生涯を捧げて悔いないものだという確信に到達した」とも述べている。

同じ一文で山本は、文藝春秋から刊行された小林秀雄編集と銘打った『現代日本文学館』をめぐる出来事にもふれている。小林の名前があったために、中野重治とその近くにいた文学者はそこから離れていったというのである。

この文学全集を実際に編纂《へんさん》したのは大岡昇平と中村光夫だった。周囲もそのことは知っていた。だが、すでに「小林秀雄」、「中野重治」という呼称は本人の名前を示すだけでなく、ある集合を表す名詞にもなっていた。

これらの山本の文章が発表されたのは一九八三年五月、小林が亡くなった後である。山本はそこに幾つかの事実を列挙しているが、結論めいたことは書いていない。だが、それから三十年以上が経過した今日に至っても、二人の間に何が横たわっているのかは、未だほとんど本格的には論究されていない。小林と中野の間に何があったのかを考えることは近代日本における批評の起点を見定めることになるだろう。

河上徹太郎や中原中也といった近く交わった人物を別にして、同時代人として小林が生涯変わらない敬意を持ち続けたのは中野重治ではなかったかという山本の推論は注目してよい。推論というのは、小林が中野重治に言及したのは、一九三六年に書かれた「文学の伝統性と近代性」が最後で、それ以後は対談でも中野にふれることはなく、小林の発言からはその後の中野に対する思いを確認することはできないからだ。

一方、後年になると中野が、積極的な評価とともに小林に言及していることが少なくないことに驚かされる。中野が堀辰雄の発言に言及しつつ、堀が小林を認めたように自分も認めていると書いたことがあるのは先にふれた。

また、『『控え帳』の頃の記憶』と題する文章では、かつて小林が中野の著作『論議と小品』をめぐって、「正確な悪文」、「不正確な名文」と批判的とも受け取られる言葉を書いたことにふれ、当時は小林の意図がよく分からなかった。だが、今ではその真意もはっきりと分かると述べている。もう一つ、二人の関係を考えるときに見過すべきではない事実を、『中野重治全集』の編纂者である松下裕が中野重治の評伝で述べている。

一九七五年――その四年後に中野は亡くなる――に「岩波文庫と私」という小品で中野は、「才能のある一人の文藝批評家が、二十銭で出たばかりのハーヴェイの『血液循環の原理』を、日本文学の批評上の問題として読めといって私にすすめた日のことを私は覚えている」と書いた。

この一文が単行本に収められるとき中野は松下に「才能のある一人の文藝批評家」とは小林秀雄だったと伝える。それを聞いた松下は註でそのことを明記してほしいと中野にいう。中野が書いた補注にはこう記されている。

「才能のある一人の文藝批評家」、これは小林秀雄である。池袋の立教大学へ講演によばれ、そこの控え室で彼が私に教えた。そのとき堀辰雄の病状について二人で話した。

ハーヴェイの『血液循環の原理』が出版されたのは一九三六年十月である。「出たばかり」という中野の言葉通りなら、この会話は、二人が先に見た論争をしていた時期に重なる。論争を繰り広げている者たちが敵対しているとは限らない。それがあげつらいではなく、対話の境域に達しているとき、当事者たちにははっきりと感じられる、ある充実がある。冒頭に引いた「文芸月評　Ⅸ——岸田國士の『風俗時評』其他」の一節のあとに小林はこう続けていた。

君は僕の趣旨に反対すべきものを認めぬと明言した。だが自分の感じとして同人加入は好まぬと君は言った。感じとは何かと僕があまり追求するので君は泣いて了った。今にして思えば、あの時の君の胸中には「小説の書けぬ小説家」の苦痛が往来していたのであろう。君の涙の複雑さも今はよくわかる気だ。僕は帰って君の感じなるものを尊重する旨率直な手紙を書き、君の返事を待ったが、遂に君が返事をくれなかった事を残念に思った。

君は僕の建前をよく承知の筈だ。座談会であゝいう事を喋ったって何んの不思議がある。突然癇を高ぶらす必要はないのである。

この一文を中野はどのような心持ちで読んだのだろう。なぜ、中野重治が泣いたのか。単なる悔し涙ではないだろう。小林の手紙を中野はどんな思いで読んだだろう。その一方で、中野の返信を待つ小林の心境を想像してみる。そこには友愛というべき出来事の実現を待つ小林の姿が浮かび上がる。

ハーヴェイの著作を小林が中野にすすめたときも、「日本文学の批評上の問題として読め」

と小林が語り、その言葉を受け流さず、正面から受け止めていることからもわかるように、二人は互いに認め合っている。しかし、問題は別なところにあった可能性が高い。当時のことを中野の妻で女優だった原泉が、中野重治の研究者でもある満田郁夫が聞き手となった対談で次のように語っている。

原　私は知りません。知りませんけれど、はっきり記憶に残っているのは、中野が、それまでに『文學界』に寄稿をしていますが、同人になれと林房雄と小林秀雄に一晩かかって酒の席でやられて、その晩帰って来たときに「俺は彼らにとうとう負けなかったぞ、同人にならなかった」と威張って帰ってきましたからね。
満田　なぜ同人にならなかったんですか。
原　それは私にはよくわからないんです。彼らとの間の話し合いがどういう内容であったかということは、私は話されてもわからない。ただ、中野が帰ってきて、「俺は入らなかったんだ」と言ったことをはっきり記憶しています。（「特集中野重治の文学世界」『国文学　解釈と鑑賞』第51巻7号）

このとき、小林が林房雄を同伴することがなければ、状況は少し変わっていたかもしれない。この出来事を考えるたびに、そのことが惜しまれる。一人で話すことを恐れたのは小林の方だったのではなかったか。中野は小林と二人であれば語り得たこともあったように思われる。「とうとう負けなかったぞ」との言葉は、中野のなかにある揺れを物語っている。

会合に行かないという選択も中野にはあった。「俺は入らなかったんだ」との一節は、中野の容易に崩れない意志とともに小林への親近感が感じられる。「君」と呼び掛けた、先に引いた新聞に寄せた月評で小林は、次のようにも語っていた。

君は引用していないが、ほんとうを言えば僕は目下文芸懇話会の如き存在に対して何等の心の動きも感じていないとあの会で明言している。（滑稽な事には今の文士にこんな事を言う勇気すらない。）だから批評がましい口は一切きいていないのだ。無論賞金をくれるなら喜んで貰って「文學界」にでも使う。君が自分の信念によって反対したけりゃ反対せよ。僕は御免だ、もっと情熱のそそげる別の仕事があるからだ。（「文芸月評 IX——岸田國士の『風俗時評』其他」）

論争の発端になった「文芸懇話会」も参加はしたが、ここに特段何も期待していない。だからこそ、批判もしなかった。自分はもっと別な関心事がある。それを中野と共に行いたい、というのである。

こうした言葉を受けても中野の態度は一向に変わらない。小林が中野に語りかけようとすればするほど、中野は問題を普遍化しようとする。先の小林の一文を受け、中野は同月に「閏二月二十九日」（三六年二月）を書き、歩み寄るばかりか、むしろ、一層強く小林たちの態度に抗おうとする。小林だけでなく、そこに横光利一の名前を加えるなどして、それを時代の問題として論じた。

横光利一や小林秀雄は小説と批評との世界で論理的なものをこきおろそうと努力している。横光や小林は、たまたま非論理に落ちこんだというのでなく、反論理的なのであり、反論理的であることを仕事の根本として主張している。彼らは身振り入りで聞き慣れぬ言葉をばらまいているが、それは論理を失ったものの最後のもがきとしてしか受けとれぬ。

論争家であることを形容するフランス語に polémique という表現がある。英語では議論好き程度の意味だが、フランス語では文字通りの意味で論争家であることを指す。この言葉を中村光夫がヴァレリーにふれながら用いているのを読んだことがある。中村は、近代日本文学で屈指の論争家だが小林は違う。

正宗白鳥との論争「思想と実生活」がよく知られているために論争家のように思われがちだが、この論争を別にすれば、小林は論争と呼ぶようなところに与したことはなく、中野とのそれも、論争と呼ぶようなものではない。中野が論争の構えをしても小林は自らの言葉の拳をあげようとはしなかった。

君の文章に対する駁論を書く様に二三の雑誌に頼まれたが、気が進まぬのでみな断って了った。言葉の上の弁明や揚足取りになる事を恐れたからである。君の文章はこんどのもかなり苛立しいもので、その苛立しさにつけ込んで、抜け眼なく嚙みつくことはやさしい。しかしそんな事をしたって何になろう。いずれは君という人間と僕という人間の間に、無用な障害物を重ね上げるに過ぎまい。（「中野重治君へ」）

周囲は、何が正しいかを騒がしく論じていたなかで、小林と中野はともに来るべき文学の地金《じがね》を鍛えようとしていたのである。何を語るべきかを考えるだけでなく、ひとたび日本語の深層に降りて、批評に耐え得る言葉を、文体を、あるいは律動を作って行かなくてはならなかった。論旨を練ることは誰にでもできる。しかし、言葉自体を生みだすことにおいては必ずしもそうとは言えない。「僕等は、専門語の普遍性も、方言の現実性も持たぬ批評的言語の混乱に傷ついて来た」と述べ、小林はこう続けた。

混乱を製造しようなどと誰一人思った者はない、混乱を強いられて来たのだ。その点君も同様である。今はこの日本の近代文化の特殊性によって傷ついた僕等の傷を反省すべき時だ。負傷者がお互に争うべき時ではないと思う。（「中野重治君へ」）

これは、批評家中野重治の存在の重みをもっとも早く、精確に認めた者の言葉だろう。共にやろうという小林の呼びかけに心動かされながらも、中野は動こうとはしなかった。「批評的言語」の発見という主題は、小林の生涯を貫く根本問題になっていく。

一九〇二（明治三十五）年、小林秀雄は東京・神田区猿楽町に、中野重治は、福井県坂井郡

高椋村一本田に生まれた。中野の生家は農家であり地主だった。父は大蔵省の役人だったが幼いとき中野は祖父母に育てられた。

祖父は浄土真宗の篤信家だった。このことは中野の生涯を貫く出来事になってゆく。一九二〇（大正九）年、当時金沢第四高等学校に在学中だった中野は、暁烏敏《あけがらすはや》、藤原鉄乗《ふじわらてつじょう》、高光《たかみつ》大船《だいせん》が石川県松任《まっとう》で行った合宿に参加している。当時のことにふれ、中野の金沢四高時代からの友人であり、左翼運動を通じての同志でもあった石堂清倫《いしどうきよとも》は次のように書いている。

> 戦後に本人が語るところによると、中野は一九二〇年の夏に、松任在の明達寺《みょうたつじ》夏季講習会に泊りこみで参加したという。これは暁烏敏主宰のもので、北陸だけでなく、各地からも参加者があったそうである。（『わが異端の昭和史』）

マルクス主義の存在を中野は暁烏を通じて知った。暁烏敏、高光大船、藤原鉄乗らの師である清沢満之《きよざわまんし》（一八六三〜一九〇三）は、浄土真宗の改革者で、従来は禁書の一つで限られた人のみが手にしていた『歎異抄』を広く世に知らしめたことで知られる。また、彼は「精神主義」を唱えた。

彼のいう「精神」は、単なる内面的な世界を意味しない。それは「内とも限るべからず、外とも限るべからざ」る境域で、人間の心であるよりもまず、「絶対無限者」の座を意味した。「精神」の確立に際し、清沢は実践を重んじる。精神主義は彼がいう「実行主義」でもあった。

精神主義とは「決して隠遁主義にあらず、亦た退嬰主義にもあらざるなり。協同和合によりて社会国家の福祉を発達せしめんことは、寧ろ精神主義の奨励する所なり」(『精神主義　清沢満之文集』)と清沢は書いている。清沢の活動に、もっとも早く賛意を表明したのは、既存の仏教界ではなかった。のちに大逆事件で処刑されることになる幸徳秋水だった。

当時、清沢は雑誌『精神界』を、幸徳秋水は堺利彦と共に平民新聞をそれぞれ主宰していた。暁烏はその編集において中心的な役割を担っていた。

一九〇三年、小林と中野が生まれた翌年の平民新聞には「『精神界』、噫是れ清沢満之氏の遺業也。(中略)吾人は常に此の雑誌に対して敬愛の念を絶たざる者なり」とその活動を称える記述がある。一方、『精神界』は、同年の平民新聞創刊のときに、「私共は、主義の如何はともかく、主義に忠なる両氏の成功を祈り、且つ同紙に対しては、少なからぬ敬意を有する」との言葉を送っている(松田章一『暁烏敏　世と共に世を超えん』)。

当時の日本は、革命的な思想を持つ人々がまだ、特定の立場を表明する以前で、共産主義者、アナキスト、ボリシェヴィキなどが一つの場所に混在していた。実践と協同によって国家の、万民の福祉を実現する、この言葉をほとんど聖句のように受け取った弟子たちが社会主義者たちと手を結ぶことになるのは必然だった。

先に見た著作で石堂は、一九二〇年、中野が参加した夏季講習会の前年に暁烏が、現実的に社会主義同盟に参加する意志があり、彼と社会主義運動の間には、精神的共鳴に留まらない実践的行動へと展開する交わりがあったことにも言及している。

このころ、多くの青年が倉田百三の『愛と認識との出発』に導かれ、西田幾多郎の哲学に清沢の言う「立脚地」を見つけようとした。だが、中野は「哲学の代わりに」暁烏らの仏教僧に接近したと石堂はいう。さらに「暁烏グループの宗教改革運動は、そのままっすぐに人間の社会的・政治的解放の運動に飛躍し」、その影響を一身に浴びた若者たちは、『歎異抄』の言葉さえ、「古いものからの解放と読みとり、解放者暁烏のところに集った」（「中野重治のはじめとおわり」『異端の視点』）とも記している。

仏教とマルクス主義が相反するものではなく、むしろ、高次な場所で交わり得るものとして中野のなかで位置づけられたことは留意しておいてよい。故郷福井の地で幼いときを過ごした経験は、仏教だけでなく、中野の精神に大きな痕跡を残していた。さらにいえば、何か人間を超えた何ものかと交わろうとする、その霊性において決定的な影響を与えている。福井での生活のうちに仏教の薫習《くんじゅう》だけでなく、汎神論的なコスモロジーが流れ込んでいたのである。

哲学――方法論――大体いっておれは汎神論者だゾという思いが頭をもたげてくる。春になると、祖母が小豆粥と斧《よき》とを持って屋敷中の果樹をまわって歩いた。「これやアおどれ貴様。今年ならんと承知せんゾ！」そういって斧で幹に切りつける。夏になると、墨壺を安吉に持たせた祖父が藪へはいって行って、新竹の腹に丑の三十とか寅の三十五とか書きつけて行く。藪の出口で、青大将があらわれて祖父の足首をずるっと巻く。顔色の変った安吉が立ちすくむ。「よし、よし。大事ない、大事ない。」といって、祖父が歌うような調子で「このさとにイ……」ととなえる、「かのこまだらのオ、むしあらばア、やまだちひめとオ、かくとオかたらアん……ほれ、見い。行く、行く……」安吉の目の前で、青大将がからだを解いてするするっと草の中へかくれて行く。橋に茣蓙を敷いて坐っていると、山の方で大きい稲妻がする。雷鳴の伴わない、非常に幅のひろいまっ青な明るい稲妻。その下で青田が一面にぱっと照らされるたびに、「ほら。稲に実がはいるぞオ。ほら、また光った……」と子供ながらに祝福した。あれがおれの哲学だ。（『むらぎも』）

語らざる大地の響きと念仏、この二つの「声」のなかで中野重治の魂は育まれた。ここで中野が自らを「汎神論者」だと語っているのは注目してよい。中野とその家族は自然から声にならない「声」を聞き、さまざまな兆しを感じ取っている。木々、蛇、稲妻にも人間を超えたもののはたらきを見る。

本多秋五によると、中野は「東京は田舎だ」とよく口にしていたという（『一閃の光』）。また、中野は「東京を文化の植民地、一貫した地つきの文化的伝統を欠いた田舎とみる人である。文化は地方にこそある、と考える人」（『増補　戦時戦後の先行者たち』）だったとも書いている。小林は、中野がいう「田舎」に生まれ、育った。小林は、中野のようには宗教とも自然とも交わることはなかった。だが、小林には小林の「汎神論者」としての経験がある。あるとき小林は、山を見るとそこに「神」を感じ、抗しがたい畏怖の念に包まれる、という。

僕はある山を見て畏いと思う。そこにはもう神がいるのです。僕はその神と話をすることができるのです。お祈りをすることができるのです。それから神様は何かを僕に命令されるように思われます。僕はそういう風に行動するのです。そこには神学というものも、教条というものもないのです。だから、僕のような無宗教の男が宗教を考える時には、そういう考え方しかできないのです。（「信ずることと知ること」）

これは一九七四年に行われた講演の質疑応答で語られた言葉である。発言は晩年のものだが、こうした特性が若き小林にあることはすでに見た。小林と中野は共に、ポール・クローデルがランボーをめぐって語ったように「野性の神秘家」であることによって深く、強く結び付く。

異なる思想、信条を抱いたとしても同質の世界観にあるとき、そこにはほとんど本能的と呼ぶべき交わりが生まれるのはむしろ自然なことだろう。

二人の交点を確かめようとするとき、忽然《こつぜん》と浮かび上がってくるもう一人の同時代人がいる。芥川龍之介である。

一高生だった小林が、芥川に会ったことがあることは前章で見た。中野も芥川に会っている。小林の場合は、芥川のいるところに居合わせた形だが、中野は違う。晩年の芥川が、中野の作品を読み、『驢馬』の同人の誰かを通じて面会を申し出たのである。中野は芥川との面会をめぐって、幾度となくエッセイで書いている。それは芥川の没後五十年のときまで続く。だが、そうした散文のどれよりも、当時の光景をなまなましく伝えているのは中野の自伝的な小説『むらぎも』である。作品中の「葛飾」は芥川を、主人公「安吉」は中野をモデルにしている。

「葛飾にくっついて安吉は二階へ階段をのぼった。やはり電燈が暗い。その下の炬燵へはいって葛飾と安吉とは向きあった」と書かれた後、作品はこう続く。一九二七年、六月頃のことだった。


「どうもわざわざ来ていただいて、ありがとう。」と、葛飾が炬燵の上で頭を下げた。

「別にわざわざではない……」と思って、しかし「いいえ……」といって自然に安吉が頭を下げた。

「ところで、早速ですが……」といって葛飾が炬燵板の上で茶碗を押した。それから自分用に出してあったらしい菓子鉢を押した。

「君が、文学を止めるとかやらんとかいってるってのはあれや本当ですか？」

それは安吉に全くの不意打ちだった。葛飾の目が安吉に注がれていた。まごつきながら。「こんな時、ごく短い時間がひどく長く思われたりするんだ。」と思いながら、現にとまどっている時間が、今の今、長いのか短いのか測る目安がないという意識のなかで安吉はとつおいつした。（『むらぎも』）

文学を止めようと思ったことはなかった。しかし、当時、中野は、東京帝国大学のマルクス主義の研究会だった「新人会」に入っていて、政治運動に没入するために、文学に傾けている熱情を運動の方に注がねばならないというようなことを周囲に語ってはいた。その発言を人づてに耳にした芥川が中野に、文学を離れないでほしいと伝えようとしたのだった。「そんなことはありません」と中野が答える。すると芥川は「われわれはもはや古い。思想の上でも感覚の上でも。君らは両方で新しい。それだけに、古いと自分でわかっているものとしてやはりそれをいって置きたいのだ」と語った。

そのひと月後、芥川は自ら命を絶つ。のちに中野は、この作家の死をめぐって次のように書いている。

芥川の死の社会的要因は、大十月社会主義革命成功後の世界的な十年、その影響をも受けた日本の変化、それの芸術への反映、日本における階級闘争の発展のなかにおかれた小ブルジョアジーのうちの敏感な層の意識生活の激変にたずねられる。（「芥川龍之介」）

大正時代の日本を照らし出したプロレタリア文学の光のなかで、暗がりに取り残されたと芥川は感じていた。その光源近くに中野はいた。理智の言葉ではなく、理智を踏み越えた言葉で語ること、それが次の世代に託されたことだった。

その問いを正面から引き受け、立ち上がってきたのが小林秀雄であり、中野重治だった。以後も二人は芥川をめぐって発言を残しているが、必ずしも肯定的な言葉ばかりではない。だがそのことは、芥川という稀代《きだい》の作家が、二人に残した問題がいかに避け難いものだったのかを傍証している。一九五四年に書いた「三つのこと」と題する一文で中野は、中村真一郎の言葉を引きつつ、芥川をめぐって語っている。次の一節は中村の文章である。

今日、芥川の全作品を通して、ぼくらが感じるのは、実にこの懐しいばかりの人間的な優しさである。彼の機智や逆説は、忽ち古くなってしまった。しかし、ひとりの生きた人間としての彼が、心の奥に一生抱きつづけていた、無垢な少年のような、育ちのいい素直さは、今尚、ぼくらを郷愁に誘うのである。現代の文学には、どこにもこのような純粋な人間的なものは見られはしない。寧ろ、ぼくらはそうしたものを軽蔑することに慣れている。

中村は芥川と面識はない。だが、彼は芥川の弟子というべき堀に師事した。ここにあるのは客観的な評価ではない。愛する先人にたむける言葉である。この一節を引き受け中野は「中村が、芥川の『人間的』にふれて書いている言葉に私は賛成する」と述べている。さらに中野は、振り返ってみるとプロレタリア・ジャーナリズムと呼ぶべき、民衆の言葉で語られる文学を出発点に据えたのが芥川ではなかったかともいう。

そこで、「民衆」にたいする愛情と反撥、社会主義にたいするデモクラチックな愛情と同じくデモクラチックな警戒とが菊池・芥川のなかに生れた。両者のあいだに違いはむろんあったが、いま私としていえば、民衆にたいする彼らの愛情のようなものがいろいろ思い出されてくる。（「三つのこと」）

民衆に対する愛情の発露が芥川の文学の通奏低音になろうとしていたことに、改めて気が付かされる、というのである。ここで述べられているのは論証された事実ではない。しかし、その実感には今も明らかにされていない芥川の遺産が横たわっているように思われる。別な一文（「死後四十九年──芥川龍之介」）では、文学という世界からではなく人生という場で、作家という立場ではなく、「人間」という場で、この作家の意味を問い直してみたいとも書いている。

一方、小林は、一九四九年に芥川の作品集の刊行に寄せた小品で次のように書いている。

懐疑というものは、もっと遠くまで行く筈だと信じていた。芥川氏が愛していたらしいフランスやグウルモンの理智主義というものを頑固に拒絶していた。もっと烈しく生き生きとした速力の早い理智主義がある筈だと考えていた。それ以来、芥川氏の作品を再読した事がない。今日読めば何んと思うだろうか。意外に古風な日本的詩人を発見して心動かされるかも知れない。（「感想」）

「懐疑」は「様々なる意匠」以来、若き小林における思惟《しい》の異名だった。理智によらない懐疑を深めること、それが彼の批評の原点だった。懐疑の深遠と理智の彼方を追い求めるなかで、芥川に強く抵抗を覚えることもあった。だが、そうした営みの可能性のあること自体を明示してくれたのが芥川であったことが今は、はっきりと分かる、というのである。

このあと、小林が芥川を読んだかどうかは彼の作品からは分からない。しかし、このとき小林は作品集の推薦文を断ることもできたのである。小林が芥川との間に、単に否定するだけでは終わりにできないものを感じていたことは疑いを入れない。余波は、少なくとも後期の代表作の一つ「近代絵画」の連載が始まるころにまで続いていたということになる。

第三部

第十六章　正宗白鳥と「架空の国」

抽象という言葉をめぐって小林は独創的な、ある人からみれば独断的とも映るような認識を持っていた。

人はよく具体的に話をせよという。しかし、そうした「言葉の裏には抽象的思想というものに対する無意味な嫌悪が隠されている」と小林はいう。これを小林の思い過ごしとは必ずしもいえない。企業の現場ではしばしばそうしたことは起こっていて、具体的なことが実在で、それに従って世界を見ることが正しき認識だという世界観が跋扈《ばっこ》している。問題を抽象化することは本質から人間を遠ざけると思い込んでいる。小林の実感はそれと好対照をなすものだったといってよい。抽象化することこそ、ものの本質に接近しようとする営みであり、存在するものを量的にではなく、徹底的に質的に凝視しようとすること、それが小林の考えた「抽象」だった。抽象という門を経なければ本質にたどり着くことはできない、とすら考えていた。

一九三六年に書かれた「文学者の思想と実生活」と題する一文で小林は先の一節に続けて、抽象をめぐって次のように述べている。

人間の抽象作業とは、読んで字の如く、自然から計量に不便なものを引去る仕事であり、高尚な仕事でも神秘的な仕事でもないが、又決して空想的な仕事でもない。抽象的という言葉は、屢々空想的という言葉と混同され易いが、抽象作業には元来空想的なものは這入り得ないので、抽象作業が完全に行われれば、人間は最も正確な自然の像を得るわけなのだ。何故かというと抽象の仕事は、自然から余計なものを引去る仕事であり、自然に余計なものを附加する仕事ではないからだ。自然の骨組だけを残す仕事だからだ。

ここで小林は抽象と空想を峻別《しゅんべつ》する。前者は現象を超え、実在に向かうはたらきだが、後者は現象を変形させるに過ぎないというのである。ここで小林が抽象と述べている営為を「想像」という言葉で語る人もいる。空想が、放埒《ほうらつ》に想いを広げることだとしたら想像は、想いによって実在にふれようとすることだといえるかもしれない。二十世紀、イスラーム神秘主義研究において世界を牽引《けんいん》したアンリ・コルバンは、人間に備わる認識力、すなわち存在の深層にふれようとする働きを「創造的想像力 imagination créatrice」と呼んだが、ここで小林が語ろうとしていることもそれに近い。

また、抽象とは、計量に不便なもの、すなわち量的にはかることができないものにふれようとすることだとも考えていた。人間を抽象的に考える、それは行為あるいは物質の奥にある、うごめく心に寄り添うことにほかならない。

書き手はしばしば、のちに自らの核となる術語——鍵語——をふとしたときに語り始めるものだ。「抽象」は後期の小林を読み解く鍵語になる。抽象の一語をめぐって小林がいっそう深く論究するのは、二十余年後に刊行された『近代絵画』（一九五八年）のピカソ論においてだった。そこで小林は芸術の誕生と抽象の働きが不可分であることにふれ、こう記している。

変化してやまぬ不明瞭な外界を、抽象的な形式にあてはめて永遠化し、現象の流れのうちに静止点を求めようとしたに違いない。生命に依存する自由や偶然から、対象を純化し、必然な、確乎不動なものとし、これを存在の絶対的価値に近附けようと努めたに違いない。

抽象とはいずれ朽ちるもののなかに不滅なものを見出そうとする祈願にも似た衝動だというのである。

冒頭に引いた一節で小林が語っていた「自然」は、ありのままの世界を意味していない。それは日常的な意識における、造られた自然に過ぎない。そこに潜むものを見ようとして人は自然を抽象化する。そのとき「自然」はボードレールがいう「象徴の森」になる。目に見える「自然」の奥に「象徴の森」を観て、そこに「捉へがたなき言葉」を聞くこと、それが小林の考えた詩人の使命だった。彼らはそこに時間と共に過ぎ行く変化ではなく、不断の創造を目撃する。

後年に小林が論じることになる西行や実朝などの歌人にとって「自然」は永遠とまみえる場所であり、朽ちることのない大地の記憶の貯蔵庫だった。こうした言葉を聞いても人は、それは架空の国に過ぎないというかもしれない。だが小林には、人々が架空の国と呼んで顧みない場所こそ、実在が顕現する地点だった。

こういう熱烈な文学者というものには、生ま身の自分という人間の真相などというものはあまり意味がないのだ。生ま身のうちに生きている文学だけが、思想だけが、重要なのだ。創造の魔神につかれた文学者等にとって、実生活とは架空の国であったに相違ないのだ。（「文学者の思想と実生活」）

「創造の魔神」と書かれているのも単なる比喩ではない。小林にとって文学者であるとは、彼が「魔神」と呼ぶものが語ろうとするときの通路となることだった。

人間の側にどんなに意欲があったとしても、神々が語ることを止めれば、書き手もまた沈黙しなくてはならない。「モオツァルト」を書いたとき小林はより鮮明に、同質の感慨をいっそう端的にも記している。ふと何かつぶやくようにこう書いた。「やがて、音楽の霊は、彼を食い殺すであろう。明らかな事である」。

「架空の国」に生きるとは、実生活から逃避することを意味しない。どんなに逃げようとしても実生活は追い掛けて来る。実生活の極北にあるのは死だ。「若し人間に思想の力がなかったならば、人間は死を怖れる事すら出来ない」。そればかりか「思想は死すら架空事とする力を持っている」とも小林はいう。

先の一節で小林が「思想」と書いていることを「信心」に変えたなら、同意する人は多くなるかもしれない。信仰は「死すら架空事とする力を持っている」。むしろ、もっていなければ信仰と呼ぶに値しないだろう。「ただ信心を要とすとしるべし」と記された『歎異抄』や蓮如《れんにょ》の『御文』を愛する人々——中野重治とその家族もそうした人々だった——にとっては、何ら怪しむべきことではない。

もし、死が、存在が無化することを指すのであれば、浄土を信じる人々にとって死は存在しない。信じない者たちにとって浄土は空想の場所に過ぎまい。しかし、そこにこそ実在があると信じた人々は確かにいて、今日まで続く仏教のなかの大きな潮流の一つを作って来たし、今もその伝統は生きている。

のちに小林はこの問題を「偶像崇拝」と題する一文で語ることになる。そこで小林は「阿弥陀二十五菩薩来迎図」と「山越し阿弥陀」の二つの仏画に言及しながら、空想と想像の差異、あるいは「思想」あるいは信仰の伝統に潜む抗いがたい力をめぐって論じている。「来迎図」に描かれている図像を近代人の理性は空想だという。近代人には中世人のような信仰も失われてしまった。しかし、それでもなお、うごめいて止まない何かがある。

「私達が現に見ている絵は、過去の宗教の単なる形骸ではない。総じて過去というものに到る単なる道しるべではない。絵は絵である限り、決してそういう風には現れない。それは洵にはっきりした現在の私達の一種の知覚である」と小林はいう。近代人の公理的な意識はこれを空想だという。しかし、ユングの言葉を借りれば、小林のなかにある文化的無意識はこれを現在の経験として捉えよと強く促してくる。

ここでユングの名前を出したのも偶然ではない。「民族心理の言わば精神分析学的な映像」

という一節が示しているように小林は、明らかにユング心理学を背景にしながら、「偶像崇拝」を書いている。この一文が書かれたのは一九五〇年、「私の人生観」の翌年である。この時点で小林がユングに出会い、その思想に動かされているだけでなく、仏教を論じる際に援用していることは注目してよい。

日本に体系だったユング心理学が紹介されるのは一九六七年、河合隼雄《かわいはやお》の『ユング心理学入門』においてである。この著作によって日本思想界は、ユング心理学と本格的に向き合うことになるのだが、その立役者といってよい河合が仏教とユング心理学の共鳴を本格的に論じるのは、一九八七年――海外での発表が八四年に行われているが――に書かれた『明恵夢を生きる』においてである。河合が仏教を論じる三十年以上も前に小林は、ユング心理学が宗教と通底するはたらきをもつことだけでなく、それが東洋的霊性と強く響き合うものであることを看破している。さらに「私の人生観」で小林が複数のページを割いて明恵《みようえ》を論じているのを見るとき、その射程の広さと奥行に驚かされる。小林の文学の意味と先駆性は、いわゆる思想史の領域から更なる検証がされてよい。先の一節に小林は、こう続ける。

併し、そういう絵が現に美しいと感ずる限り、美しい形に何等《なんら》かの意味を感じ取っている限り、私達は、何かが来迎し、何かに告知されている事を信じているのである。これは神秘説ではない、自分の審美的経験を分析してみれば、美の知覚や認識には、必ず何か礼拝めいた性質が見付かるだろう。礼拝的態度は審美的経験に必須な心理的条件だと認めざるを得ないだろう。過去の宗教心の名残りという様な考えは、何にも説明しない。

宗教心は人間の心に、盲腸の様にぶら下っているわけのものではないからだ。（「偶像崇拝」）

どんなに理性の目を凝らしても見えないものがある。そこには理性の奥に潜んでいる「信」の眼というべきものがある。それは日常生活では開かないでいることもある。しかし「来迎図」「山越し阿弥陀」のような絵を前にしたとき、それがほとんど本能的といってよいかたちで目覚めてくるというのである。

信じてみなければ現前しないものがある、こうした小林の心境は年を経るごとに鮮明になっていく。一九七四年に学生を前にして行われた講演「信ずることと考えること」はそのもっとも瞭然《りょうぜん》と語られたものだろう。そこでベルクソンと柳田國男の思想に寄り添いながら、鮮やかに信じることによって開かれてくる地平を語った。その心情はすでに、「架空の国」を語ったとき小林の内に芽生えていたように思われる。

信ずるということは、諸君が諸君流に信ずることです。知るということは、万人の如く知ることです。人間にはこの二つの道があるのです。知るということは、いつでも学問的に知ることです。僕は知っても、諸君は知らない、そんな知り方をしてはいけない。しかし、信ずるのは僕が信ずるのであって、諸君の信ずるところとは違うのです。〔中略〕信ずるということは、責任を取ることです。僕は間違って信ずるかも知れませんよ。万人の如く考えないのだから。僕は僕流に考えるんですから。勿論間違うこともあります。しかし、責任は取ります。それが信ずることなのです。信ずるという力を失うと、人間は責任を取らなくなるのです。そうすると人間は集団的になるのです。(『学生との対話』)

文学は小林にとって、知ることで終わりにできる対象ではなかった。それを信じてみなくては見えてこないものがある境域だった。「架空の国」を語ったときも小林はひとり、文学は信じ得るかと自問していた。小林にとって文学とは、根源的な意味において、いかにひとりになり得るかを追究する道だったのである。

書き手には、一つの言葉を明らめるために、多くの時間と努力を費やさなくてはならないことがある。小林の場合、これまで引いた文章にも明らかなように「思想」という一語がそうだった。端緒は「私小説論」にすでにはっきりと表れている。大正期から昭和初期にかけて疾風に襲われるようなかたちでマルクス主義に遭遇し、プロレタリア作家に変貌していった者たちの姿を小林は次のように語った。

輸入されたものは文学的技法ではなく、社会的思想であったという事は、言って見れば当り前の事の様だが、作家の個人的技法のうちに解消し難い絶対的な普遍的な姿で、思想というものが文壇に輸入されたという事は、わが国近代小説が遭遇した新事件だったのであって、この事件の新しさということを置いて、つづいて起った文学界の混乱を説明し難いのである。(「私小説論」)

高踏派、白樺派、新感覚派あるいは自然主義など文学史上、作家たちをさまざまな派に分類することはある。だが、どこに分類されようと作家たちが造られた流派のために自らの個性を封印することはなかった。むしろ、それらの壁を打ち破ることに作家たちの努力があった。しかし、マルクス主義が伝えられたとき状況は一変する。

個では到底、受容しきれないものとして、また、「絶対的な普遍的な姿」をしたものとして「思想」が伝えられ、文学界を席巻した。どこまでも個であることの探究であると思われていた文学の一角が突然、マルクス主義という信条によって貫かれた共同体となったというのである。

これは小林の批判であり同時に讃辞でもある。彼の眼にプロレタリア作家たちはあまりに素朴に「思想」に従った者たちだったが同時に、「思想」を思考の道具にするのではなく、そこに身を投じ、そこで生きてみようとした人間の群像に映った。

プロレタリア文学運動に連なった人々は、先の小林の発言に反発する。彼等がいうブルジョア文学の側から発せられた左翼文学への批判を、あたかも作家個人にむけられた言葉であるかのように受け容れ、ときに烈しく応酬した。その典型的な人物が中野重治だった。中野の肩にはいつも彼の文学と共にプロレタリア文学の現在と未来が重くのしかかっていた。そんな重荷は下ろしたらどうか、というのが小林からの呼びかけでもあったのだが同時に、その必然を小林は深く理解もしていたのである。

思想が各作家の独特な解釈を許さぬ絶対的な相を帯びていた時、そして実はこれこそ社会化した思想の本来の姿なのだが、新興文学者等はその斬新な姿に酔わざるを得なかった。当然批評の活動は作品を凌いで、創作指導の座に坐った。この時ほど作家達が思想に頼り、理論を信じて制作しようと努めた事は無かったが、亦この時ほど作家達が己れの肉体を無視した事もなかった。彼等は、思想の内面化や肉体化を忘れたのではない。内面化したり肉体化したりするのにはあんまり非情に過ぎる思想の姿に酔ったのであって、この陶酔のなかったところにこの文学運動の意義があった筈はない。

左翼の文学運動とは畢竟、彼等が信じた非情な思想に酔うことだったと書きながら小林は、プロレタリア文学者たちの態度を否定しているのではない。陶酔とは小林にとってほとんど帰依《きえ》に等しい言葉だった。真に思想に酔える者でなければ、真に思想を生きることはできないというのは小林の信念だったといってよい。

プロレタリア作家たちが、マルクス主義という「社会化された思想」を教条的に、あたかも絶対的真実に至る階梯《かいてい》のように語る言説には誤りがあったにせよ、彼らが思想を信じようとしてささげた純心には見過ごすことはできない何かがある。熾烈な熱情をもって行われた、作家たちの献身ともいうべき営みは、ほとんど信仰者のそれを思わせる。むしろ、対象が思想であったとしても、そこに帰依とよぶべき態度で臨んでみなければけっして見えないものがあることを小林は、はっきりと感じとっている。

「成る程彼等の作品には、後世に残る様な傑作は一つもなかったかも知れない」と書いたあと小林は、次の一節を続けた。「又彼等の小説に多く登場したものは架空的人間の群れだったかも知れない。併しこれは思想によって歪曲され、理論によって誇張された結果であって、決して個人的趣味による失敗乃至は成功の結果ではないのであった」。労働者の日常をどこまでも現実的に描くことを切願した作家たちの手から生まれたのは、皮肉にも「架空」の存在だった。だがそうした現象は個々の作家の力量の欠落に起因するのではなく、彼等が皆、プロレタリア文学の理論に忠実であろうとしたためというのである。ここでの「架空」は否定的に用いられているのではない。それは宗教的にいえば「教義的」と言い換えてもよいような状況だったというのである。

しかし、そのことが同時代の、それもこの一文を何の前ぶれもなく読んだ者に分かるはずはない。このころの小林は、論争を仕掛けるとまではいかないとしてもどこか誤読を誘発するような書き方をすることがあった。こうした筆致がプロレタリア作家たちに心地よく受け取られるはずもない。小林と中野の始まらなかった論争の火種も、不用意な、と言いたくなる小林の語り方に原因の一端があるのは否めない。

作家たちは、戒律を遵守《じゅんしゅ》するユダヤ教徒のように自らの前に差し出された文学理論に忠節を尽くそうとした。戒律というのもあながち比喩ではない。昭和初期における転向の問題には、政治的態度の是非だけではどうしても決着をつけることのできないものが横たわっている。小林が転向作家たちに見出していたのも同質の光景だった。棄教を迫られた信仰者に近似した姿がそこにあった。そうでなければプロレタリア作家たちは「思想」を「信奉」したとすら書くのも悪質な比喩に過ぎなくなる。「私小説論」の終わりには次のような一節がある。信仰者にとってときに戒律は非情な教えとなる。

最近の転向問題によって、作家がどういうものを齎すか、それはまだ言うべき事ではないだろう。ただ確実な事は、彼等が自分達の資質が、文学的実現にあたって、嘗て信奉した非情な思想にどういう具合に堪えるかを究明する時が来た事だ。彼等に新しい自我の問題が起って来た事だ。そういう時、彼等は自分のなかにまだ征服し切れない「私」がある事を疑わないであろうか。

この作品は、文学における「私」、あるいは「社会化された私」とは何かを論じた作品でもあるのだが、それは一面に過ぎない。むしろ小林が問題としたのは、「社会化された私」の奥に潜む「社会化された思想」の抗いがたい力だった。

「社会化された思想」という言葉が忘れられ、「社会化された私」という言葉が一人歩きしたのは、「思想」の一語と小林との関係が十分に深まっていないことにも原因があったのかもしれない。仏教の言葉を借りていえば「思想」という言葉と小林が決定的な関係を結んだのは、「私小説論」が発表された翌年、一九三六年に最晩年のトルストイの姿をめぐって行われた、「思想と実生活」論争と呼ばれる正宗白鳥との言葉の応酬においてだったのである。

「思想と実生活」論争という通称は、同名の小林の文章に出来する。小林の論争というと、このことを想い出す人が多いだろう。だが、その一方で小林にとっての「思想」とは何かがこれまで充分に顧みられないまま今日に至っているようにも感じられる。本章の冒頭に引いた「文学者の思想と実生活」の一節も、題名からも分かるようにこの論争の最後に小林が書いた作品中にある。

この論争で小林は白鳥に問いかけ、相手からの問いを引き受けつつも、考えていたのは死を前にしたトルストイの境涯である以前に、自らの内にあって、一向にその全貌を知ることができない「思想」という怪物の正体だったのである。

ナウカ社という版元から『トルストイ未発表日記　一九一〇年【附】自分一人のための日記』(八住利雄訳、以下『日記』)が出版され、これを読んだ正宗白鳥が「トルストイについて」と題する文章を読売新聞に掲載する。白鳥は、日記の読後感を率直に書いただけのつもりだった。だが、これが論争の始まりとなった。

書名になっているように、トルストイは一九一〇年十一月二十日にアスターポヴォ駅の駅舎で亡くなっている。彼はその一週間前に家出をし、列車に乗ったが体調を崩し、その駅で降りたのだった。

この本を見るとトルストイは、亡くなる直前まで日記をつけていたことが分かる。あるとき、日記帳を失くすと彼は別の手帖を引き破ってまでして日記を続けている。単に備忘録として書いているのではなかった。トルストイはある抗し難い衝動によってこれらの記述を貫いていた。記述は亡くなる四日前まで続いている。

この本では最後の日付が十一月三日になっていて、はじめてこれを読む者は戸惑うかもしれない。それは用いている暦の違いでトルストイが用いたユリウス暦の日付に十三日を加えると、日本で用いられているグレゴリオ暦になる。以下に『日記』の日付を記すときは、原本にあるもの（ユリウス暦）をそのまま記すことにする。

『日記』は、トルストイの没後二十五年を記念して刊行された。邦訳版の「刊行者のことば」には、この本は原語であるロシア語のタイプライター版からの翻訳であり、書物として刊行されるのはソヴィエト連邦を含んで最初になるのではないかと記されている。本自体も菊判で箱入りのもので当時、日本においてトルストイがどれだけ熱く読まれていたかを物語っている。当時の日本にはトルストイをほとんど預言者のように感じていた多くのトルストイ主義者がいた。

だが、白鳥はそうした熱狂とはまったく異なる態度でこの作家の言葉に向き合っている。彼はトルストイを敬愛する。しかし、いたずらにこの作家を崇敬したり真似たりはしない。論争のあとに書かれた「外国文学鑑賞」と題するエッセイでも「私は古今東西の文学者のうち、最も尊重すべき一人はトルストイであると数十年来独断して疑わない」と述べつつも、「トルストイの思想に追随しようと思ったことはない」とも書いている。

論争の火種になった「トルストイについて」で白鳥は、トルストイと二葉亭四迷の境涯の違いに言及する。二葉亭は「文学は男子一代の事業となすに足らず」と語ったとされる。この言葉をめぐって白鳥は、二葉亭がそう語らなくてはならなかったのは、高き志のゆえではなく、自らの創作力の不足を感じた「悲痛の言葉」だったのではないかという。白鳥は二葉亭を軽んじているのではない。自分と二葉亭を比較しているのでもない。白鳥は、二葉亭を高く評価していた。だが、そうした人物にも才能の限界はある。もしも、この作家が自在に筆を進めることができたら、先のような発言を残す境涯に至ることもなかっただろう、と述べたあと、こう続けた。

だが、トルストイについて云うと、晩年に及んで芸術の創作力は衰えたにしても、人生探求の意欲は壮烈であった。無抵抗主義を唱えながら、何ものにも屈しない戦闘力を固持していた。原始的基督教に帰依しながら、人間の悩みからやすやすと脱却するような安価な心境に坐していなかった。（「トルストイについて」）

有名な二葉亭の言葉は、心身の衰えから発せられたものだったろうがトルストイは違う。この作家の魂には最晩年に至ってもなお、小林の言葉でいえば熱き「思想」の炎が燃えていたというのである。

この論争では小林が、トルストイの生涯において「思想」の絶対的優位を、白鳥は「実生活」の優位を主張したかのように語られることがある。だが、先の一節に明らかなように白鳥は、トルストイの身に宿った思想の威力がいかに凄まじいものだったのかを知らなかったのではない。むしろ、その力の凄まじさからけっして目を離さなかった。

『日記』をめくれば、白鳥のように熟読しなくても、愛と生命と信仰の思想家トルストイの姿は随所に確認できる。

たとえば七月二十七日のところには次のような一節がある。

私達が人間本来のものであり、すべての偉大な世界の聖賢達によって私達に開かれ、私達が私達の魂の中に意識する愛の掟を認めないのは、それが世界の物質的現象の中に於ては見られないものであり、私達は物質界に於ては、他の動物にとって本来的な争闘の法則をのみ見るからである。それ故に争闘の法則を人間にも帰せしめて、認めるのである。何という恐ろしい、乱暴な間違いであろう。が、それは、最も文明的な人々にとって本来的な世界観だと思われているのである。

存在の公理と情愛の発露を探りあてようとする鋭敏な感覚は、往年と比べてまったく変化がない。また、この作家は人間が老年に陥りがちな、貧しき独我の世界からも離れたところにいた。彼はつねに、あるいは執拗なまでに主語を「私達」として語る。彼は「私達」と呼ぶ人類の地平に己れの生きる道を見出そうとしていた。叡知は万人に開かれている。むしろ、万人に開かれていないなら、それは愛でも叡知でもないというのがトルストイの確信だった。

『日記』は二つの別な日記から構成されている。一つは、先にみたような言葉が連なってい る、公表されることが前提となった日記だ。だが、もう一つ「自分一人のための日記」と題するものがある。後者を彼は、没後に読まれることは考えていたかもしれない。しかし、生前はどうしても隠しておかねばならなかった。事あるごとに激しく衝突する妻にだけは読まれないように用心していた、秘められた日記だった。

作家が自分だけの日記と名付けたものを開くと、幾度となく「苦しい」あるいは「重苦しい」という言葉に出会う。公開日記の方にも同様の表現はあるが、秘められた日記にある、「彼女〔妻〕と共にいることが、いよいよ苦しく、危くなってくる」（八月十三日）との呻《うめ》きにも似た一節からは異様なまでの危機的な状況が、翻訳を通じてもなお、なまなましいほどに伝わってくる。

妻と作家の間に溝が作られていった理由は複数あるのだが、その一つはトルストイが、チェルトコフという名の、友人でありのちに『トルストイ全集』の編纂《へんさん》責任者になる人物をあまりに深く信用していたことだった。

作家は事あるごとにこの男に相談し、意思決定をしていた。だが、そのことが夫人には釈然としない。それればかりか強い嫉妬心を覚えるようになる。夫人はこの二人の間に同性愛に発展するような何かがあるのではないかとすら思い始める。

妻の妬みと怒りを導線とした、予期することのできない感情の爆発に我慢できなくなった夫はついに、十月二十八日、列車にのって家出する。

このとき作家は八十二歳、家出したときは一人ではなかった。当時、トルストイの家に同居していた医師で友人でもあったデ・ペ・マコヴィツキイが同伴した。のちに彼が発表した手記には、この家出の道中に列車のなかでトルストイが農夫と交わした会話のことまで記されている。

だが、トルストイは悪寒を感じ、アスターポヴォ駅で下車する。熱は四十度に達していたと『日記』には記されている。駅長は自分の部屋をこの老作家に開放した。作家は自宅に戻ることを峻拒《しゅんきょ》し、七日後に亡くなった。

この出来事は、「トルストイの家出」として、これまでも複数の書物や映画で取り上げられた。この作家を敬する世人のなかには、トルストイを追い出したかのようにも映る伴侶を悪妻だという者もいる。だが、白鳥の見解はまったく異なる。この「夫人の強烈なる愛情、強烈なる非常識の嫉妬心を、ヒステリーの結果とのみ解し去るのは、この日記を読み得たものでないと私は思う」と語り、この老夫婦の生活を次のように記している。

トルストイの一生の精神的労作の結晶たる著作を、自由に支配せんとするチェルトコフは、トルストイの肉体をも奪わんとする人間のように、トルストイの妻君の心に映ずるに至るのは徹底した心理の自然の径路のように思われる。精神を奪うのは、精神の宿る肉体を奪うのと同様なので、それが常人では理窟でそう想うだけなのだが、神経がヒステリックに磨ぎ澄まされたトルストイ夫人の目には、それが現実の姿として映じて、傍目には異様に見えるような嫉妬心を起すに至ったのである。（「トルストイについて」）

精神を奪おうとすることは、精神が宿る肉体を略奪する行為に等しい。だが人は、しばしば、愛する者の肉体を奪われたとき、心までも失ったかに思う。「思想」が、小林のいうように精神の劇であるとしたら、白鳥はトルストイの老境を見つめようとするとき、その精神から目を離すことはなかった。

だがこの大作家にも、抱いていた思想とは異なる「実生活」からの避け難い影響が及ぶ。それは最晩年においてなお、それまでこの作家が築き上げてきた思想を破竹の勢いで覆い尽くした。それは、憤怒《ふんぬ》する妻として作家の前に現れた。

人生の大事を決定するのは、人間の意志や思想の働きばかりではない。そうした境涯を生きた別の特異な人物を白鳥は、近くに目撃する経験を有していた。内村鑑三である。白鳥が内村から受けた影響は計り知れない。それは知性、理性、感性を貫き、霊性を貫くものとなった。白鳥はあるときからキリスト教から離れた生活をするが、彼のなかで内村から受けた火花のような影響はけっして消えることはなかった。

壮烈な人生探究の意欲と無抵抗主義、容易に屈することのない戦う心、そして既存のキリスト教の教会組織に連なることではけっして満されることのない信仰、安易な安住を拒絶するような人生の態度、これらトルストイをめぐって語ったことは皆、白鳥が内村においてまざまざと目にしたものでもあった。また、ひとりになるとは、他者から離れて孤立しようとすることではない。何か大いなるものの前に独り立つことにほかならない。そうした人生の態度を内村は「独立」と呼んだ。トルストイの家出とは作家の選んだ独立の道でもあった。

トルストイは妻を愛そうとしなかったのではない。感情の衝突に邪魔されてそれが持続しないことに苦しんでいる。同質のことは内村と弟子たちの間にも起こっていた。無私を語りながら内村は、容易に鎮めることのできない自我に苦しみ続けた。ゆるしを語りながら内村は、晩年まで弟子たちとの訣別を繰り返した。

妻と夫と師と弟子では状況が違うというかもしれない。問題は、表面上の関係にあるのではない。むしろ、祈念にも似た気持ちを裏切らなくてはならない実生活との間に起こる苦しみにある。

この論争で交わされた二人の文章に内村鑑三の名前が出て来ることはない。白鳥が長編のエッセイ『内村鑑三』を刊行するのは一九四九年、論争の十三年後である。しかし、晩年のトルストイをめぐって書かれた一文は、のちに書かれることになる内村論と強く共振している。

語られなかった内村の存在に言及することをいぶかしく思う読者もいるかもしれないが、内村に言及することにもまったく根拠がないのではない。晩年の小林は「正宗白鳥の作について」で、自身と白鳥との論争にふれたあと、白鳥と内村との関係をじつに、熱意をもって論究しているのである。その筆致を見ると、論争が終わっても自分と白鳥との間で何が論じられたのかを考え詰める道程で小林は、そこに内村鑑三の存在があったことに気がついているように思われる。

論争の内容を解読し、どちらかに軍配をあげることが目的であるなら、記されていることを字義通りに解析しなくてはならないのだろう。だが、そうしたことには今日、さほど大きな意味があるとは思えない。『近代文学論争』で臼井吉見《うすいよしみ》が、同時代人ならではの視座で、それまでの二人の仕事を丁寧に追いながら、この論争を概説している。屋上屋《おくじょうおく》を架《か》す必要もないだろう。

後世に生まれた私たちは、この対話を当事者たちとは異なる場所から見ることができる。さらにいえば、河上徹太郎が書いていたように、実際にあったことだけでなく、あり得たことを語るのが批評の眼目であるとすれば、論争の記録を再配列することは批評に託された役割ではない。小林と白鳥のトルストイと思想をめぐる論争の鍵を握っているのは内村の存在だといってよい。

絶筆となった白鳥論で小林は、内村の『余は如何にして基督信徒となりし乎』(鈴木俊郎訳)にある、次の一節を引いている。

余が書こうとするのは、余は如何にして基督信徒となりし乎である。何故にではない。いわゆる『回心の哲学』は余の題目ではない。余はただその『現象』を記述し、余よりも哲学的訓練ある人々に材料を提供しようとするにすぎない。

ここに記されている書く態度は、作家正宗白鳥の不文律になっている。この点において白鳥は真に内村の弟子だった。それは同時にトルストイの心情でもあった。小林もそのことに気が付いている。白鳥は、内村の生涯の意味を反芻するようにもっとも敬愛する作家のひとりであるトルストイの晩年を凝視しようとした。白鳥の「トルストイについて」は次の一節で終わっている。

人生救済の本家のように世界の識者に信頼されていたトルストイが、山の神を恐れ、世を恐れ、おどおどと家を抜け出て、孤往独邁の旅に出て、ついに野垂れ死した径路を日記で熟読すると、悲壮でもあり滑稽でもあり、人生の真相を鏡に掛けて見る如くである。ああ、我が敬愛するトルストイ翁!

高邁《こうまい》な理想を語り、文字通りの意味で賢者として世界から讃えられた人物が、あまりに卑近なことによって死に追い詰められてゆく。その様を見ながら白鳥は、「悲壮でもあり滑稽」でもあるといいながら、同時に人生の真相がそこにあるという。世にいう偉大なる業績、偉大なる生涯なるものを白鳥は信用していない。少なくとも内村の精神を継承する彼にとってそれは大きな意味をもっていない。

『後世への最大遺物』と題する内村鑑三の講演録がある。そこで内村は人間が後世に残し得るもっとも偉大なものは、金銭でも、事業でも、思想でもなく、「高尚なる勇ましい生涯」であるという。

　この人らは力もなかった、富もなかった、学問もなかった人であったけれども、己れの一生涯をめいめい持っておった主義のために送ってくれたといわれたいではありませんか。これは誰にも遺すことのできる生涯ではないかと思います。それでその遺物を遺すことができたと思うと実にわれわれは嬉しい、たといわれわれの生涯はドンナ生涯であっても。

一八九四年に行われ、九七年に単行本として刊行されたこの本は、内村の生前から多くの読者に恵まれた。「二十歳前後の数年間、内村の筆に成るものはすべて熟読し、その講演は聴き得られる限り聴いた」と語る白鳥はもちろん、読んでいる。持たざるものとして、しかし自らの「主義」に殉じる者こそ、高尚なる勇ましい者だと内村はいう。トルストイの死にふれ、白鳥はこの講演録を、さらにはこの一節を想わなかっただろうか。ここで内村がいう

「主義」は、実存主義や構造主義というような知の立場を意味する言葉ではない。この時代において「主義」とは、真に義なるもの、その人が信じたただ一つの道を指す。それは相対的なものではない。先章で近代浄土真宗の改革者清沢満之にふれたが、彼は、自身が考える「精神主義」を、絶対を希求する「條路」、すなわち一筋の道にほかならないと語っている。

先に中野重治にふれながら、清沢が『精神界』を創刊したとき、『平民新聞』を創刊した幸徳秋水と堺利彦が紙面を通じて共感を表明したことにも言及した。同じ時期、幸徳と内村は親しく交わっていた。『精神界』創刊と同じ年に幸徳は、『廿世紀之怪物 帝国主義』を刊行するのだが、ここに序文を寄せたのは内村だった。

清沢と内村の年齢差は二年、内村が年長になる。内村も清沢の「精神主義」を知っていたことは疑いを入れない。内村は、『代表的日本人』で日蓮を挙げ、この本がドイツ語に翻訳されたときの序文では、日蓮に加え、「法然、蓮如など、敬虔にして尊敬すべき人々が、私の先祖と私とに、宗教の真髄を教えていてくれた」（鈴木範久訳）と書いた人物である。幸徳と清沢をめぐって言葉を交わしたことがあったと考えるのは何ら不自然なことではない。

「トルストイについて」が出た同月に小林は、同じく読売新聞に「作家の顔」と題する一文を書き、こうした白鳥の態度に判然と異議申し立てをした。

妻を恐れて家出し、「客死」したトルストイを論じる白鳥の態度にふれ、小林は「偉人英雄に、われら月並みなる人間の顔を見附けて喜ぶ趣味が僕にはわからない。リアリズムの仮面を被った感傷癖に過ぎないのである」と書いた。

一たびは自分に好意的な言葉を書いていた小林からの挑戦状のような言葉に白鳥は少なか

らず驚いたかも知れない。小林は、「あらゆる思想は実生活から生れる。併し生れて育った思想が遂に実生活に訣別する時が来なかったならば、凡そ思想というものに何んの力があるか」とも記している。小林は思想と実生活を比較し、一方の優位を論じたのではなかった。彼の論点は最初から変わらず、いかにして思想は実生活と訣別し得るか、と問いかけているのである。先の一節に小林はこう続けた。

大作家が現実の私生活に於いて死に、仮構された作家の顔に於いて更生するのはその時だ。或る作家の夢みた作家の顔が、どれほど熱烈なものであろうとも、彼が実生活で器用に振舞う保証とはならない。まして山の神のヒステリイを逃れる保証とは。かえって世間智を抜いた熱烈な思想というものは、屢々実生活の瑣事につまずくものである。

（「作家の顔」）

文学者の使命とは、文学によって、いかに現実の世界において「死に」、仮構された顔、あるいは「架空の国」において新生するかにある。実生活での躓きは、思想が弱化していることを意味しない。むしろ、現実世界で無力であることが、その人のうちに生きている思想の火が燃えていることの証しとなる、というのである。

こうした独自の論理が誰にでも容易に受け容れられるものでないことは小林も分かっている。このときは中野重治がだまっていなかった。彼は「閏二月二十九日」と題する一文を書き、横から論争に割り込むかのように先の小林の一節を引き、その幻惑するような言葉を発する態度を強く批判した。

白鳥との論争はこのあとも続いたが、二人は互いにそれぞれの信念を決して曲げない。それは最初から分かっていたことで、むしろ、最後まで歩み寄ろうとしないことによって言葉が響き合う場を現出しようとしているようにすら映る。

確かに論争を仕掛けたのは小林である。だが、論争が、最終的には相手を屈服させることを意図したことばであるなら、小林と白鳥の間で行われたのは、論争と呼ぶのには当たらない。二人は最初から相手を説き伏せようなどとは思っていない。その一方で、絶妙な対話者出現の好機を逃すまいとは感じている。

殊に、そうした思いは小林の方に強くあった。むしろ白鳥だからこそ、あえて論争の形式をとってでも真摯に言葉を交わすことを強く願ったというのが小林の真意だったようにも思われる。そうした態度は絶筆となった「正宗白鳥の作について」に至るまで変わらない。二人の高次な対話は、白鳥の没後も小林の中で続き、その意味は白鳥が生前のころよりもいっそう重みを増していたとすらいえる。

没後の人間を相手に対話をする。さらにいえば生ける死者と言葉を交わすこと、山本七平の小林論の書名ではないが、それが「小林秀雄の流儀」だった。富永太郎、中原中也といった友たちと、あるいは西行、実朝、宣長と、あるいはゴッホ、ドストエフスキーをめぐって文章を書くとき小林は、不可視な生けるものたちとのあいだに言葉を切り結ぼうとした。

白鳥との論争が行われていたとき、小林が『文學界』に「ドストエフスキイの生活」を連載していたことを見過ごしてはならない。「私小説論」でも白鳥との論争に寄せた文章でも小林はしばしばドストエフスキーに言及した。小林には、この作家こそが「思想」と信仰の境域を本拠地にして生きた文学者だった。文学という「架空の国」の王たる存在だったのである。

第十七章　歴史と感情——『ドストエフスキイの生活』（一）

一九七九年七月に行われた「歴史について」と題する小林秀雄と河上徹太郎の対談がある。翌年に河上は亡くなり、これが二人にとって最後の対談になった。

音源があり、公にもされている（『考える人』二〇一三年・春号）。酒も入り、疲れたといって河上は中座をするようにその場を後にする。その弱っている姿を見た小林は、遠からず河上は逝く、と予言めいた言葉を口にしつつ、悲しい、悲しいと繰り返し涙声で語るところまで録音に残っている。

この対談で二人の間で語られたのはヴァレリーであり、そしてドストエフスキーだった。小林は、河上の作品「ドストエフスキーの七〇年代」（『近代史幻想』所収）を高く評価する。その時期のドストエフスキーに見過してはならないものがあるのは分っていた、でも書くことができなかったとも語っている。問題としてのドストエフスキーは二人の間では最晩年まで脈々と生き続けた。

当日、河上は体調を崩していて、思うように話すことができない。一方、十分に意を尽すことのできない河上を補おうとしている小林の饒舌《じょうぜつ》が目立つ。河上が食いつきそうな主題を探しながら小林は、どうにかしてこの対談をかたちにしようと懸命になっている。だが、その姿を見ながら河上は、そこまで懸命にならなくてもよいではないか、見ているこちらが痛々しくなる、と他人事のように語るのだった。

対談の冒頭には、文壇のパーティーなどでは顔を見ることはあったが、膝を突き合わせるのは十年ぶりだという発言がある。河上は対談を理由に小林と話ができればそれでよかったのだろう。これが最後でもかまわない。互いの葬式には出なくてよいとも語り合っている。最後の対談になるなら恥ずかしくないものにしたいという小林と、こうして話せたのならそれでもう十分だという河上、こうしたすれ違いも、互いを思うがゆえのことのように思われて、二人の親交の深さを感じさせる。

そのとき河上はぽつりと、小林はやはり編集者だなと呟く。自分は話題を散らそうとするが、小林は収斂《しゅうれん》させようとするというのである。何気ない発言だが、永年連れ添った同志だからこそ言い得るもので、小林秀雄の精神の、重要な一側面を言い当てている。

その河上の呼びかけに小林は間髪《かんはつ》いれずに、そうだ、自分はそれしかないのだと応えた。意表を突かれたのか、編集者と呼ばれたことを受け、微笑みながら小林は、対談を依頼した『文學界』の五百号を記念する誌面に遜色ないものを残したい、自分たちだけならもう分かっている、読者のためにやっているのだと話しているのだが、懸命になったのは、それだけが理由ではないだろう。河上の指摘は的を射ている。小林のなかには時代と歴史の交点を繊細に感じ分けることのできる、鋭敏な「編集者」がいる。喩えとしてでなく、編集者・小林秀雄の仕事は、批評家としての彼とは別種の大きな痕跡を残している。

ここで河上が語っている「編集」とは、単にいくつかの主題をまとめる、ということには留まらないように感じられる。見た目には遠く離れて、無関係に思われる事象の奥に通底する主題を見出し、問題群を架橋し、共鳴させることにほかならない。さらに現象の奥に隠れている意味の深みを現出させることでもあるのだろう。

『文學界』で評伝「ドストエフスキイの生活」の連載が始まったのは、一九三五年一月、このときから小林は、実質的にこの雑誌の編集責任者も務めていた。河上がのちに、小林のこの作品をめぐって「当時僕にとって批評家の喜びというものを教えてくれた極く少数の本の一つ、否殆んど唯一の本であった」(『わが小林秀雄』)と書いている。

河上徹太郎は、東京府立一中から小林と友人で、書き手としても、中原中也や富永太郎が参加していた同人誌『山繭』時代から、同人にはならなかったが作品を寄稿するなどして、雑誌を真ん中において小林の近くにいた。『文學界』にも小林が編集を担当するようになってから積極的に参加している。小林のあと、編集責任者になったのは河上である。河上は編集者である小林の、もっとも近い場所で仕事をした文字通りの盟友だった。

先に引いた「批評家の喜び」にふれた一文で河上は、小林のドストエフスキー伝にふれ、「批評の創造性」あるいは「創造的批評」が実現され得るのを目の当たりにした、とも述べている。批評の創造というと多くの人は、作品の分析、新しい解釈、あるいは新事実の発見のように思っている。そこにもいくばくかの意味があることは河上は否定しないが、ここで彼がいう創造性とはほとんど関係がない。

世に数多《あまた》ある批評のように「分析に頼るでもない、相手の人物の宿命や性格の結論まで見透した頭脳が、この発見の過程を報告する興味を失って、しかも自分の抱いた影像の相手の人物に対する近似値の無限の接近を自負したとしたら、彼の方法がこの無雑作な、天啓に導かれたような、一番深刻な疑問が一番確信ある断定となるような書き振りになることは、極めてあり得べきことである」と河上はいう。

「この発見の過程を報告する興味を失って」との指摘は注目してよい。小林は眼前にふれているものを逃すまいとするのに懸命で、どのような道程を経てそこまで辿りついたかを説明する興味を失っている。理性の目から見れば推論として語らなければならないところを、小林があえて確信に裏打ちされた断定として語るのはそのためだというのである。河上は小林の作品を読みながら、そこに書き得なかった言葉を同時に読んでいる。

「相手の人物に対する近似値の無限の接近」とは、論じる対象自身よりも、その人の精神の奥深くに入ることを指す。批評という道を経ることで、この作家自身にすら見えていなかった内心のうごめきを実感することができるというのである。ドストエフスキーよりもドストエフスキーの精神に接近しようとすること、それが『ドストエフスキイの生活』で小林が試みたことだった。

さらにここで河上が「天啓」という言葉を用いているのを見過ごすことはできない。これまでも小林がボードレールを論じながら「啓示」という表現によってその邂逅を語ってきたのを見た。天からの啓示を受けるとき、人は「一番深刻な疑問が一番確信ある断定となるような書き振り」になる。誤解を恐れずにいえば、この地点に至ることがないまま問題の周縁をめぐり、それを論じることを河上は「批評」だとは考えていない。

この評伝の連載が終ったのは一九三七年三月、単行本として刊行されたのは、さらにそれから二年後の三九年五月だった。小林にとっては、はじめての長編作品であり、最初の評伝作品でもあった。しかし、『ドストエフスキイの生活』には後記がない。四年強の歳月を費やして刊行した著作を世に出すとき、小林に書きたいことがなかったのではない。それを小林は著作にではなく、評伝刊行から二ヶ月後の『文學界』の編集後記に記した。

そこで小林は、連載は「二年ばかりで終ったが、その後、あっちを弄りこっちを弄り、このデッサンにこれから先きどういう色を塗ろうかなぞと、呑気に考えているうちに本にするのが延び延びになって了った」(『文學界』編輯後記)と書いている。「デッサン」という言葉に、小林の謙遜を見ているだけでも不十分なのだろう。むしろ、ここには隠された自負がある。その自負ゆえに小林は自著に後記を書かなかったのかもしれない。

『文學界』の同人の座談会で小林は自身の評伝を世界に通用するものにしたいと語ったこともあった。自身の眼でふれないものを人はデッサンすることはできない。ここでも眼はもちろん肉眼ではない。歴史を見つめるもう一つの眼である。

ドストエフスキイという人間はどういう人物であったかを簡単に知りたい読者は、僕の本に失望するだろうと思う。僕は解説を書いたのではなく、デッサンを描いたのだから。色はついていないが、生きた形は描いた積りだ。X線は当てなかったのである。

だが、やっぱり多くの読者は、懐疑派の書いた本だというだろう。併し、懐疑のうちだけに真の自由がある、という非常に難かしい真理を教えてくれたのは彼(「ドストエフスキー」)だったのだ。(『文學界』編輯後記)

ここでの色は、ほとんど生命と同義だろう。デッサンで描かれたものに色を注ぎ込むことができれば、描かれたものは書き手のもとを離れ、どこかに飛び立っていく、というのである。実際、評伝に「色はついていな」かったかどうかは先に見た河上の言葉が如実に物語っている。

「X線は当てなかった」と記されているのは興味深い。レントゲン写真は専門知識をもった者には、外見からでは判別できない病巣がありありと分かる。だが、その画像からはその人の面影や人生の試練が浮かびあがって来ることはない。X線の画像を見ることで病気について詳しく知ることはできる。しかし、心情に接近することはない。

肉体的にも精神的にも、あるいは賭博熱のような習慣においてもドストエフスキーは、さまざまな生活を脅かす危機に直面しながら生きねばならなかった。しかし、こうした問題を病理的にあるいは解析的に見てみても、この作家の秘密にふれることはできない。病は存在しない。存在するのは病という人生の試練を背負い、心身に痛みを感じながら生きている人間だけだというのだろう。

「懐疑のうちだけに真の自由がある」と小林はいう。この語に小林のドストエフスキー論は収斂するといってよい。懐疑とは、「様々なる意匠」以来小林がしばしば用いる表現だがそれは、単に何かを疑うことを指すのではない。むしろ、信じることと疑うことが一つであるような境涯を指す。

人は信じていないものを疑うことはできない。信じると疑うは、命名しがたい一つの動詞の二つの側面ではないのか。その一つの状態を小林は、誤解を生みやすい言葉であることを知りつつ、懐疑と書いたのだった。

史料に記された記号にあまりに忠実であろうとする伝記作家の精神に、懐疑が生まれる余地はない。彼らは、歴史は記録されていると信じて疑わない。小林は別な道をいった。歴史の真髄はむしろ、言葉によっては十分に記述され得ない場所にあると考えた。ある人物の生涯を、年譜的事実に寄り添いながら、主観を排しつつ解説的に書き記すのを、ここであえて「伝記」と呼ぶとすれば、小林は生涯にわたって一度も伝記作家たろうとしたことはない。むしろ、そうあることから常に離れようとした。

この評伝には「歴史について」と題する序章がある。小林にとって、ドストエフスキーの評伝を書くとはそのまま歴史にふれることであり、さらにいえば歴史を生きることでもあった。書く前からそのことが分かっていたのではない。だが、連載をはじめてほどないときすでにそのことには気がついていた。

一九三六年、連載開始の翌年に小林がロシア文学者である中山省三郎に宛てた「私信」と題する公開書簡がある。そこで小林は、自らとドストエフスキーとの邂逅が高校時代にさかのぼることにふれ、大学を出て批評を書き始めたときに出会い直し、全集の熟読を始め、いつか長編の評論を書こうと心に決めたと述べている。

実際に執筆を始めたのは三十二歳になる年だから、そこにはおよそ八年の準備の期間があることになる。執筆を始めて、改めてこの作家を読むと自分の「主観から独立して堂々と生きて来るのを感じ」る。そうすると「もはや批評という自分の能力に興味が持てなくなる、いやそんなものが消滅するのを明らかに」感じる。「ただ、ドストエフスキイという、いかにも見事な言うに言われない人間性に対する感覚を失うまいとする努力が」自らを支えている、とも書いている。さらに小林はこう続けた。

しかし、そういう風に仕事をして行けば、歴史を築き上げている因果律のうちに、彼の姿を埋めて了う様な事にはなるまい、歴史家の仮定した地図の上にではなく彼が実際に生きていた現実の上に、どの様な傷を残して死んだかを描き出す事が出来るであろうという、漠然たる希望を抱いております。

批評とは、人間の「傷」のなかに語られざる生を感じ取ろうとすることだというのである。ここで述べられている歴史と、のちに「歴史について」で用いる同じ言葉との間には連続もあるが大きな飛躍もある。この評伝を書くことはそのまま歴史という一語の変貌の歴程となった。「歴史」という一語を血肉化するために小林はこの評伝を書かなくてはならなかったといってもよい。

連載を終え、加筆しつつ、改めて自作を眺めているとき、ありありと、やはり「歴史」としか呼ぶことのできない境域が開かれるのを感じたのだろう。歴史は概念ではなく、一つの得体のしれない生きものとして彼の前に現われ始めた。河上との対談が同名であるのも偶然ではない。盟友との最後の対談でも小林は「歴史」という生き物から離れようとはしなかった。むしろ、「歴史」こそ小林と河上の批評における根本問題だった。

評伝の序章「歴史について」にはよく知られる、「子供が死んだという歴史上の一事件の掛替えの無さを、母親に保証するものは、彼女の悲しみの他はあるまい」という一節がある。子供を喪《うしな》った母親にとって亡き児は、「歴史」の世界に生きている。ここでの「歴史」は単なる過去を指すのではない。永遠化された過去、今によみがえってくる過去にほかならない。生者はいつか死ぬ。しかし、人は死者として新生し、「歴史」に生き続ける。理性はその経験を容易に認めないが、感情はそれをはっきりと感じているというのである。さらに小林はこう続けた。

悲しみが深まれば深まるほど、子供の顔は明らかに見えて来る、恐らく生きていた時よりも明らかに。愛児のささやかな遺品を前にして、母親の心に、この時何事が起るかを仔細に考えれば、そういう日常の経験の裡に、歴史に関する僕等の根本の智慧を読み取るだろう。(「ドストエフスキイの生活」)

幼くして逝った子供の記録はほとんど残っていない。両親と家族のほかには亡き子供の存在すら十分に知られていないかもしれない。子供は社会的にはほとんど痕跡を残していない。しかし母親の心には一種の「傷」となってなまなましいまでの現実味を帯びて「歴史」が息づいている。もしこれを歴史と呼ぶことができないなら、一体何をもって歴史と呼ぶべきなのか、と小林は問いかける。

歴史への窓は知性の部屋にあるのではなく、感情の部屋にある。言葉として残っているものを解析し、要約してみても、それだけでは歴史はよみがえってこない。歴史は史料のなかにだけあるのでも、新たに生まれる史料のなかに出現するのでもない。それは感情のなかに生き、感情によみがえる。

史料のなかに潜む不可視な言葉を読みとるのも知性だけの仕事ではない。知性は傍らに感情を伴わなければ歴史の世界に入ることはできない。何かの思想によって体系づけられた歴史観がなくても歴史にふれることはできる。むしろ、歴史観が私たちを歴史から遠ざける。それが小林の実感だった。

ここでの感情とは喜怒哀楽といった激情の振幅を意味しない。むしろ、他者の観察からは捉えがたい情動を指す。またそれは、貧しい思想的熱狂などとはまったく関係がなく、集団的な言動とは対極にある。情動は、人間が独りでいるときにのみ、感じ得るものだといってもよい。むしろ人は、生ける感情にふれるとき、どれほど多数の人間のなかにいたとしても突如として実存的孤独の地平に立つことを強いられる。

「情」という文字は「こころ」と読み、「感く」と書いて「うごく」と読む。そう小林は『本居宣長』で述べているが、ドストエフスキーの評伝を書いているときすでに同質の感覚はあった。他者の目には見えないところで心が感《うご》くこと、それがここでいう感情である。河上との最後の対談でも小林はこう語った。

小林　煮つめると歴史問題はどうなります？　エモーションの問題になるだろう。

河上　なんだい、エモーションって……。
小林　歴史の魂はエモーショナルにしか摑めない、という大変むつかしい真理さ。君は
それを言ってるんだ。くどくどくどくど。
河上　くどいのは、ドストエフスキイだよ。（「歴史について」）

このときすでに評伝が刊行されてから四十年が経過しているが、このときも小林の念頭には子供を喪った母親の像があったのかもしれない。母親にとって、亡くなった子供は決して過ぎ去ることのない存在であり続けている。そのことを深く感じるとき、彼女はこの世にいる者からは遠く離れ、歴史の世界に生きている死者と、言葉によってではなく悲しみという非言語的なもう一つの「言葉」によって交わり、語り合い、心を通わせる。

評伝を書くことで小林は、ドストエフスキーの作品世界を覗きこもうとしただけではない。その登場人物の、さらには原作者である作家の感情の森に分け入り、そこでそこに響きわたる沈黙の声を聴こうとしたのだった。

起こったほとんどの出来事は記録されていない。むしろ、され得ない。このことは私たちの人生を考えてみても明らかなことだろう。耐えがたい困難の試練に直面したとき人は、思わず呻《うめ》く。だが、その声がそのまま記録されることはない。なぜなら人は、誰もいないところでだけ真に呻き声をあげるからである。

これが生の実相であることは誰でも知っている。それにもかかわらず人は、いつからか記録されたことだけを歴史だと思い込むようになった。文字に記されたものを歴史の証拠であ

ると考えるようになった。表層の記録は史料に残る。しかし、その内実はことごとく歴史の懐に包み隠される。それが存在世界の公理である、と小林は感じていた。

僕等は史料のない処に歴史を認め得ない。そして史料とは、その在るが儘の姿では、悉く物質である。それは人間によって蒙った自然の傷に過ぎず、傷たる限り、自然とは、別様の運命を辿り得ない。自然は傷を癒そうとするのに人間の手を借りやしない。岩石が風化を受ける様に、史料は絶えず湮滅している。(「ドストエフスキイの生活」)

残されている史料は、生ける歴史の門に至る地図に過ぎない。その先の道行きは言葉では記されておらず、それは不可視な文字で人の「情《こころ》」に浮び上がる。また、感情を導きの糸にしながら歴史に接近しようとする営為を小林は、「根本の認識というよりも寧ろ根本の技術」であるともいう。

生ける歴史を渾沌の深みから引き上げるのには、熟練した「技術」がいる。認識は自己の意識のなかに留まるが、技術はいつか個を越え、伝統の境域に人間を赴《おもむ》かせるとも小林は考えていた。

「技術」の一語も歴史と同様、小林の作品を読み解こうとするとき、重要な鍵語になる。天職の秘密を体得しようとする職人の境涯に小林はしばしば深い敬意を送った。一九四一年に行われた「伝統」と題する講演で小林は、現代人が考える「芸術家」と「職人」の差異にふれている。両者は共に、何らかの「材料」を用い、それと格闘する。しかし、芸術家はそれを使って個性を表現しようとするが、職人は違う。「材料に服従している」という。

この講演でも小林は自身のドストエフスキー伝にふれていて、伝記作家は描きだす対象の時代条件に関する情報を材料のように扱い、それらをかき集めれば何かが浮び上がる、調べれば何かが得られると信じて疑わないが、「その為に何を失ったかは知らぬ」ものだと語っている。

史料に歴史を見るとき人は、書き得ないもう一つの「歴史」があることを忘れている。書き得たものが、書き得なかったことの残滓《ざんし》であることを忘れたとき、歴史は過去の事実に過ぎなくなり、「今」へとよみがえってくる道を失う。しかし、史料を調べるのではなく、歴史と対峙し、歴史を眺めてみる。するとそこに「動かせぬ調和を現じている不思議な生き物」が姿を現わす。

姿は、判然と見ることはできるが、謎が解けたわけではない。だが、かつては感じることのできなかった「謎のあげる光は増し美しさは増したのである」とも小林は述べている。

いかにして歴史という生ける「材料」に従うことができるか、ここに批評の眼目がある。それが実現できたとき、史料は、歴史家という職人にとって従うべき「材料」になる。そのとき人は「与えられた歴史事実を見ているのではなく、与えられた史料をきっかけとして、歴史事実を創っている」。ここでの「歴史事実とは客観的なものでもなければ、主観的なものでもない。この様な智慧は、認識論的には曖昧だが、行為として、僕等が生きているのと同様に確実」なものとして感じられるようになる、と小林はいう。

史料は生きている。それが近代の世界観からは容易に受け容れられないことを小林は熟知している。しかし、評伝を書く経験は、小林にそうとしか語れない経験となった。自分の思いを書いているというよりも、何ものかに導かれ、目にしたものをそのまま書き記している。だからこそ小林は自作を「デッサン」と呼ぶのである。

歴史を前にしたとき人は、折り重なる二つの精神を呼び覚まさなくてはならない。「古寺の瓦を手にする人間は、その重さを積る一方、そこに人間の姿を想い描く二重人」であらねばならない(「ドストエフスキイの生活」)。そうした複眼によってのみ文字の奥に潜む歴史の文字が浮び上がってくる。

『ドストエフスキイの生活』が刊行されるひと月前に小林は、「読書について」と題する小品を書いている。エッセイというにはまとまりがなく、断片のような言葉も記されている作品なのだが、この一文は小林の文学観の核を伝える一文だといってよい。ここにはドストエフスキーの生涯を書いたあとだからこそ、紡ぎ出された言葉が随所に見られる。時期的に考えても、単行本が校了を迎えようとしている時期に書かれたもので、役割としてはちょうど評伝の後記に当たる作品でもある。

そこで小林は、「書くのに技術が要る様に、読むのにも技術が要る。文学を志す多くの人達は、書く工夫にばかり心を奪われている。作家と言われる様になった人達の間でも、読む事の上手な人は意外に少いものだ」と書く。読む技術を深化させること、ここに書くことを深める糸口があるというのだろう。さらにいえば読むと書くという二つの営みを、呼吸のような分かちがたい一つの営為として捉えなおしてみる必要を小林は語っている。

人はしばしば何を読んだらよいかを思案する。だが、読むとは何かを改めて考えてみることをしない。書物を読むとき、私たちは独りになる。むしろ、独りでなくては読むことはできない。読む、もちろん書くもまた、徹底的に孤独な営みである。読書とは真の意味において独りになる「技術」だといってよい。

また、読むとは、そのときどきに完結する営みではなく、持続する営為でもある。持続しなければけっして出会うことができない何ものかとの遭遇、そこに読書の真の意味がある、と小林は感じていた。小林は、ドストエフスキーの作品を「十年一日の如く読んでいるもの」であると一度ならず書いている。

評伝は、小林にとって、まとまったかたちでの最初のドストエフスキー論となったが、のちにその試みは作品論となり、第二次世界大戦をはさんで一九五二年の「『白痴』についてII」まで、連載開始から数えるとおよそ十七年間にわたって続けられた。

小林秀雄の精神に接近しようとする者は、ドストエフスキーでなくてもよいのだろうが、何かを一人で、十年一日のごとく読んでみなければならないのかもしれない。むしろ、小林の作品をほとんど読んだことがない者でも持続する読書の経験があれば、小林の思いには容易に近づけるのかもしれない。

読む工夫は、誰に見せるという様なものではないから、言わば自問自答して自ら楽しむ工夫なのであり、そういう工夫に何も特別な才能が要るわけではない。だが、誰もやりたがらない。何は兎もあれ、特別な才能というものを、書く事によって、捻り出したいからである。そういう小さな虚栄心だけで、トルストイなりバルザックなりに、繋がっているだけだ。(「読書について」)

ここでドストエフスキーの名前が記されていないのは、小林の実感があまりになまなましいからだろう。批評とは読むことを究めようとする道程である、それはこれ以後の小林の生涯を貫く態度となった。彼が何を読んだかを論じるのにも意味があるのだろうが、どのような姿勢で読んだかに比べれば、そこに浮び上がることは二義的なものに過ぎない。

読むことは、書くことに劣らない言葉を生みだす営みだと思い定めてみる。「そうすると、一流と言われる人物は、どんなに色々な事を試み、いろいろな事を考えていたかが解る。彼の代表作などと呼ばれているものが、彼の考えていたどんなに沢山の思想を犠牲にした結果、生れたものであるかが納得出来る」と小林はいう。

書き記された言葉の奥に、書き手が書き得なかった言葉が見えてくる。言葉を記号的に読んでいたときにはまったく見えてこなかった書き手の姿に、ときに強く驚き、それまで抱いていた通説的な姿が音を立てて瓦解するのに気がつく。「その作家の性格とか、個性とかいうものは、もはや表面の処に判然と見えるという様なものではなく、いよいよ奥の方の深い小暗い処に、手探りで捜さねばならぬものの様に思われて来るだろう」と小林は続けている。さらに、「理窟を述べるのではなく、経験を話すのだが」と断りながら、読むことの秘義ともいうべき自らの経験を語り始める。

……そうして手探りをしている内に、作者にめぐり会うのであって、誰かの紹介などによって相手を知るのではない。こうして、小暗い処で、顔は定かにわからぬが、手はしっかりと握ったという具合な解り方をして了うと、その作家の傑作とか失敗作とかいう様な区別も、別段大した意味を持たなくなる、と言うより、ほんの片言隻句にも、その作家の人間全部が感じられるという様になる。(「読書について」)

書物を読むとは、言葉を通じて書き手と出会い、語り合うことだというのである。さらにいえば、読むとは、耳とは異なる器官で、作者の、あるいはその分身である登場人物の告白を聴くことだというのだろう。

ことにドストエフスキーのような小説家の作品の場合はそうだ。そこにいるのは空想上の人物ではなく、この世には存在しない、しかし彼方の世界に実在する人物だと作家自身も感じていた。「バルザックが、創作した人物と実際の人間を混同して人に語った逸話は有名なものだが、恐らくドストエフスキイの混同はもっと烈しかったであろう」と小林は評伝に書いている。

同質の思いは小林にもあったはずだ。彼にとってドストエフスキーもバルザックも過去の人ではなく、「歴史」の世界に生ける者であり、現実界と冥界を巻き込んだ「混同」はしばしば彼を驚かせたに違いない。私たちはそうした彼の「歴史」的経験をのちに「無常という事」をはじめとした古典論、さらには「モオツァルト」に見ることになる。

評伝が刊行された同じ月に小林は、サント・ブーヴの『我が毒』の訳書を刊行する。小林にとって翻訳は、第一義的に熟読の機会を自らに準備することだったことはすでにふれた。

よく読むことを自らに強いるために翻訳という仕事を課す。それが小林の流儀だった。

翻訳に批評精神は不可欠である。原文に記された一語にどの日本語を当てるかを決するところから始まり、文節の切れ目を決めるところまで批評的な営みに貫かれている。誤解を恐れずにいえば翻訳は、それが沈着かつ静謐《せいひつ》な読みに裏打ちされながら、創造的に行われるとき、もっとも原初的な批評になる。

『ドストエフスキイの生活』を読む大きな魅力の一つは、小林の訳文によってドストエフスキーの作品や書簡を読めることにある。同質のことは『ゴッホの手紙』においてある達成を迎え、ベルクソン論『感想』においてもいえる。

たとえ重訳であったとしても、もし、小林によって『罪と罰』が訳されていたら、日本のドストエフスキーの受容には今とは異なる動きがあっただろう。評伝の執筆は小林にとってはドストエフスキーを抄訳することでもあった。それは原作者の言葉を血肉化しようとする、字義通りの意味における批評的行為でもあった。


　批評は僕にとって一つの転身である。僕は自分が再現しようとする人物のうちに姿を隠そうと努めている。僕はその人になる、文体さえもその人になる、僕はその人の言葉遣いを借用してこれを装う。（「我が毒」）

ここにあるのはサント・ブーヴの実感であるとともに、『ドストエフスキイの生活』を書く小林の実感でもあっただろう。

評伝を書くことで小林は、新しい事実を記そうとしたのではない。熱情は異なる方向に注がれていて、すでによく知られている出来事の奥に潜んでいる意味を感じ直してみることへと変貌していく。

ある人々は小林の作品に伝記的な価値を感じながら読んだが、小林が懸命になって明らかにしようとしたのは、年譜には容易に記され得ないドストエフスキーの精神の劇だった。さらにいえば、自身が努力するべきは、その実相を生ける死者であるこの作家自身が、無音の言葉で語りはじめるのを待つことにあると感じられたのだった。

読書の技術の拙《まず》い為に、書物から亡霊しか得る事が出来ないでいる点で、決して甲乙はないのである。サント・ブウヴの教訓を思い出そう。「遂に著者達は、彼等自身の言葉で、彼等自身の姿を、はっきり描き出すに至るだろう」、それが、たとえどんな種類の著者であってもだ。遂に姿を向うから現して来る著者を待つ事だ。それまでは、書物は単なる書物に過ぎない。小説類は小説類に過ぎず、哲学書は哲学書に過ぎぬ。(「読書について」)

読書とは、書物が記号とは異なる言葉で語り始めるのを待つことである。待つことを厭《いと》う者の前に書物は一個の物体でしかない。しかし沈黙の対峙をもって向き合う者に書物は次第にそこに蔵された秘義を語りはじめる。

『ドストエフスキイの生活』は、小林自身ものちに記しているように年譜的事実において

Ｅ・Ｈ・カー（一八九二～一九八二）のドストエフスキー伝（一九三一）に負うところが少なくない。そのことを小林が「附記」として、改めて記したのが刊行から十年を経たのちだったことから、彼の態度を批判する声もある。種本を隠したというのである。だが、それは伝記と評伝を混同したところに起こった認識なのかもしれない。

『ドストエフスキー』（原題は *Dostoevsky, A New Biography*）は、のちに国際政治学者、歴史家として知られるカーの最初の著作である。イギリス人だった彼はロシア語とロシア文化を学び、外交官として社会に出たが、のちに大学で講じるようになる。ドストエフスキー伝は外交官時代に書かれたものだった。この本の邦訳がはじめて出版されたのは一九五二年（松村達雄・中橋一夫訳、のちに松村の個人訳で再刊）だったから、小林は原文でこの本を読んでいる。「所謂一等史料を読む事が、語学其他の関係で、私には不可能であったから」アメリカのロシア文学者アブラム・ヤルモリンスキー（一八九〇～一九七五）の *Dostoievsky : A Study in His Ideology* と、ことにカーの著作に記載された史料に負うところが大きかったというのである。

ここで述べられていることに偽りはない。共に評伝であるから、構造においても小林はたしかにカーから大きな影響を受けている。だが、当然ながら現実としても小林の作品は、カーの引き写しというようなものではない。それは、戦後に書かれた小林のランボー論がジャック・リヴィエールの作品に強く影響されつつも、そこで語られていることを繰り返すのではなく、先行者の言葉との響き合いのなかで未開の作品世界を覗こうとしているのに似ている。

さらにいえば、これまで見てきたように伝記とは異なり、事実の記載に終わらない評伝という形式が小林に与えた影響を考えるとき、カーの著作との史実の記述の類似という表層的な現象は、二次的な問題に過ぎなくなる。

雑誌に連載している頃から、小林の周囲にドストエフスキーを主体的に読む人は少なからずいた。河上徹太郎やロシア文学者でもあった神西清《じんざいきよし》（一九〇三～一九五七）、哲学者の吉満義彦《よしみつよしひこ》（一九〇四～一九四五）、翻訳家の米川正夫《よねかわまさお》（一八九一～一九六五）などである。おそらく彼らは、カーのドストエフスキー伝の存在を知っている。そればかりか読んでいる可能性もけっして低くない。

ことに日本へのドストエフスキーの紹介においてきわめて大きな役割をになった米川や神西においては、カーの伝記を読んでいないとは考えにくい。小林の評伝には年譜が付されているが、それを作成したのは神西である。神西は『山繭』時代から小林と交流がある。一九五一年に書かれた「米川正夫氏の訳業」と題する小品で小林は、米川のドストエフスキーの翻訳を神西が「世界一の名訳」だと高く評価している言葉を自分はそのまま信用すると書いているが、こうした神西の眼に対する信頼関係はすでに評伝の執筆の頃からあった。はっきりとは語られていないのだが、小林の評伝の完成までに神西が担った役割はけっして小さくなかったように思われる。戦後の一九四九年に出版された神西の訳編した『ドストイエフスキイ歴程』を見ていると、海外の文献を手に入れるのが難しかった時代、研究書を小林に紹介することにおいても神西の働きはあったように推察される。

『ドストエフスキイの生活』が刊行された三ヶ月後、「比類なき精神」と題するこの作品を激賞する一文が『文學界』に掲載された。その作者が米川正夫だった。そこで彼は「この書は曾て日本で飜訳され著述されたあれこれのドストエーフスキイ伝に優ること数等であるのみならず、『作家の日記』の一章だけ取っても、世界のこの種の研究中ユニークな地歩を占める価値をもっている」と絶賛する。当時、「世界のこの種の研究」の最たるものがカーの評伝だったのである。

あまりの賞賛に世は、その言葉に疑義をさしはさむかもしれない、と米川はいう。小林の評伝によって、自分の訳書の売れ行きがよくなるから書いているのだと邪推する者がいるだろうが、そうした「半畳を入れる下劣な輩は犬に食われてしまえ」とまでいう。「半畳を入れる」とは、見物人が役者などを非難するときに半畳の茣蓙《ござ》を投げ入れたことに由来する。米川は自分の一文がある衝撃をもたらすものとして文壇に受け容れられるものであることを分かりつつ、書いている。

しかし米川は、小林の評伝が雑誌掲載されている頃から同様の評価を抱いていたわけではなかった。同じ一文で彼は、しばしば逆説を用いる小林の論調を必ずしも受け容れることができなかったとも率直に述べている。だが、単行本となって序章「歴史について」にふれたとき、その真義を理解し、この著作の存在意義をはっきりと感じる。この一文を貫く「逆説法が美事に冴えて、独りよがりの姿勢や曖昧さを止めていないのに讃嘆した。それは最早人の意表を突く為の単なる警句ではなく、氏の真剣な哲学的精神が澄んだ文学魂を通じて結晶し、水晶の珠数のごとく連なっている」という。

この評伝が批評家によって試みられた形而上学的探究であることを、これほどはっきり語った同時代の論者は米川のほかにはいなかった。また、ここに小林の評伝とカーのそれとの大きな相違がある。

カーは、ドストエフスキーは哲学者ではないという。小林にとってこの作家は、哲学と文学の分断を架橋する者に映った。カーはいう、「ドストエフスキーは人生と哲学の問題を劇化した」。しかし、この作家が一つの作品で「一つの主題だけを扱い、それを申し分なく的確に展開しているとは考えられない」。なぜならば「ドストエフスキーは芸術家であって、体系的な思想家ではないからだ。彼は小説を書いているのであって、哲学を書いているのではない」ともカーは書いている（『ドストエフスキー』松村達雄訳）。

ここでカーは、ドストエフスキーの作品を「行動する哲学」と呼ぶ同時代のロシアの批評家の言葉も紹介しているが、カーの眼に映るのは文学と哲学の差異であり、それが融け合い詩学とも言うべき姿をもって新生する様相ではなかった。

真に哲学と呼ぶべきものが生まれるとき、体系をもって語られることを哲学自体が拒絶する、そう語ったのはベルクソンである。評伝で小林は直接ベルクソンに言及することはなかったが、この哲学者から受け継いだ体系を拒みつつ、世界を生けるものとして持続的に眺めるという視座は全編を貫いている。ドストエフスキーを文学の地平ではなく、文学と哲学が分岐する以前の場所で読むこと、それが小林の挑戦だった。

それを米川は見過ごさない。さらに彼は、小林の態度を「レアリスティックな弁証法」であるという。また「この方法こそ、ドストエーフスキイの芸術の如き凡《あら》ゆる相反せる思想と情熱の混合体を点検し分析し理解するに可能な唯一の態度である事も疑いを容れ」ないとも語った。

文学がベルクソンのような哲学者によって語られ、哲学がドストエフスキーやボードレールなどの詩人たちによって詳らかにされる。それが近代の宿命であることを小林は肌で感じている。その岐路に立って文学と哲学の交わりをよみがえらせること、それが小林にとっての批評家の使命だった。そうした小林の営みにふれ、米川はさらにこう語った。

惟うに、小林氏は貪婪な飽くことなき文学的精神を徹底さすことによって哲学に突き当った人で、恐らく氏に在っては文学と哲学との間に境を劃することが不可能であろう。この点が特に氏を強くドストエーフスキイに結びつけ、かつ氏を世界の知名なドストエーフスキイ評伝家の間に伍して些かの遜色もない存在たらしめるに至った所以である。

(「比類なき精神」)

ここでも「世界の知名なドストエーフスキイ評伝家の間に伍して」と米川が再び強調しているのを見過してはならない。

伝記作家はときに、その対象となる人物が、誰にも語るまいとしたことすら暴きだそうとする。一方「評伝」作家の関心は暴露にはない。隠された事実にではなく、隠そうとするその心にふれようとする。雑誌を編むというように評伝は、暴くことではなく編むものである。客観的な伝記は事実を積み上げるように書くものだが、評伝は違う。そこにどんな図像が浮かび上がるか、作り手にも分からない。当りはあるのだが、それは編み終えてみて、はじめて浮び上がる何かなのである。

先に小林が「謎」という言葉を用いるのを見た。この評伝でも小林は「謎」という表現を幾度も用いている。批評とは謎をそのままに沈黙の響きのなかに身を置くことであり、それを解析し、知解することではない。さらにいえば、謎に手をふれず、寄り添おうとするところに歴史の扉は開かれると信じたのである。

第十八章　秘められた観念──『ドストエフスキイの生活』(二)

『ドストエフスキイの生活』には河上徹太郎が指摘するような「天啓」に導かれたような言葉がある。しかし、小林とドストエフスキーとの交わりは啓示的な出来事によって始まったのではなかった。ランボーとの出会いも、モーツァルトの曲との間にも同質の衝撃があり、それが作品を生む土壌となり、言葉を導きだす力にもなった。『ゴッホの手紙』の執筆の契機となった「鳥のいる麦畑」に動かされたときもそうだった。しかし「ドストエフスキーの場合は事情が異っていた」、と語ったのは批評家の越知保夫《おちやすお》である。

彼がどんな人物だったか詳しくはのちの章でふれる。今は、特異な、また秀逸な小林秀雄論の作者だということが分かればそれでよい。越知は小林がこの作家との関係を深める姿にふれ、「丁度一生の伴侶を選ぶ時のような心で、慎重な配慮の末、この人なら一生をかけて研究するに足ることを見定めた上、ドストエフスキーを選んだ」という。

多くの小林論の作者たちが、小林がドストエフスキーをめぐって何を語ったかに注目するのに対し越知は、まず小林がこの作家とどう向き合ったかに注目する。小林が批評する相手としてドストエフスキーに向き合う姿は、何かに突き動かされるような恋にではなく、さまざまな困難を乗り越えていく人生の伴侶に対する態度に似ていた。ある地点で小林は、この作家と人生を共にする、と意を決したというのである。

その後彼は自己の選択に忠実であった。一人の女が紆余曲折をへながらも最後まで夫と共に歩むように、彼も又半生をドストエフスキーと共に歩んだ。一人の女が愛の忠実に導かれて思いもかけぬところまで歩むように、彼も又ドストエフスキーの世界に深く分け入って行った。(「小林秀雄論」『小林秀雄　越知保夫全作品』)

実際の男女の結婚でもそうであるように、それがいつどう起こったかは、当事者でなければ分からない。当事者でも分からないことも珍しくない。ただ、そこには好悪を超えた何か宿縁めいたものがある。それを越知は「謎」という言葉で記している。

「謎」は、越知保夫の作品における重要な一語だが同時に、彼が見出した小林秀雄を読み解くときの鍵語でもある。事実、『ドストエフスキイの生活』で小林は、この作家の精神の核にある、容易に語り得ないものの表現として、一度ならず「謎」という言葉を用いている。「謎」をめぐる実感は、この評伝で、作家が人生の晩節を生きる姿を論じた「作家の日記」に描かれている。

『ドストエフスキイの生活』を読んだ米川正夫が評価したのも「作家の日記」の章だった。

そこで小林が論じたのは、ドストエフスキーと民衆という問題である。より精確にいえば、民衆という名のもとに顕現する抗し難い声ならぬ声だった。

ただ、それはしばしば現代で「民の声は天の声」と言われる現象と同じではない。民衆は群れたとき、大衆になる。ドストエフスキーが眼を離すまいとしたのは、個々の民衆にやどる「嬰児の心」である。それが大衆化したとき「忽ち醜悪な心と変じ残忍の相を帯びる事も」彼は知り抜いていた、と小林はいう。

この作家が「民衆」に出会ったのは四年強にわたるシベリアの牢獄生活においてである。そこで彼はあらゆる社会的な衣装をはく奪された、悩める裸形《らけい》の人間を見る。肉眼で見るのではなく、仏教でいう天眼《てんげん》、あるいは慧眼《えげん》で人間の魂にまざまざとふれたのだった。このときドストエフスキーが出会ったものを小林は「人間の魂の素地」と表現する。

地上に穴を開けて地下室まで潜り込んだ。そして其処で彼が親しく接触した民衆とは地上の生活を追われた人々の群れであった。この歴史の風の当らぬ穴倉で、彼の観察したのは社会の諸規約から放たれ、善悪の彼岸をさまよう人間の魂の素地であった。

この経験によってドストエフスキーは変貌した。ここでの「変貌」とは単に姿を変じることではない。それは種子が内なる可能性を開花させ、樹木となっていくような「創造的」な変化を指す。

ひとたび人間の「魂の素地」にふれたこの作家は、世に言われる歴史的事実や史料を、どんなに懸命にひっくり返しても、民衆の心にはふれ得ないと考えるようになる。「彼には、そういう諸事実の点検が、ロシヤの謎を、人間の謎を解くに足りるとは信じられなかった。所謂《いわゆる》実証的事実は、いつも一定の原理に依拠した抽象と見え、人間的な謎はその背後にあるという考えを捨てる事は出来なかった」と小林は書いている。

「謎」は、概念によって抽出することはできない。民衆の生活は、記録の外で行われている。言葉の埒外《らちがい》で営まれている心の現実を、心で引き受けてみなくては、民衆の日常で起こっている本当のことを認識することはできない。

歴史観を通じて歴史を見るとき、世界はじつに鮮明に観えてくる。だがそのとき人間は、そこには不可視なものが同時に存立していることを忘れている、それがドストエフスキーの確信だったというのだろう。それは民俗学、あるいは民衆史が学問として確立した今日でも変わるまい。ドストエフスキーの視座はけっして古びてなどいない。

シベリア抑留を余儀なくされたのは、ペトラシェフスキー事件のためだった。ミハイル・ペトラシェフスキーにドストエフスキーが会ったのは一八四六年、作家として出発した年のことである。

デビュー作『貧しき人々』でベリンスキーに認められた作家は、文字通り文壇の寵児になった。評価する声もある分、批判も受けなくてはならず、そうした作品の外での攻防に疲れていた作家は、終わりのない言説の繰り返しではなく「その情熱の排け口を何等かの実行に求めはじめ」ていた。

そうしたとき、ペトラシェフスキーが脱王制を説きつつ、ヨーロッパに学んだ社会主義の研究会を主宰しているのを知る。だが、そこには組織だった運動体があったわけでもなく、この集まりも「革命的結社」と呼べるようなものではなかった。そもそもペトラシェフスキーには「革命家の血は流れてはいなかった」。そう語りつつ、小林はこの人物の相貌を次のように活写する。

彼の持っていたものは寧ろ諷刺的天才であった。この廿五歳の若者がスペイン外套を羽織り、鍔広のソフトを長髪の頭にいただき、彼自身実際的には何等知る処のない民衆への憎悪と愛情とに歪んだ憂鬱な顔をして、ペテルブルグの街を歩く、一種痛ましい絵を心に浮べてみなければならない。

ドストエフスキーをふくめ、その場所に集った人々の念頭にあったのは、具体的な政策や広く世に訴える理念であるよりもヨーロッパにおける自由を求める政治思想への憧憬だった。だが、実践の契機は突然やってきた。四八年にフランスで革命が起こる。それに刺激を受けた人々は、ロシアでも民衆蜂起があってよいと考え始める。実際には何も起こらなかったのだが、勉強会に属していた人々は密告によって政治犯として捕えられる。帝政時代のロシアにおいて社会主義を論究することは、権力の側からは国家転覆の動きに映った。

事件から二十年余りが過ぎたとき、ドストエフスキーは当時を振り返って、まさに処刑されようとしている瞬間に至ってもなお、「結社」で活動したことを悔いる気持ちは生まれなかったと書いている。しかし、この言葉を受けて小林は、その言葉に偽りはなかったとしてもやはり、運動に参加した人々が個々に「断頭台を賭けて」運動に従事してはいなかったと思われる、と指摘している。

どんな思いを抱いていたとしても、彼がシベリアで出会ったものが、その後の人生に決定的な影響を与えることになった事実は変わらない。評伝で小林は、ドストエフスキーが晩年に、シベリア時代を回想して書いた次の一節を引く。

何か或る別なものが僕等の見解、僕達の確信、僕達の心持を変えたのであった。この何か別なものとは、民衆との直接な接触であった。民衆と兄弟の様にその不幸を分ち、自分が民衆と同等な人間になり、民衆の最低の段階迄も自分は下降した、という考えであった。

ここでの「下降」が、そのまま上昇の経験になる。それがシベリアで、ドストエフスキーの身の上に起こったことだった。下降が上昇になる。それは世界の秩序が改まる事を意味する。こうした現象をキリスト教の歴史では回心と呼んできた。改心と回心は異なる。前者は日々の生活態度を改めることだが、後者は霊性の革命を経験することである。それは自己を中心に据えて生きてきた人間の魂において「神」がその場所をとって代わることだといってもよい。

このとき彼は、ある婦人に差し入れられた聖書を手にし、これまでになく耽読する。この地で彼は、苦しむ「民衆」とその苦痛の日々を生きる者たちに、不可視な姿で寄り添う生けるキリストと出会うことになる。生ける、とは比喩ではない。彼はわが身に押し寄せる苦痛と同じくらいなまなましくキリストを感じ始めるのだった。

本格的なドストエフスキー論をはじめて小林が発表したのは、一九三四年の「『罪と罰』について　I」である。同年には「『白痴』について　I」も書いている。この作家をめぐる小林の仕事が、作品論から始まっていることには注目してよい。また、『罪と罰』と『白痴』をめぐる続編が共に、戦争を間にはさんで、それぞれ十余年後に再び試みられているのも偶然ではないのだろう。

『ドストエフスキイの生活』の連載は、三五年の一月から始まり、三七年三月に連載が終わると同年の六月から小林は、ふたたび作品論である「『悪霊』について」の連載を始めている。

太平洋戦争が勃発する四一年から翌年にかけては「『カラマアゾフの兄弟』」を連載し、終戦後、四八年には自身が編集責任者となった雑誌『創元』に「『罪と罰』について　II」を発表、最後の作品論となったのは、一九五二年の「『白痴』について　II」だった。

「終戦の翌年、母が死んだ。母の死は、非常に私の心にこたえた。それに比べると、戦争という大事件は、言わば、私の肉体を右往左往させただけで、私の精神を少しも動かさなかった様に思う」、そう小林が書いたのは一九五八年、ベルクソン論である『感想』の冒頭だった。戦争が理由となって自分にとっての文学の意味に本質的な変化が生じたことはない、というのである。このことを裏打ちするような発言を小林は、河上徹太郎との最後の対談となった「歴史について」でも行っている。

先の大戦と小林の問題は、これまでもさまざまに論じられてきたが、ここにある発言には偽りはないのだろう。このことは小林の文学を考えるとき、見過ごすことはできないが、ドストエフスキー論を考えるときにもきわめて重要な視座になる。最初の『罪と罰』をめぐる作品から、最後の『白痴』論、さらには一九五六年の講演「ドストエフスキイ七十五年祭に於ける講演」までの二十二年間を一つの結晶として捉えてみなくてはならない。この歳月を費やして小林は、いわば「ドストエフスキー」と題する大きな、しかし、一枚の絵を描いていたのである。

これまで見たように評伝は、複数の作品論の間にあるものとして執筆されている。むしろ、評伝と作品論を内容的には並走させつつ論じるという道程は、最初から小林の中にあったのだろう。そうでなければ評伝で、あまりに作品を論じない小林の態度が理解できないかもしれない。さらにいえば小林は、作品論では十分に論じることができない事象を選んで評伝を書いたとも言える。

評伝においては、ドストエフスキーと外界との接触が詳細に論じられるのに対し、この作家の内面世界で起こっていることが、明らかに作品論に軸足を移して論じられているのは注目してよい。

たとえば、評伝では『悪霊』が生まれる切っ掛けとなるネチャーエフ事件をめぐって、短いながらも一章を割いて論じているのだが、それが作家の精神でどのように醸成され、また、変転していったかは、ほとんどふれられない。しかし、作品論ではその問題が核となって、言葉は何者かによって放たれた光のように、ある秩序を保ちながら、しかし、自由に放散していく。たとえば、次に引くドストエフスキーの手紙の一節は、作品論にあって、評伝にはないのである。

こんどの小説ほど手を焼いたものはない。書き初めは、去年の末頃だが、この作品はひどく作りものの様な、不自然なものの様に思われて、僕は寧ろ自分で軽蔑していた。処がその後、真の霊感が湧いて来て、自分の仕事に惚れ込んで了った。僕は書いたものを両手で握りしめ、今までのところを消し始めた。やがて夏になると、又突然変化が起った。溌剌とした新しい人物が飛び出して来たのだ。こいつが今度の本の本当の主人公になると言ってきかぬ。これ迄の主人公は（非常に興味のある人物だが、真の主人公としては不足な人物だ）退却して了った。新しい主人公はすっかり僕を感動させて、僕はもう一度全作を書き直した。初めの方を既に『ロシヤ通報』の編輯局に送って了った今となって、突然ぞっとしている仕末なのだ。僕は自分で選んだテエマと太刀打が出来るかどうか恐れている。

作家が主人公を決定するのではなく、どこからか登場人物が顕われ、作家を用い始める、これが作家としてのドストエフスキーの現場だった。ここでは登場人物の「口」になることが作家に託された役割になる。作家は自らの意図とは別な働きによって作品を紡いでいる、というのだろう。小林にとってドストエフスキーを論じるとは、こうした執筆の現場をかいま見ることだった。

この一節を小林が自作に引いたのは、このときが初めてではなかった。一九三四年、「『罪と罰』について」が書かれた年に「断想」と題する作品で同じ箇所を引用している。そのときも訳文はほとんど同じなのだが、決定的な違いは、作品論では「真の霊感が湧いて来て」と訳しているところが、「断想」では「ほんとうに昂奮し出し」となっていた。

もちろん訳文は後に訳されたものの方がよい。だが、先のドストエフスキーの言葉を受けた小林の記述は「断想」の方が直接的である。そこで彼は「こういう手紙を比喩にとったら少しも面白くない。確かにスタヴロオギンは作者が意のままに動かした人物でも、作者が観察した人物でもないのだ。作者がスタヴロオギンの言うがまま、行うがままになっていたのだ」と書く。

作家が作品を作るのではない。作品世界の人々が生きるさまを作家は映し出しているに過ぎないというのである。そう感じる小林にとってドストエフスキーを考えることは、この作家の活動を年譜的に把捉するだけでは充分ではなかった。意識の奥から、また時代の深層から、あるいはスタヴローギンのように彼方の世界からの働きまでをも感受できなくてはならなかった。

「ネチャーエフ事件」とは、一八六九年、セルゲイ・ネチャーエフによって組織された学生運動内部で起こった粛清である。ネチャーエフと組織の人間は、合議のもとにある組織員を裏切り者であるとして殺害、遺体に石をつけて池に投げ込んだ。事件発覚後、数百人の学生が連座し逮捕されたが、首謀者であるネチャーエフはスイスに亡命し、逮捕を逃れた。

この事件にドストエフスキーが関係することになったのは、先に見た若き日に死刑執行の寸前までいったペトラシェフスキー事件を強く想起させたことも理由の一つだが、それだけではなかった。妻アンナの弟が、殺されたイヴァノフという人物の友人だったのである。

事件が起こる以前からドストエフスキーは、義理の弟から学生運動の動向をめぐってさまざまな話は聞いていた。だが、事件が起こってその機縁は一気に強く結ばれることになる。ネチャーエフ事件にふれ、世の人はこの首謀者を残忍なる危険人物だという。だが、この人物も機会を得れば「立派な教養を備えた人間」にもなれたことを忘れている、とドストエフスキーは書いている。どんな純真な人間も、名状《めいじょう》し難い不可避な力に引き寄せられれば、あの事件のような「厭わしい罪悪の遂行に誘惑され得る」。さらに人間は「厭うべき人間に堕落しないでも厭うべき行為を為し得る」という。

人間であれば誰もが悪の道に堕ちる可能性を有している。それだけでなく、悪の世界に生きることなく、容易に許されざる行いを遂行し得る、それが人間の実相ではないのか。この不可避な現実をドストエフスキーは『悪霊』で描き出そうとする。

絶対に善であると感じているとき、人は自らの内なる世界にいる悪を忘れている。ことに革命といった世界観の刷新を試みようとするとき、自らの言動に潜む矛盾や相反に気が付かない。貧しき者、虐げられた者たちを救いたいという願いと共に革命を志す人々は立ち上がる。

だが、そうした人々は自身の運動体のなかにいる弱者を救おうとしないことがある。革命のためであれば、多少の犠牲はやむを得ないという、かつて彼らが恨んだ人々と同じ場所に立つ。実態は何であれ無記名の「公」とされるものの前に「個」の尊厳は蹂躙《じゅうりん》される。ドストエフスキーは「ナロオドニキ革命の感傷性と矛盾性とを洞察した最初の人だった」とも小林は述べる。

『悪霊』を書いたあとのドストエフスキーの生活で小林が注目しているのは、この作家が、自作を自らの手で販売したことだった。かつて出版社と組んで手痛い経験があった作家夫妻は、出版社を立ちあげた。実質的に業務に当ったのは妻アンナである。彼女は広告も自ら作り、それを世に出した当日に四百十五部を売り上げた。「彼女は以来四十年間良人の作の出版を続けた」と小林は書いている。作家が亡くなるのは一八八一年で、このときから八年後である。没後三十年以上の期間、彼女は夫の作品を、文字通りの意味で守り続けた。

数学者岡潔《おかきよし》との対談『人間の建設』（一九六五年刊）でも小林は、しばしばドストエフスキーに言及している。『悪霊』を書くとき、この作家が最初に向き合わなくてはならなかったのが、内なる悪であり、悪をもつんざく光を求めたところにこの作家の特異な意味がある、などと、この対談でもドストエフスキーは重要な主題となっていて、小林も相手が文学者ではない分、じつに素朴に、また、率直に自らのドストエフスキー体験を述べている。

たとえば、ドストエフスキーをめぐる作品が、「『白痴』についてII」で中断したことにふれ、ロシアに行ってから続きを書こうと思っていたが、実際に訪れ、帰ってみると書けない、どうしても続けることができなかった。それはまるで首がないトルソのようだ、と語った。

もちろん、ここで小林は、ドストエフスキー論が未完であることの理由を語っているのだが、よく読んでみるとそれだけではなく、彼の自負の顕われでもあるように感じられる。彫刻を考えるとき小林は、首のある像が完成形だとは思っていない。首がなくても美を顕現させている古代の彫刻はいくつもある。その真の作者はすでに人間ではなく、歴史としか呼びようのないものであるのと同じように、自らの作品もまた、歴史的な必然から逃れることはできない、というのだろう。書きたいように書くのが書き手の仕事なのではなく、そのときどきに託されたものに言葉の肉体を付すことが、書き手の役割である、それが批評家としての小林の、ほとんど信仰にも似た実感だったと思われる。

また、対談が進み、あるとき岡が、小林が感じているのは「日本的」なドストエフスキーだと思うと語ると、小林は、「この頃そう感じてきました」と応えている。何気ない指摘だが、小林秀雄の批評の核心をついた発言で、このことをこれほど端的に語った文学者はけっして多くない。

先に米川正夫が小林の評伝を高く評価し、世界を舞台にしてもじつに独創的であると述べているのにふれた。事実、そのことを執筆当時は小林も強く意識していた。しかし、このときの小林の立ち位置はまったく異なる。自身の作品が海外に理解されるかどうかは第一義の問題ではない。むしろ、日本語を通じてしか見えてこないドストエフスキーの秘密があるなら、それを見極めてみたいというのである。先の言葉を受けて岡は、こう語った。

岡　それでよいのだと思います。仕方がないということではなく、それでいいのだと思います。外国のものはあるところから先はどうしてもわからないものがあります。

小林　同感はするが、そういうことがありますね。だいいちキリスト教というものが私にはわからないのです。

キリスト教が分からなかったからだ、と本人が語っているから、彼がそう感じていたことに疑いはないが、小林が、彼が感じていたようにドストエフスキーの精髄にふれることができなかったかという問題には論究の余地がある。

そもそも、キリスト教が分かればドストエフスキーという作家の魂が、真にまざまざと感じられてくるのだろうか。ドストエフスキーはキリストを信じていた。だが、それは今日私たちがキリスト教という言葉で感じているものと同じものであるとは言い難い。

敬虔というよりは熾烈な熱情をもってドストエフスキーが、ロシア正教を信仰していたことはよく知られている。それればかりか、彼はロシアの霊性が世界を救済するとすら感じていた。東京・御茶の水にあるニコライ堂の名の由来となったニコライが日本に赴こうとするとき、ドストエフスキーは面会をし、宣教の意義を熱く語ったという。

ただ、彼が信じていたのは、ロシア人たちにも親しい正教であるよりも、彼が正統であると感じていたそれであって、ドストエフスキーの作品を読めばロシア正教の核にふれることになる、とは断言できない。ニコライ研究の第一人者中村健之介によると、この作家の話を聞いたニコライも必ずしも肯定的な感想をもっていたわけではない。

シベリア抑留から帰ってきたとき、ドストエフスキーは聖書を差し入れてくれた婦人に自らの信仰を赤裸々に語った次に引く手紙を送っている。

人は魂の飢えのなかでのみ信仰を見出す。あるいは不幸のなかで真理にふれる。ある人々は自分を敬虔な信仰者だというが実感はまったく別で、「不信と懐疑」の子であり、それは生涯変わることがない、そう書いたあと、こう続けられた。

「この信仰への飢えが、今までどんなに僕を苦しめて来たか、今も苦しめているか。飢えが心中で強くなればなるほど、いよいよ反証の方を摑む事になる。併し、神様は、時折僕が全く安らかでいられる様な時を授けて下さいます。そういう時には、僕は人々を愛しもするし、人々から愛されもする、そういう時僕は信仰箇条を得ます、すると凡てのものが、僕には明白で、神聖なものとなります」

悲嘆の底にあるとき、何の前ぶれもなく、神は平安のときをもたらしてくれる。そのとき自分は他者を愛し、他者からも愛されている。信仰は、努力によってつかみ取るものではない。つねに与えられるものである、それが彼の実感だった。

だが、与えられるものであることを忘れて、自らそれを摑み取ろうとするとき、手にするのは望んでいたのとは別のものになるという。そう語ったあと、ドストエフスキーは、さらに鮮明に自らの「信仰箇条」をめぐって語り始めた。

つまり、次の様に信ずる事なのです、キリストよりも美しいもの、深いもの、愛すべきもの、キリストより道理に適った、勇敢な、完全なものは世の中にはない、と。実際、僕は妬ましい程の愛情で独語するのです、そんなものが他にある筈がないのだ、と。それればかりではない、たとえ誰かがキリストは真理の埒外にいるという事を僕に証明したとしても、又、事実、真理はキリストの裡にはないとしても、僕は真理とともにあるより、寧ろキリストと一緒にいたいのです。（「『カラマアゾフの兄弟』」）

ここに記されていることはもちろん、救世主であるキリストへの信頼として読むこともできる。だが、同時にキリスト教への強い批判も含まれている。ドストエフスキーが信じているキリストの姿を、偽りであると断じるのは、その時代、その文化のキリスト教にほかならないからである。歴史観が私たちを歴史から疎外するように、絶対視されている神学が、イエスと私たちの間に埋めがたい溝を作っている。それがドストエフスキーの実感だった。

当然ながらイエスは、キリスト教徒ではない。キリスト教はイエスが十字架上で逝ったあとに生まれた。また、イエスの時代には今日、私たちが考えるようなキリスト教徒も存在していない。

イエスの話を熱心に聞いたのはユダヤ教の本流にいた人々よりも異邦人と呼ばれる人々だった。あるいはユダヤ人であっても、内なる異邦人を蔵した傷ついた者たちだった。すでに大きな勢力にさえなっている近代キリスト教からイエスの生涯を見るだけでは、この人物に秘められたものを充分に感じることはできず、また、傷ついた異邦人、虐げられた者の場所にわが身をおいてみなければ、イエスの姿を感じることは難しいのかもしれない。ドストエフスキーが、つねにつながっていたいと考えたのは、キリストであって、キリスト教ではなかった。彼にとってキリストは不変であり、普遍的な存在だが、地上の教会は必ずしもそうであるとは限らないからである。

小林のドストエフスキー観は畢竟《ひっきょう》、「日本的」なものにならざるを得ない、という岡の指摘はさまざまな意味において考えることができる。それは近代日本文学との対峙においてだけでなく、日本語との関係、あるいは岡がいう「情緒」、日本的心性を通じてドストエフスキーの文学を考えることもできる。さらにいえば、鈴木《すずき》大拙《だいせつ》がいう日本的霊性との共振において、この作家の言葉に潜むものを浮び上がらせることも可能だろう。ここで大拙の名前を出すのは唐突であると感じるかもしれない。だが、小林の作品のなかで大拙にふれているのは「ドストエフスキイのこと」と題する、この作家の生誕百二十五年を機に書かれたエッセイだった。そこで小林はこう記している。

> ドストエフスキイは psychologist ではない、pneumatologist だ、と確かベルジアエフが言っていたと記憶するが、決して奇矯な言ではない。鈴木大拙氏が、何かの本で、「碧巌録」の表現を、形而上学的心理の文学という言葉で形容していたのを読んだが、ドストエフスキイの文学にも当てはまると思われる。ドストエフスキイ自身は、この事をよく知っていた。そして自信に満ちて言ったのである、自分はリアリストである、と。

psychologist は心理学者だが、pneumatologist をそのまま訳す日本語はない。小林の記憶は正しく、ベルジャーエフが確かに『ドストエフスキーの世界観』でそうした発言をしている。pneuma〔プネウマ〕は「風」や「息吹」を指すギリシア語だが、同時に神の働きである聖霊も意味する。

ここでの pneumatologist は、世界は聖霊の働きによって成り立っている、すなわち神からの働きかけがあることを前提にした世界観の中で生きている者という意味だと考えてよい。さらに、あえて日本語で表現するなら、「聖霊の人」と書くより「霊性の人」とした方が、ずっとこの作家に近い。

先の一節にあった、小林が読んだ大拙の「何かの本」が、どの著作に当たるのかは分からない。しかし、この一文が発表された一九四六年前後、より厳密にいえば、一九四四年の『日本的霊性』から一九四八年まで、大拙は、多くの労力を霊性論に注力している。「形而上学的心理の文学」というそのままの表現は記されていないが、『日本的霊性』の「金剛経の禅」で大拙は「碧巌録」に言及している。そこで大拙は、いかにして時間的世界から、その彼方の世界を認識し得るかを霊性という言葉を用いつつ、述べている。小林は霊性という術語をほとんど記さないが、その内実は深く捉えていた。評伝で彼が引用している次の一節は、ドストエフスキーの念頭には常にロシアの霊性があったことを如実に伝えている。

口にこそ出さないが、無意識的な、心では激しく感じられる無意識的な観念が在る。そういう観念は沢山あって、まるで人間の魂と溶け合っているようだ。それは国民全体の中にある。一体として考えられた人類の中にもある。この観念が国民生活の中にただ無意識に横たわっていて、強烈に又真実に感じられている限りは、国民は最も強烈な潑剌たる生命に依って生きていられるのだ。この秘められた観念を明瞭なものにしようとする渇望、その点に国民生活の全エネルギイがかかっている。国民が堅固に確固不動にこの観念を宿していればいる程、国民がこの根本的主観を裏切る事が少ければ少いほど、この観念に対する種々雑多な、佯《いつわ》りの解釈に益々服従し難くなればなるほど、国民はいよいよ強く、堅固に、幸福になって来るのだ。

個のうちにあって、その魂と溶け合い、さらには国民、人類を包みこむ働きであり、人間と人間をつなぎとめるもの、さらにそれを人々が渇望せざるを得ないもの、それが大拙が語った「霊性」にほかならない。さらにここで「この観念に対する種々雑多な、佯りの解釈」に当たるものを大拙は『日本的霊性』の冒頭、戦時中に「日本精神」というかたちで頻出していた「精神」だと述べ、霊性と精神を峻別し、論じている。

この本で大拙は、日本的霊性の自覚が起こったのは禅仏教そして、法然、親鸞の浄土仏教が広く信じられるようになったときだったと語っている。大拙にとって親鸞は日本的霊性を体現している典型的な人物だった。小林の評伝を読んでいて一度ならず驚かされるのは、親鸞とドストエフスキーの烈しいまでの共鳴である。先にもし、誰かがキリストは真理の埒外にいることを証明しても、自分はどこまでもキリストと共にいることを切望する、と語るドストエフスキーの発言は、次に引く『歎異抄』にある、親鸞の発言を強く想起させる。

念仏は、まことに浄土にむまるるたねにてやはんべるらん、また地獄におつる業にてやはんべるらん、総じてもつて存知せざるなり。たとひ法然聖人にすかされまいらせて、念仏して地獄におちたりとも、さらに後悔すべからずさうらふ。(第二章)

念仏は、人間が浄土に生まれるための「種」となる営みなのか、また、それがために地獄に堕ちるような営みなのか、それは分からない。しかし、念仏の道に自分を導いてくれた法然聖人の言葉をそのまま信じ、結果としてだまされることになって地獄に堕ちることになっても構わないというのである。

信じる対象が法然からキリストに変わっただけで、既存の宗教によって定められた道を逸脱することをまったく厭わない態度には、共振以上の結びつきがある。ドストエフスキーが信じたのはキリストで、親鸞が信じたのは人間法然であるから、状況が違うと言うかもしれない。しかし、親鸞にとって法然は人間以上の存在だった。道を説く法然を親鸞は勢至菩薩《せいしぼさつ》の化身だと信じていた。

これだけではない。ネチャーエフ事件を知り、『悪霊』の執筆を決めたとき、ドストエフスキーは、万人の心に潜む悪、あるいは、人を悪に強く誘う者に巻き込まれれば、誰もが望まなくても悪に手を染め得ると語った。また、悪が世に行われるとき、その実行者は必ずしも悪の姿をしていないとも言った。私たちは『歎異抄』を繙くと、さらに著しく響き合う言葉に出会うのである。

なにごとも、こころにまかせたることならば、往生のために千人ころせといはんに、すなはちころすべし。しかれども、一人にてもかなひぬべき業縁なきによりて、害せざるなり。わがこころのよくてころさぬにはあらず。また、害せじとおもふとも、百人千人をころすこともあるべし。（第十三章）

あるとき親鸞が弟子に、もし、千人を殺せば必ず往生できるといったらお前はどうする、と問うと弟子は、一人でも殺すことはできないと答える。それを受けて親鸞が語った言葉である。

もし、すべてのことが思ったとおりにできるのであれば、人は往生という究極の目的のために千人殺せと言われたら、殺せるはずだ。しかし、そうはできない。業縁《ごうえん》がないからである。しかし、殺さないのも、その人の心が善良だからだけではない。人を傷つけたくない、そう強く願っていても、業縁が働けば人は、百人、千人の他者を殺めることもある、というのである。

望まない罪を犯した者たちにもドストエフスキーは、シベリアで出会った。罪を犯した者はそれを償わなければならない。しかしその罪は、個の罪であるだけではない。彼がシベリアで目撃したのは、理論や通説で説明できるものではなかった。彼が見たのは苛酷な人間の姿だけではない。それは親鸞がいう業縁だった。一八七三年の「作家の日記」の「環境」と題する一文でドストエフスキーは、罪人を隣人として迎え入れようとする者の姿を描き出している。もちろん、引用は小林の評伝からである。

お前さん方は罪を犯して苦しんでいなさる。だが私等とてもやはり罪人だ。私達がもしお前さん達だったらもっと悪い事を仕出かしたかも知れない。私達がもう少し良い人間だったら、恐らくお前さん方も牢屋に這入るような事にはならなかったかも知れないのだ。お前さん方は、自分の罪の為に、又世の中一般の不法の為に、その償いとして重荷を背負ったのだ。私達の事をお祈りして下さい。私達もお前さん方の事を御祈りしてあげる。が今はまあ不幸なお前さん方、私等の端た金を取って置いて下さい。私達がお前さん方を忘れない事をお前さん方に御知らせする為に、又お前さん方と兄弟の縁を切って了わない為に、この端た金を差上げるんだから。

ここで「世の中一般の不法」とは、不平等や差別といった社会的な状況によって惹き起こされる犯罪であるだけではない。そうであるなら、この語り手は罪人に自分のために祈ってくれとは言わないだろう。罪は社会が生み出したという意見にドストエフスキーは与しない。それを「境遇」論であるという視座も彼は強く退ける。

ここにも親鸞の認識に似て、罪は、人間の意志によるだけでもなく、境遇によるだけでもない、人間の力では自由に動かすことのできない何かの働きによって起こっているという認識がある。個に原因があると断じて終わりにできないものをこの語り手は感じている。「私等とてもやはり罪人だ」との一節にある「罪人」は「ざいにん」ではなく、「つみびと」と読まなくてはならない。ここで問題となっているのは、犯罪としての罪であるだけでなく、万人に遍在している原罪でもある。むしろ犯罪は、原罪の社会的噴出であるという認識がドストエフスキーにも、また、それを引く小林秀雄にもある。

批評家にとって引用は、高次な意味における沈黙の強調である。批評家は言葉を引き、黙る。そこに意味が広がることを願っている。自らがどう書くかよりも、何を引き得るかに批評家の生命がかかっている。年を経つつ、小林が批評家としての力量を伸ばすのに比例して、彼が多く引用するのはそのためだ。

もし、ドストエフスキーが親鸞を、あるいは『歎異抄』を読むことがあったならと考えずにはいられない。時代も場所も離れた場所に知己を見出したかもしれない。小林は親鸞を読んでいる。小林と仏教との関係には、今日なお、論じるべき問題が、ほとんど手つかずの状態で残っている。

第十九章　信じることと知ること——『ドストエフスキイの生活』（三）

単著として『ドストエフスキイの生活』が刊行されたころのことだった。偶然に小林は、哲学者の吉満義彦と同じバスに乗り合わせる。年齢は小林が上だが二人は、東大で同級だった。今日ではもう、吉満義彦の名前を知る人も少ないかもしれない。彼自身は哲学者、それも近代日本を代表するキリスト教思想家のひとりである。

吉満の血脈を継ぐ人物は、同じカトリックであり、トマス・アクィナス研究で知られる稲《いな》垣良典《がきりようすけ》や政治哲学者の半澤孝麿《はんざわたかまろ》を別にすれば、現代日本の思想界にほとんどいない。彼の思想に今日性がなかったのではない。吉満は今日のような専門化された狭義の哲学に意味を認めていなかった。

現代の哲学者は、世界を哲学的に見ようとしているよりも、哲学という学説のなかに収まるものを「世界」として論じようとしているようにさえ映る。吉満は真逆の道を進んだ。その遺産を継承したのは文学者たちだった。自身も吉満から影響を受けた加藤周一が吉満を「詩人哲学者」と呼んだが的を射ている。加藤と同世代の中村真一郎も吉満とのキリスト教哲学をめぐる浅からぬ交流を語る言葉を残している。遠藤周作が、終生変わることなく師と呼んだのは吉満である。

一九二八年、吉満は、二十四歳になる年にフランスへ留学し、当時、フランス思想界に大きな影響力をもったジャック・マリタンのもとで学んでいる。彼はマリタンの住まいの隣で暮らしマリタンの周辺にいた時代をけん引した哲学者、文学者、芸術家、宗教学者とも交わった。ポール・クローデル、フランソワ・モーリヤック、ジャン・コクトーなどがそこにいた。小林も言及しているドストエフスキー論の著者であるベルジャーエフもその一人である。

哲学は、諸学と交わるなかでいっそうその役割を明らかにすることができる。それはこのときから吉満の確信となった。「真実なるものは一つそれだけでみるよりも比較せられるときに本当にその絶対専制的支配権を行使するもののごとく思える」（「文学者と哲学者と聖者」）と吉満は書いている。

実在は共鳴する二者のあわいに存在する。それは彼の世界観であるだけでなく、行動指針にもなった。吉満は同志と雑誌『創造』を刊行していた。カトリック総合文芸誌」と彼らは呼んでいたが、そこには吉満が書く哲学論考から小説、詩、さらには海外の作品の翻訳も収められていた。寄稿したのもカトリックの信者だけではない。河上徹太郎や渡辺一夫、片山敏彦も寄稿している。

先章で小林と堀辰雄の交わりが、これまで語られてきたよりも深いものであることにふれたが、吉満もまた堀と親しくしていた。遠藤周作を堀に紹介したのは吉満だった。遠藤のはじめての長編作品は『堀辰雄覚書』である。この作品における吉満の影響は著しい。このとき吉満が堀を遠藤に紹介していなければ、遠藤は別な生き方をしていたかもしれない。遠藤が後年、『イエスの生涯』を書いたとき、いち早くその意味を認めたのが小林だった。小林は、遠藤に直接電話までして自らの思いを伝えようとした。そのことを遠藤は「私の感謝」と題する小林への追悼文で述べている。

さらに吉満と小林を取り巻く関係でいえば、吉満の弟であり、兄と『創造』を切り盛りした義敏は吉水敏の筆名を持つ詩人でもあった。彼は『四季』や『コギト』にも寄稿していて中原中也とも交わりがあった。中原が、義敏に送った署名入りの『ランボオ詩抄』が残っている。

バスで吉満の姿を見るなり小林は、じつはゆっくり話をしたかったのだと吉満に言い、早速二人はバスを降り、近くの料理屋に入った。吉満は下戸《げこ》だが、小林は好きな酒を手にしながらさまざまな話をし始めた。すると小林は「聖書は実に比類に絶した書物だ、これに比べたら他の書物なんか全くとるに足りない」と語ったという。

この証言はじつに興味深く、小林とキリスト教との関係を考える上でも見過ごすことはできない。小林が聖書を読んでいたことは『ドストエフスキイの生活』からも伝わってくる。だが、吉満を前にしたときに語ったような深い共感と熱情をもっていたかどうかは判然としない。むしろ、前章でもふれたように小林のドストエフスキー論をめぐっては、キリスト教が分からないと語った小林の発言だけが独り歩きしていたのは否めない。だが小林には、キリスト教神学への接近とは別にドストエフスキーの内に生きている「キリスト」にはふれている、という手ごたえがあった。

「彼は、あれほど懊悩したキリスト教の問題の上に、どんな純粋な神学も築き得なかったであろう」と小林は書いている。さらに「福音書のキリストの代りにロシヤのキリストが、やはり彼を招いたであろう。ロシヤのキリストはナロオドの深淵から現れ、彼の必死の弁証法を混乱させたであろう」（『ドストエフスキイの生活』）と続けた。

ドストエフスキーの言葉は、読む者を宗教の彼方へと引き込んでいく。そこが彼の信じた民衆の生きる場所だったのである。さらにいえば小林が描き出すドストエフスキーの生涯とは文学と宗教、そして民衆の願いが一つになる場所を求める精神の歴程だったといってよい。そうした作家の歩みを小林は次のように描き出す。文中に登場する「スラヴォフィル」とはスラブ派、すなわちロシア的霊性に深く根ざしながら生きる人々を指す。

一体、わが国でも国民とか人民とか大衆とかいう言葉は非常に曖昧に使われているが、ロシヤでもナロオドという言葉は、洵に朦朧たる言葉で、同時にこれらのすべてを意味していたので、スラヴォフィルの曖昧な感傷的な思想には、甚だよく似合った重宝な言葉であった。この言葉は、既に、六〇年代の土地主義者たるドストエフスキイにも、民主主義と国家主義との何んの苦もない混同を許していたのであるが、「作家の日記」に至って、彼の民衆理想化は、純然たる民衆礼拝に達した。即ち、既に「悪霊」のうちに暗示された民衆と宗教との同一性が、ここに全幅の発展を見たのである。（『ドストエフスキイの生活』）

キリスト教とキリストは同じではない。前者はキリストの教えとして伝えられる言葉を信じる者たちの営みだが、キリストはキリスト教に入信しない者にも尽きることのない魅力と迫力をもって迫ってくる存在である。キリスト教とキリストのあいだにある交わりと離反、それはドストエフスキーという作家を考えるとき、さらにいえば小林秀雄のドストエフスキー論全体をめぐるもっとも重要な、また、深刻な問題の一つになってくる。

一九三七年十月、小林が「ドストエフスキイの生活」の連載を終えて半年ほど経過した頃、吉満は「ドストエーフスキー『悪霊』に因んで」と題する作品を『創造』に発表している。そこで吉満は、ドストエーフスキーの信じたキリスト教をめぐって「ドストエーフスキーの積極的宗教性そのものがあく迄もキリスト教福音の純粋なる把握である事を充分認めつつも、それがロシア的乃至ドストエーフスキー的固有性格的なるものに媒介されて」いて、彼が語る信仰の言葉をもって、キリスト教の「唯一絶対的正統」なるものであると認識することはできないと書く。

ドストエフスキーが敬虔なる魂を持つ者であることは疑い得ない。しかし、その信仰はいわば正統なる異端者というべき立場において開花した。作家はキリストを信じた。しかし、それは「彼の」キリストであって、流布しているキリスト教が語るそれと同じではない、というのである。

さらに同じ一文で吉満はドストエフスキーの実相にふれ、「単なる哲学者というのみではなく、実に人間の神学的な実存に掌《ママ》わるところのいわば一個の真の神学者なのである」と述べる。さらに『悪霊』では作品上、小さな役割を与えられているように映る登場人物であっても超越者の実在を問う「形而上的な人間の最高問題に一つの糸を以てつながれていないものはない」(『創造』第十三号)とも語っている。

ここで吉満がいう「最高問題」、すなわち人間における究極の問いとは、人はいかにして自らを創った者である超越者との関係を見出すかということにほかならない。その叡知の探求を吉満は「神学」と呼ぶ。吉満がいう「神学」は、単にキリスト教神学を指すのではない。吉満はカトリックだが、彼の思索態度は狭隘なる護教的態度からは遠い。それは宗派的偏重の彼方にある超越者を希求する叡知の営みを指す、真の意味における形而上学を意味する。

この一文を、評伝の刊行前に小林が読んだかどうかは分からない。連載が終わってから書籍化されるまでに二年の月日があり、小林の近くにいた河上の言葉をそのまま信じれば、小林は「手に入る限りのドストエフスキイ評伝を読み、ロシア社会史を研究し、ロシア語すら少し嚙った」(『わが小林秀雄』)という熱情で臨んでいたから同時代の日本人の、それも近しい人物の書いたものであれば手に取ることもあったかもしれない。

だが、『ドストエフスキイの生活』には、一見すると吉満と著しく意見を異にする記述がある。哲学者であれ、神学者であれ、小林は新しいレッテルをつけることでその人物への認識を深めたとするような態度を嫌った。

インテリゲンチャの不安はそのまま彼自身の懐疑であった。彼はこれを観察する地点も、これを整頓する支柱も、求めなかった。ただ自らこの嵐の中に飛込む事によって自他共に救われようとした処に、彼の思想の全骨格があるのであって、ここにことさら弁証法によって武装した手で、哲学者ドストエフスキイ、神学者ドストエフスキイを発見しようとしなければ、彼の姿は明瞭なのだ。

哲学者ドストエフスキーは、従来の文学の境域を打ち壊したこの作家を表現するときに当時からすでに便利な呼称になりつつあった。ベルジャーエフもこの作家を哲学者と呼ぶことに躊躇しなかった。キリスト教に近い論者たちはこの作家の作品に、これまでとはまったく異なる姿をした新しい神学の到来を見た。しかし、小林がドストエフスキーを見る態度は違う。彼はドストエフスキーが語ったことを見つめているのではない。その言葉を通じて、作家が考えた人生からの問いに彼自身も辿りつこうとしている。

ここでの「弁証法」とは、眼前の事象をすべて論理の力で証ししようとする近代的理知による解析の異名である。前章までに小林がドストエフスキーを論じるときに「謎」という言葉に逢着していることは幾度かふれた。「弁証法」は、「謎」を前にしたときの沈黙こそ、それを読み解くための第一歩であることを忘れた近代人による愚行の表現でもある。一九四一年に行われた哲学者三木清との対談でも小林は「弁証法」に対する懐疑的な発言を残している。対談の終盤小林は、「ディアレクティック〔弁証法〕というものは、やはり非常に害毒を流しているな、哲学界に」と語った後、突然、最近、道元を読んでいる、と語り始める。

道元は「実に面白い」。しかし、哲学者たちが道元の思想を「ディアレクティックに翻訳する」ものは「全く偽物」だと断じる。「手応えがない」、道元にはそれがある。「道元は独立している、蟇みたいに」、と述べた後、こう続けた。

ディアレクティックというものは人に解らせるものだ。道元の思想はこういうものだということを解らせるものだ。処がそうでないのだ、思想というものは。やはり解らせる事の出来ない独立した形ある美なんだね。思想というものも実地に経験しなければいけないのだ。此処に蟇がいるということを経験しなければいかん。(「実験的精神」)

蟇はガマガエルだが、泰然自若として動じない生けるものの異名である。朝起きて、玄関のドアを開けるとこちらを向いている蟇がいれば人は驚く。今日ではこうしたことも少ないのかもしれないが、私が幼いときには何度かこうした経験があった。当然、そうした遭遇に人は驚く。しかし、同時にある確かな感触も心に感じる。「蟇がいるということを経験」する、それは図鑑でガマガエルの生態について調べていることとはまったく質の異なる出来事だというのだろう。

現代には、一度も海に行かなくても海について知ることはできる。しかし、海を知ることはできない。小林にとって思想は、経験を通じてしか知り得ない何ものかだったのである。

理知には限界がある。そう考えたのは吉満も同じだった。吉満は小林とは異なる場所に「手応え」を求めた。「天使を黙想したことのない人は形而上学者とは言えない」(「理性と道徳の将来に関する断章」)と吉満は書いている。彼にとって真に形而上学と呼ぶべきものは「弁証法」の彼方にあるものだった。

先のような聖書をめぐる小林の発言や吉満との遭遇があったことを私たちが知るのは、小林、吉満の作品を通じてではない。越知《おち》保夫《やすお》の「小林秀雄論」によってである。越知の「小林秀雄論」は、吉満義彦に言及する次の一節から始まる。

十五、六年も前のことである。当時健在で居られた吉満義彦先生のお宅を訪ねた折のことである。偶々小林秀雄氏（以下敬称を略す）の話が出た。先生は小林秀雄とは一高当時同級であった間柄だがヨーロッパから帰朝されて以来ゆっくり話をされる機会もなかったようである。

越知保夫は批評家で、文字通りの吉満義彦の弟子である。彼もカトリックで、若き日には司祭を志したこともあった。越知は信仰においても、文学、あるいは一個の人間としても多くを吉満から学んだ。学生時代に左翼運動に参加、逮捕、転向を経験している。彼は大学の同級だった中村光夫とも親しく、中村や吉田健一、山本健吉らと刊行していた雑誌『批評』の同人でもあった。当時は詩を寄稿していた。

批評を書くのは故郷に帰り、同人誌『くろおぺす』の同人になってからである。彼は結核を病んでいて、一冊の本も世に問うことがないまま亡くなった。だが、没後に遺稿集『好色と花』が有志の協力によって編まれると、幾人もの文学者、あるいは宗教者が熱い共感をもって彼の作品を受けとめ、彼の文学をめぐって語り始める。その一人が島尾敏雄であり、遠藤周作だった。遠藤はあるエッセイで、「砂漠のなかに金鉱を掘りあてたようなよろこびをもってこの本を読み終わることができた」と書き、島尾は、『好色と花』には作者の精神の「最初の凝集があり、〔中略〕それの持つ充実が私を手放」さない（『私の文学遍歴』）と述べた。

平野謙は、越知の生前からその小林論を認め、言及していた数少ない批評家の一人である。

平野は越知の遺稿集が出版されたとき、次のような言葉を寄せた。彼の精神の一側面をよく言い当てている。

小林秀雄のドストエフスキー体験から戦後の造形美術体験を精刻に追体験することによって、愛とはなにか、と問いつづけた越知保夫は、美も真も聖も、愛につらぬかれてはじめて完了すると確信したもののようだ。不幸にして越知保夫は中道に斃れたが、一貫した問題追尋の美しさは、ここに歴々として明らかである。

ここで平野も言及している「小林秀雄論」は、越知の代表作であるだけでなく、数多ある小林秀雄論のなかでも特異の位置を占めるものになっている。越知は小林が論じた問題をめぐって、小林も予想しなかった場所へと深化させることに成功している。越知は、小林自身が『近代絵画』のセザンヌ論でリルケとの関係を語り始める前に小林とリルケの共振を語り、『本居宣長』の執筆が始まるずっと以前にその作品の出現を予感している。

サルトルと同時代人でガブリエル・マルセルという哲学者がいる。越知は小林を論じながら、マルセルの哲学との間に著しい共鳴があると語っていた。サルトルが実存主義は必然的に無神論的になると語ったのに対し、マルセルは超越との関係のなかでこそ人は真の意味で実存的たり得ると語った。さらに人間存在の本質は、肉体をもって存在する現世だけにあるのではなく、死者となった者たちとの間でも深め得るともいう。マルセルにとって死者論は彼の形而上学の基盤となるものだった。越知の没後、マルセルが来日した際、対談の相手として選ばれたのは小林だった。越知は小林の文学の底を流れるものは同質の生の実感であるという。

小林のドストエフスキー論をめぐっても越知は、これまでの小林論の作者とは違った態度で臨み、異なる確証を得ていた。小林のドストエフスキー論は『白痴』論の執筆を最後に未完となった。しかし、ここで試みられた聖性の探究はそのまま『ゴッホの手紙』に受け継がれたことを看破している。ドストエフスキー論とゴッホ論はいわば、小林における聖性論の上下巻のような位置にあるというのである。悲願を生き抜きたい、というゴッホの境涯《きようがい》をめぐって小林はこう書いている。

彼〔ゴッホ〕が牧師になりたかったのは、説教がしたかったからではない、たゞ他人の為に取るに足らぬわが身を使い果したしたかったからだ。（『ゴッホの手紙』）

肉体が食物を糧とするように、魂は言葉を糧とする。魂は言葉を食べて生きている。言葉を運ぶことは飢え、渇いている人に食物と水を運ぶのに勝るとも劣らない意味を持つ。それが弟子たちの、また、ゴッホの確信だった。イエスは生前、場面を変え幾度となく、人はパンのみに生きるのではなく、神の言葉によって生きていると語った。かつてイエスの弟子たちが生涯を賭してイエスの言葉を運んだように、わが身を他者のために用い切ること、それが彼の悲願だったというのである。

牧師になろうとしたときの思いをそのままに彼は絵筆をとり、色と線によって生み出される言語とは異なる「言葉」を人々のもとに届けようとした。その試みに切なる願いがあることを同時代で理解したのは、ゴッホの実弟をふくめわずかな人でしかなかった。しかし、それが空想ではなかったことは今日私たちが彼の作品の前で立ちつくし、心ふるわせていることが傍証している。

先の『ゴッホの手紙』にある一節を越知は、小林が語るドストエフスキーの姿と共振するように引用しつつ、さらには次のような言葉を書き残している。

　ゴッホの発狂後の手紙を読んでいると、ドストエフスキーの流刑当時の手紙が思い出される。両者の間には同じ音調が聞え、それが小林をつよく惹きつけていることがよく分る。それは運命がじかに語っているとでも言いたいような、何かしら異様な底しれぬ声である。小林は、ドストエフスキーがシベリアへの護送の途中、トムスクから出した書簡について、「このような異様な体験をこんなに沈着に語れるのは、容易ならぬ心である」といったが、ゴッホの手紙にも同じ容易ならぬ謎がのぞいている。(「小林秀雄論」)

「音調」という言葉を選んでいるように、言葉には語意の領域だけでなく、響きの境域があると越知は感じている。そこで語られていることは目には映らない。しかし、無音の声を聞き取ろうともう一つの「耳」、魂の耳ともいうべき場所を開く者のもとにはどこからともなく調べが訪れる。小林は、ゴッホとドストエフスキーはそこに運命の実相を物語る同質の通奏低音を聞いている、というのである。

ここでの運命とは、人間の努力ではどうしようもないもの、さらにいえば、人が抗うことができず、そこに意味を見出すしかない人生からの問いにほかならない。

十余年にわたって記されたドストエフスキーをめぐる小林の言葉を越知は、荘厳な一つの交響曲のように聞こうとしている。またあるときは、小林が自作を「デッサン」であると語っていたように、血を以て書かれた一枚の絵を前にするように読み解こうとしている。そして、その「絵」には『ゴッホの手紙』との響き合いのなかでしか感じられない秘義、すなわち隠された意味があることに気が付いている。

小林秀雄の文学を通貫《つうかん》するのは聖なるものへの衝動だと越知は考えている。それは越知自身の実感だったのだろうが、彼の師である吉満にも同質の思いがあった。先に見た面会からしばらくすると吉満は、『創造』に「小林秀雄著『ドストエフスキーの生活』に就いて」という書評を寄稿する。

この吉満の全集にも未収の作品は、これまで小林の読者にもほとんど知られていないように思われる。読まれていないことと、その作品の価値は関係がない。小品ながら、同時代において、吉満の書評以上に小林の精神の振動をまざまざと感じ、それを描き出したものはないように思われる。「先日は失礼しました」という一文から始まるように、この書評は小林に宛てられた書簡の形式となっている。そこで吉満もまた、越知のように小林の作品を「絵」のように読もうとしたと語る。

大兄の描かれるドストエフスキーの肖像を真実な、如何ともし難きリアリティの混沌のうちに深く根を下ろした然し一種の「病者の光学的リズム」の色彩の交錯で描かれたるものとして、ジット静かに見入っていたい。そこに憂愁にみちた静かな嵐がその肖像画からまき上って来るようにも思われるのです。（『創造』第十六号）

「『病者の光学的リズム』の色彩」とは、ニーチェの『この人を見よ』の一節に由来する。小林は、『ドストエフスキイの生活』が刊行されるときに書き下ろされた序「歴史について」のエピグラフに次のニーチェの言葉を引いていた。哲学者ニーチェの真の後継者はドストエフスキーである。そうした実感が評伝を書き終えた小林に啓示のように現れたのである。

病者の光学（見地）から、一段と健全な概念や価値を見て、又再び逆に、豊富な生命の充溢と自信とからデカダンス本能のひそやかな働きを見下すということ――これは私の最も長い練習、私に特有の経験であって、若し私が、何事かに於いて大家になったとすれば、それはその点に於いてであった。

病む者とは不完全な者を意味する。完全を求めつつ、それを永遠に実現できないでいる者を指す。さらにいえば不自由を感じつつ、不自由を在らしめている自由を反証的に実感する者をいう。人々に完全であれ、と説いたのはキリスト教である。誰もそれをなし得ないことをどこかで知りつつ、それを宗門《しゅうもん》に連なる人々に強いたのが、貧しきキリスト教の実状だった。ニーチェがここに強く抗ったことはよく知られている。だが、それはドストエフスキーも、さらにはゴッホも変わらなかった。

評伝の本文でも小林はこの二人の、正統なる異端者による精神の継承を力強い筆致で描き出している。次の一節の「怪物」には多層な意味がある。自らが人間であることを忘れてうわべだけ「神」に似せようとした者、「神」が何であるかも知らずに「神」に自らを擬そうとした者たちの呼び名であり、同時にそうした「怪物」が跋扈した世界で、それと闘おうとした者の謂いでもある。

「怪物と戦うものは、自ら怪物にならない様に気をつけなくてはならぬ。あんまり長く深淵を覗き込んでいると、深淵が魂を覗き込みはじめる」、とニイチェは「善悪の彼岸」で警告したが、嘗て自ら怪物とならずに怪物と戦った人がいたであろうか、深淵に見込まれずに深淵を理解した人が。善悪の彼岸の四年間の彷徨で、彼の心が無傷であった筈はない。彼が黄金を見附け出したのは、粗悪な地殻の下によりも寧ろ自分の被った傷の下にである。そして彼に心地よかったものは、発見物だったかそれとも発見の苦痛だったか、恐らく彼自身にも判然しなかった。そういう体験の場所で、恐らく彼はニイチェの所謂病者の光学を錬磨したのであった。（第三章「死人の家」）

人が「神」というとき、そこに想起されるのは「神」の破片であっても「神」そのものではない。だが、街にあまたある教会からは「神」を賛美する声が聞こえ、そこには自らの姿を重ね合わせ、誇らしげに何かを語ろうとする聖職者と自称する人もいる。ニーチェはこの偽善を許すことができなかった。彼らの語る言葉に超越への扉はない。むしろ、ほかの誰の眼にも見えない自分しかしらない、病によって得た、わが身の傷の下にある、というのがニーチェの確信であり哲学的帰結でもあった。彼は神を冒瀆《ぼうとく》したのではない。むしろ、彼は人間が作った「神」という偶像を拒んだだけだ。

そうした真理発見の公理は、そのまま所を変えてドストエフスキーによって実践されていたと小林は感じている。ドストエフスキーは一八二一年に生まれ、八〇年に亡くなっている。ニーチェは一八四四年に生まれ、亡くなるのは一九〇〇年だが、一八八九年には精神に異常をきたしている。十九世紀ロシアに生まれた作家の生涯を描き出したものだが、世代も環境も、さらには信仰も異なるニーチェとドストエフスキーとの間で継承された、「怪物」の使命による共振でもあるというのである。

だが、そう感じたのは小林だけではない。それは吉満の実感でもあった。この哲学者と作家の接点を言うとレオ・シェストフの『悲劇の哲学』の影響を想起するかもしれない。それが無いとは言わない。しかし小林と吉満、それぞれが感じた「手応え」は異なっている。一九四一年に記された「哲学者の神」と題する作品で吉満は、ニーチェとドストエフスキーの精神の交差に論及している。

もっと明瞭に言ってしまえば近代ヨーロッパ思想世界は神を見失った人間の苦悶で咽喉《いんこう》まで塞がっている。神を見失う事は人間を見失う事に外ならない。「神は死んだ」と言う事は「人間は死んだ」と言うのと別の事を意味しない。神をもたぬ人間は幽霊の如く影がないと言う事を最も深刻に描いて見せたのが他ならぬドストエフスキーの五大ロマンであったのだ。哲学者などは問題を逃げてばかりいた。其故近代では文学者が神学者の代りをつとめねばならなかったと言う事にもなろう。

「哲学者などは問題を逃げてばかりいた」、それだからこそ、近代においては「文学者が神学者の代りをつとめねばならなかった」との一節は、哲学の伝統に深く根を下しつつ、その時代の最前線にいた吉満でなくては語ることのできない切迫と危機感がある。ニーチェの「神は死んだ」という言葉に宗教批判だけしか見ることができず、人間の崩壊を見ることができなかった近代の哲学界の迷妄を吉満は嘆き、先人の呼びかけを聞き直そうとしている。それを先んじて試みていたのがドストエフスキーだったというのである。

この作家の精神に潜んでいるものを哲学者の言葉との共振に浮かび上がらせようとするのはニーチェばかりではなかった。小林のドストエフスキーをめぐる作品を読んでいると時折、パスカルの名前に遭遇する。評伝の序文もパスカルの引用から始まっている。そのほかにもたとえば次のような一節がある。

パスカルの有名な言葉。「イエスは世の終りまで苦しむであろう。われわれは、その間眠ってはならぬ」。ドストエフスキイも亦眠らなかった。それが或る人々には彼の不眠症と見えた。（「『カラマアゾフの兄弟』」）

ここでの「イエス」は、人間イエスではない。十字架上で死に、三日後に復活した、救い主キリストであるイエスである。肉体が滅んだあとでもイエスは、苦しむとき、不可視な姿をして、いつも私たちの傍らにいる。イエスがそうであるように、その道を歩こうとするものは苦しみと悲しみを背負いながら生きる者たちの声にならない「声」に耳を傾けていなくてはならないというのである。

先に見た三木清との対談の冒頭、小林が言及したのがパスカルの存在をめぐる問題だった。三木は『パスカルに於ける人間の研究』で知られる、この時代屈指のパスカル論者だった。小林もこの本を読んでいる。「モンテーニュは段々つまらなくなる。パスカルは段々面白くなる」と語ったあと、「パスカルは、ものを考える原始人みたいなところがある。何かに率直に驚いて、すぐそこから真っすぐに考えはじめるというようなところがある」とも言った。

こうした言葉を受けて三木は「君、このごろはドストエフスキイはやらない?」と聞き返す。すると小林は「やる、この夏」と応じる。この短い応答からは、三木も小林もパスカルとドストエフスキーの間に同質なものを見ているのが分かる。三木が、評伝はこれまで小林が書いた作品のなかでも「傑作」だと思うと語ると小林は、評伝に続く作品論も「続きも殆どもう書いて了ってある」。だが、「段々考えが変って」きて、以前に「書いたものが駄目」になると述べている。

「考える原始人」は世界と向き合うとき、既知のものとしてではなく、いつも未知なるものとして認識する。パスカルが哲学者であるとともに「パスカルの定理」を発見した数学者でもあったことはよく知られている。彼にとって科学者の眼を持つことと哲学者、さらには神学者の眼を深めていくことは矛盾しなかった。
『パンセ』は単なる哲学書ではない。あの本のなかには深甚《しんじん》な問いをはらんだ神学書が眠っている。同質なことはドストエフスキーの作品にも言えるだろう。私たちはこの作家の全集を前に、吉満がいう意味での真の形而上学としての民衆の神学誕生の狼煙を見ることができるのである。
このことに越知ははっきりと気がついている。「小林秀雄論」で彼は「小林は、パスカルやドストエフスキーの神、隠れて居ます神については、深く思いを潜め屢々語っている」と書いた後、こう続けた。

しかし自分自身に関する場合、私は神を信じるとは言わない。そういう言い方を極力避けているように見える。それは第一には語感に対する文学者としての誠実に由来するものと思われるが、神という言葉は彼にはあまりにも客体化された概念、「空中に浮動する神」しか感じさせないからではあるまいか。彼は、神を信じるとは言わずに自己を信じる、魂を信じる、と言う。彼にあっては、その信じるべき自己、信じるべき魂はパスカルの神の如く隠された自己、隠された魂であり、「厚みの中にまどろんでいる。」それ故にこそ、先ずそれは信じられねばならなかったのだ。

信じるとは理性の働きを封印することではない。むしろ十全に開花させることである。そのうえに感性でも理性でもないもう一つの「性」、霊性の働きを始動させることでもある。誰でもが同じように納得できるような言説を、証拠を積み上げつつ語ることが批評であると考えられがちな時代に、信じることによってしか見えてこない未開の場所を切り拓くこと、それが批評家に託された営みであり、小林はそうした道を進んだと越知は感じていた。彼にとっての小林は、もっとも高次な意味における「信ずる人」だった。信じることと知ることは、ドストエフスキー論にはじまり、宣長論を経て、絶筆に至るまで止むことなく探求された問題だった。

先の一節のあとに越知はこう続けている。

吉満先生は小林が話の途中で「自分は pur (純粋な——という意味) なものが何処かにあると信じている」と言ったと語られたが、今思うとこの pur なものとはこの隠された魂を指していたのだと気付かれるのである。自己は知られるべきではなくして、信ずべきものであるとは、まさに自由というものの意味に他ならないのだが、この信念は小林が終始一貫守り続けた信念であり、彼があれ程自己分析という業を排斥した理由であるが、彼は自己の純潔性、彼の言葉を借りれば「自己を救うかどうかわからぬ」純潔性の源もこの信念に託して来たのである。

自己の内なる純粋なるもの、それを人々は古来「霊」と呼び、その働きを近代人は霊性と呼んでいる。人間の意識が闇に閉ざされそうになることはある。だが、何事も「霊」の座にふれることはできない。信じるとは、内なる霊を発見しようとする営みにほかならない。越知は、「小林秀雄を研究する人が再三熟読すべきもの」と述べながら、小林の「信仰について」と題する小品から次の一節を引いている。越知が引いたところをそのまま引用してみる。

> ……「君は信仰を持っているか」と聞かれゝば、私は言下に信仰を持っていると答えるでしょう。「君の信仰は君を救い得るか」と言われゝば、それは解らぬと答える他はない。私は私自身を信じている。という事は、何も私自身が優れた人間だと考えているという意味ではない。自分で自分が信じられないという様な言葉が意味をなさぬという意味であります。本当に自分が信じられなければ、一日も生きていられる筈はないが、やっぱり生きていて、そんな事を言いたがる人が多いというのも、何事につけ意志というものを放棄するのはまことにやすい事だからである。〔中略〕
>
> 例えば、私は何かを欲する、欲する様な気がしているのではたまらぬ。欲する事が必然的に行為を生む様に、そういう風に欲する。つまり自分自身を信じているから欲する様に欲する。自分自身が先ず信じられるから、私は考え始める。そういう自覚を、いつも燃やしていなければならぬ必要を私は感じている。放って置けば火は消えるからだ。

小林にとってドストエフスキーは、人生からの問いを前に解答を差し出してくれるような人物ではなかった。むしろ、謎を謎のまま生き、それと深く交わることを強く促す先達だった。そうしたドストエフスキーの姿にふれ小林は、「颱風に巻き込まれた人間だけが颱風の眼を知っている事を絶叫しているだけだ」と述べている。

「颱風」は時代に、そして自己の内面にうずまいている。ドストエフスキーはそれを、遠くから眺めるのではなく、その内に入って、その「颱風の眼」にふれようとした。

客観という、ほとんど迷信のような視座に翻弄されている者は、対象を遠く離れて見ようとする。主観から離れれば離れるほどよく見えると信じてうたがわない。確かにその眼には全体の風景はよく映るだろう。しかし、その人物には「颱風」の中心で何が起っているかはけっして分からない。実際の台風も、離れている者に迫りくるのは暴風雨だが、その中心では、ときに穏やかな天空があり、外から見るのとはまったく異なる光景が広がっているのである。

同様に小林は、ドストエフスキーという「颱風」の内に分け入って、その「眼」と向き合おうとする。そうした小林の姿を見て、越知は、「謎は解かれない。作者が解こうとしなかったものを評者が解こうとしてはならぬと考えている」(「小林秀雄論」)と書いている。

ここでの「ドストエフスキー」とはすでに一人の作家の名前ではない。語るべきことを背負い人生を生きながら、語る言葉を持たなかった民衆たちの、「口」になった一人の預言者にほかならない。預言者は、声がどこからくるのかを知らない。しかしそこに抗いがたい真実があると感じれば、わが身を投げ出すことを厭《いと》わない者の呼称なのでもある。

第二十章　戦争と歴史

戦争と小林秀雄の関係を考えるとき、第二次世界大戦の前後の言動のみに目を凝らしていてはならないのだろう。そうした、のちに誰かからあてがわれた視座は、局所的かつ消極的な意味における時勢的な見解に私たちを導き、そこから出られなくすることがある。

後世の人間が、歴史上の出来事などによってその人の人生をも区切るのも必ずしも的を射ているとは限らない。「戦中」という射程もそのひとつだろう。ことに、先章で見たように小林は、「戦争という大事件は、言わば、私の肉体を右往左往させただけで、私の精神を少しも動かさなかった様に思う」（『感想』）と、終戦から十三年が経過しようという年に作品の冒頭で語り始めるのだった。

一九〇二（明治三十五）年に小林は生まれている。日本はすでに日清戦争に勝利し、二年後には日露戦争が起こる。第一次世界大戦は一九一四年に勃発、一八年にはシベリア出兵があった。三一年に満州事変、三七年には日中戦争、三九年にはノモンハン事件が起こっている。四一年に第二次世界大戦への参戦に至る。こうして近代日本の戦史を瞥見《べっけん》するだけでも、小林の前半生が戦時と共にあったことは瞭然とする。第二次世界大戦は彼にとって、最初のではなく、最後の戦争だったことも記憶しておいてよい。

これまで幾度かふれた河上徹太郎との対談「歴史について」でも小林は、ヴァレリーの名前を出しながら、自らにとっての戦争をめぐって発言を残している。河上は、吉田健一に薦められて読んだエドモンド・テイラーの *The Fall of the Dynasties*（『王朝の崩壊』）の戦争観を語り、第一次世界大戦は、第二次世界大戦とは別種の、ある意味では、さらに悲惨な出来事を伴った戦争だったという。

死亡者数は当然ながら第二次世界大戦の方が格段に多い。しかし、第一次世界大戦は、のちには見られない近代的な残虐なる人間の業《わざ》だというのである。第二次世界大戦のときは兵器がどれほど危険であるかを人間は知りつつ、それを用いた、だが、第一次世界大戦のときは実際に「使ってみないと分らない凶器だった」と河上は言う。こうしたときの人間の精神を巣食う陰惨な何かを二人は見過ごさない。

活字になった対談では、こうした河上の話を受けた小林の応答は、「うん。しかし、どうも君は話をむつかしくしたがる……」となっているが、実際の対談で小林は――先にふれたようにこの対談は録音記録が公表されている――活字になったものよりもいっそうはっきりと河上の着想に賛意を表している。

いかに悲惨であるかを、あるいは、いかに人間の生命が虐げられなくてはならなかったかを死亡者数という量で計ることに河上も小林も違和感を隠さない。だが、それは戦後になって彼らが感じたことではなかった。一九三七年、日中戦争が勃発した際に書かれた「戦争について」と題する一文で小林は、戦争とは、人間のいのちを個人から奪うものであると述べている。

戦争が始っている現在、自分の掛替えのない命が既に自分のものではなくなっている事に気が附く筈だ。日本の国に生を享けている限り、戦争が始った以上、自分で自分の生死を自由に取扱う事は出来ない、たとえ人類の名に於いても。

戦争は、個であることを著しく妨げる。ほとんど不可能にする、といってもよいほどだ、戦争に対する意見はどうあれ、このことは避けがたい現実ではないのか、と小林はいうのである。ここで述べられているのは戦争を煽動する言葉ではけっしてない。目の前で起こっている事実を端的に語っているだけだ。ここには小林の意見というようなものはない。彼の意見は別所にある。人のいのちは「掛替えのない」ものである、という認識から小林は離れることはない。だからこそ、戦争に関する意見を表明する前に自分たちは静謐のうちに、奪われていく命の実感をもっと噛みしめなくてはならないのではないかというのである。同じ一文で小林はこう述べている。

観念的な頭が、戦争という烈しい事実に衝突して感じる徒らな混乱を、戦争の批判と間違えないがいい。気を取り直す方法は一つしかない。日頃何かと言えば人類の運命を予言したがる悪い癖を止めて、現在の自分一人の生命に関して反省してみる事だ。

この言葉は、時事的でもあったが、じつに予見的である。戦中に著しく戦争を賛美した人たちのなかには戦後にほとんど転向に等しいような変化をして「人類の運命」を語り始めた人が少なからずいた。

近似したことは現代を含めたさまざまなときに繰り返されている。世の中がどんなに混乱をきたしても個のいのちの尊厳は変わらない。しかし、それを個が守れなくなる、というのが戦争なのである。戦時に文学者は現実とどう対峙するべきなのか。戦時における文学者の覚悟をめぐって小林は、同じ文章で次のように記している。あるとき小林は、ある雑誌から「戦争に対する文学者としての覚悟」を問われる。

僕には戦争に対する文学者の覚悟という様な特別な覚悟を考える事が出来ない。銃をとらねばならぬ時が来たら、喜んで国の為に死ぬであろう。僕にはこれ以上の覚悟が考えられないし、又必要だとも思わない。一体文学者として銃をとるなどという事がそもそも意味をなさない。誰だって戦う時は兵の身分で戦うのである。

文学は平和の為にあるのであって戦争の為にあるのではない。文学者は平和に対してはどんな複雑な態度でもとる事が出来るが、戦争の渦中にあっては、たった一つの態度しかとる事は出来ない。戦いは勝たねばならぬ。そして戦いは勝たねばならぬという様な理論が、文学理論の何処を捜しても見附からぬ事に気が附いたら、さっさと文学なぞ止めて了えばよいのである。

そもそも文学者の戦争に対する覚悟という問いそのものを小林は認めない。それが小林秀雄の文学者としての態度であり、批評家小林秀雄の戦争観でもあるだろう。

文学は、徹頭徹尾平和のためにある。ここでの「平和」が、人間個人と社会のそれという両義的な意味であるのはいうまでもない。したがって文学者として戦争に与することは不可能である、ということになる。戦うとき人は、あらゆる社会的立場を捨て、一個の人間になる。

さらにここでは個の問題も同時に問われているのだろう。なぜなら、文学とは個でなくては、けっして実行し得ない営みだからである。人は、書くときも読むときも一人でなくてはならない。むしろ、人は一人にならなくては書くことはできない。読むとき人は、集まって一冊の本を同時に読むことはできる。しかし、個々の精神に映る風景はまったく別物なのである。文学とは、どこまでも個に徹しようとする道であるといえるかもしれない。

今日の読者には、「戦いは勝たねばなら」ない、との一節にある抵抗を感じるかもしれない。戦争を賛美している、と感じる人もいるだろう。戦いは勝たねばならないと心を決め、戦場に立ったとき、反戦を説き、平和を祈る文学者ではいられない。しかし、戦争が突きつけてくる現実は非情である。人がいかに強く反戦を口にしても、その一個のいのちを守るために、ほかの誰かがいのちを賭すことを強いられるのである。

また、小林は、平和のための戦争という、当時の日本が連呼していた見た目のよい論理にすり替えようとする態度にも著しい抵抗を感じている。それは偽りであるだけでなく、いのちを賭して戦う者への侮辱になる、とも述べている。そして「一番戦争の何んたるかを知っている戦場にいる人々は、又一番平和の何んたるかも痛感している筈だ」とも記すのだった。

先のように語ったが小林は、生涯文学者であり続けた。あり続けることができた、というべきなのかもしれない。小林は兵士として従軍しなかった。大岡昇平のように戦地で熾烈な経験をすることはなかった。

しかし、戦地に立った者こそ真に平和を知る者である、という思いは変わることがなかった。のちにもふれるが、帰還した大岡に『俘虜記』を書くよう強く促したのは小林である。「戦後、復員したばかりの私に『俘虜記』を書けといい、世に出してくれたのも小林さんだった」（「大きな悲しみ」）と小林を追悼する文章で大岡は書いている。また、同じく戦後に戦艦大和に乗船していた吉田満が書いた『戦艦大和ノ最期』を世に送り出すのにも小林は尽力した。

一九三八年三月に中国へ渡り、上海から杭州、南京、蘇州へいったのを最初に小林は、幾度か記者の任を背負って、あるいは文学者として戦地に赴いたことはある。しかし、兵士たちが生命を賭すような戦場にまでいったのではなかった。「戦争について」の翌年に書かれた「従軍記者の感想」と題する一文でも「従軍記者の腕章を巻いたには巻いたが、占領後の安全地帯をうろうろしていただけだ」と述べ、出発前は危険な場所にも取材で足を踏み入れてもよい、と考えていたが、現地に到着すれば「そんな空想は忽ちけし飛んだ」とも書いている。

記者として戦地から小林が持ちかえったのは、現地の状況ではなかった。むしろ、そこで彼は戦争をめぐって自分が、本当のものは何も見ていないことの方を強く認識して帰ってきた。それは現場へ行く前から抱いていた実感だった。「戦争について」の始まり近くにはすでに次のような一節がある。

(日支)事変のニューズ映画を見ながら、こうして眺めている自分には絶対に解らない或るものがあそこに在る、という考えに常に悩まされる。この考えは画面と僕との間を引裂く何かしら得体の知れない力の様に思われて、だんだん苦しくなって来る。

何かを眺め、その感想を語ることと何かを生きること、この二者を峻別《しゅんべつ》する、それが小林秀雄にとっての批評の出発点であり、眼目だったといってもよい。知り得ぬことを知り得たように語るのではなく、何を知り得ないかを明示することに批評家の役割があると小林は考えている。知ることと語ることにもおのずから別種の働きがある。人は語り得ない何かに遭遇したと語らなくてはならないこともあるからだ。

同じく一九三八年に朝日新聞に掲載された「ある感覚」と題する小文がある。あるとき、自分と同じく戦地へ記者として赴いた芹沢光治良《せりざわこうじろう》が書いた文章が、自分の文章と著しく似ているのに驚く。見たものが同じということはある。しかし、そこで感じることはおのずから別になる。そこで小林は、「僕と酷似した感想を洩しているので驚いた。それは殆ど言い方まで似ていた」と書き、こう続けた。

向うに行って、同じ或る感覚を僕等は強制されたに違いないのである。無論独り芹沢氏に限らない。従軍記者の経験を持ったものの心には、濃い薄いはあろうが彼地で貰って来た同じ色合いの感覚があるのだろうと僕は思っている。

誤解がないように述べておくが、彼らは工場見学のようにすでに定められたものだけを見ている、という即自的なことが述べられているのではない。人工的な物とは違う、むしろ、不可視な何かが胎動しているのを小林も、芹沢も感じている。先のように書いたあと小林は、自らの実感は観念的なものではないから、現地に行かない者にその手ごたえを伝えるのはじつに難しいとも記している。そして、「僕は又支那に行きたいと思う。文士の支那行も流行だね、なぞと皮肉ったような顔を見ると虫酸が走る」と書き、この一文を終えている。その言葉通り十月に小林は再び海を渡り韓国の慶州から満州のハルビンをへて北京まで旅をしている。

最初に中国に赴いたとき小林は『文藝春秋』の従軍特派員という立場だったが、もう一つこのとき芥川賞をとって、すでに従軍するため中国にいた火野《ひの》葦平《あしへい》に賞を手渡すという役割もあった。小林が日本に戻ってしばらくすると、戦地での生活を日記体で記した火野の小説「麦と兵隊」が発表される。この作品に小林が見たのも、語り得ないものに遭遇したときの文学者の態度だった。

語れば「誤解を招く恐れがある」何ものかがこの作品にはある。あえていえば「それは何か極めて謙遜なある心持ちだ、兵隊としての、人間としての」と小林はいう。本来ならばそこに流れている作者の心情と詩情は、敬虔なものですらある、とでも小林は言いたげなのである。ここで小林が見ているのは戦争の状況ではない。人間が、名状《めいじょう》しがたい何ものかの前で自らのいのちと向き合うときの姿である。先の言葉のすぐ後に小林は次のように述べている。

この作品（敢えて作品とよぶ）の魅力は、立場だとか思想だとかに一切頼らず、掛け代えのない自分の生命だけで、事変と対決している者の驚くほど素朴な強靭な、そして僕に言わせれば謙遜な心持ちからやって来る。（「火野葦平『麦と兵隊』」）

どんな状況にあっても、文学者に託されているのは、いのちの動きを鋭敏に感じ取ることだという小林の態度はここでも変わらない。先に「戦争について」にあった文学は平和のためにある、との一節を見た。だが、このとき小林はまだ、戦地に足を踏み入れていないばかりか、その場所にいる兵士と言葉を交わしたこともない。しかし、彼の態度は戦地の訪問、対話を経ても変わらなかった。だが、それ以後に一九四〇年に中国で行った講演「文学と自分」においても小林は、同質の発言を残している。

一文学者としては、飽くまでも文学は平和の仕事である事を信じている。一方、時到れば喜んで一兵卒として戦う。これが、僕等の置かれている現実の状態であります。何を思い患う事があるか。戦に処する文学者としての覚悟などという質問自体が意味を成さぬ。そういう質問が出るという事が、そもそも物を突き詰めて普段考えておらぬ証拠だと思います。僕の言う様な考え方は、矛盾しているではないかと言うかも知れないが、世の中を矛盾なく渡ろうという考えの方が余程お目出度い考えではありませんか。

戦場で文学者としてこのようなことを話すのは、小林に言われるまでもなく矛盾している。しかし、戦争は、個のいのちを無慈悲に奪いつつ、それが代替不可能なものであることを人間の胸に刻みつける。この大いなる矛盾を私たちはどう受けとめることができるのか、と小林は問うのである。

今日、この講演録を読む私たちが、何かを感じることができるとすれば、小林の言葉に解答めいたものを求めるときではなく、共に問いを深めるときである。小林は、自分が政治的には「無智な」一人の国民に過ぎないという自覚を手放したことはない。それを示すのが、戦後、埴谷《はにや》雄高《ゆたか》や平野謙、本多秋五、荒正人《あらまさひと》ら『近代文学』の同人との座談会「コメディ・リテレール」での次の発言だろう。本多が、今回の戦争を必然であると感じるのか、と問うと小林はこう答えた。

僕は政治的には無智な一国民として事変に処した。黙って処した。それについて今は何の後悔もしていない。大事変が終った時には、必ず若しかくかくだったら事変は起らなかったろう、事変はこんな風にはならなかったろうという議論が起る。必然というものに対する人間の復讐だ。はかない復讐だ。この大戦争は一部の人達の無智と野心とから起ったか、それさえなければ、起らなかったか。どうも僕にはそんなお目出度い歴史観は持てないよ。僕は歴史の必然性というものをもっと恐しいものと考えている。僕は無智だから反省なぞしない。利巧な奴はたんと反省してみるがいいじゃないか。

この時期、改心の言葉を語り出した者は多くいた。しかし、小林の実感は別なところにある。自分たちが何をしたのかを見極める前に、力によってねじ伏せられた途端に国家になり代わって「反省」するなど、観念の遊びでしかないと小林は考えている。

ここで小林がいう「反省」が、「戦争について」にあったそれと同じではないのは一見して明らかだ。デカルトの言葉を借りれば「省察」といってもよいのかもしれない。デカルトの、より精確にいえばヴァレリーを通じたデカルトの思想が、小林の精神に看過できない影響を与えたのは先章に見た。デカルトにとって省察とは魂の実相を見極めることだった。だが、ここでの「反省」は、意見を変えることに過ぎない。自己の生命への省察を離れて生命とは何かを考えてもそこに生まれるのは空論でしかない。それでも人は口にすることを変えることはできるのである。

一九三九年に小林は、前年の秋に満州を訪れたときのことを「満州の印象」と題する一文に書いている。そこで小林は「日本人が支那人というものを新しく理解しなければならぬ大きな必要に迫られている」と述べながら、当時の中国には自国の「民族性を新しい表現に盛った近代文学」がないという。魯迅という例外はあるが、文学は民衆の精神生活と密接な関係を結ぶには至っていない、と述べたあとに次のように語った。

中支の戦の跡で、幾千幾万の難民の群れを眺め、あの人達が自分に解るだろうかと自問したが、その時、例えば学生時代に教わった『詩経』の桑柔編の様な表現しか思い浮ばないのが訝かしかったのである。

小林は中国の時代状況が遅れている、と考えているのではない。この国は日本のように急速な西洋化を経験しないまま、戦争によってその波に飲み込まれたという現状をそのまま語っているのである。また、小林にとって文学が、単に鑑賞するものではなく、直接的に異文化と交わろうとするときの生ける通路とでも呼ぶべきものだったこともこの一節ははっきりと物語っている。

隣国の民衆のいのちに宿っている「小なるもの」に真に偉大な何かを見出そうとする小林の姿を見ていると、ひと世代前に書かれたのだが、岡倉天心の『茶の本』にある次の一節が思いだされる。

おのれに存する偉大なるものの小を感ずることのできない人は、他人に存する小なるものの偉大を見のがしがちである。一般の西洋人は、茶の湯を見て、東洋の珍奇、稚気をなしている千百の奇癖のまたの例に過ぎないと思って、袖の下で笑っているであろう。西洋人は、日本が平和な文芸にふけっていた間は、野蛮国と見なしていたものである。しかるに満州の戦場に大々的殺戮を行ない始めてから文明国と呼んでいる。（村岡博訳）

この時期に小林は天心にまだ深く親しむようにはなっていない。それは後年、ことに晩年の熱情と、ある名著でありと『茶の本』でも「歴史について」先にふれた河上との対談である。

日本が第二次世界大戦への参戦を決めた頃から小林は「当麻《たえま》」「無常という事」「徒然草」「平家物語」「西行」「実朝」といった古典論を書き始める。これを小林の日本回帰のように語る風潮もあったが、すでに見てきたように近代作家でももっとも好む作家が泉鏡花であることが端的に示すように、小林にとって自国の文化を生きることが宿命的であることは早くから自覚されていた。

確かに小林は、宿命という言葉をフランス象徴派の詩人たちから学んだ。しかし、そのあとに彼が進んだのは宿命とは何かを近代フランス文学風に語ることではなく、自らの宿命を凝視するという道だったのである。

この決定的な差異が似通って見える人には、戦時中の小林の態度は貧しき「日本主義」に思われたのかもしれない。書き手はしばしば、自己の未来的な状況を予見する言葉を無意識的に記すことがある。「戦争について」で小林は、後年、自らに向けられる批判を先取りするような一節を書いている。

日本に生れたという事は、僕等の運命だ。誰だって運命に関する智慧は持っている。大事なのはこの智慧を着々と育てる事であって、運命をこの智慧の犠牲にする為にあてる事ではない。自分一身上の問題では無力な様な社会道徳が意味がない様に、自国民の団結を顧みない様な国際正義は無意味である。僕は、国家や民族を盲信するのではないが、歴史的必然病患者には間違ってもなりたくはないのだ。日本主義が神秘主義だとか非合理主義だとかいう議論は、暇人が永遠に繰返していればいいだろう。

明治以降、近代化と西洋化をほとんど判別することなく、ヨーロッパ文化を輸入してきた日本が、西洋の叡知に導かれながら自らの伝統を再認識する動きは小林の時代に始まったことではない。押し寄せる西洋文化の波のなかで、自分のなかにあって朽ちることのない何かを探すこと、それが近代日本でほとんどの人が強いられてきたありようではなかったか。

この時期に現われた、傑出する思想家の複数が、ごく早い時期に日本文化とは何かを英語で世界に向けて語っているのもそのことの証左だろう。新渡戸稲造の『武士道』（一九〇〇）岡倉天心『東洋の理想』（一九〇三）『茶の本』（一九〇六）内村鑑三『代表的日本人』（一九〇八）がある。ここに挙げた小林の先人たちは皆、西洋で生活した経験を有している。こうした人物によって近代日本の精神史の一角は形成されている。もともとこうした日本で生きていることを深く自覚している者は、「日本回帰」することなどできない。もともと暮らしている場所にどうやって帰ってくればよいというのだろう。

一九四一年に行われた講演「歴史と文学」で小林は「歴史という不思議なからくりは、まるで狙いでも付ける様に、異常な人物を選び、異常な試煉を課す」と述べ、そのひとりとして内村の名前を挙げている。ここでの「異常」は、特異な、と言い換えた方が現代の私たちには飲み込みやすいかもしれない。

第二次世界大戦中の日本を取り巻いていた気勢に小林は大きな違和感、それもほとんど生理的なそれを抱いていた。その事実を端的に示す『歩け、歩け』と題する一九四一年に朝日新聞に発表された一文がある。

当時、国民にひろく歌われた「歩け、歩け」という次のような歌があった。

(あるけ　あるけ　あるけ　あるけ)

南へ　北へ(あるけ　あるけ)
東へ　西へ(あるけ　あるけ)
路ある道も(あるけ　あるけ)
路なき道も(あるけ　あるけ)

(あるけ　あるけ　あるけ　あるけ)

目ざすは　かなた(あるけ　あるけ)
けぶれる　ゆくて(あるけ　あるけ)
果なき　野づら(あるけ　あるけ)
こごしき　磐根(あるけ　あるけ)

(あるけ　あるけ　あるけ　あるけ)

身をやく　日照り（あるけ　あるけ）
塩ふく　背中（あるけ　あるけ）
身を切る　吹雪（あるけ　あるけ）
凍てつく　目鼻（あるけ　あるけ）

（あるけ　あるけ　あるけ　あるけ）

思ひは　高らか（あるけ　あるけ）
大地の　きはみ（あるけ　あるけ）
海さへ　空さへ（あるけ　あるけ）
吾等を　とどめず（あるけ　あるけ）

この歌がラジオから流れてきた。ここに曲調を再現することはできないが、小林はそれを食事中に耳にして「なんという物悲しい調子だろう」と思ったと述べている。さらに歌の作者も放送されてみるまでは自分たちの作ったものがこれほど物悲しいものであるとは知らなかっただろうとも書いている。

作詞は高村光太郎である。高村の全集では「歩くうた」という題名で収められている。どこか宮澤賢治の「雨ニモ負ケズ」を思わせるような詩だが、賢治の詩も戦時中は労苦を忍ぶ美徳を表現した作品として学校で教えられることがあった。光太郎と賢治のつながりは深い。賢治の名前を今日私たちが知るのは、光太郎と賢治の弟清六が編纂《へんさん》した全集が出たことが契機になっている。賢治の研究者である原子朗《はらしろう》によると、「雨ニモ負ケズ」は戦中、「玄米四合」とあるところを「三合」と書き換えられ、広く小学校で唱和され、戦後は「四合」に改められ「民主主義のテクストのように取扱われた」のだった（「賢治・その受容と研究の歴史」）。「歩け、歩け」を取り巻いているのも同質の何かである。どの時代も「正しい」という名のもとに人間の心を飲み込む怪物を前に小林は嫌悪の情を隠さない。「ある著名な詩人と、ある著名な作曲家が、一国民歌謡の創作で失敗したというようなことは何んでもない。（これは大成功だったという説すらあるくらいである。）だが、こんなヘンテコな歌が、生れでてくる現代日本のヘンテコな文明の得体の知れぬ病気状態が僕にはもうかなわぬ」、そう述べてこの小品を終えている。

「得体の知れぬ病気状態」とは小林にとって、歴史とのつながりを見失ったありようともいえるものだった。戦争は小林にとって「歴史」とは何かを凝視する契機となった。それは「戦争について」にもはっきりと見てとれる。「歴史は将来を大まかに予知する事を教える。だがそれと同時に、明確な予見というものがいかに危険なものであるかも教える」、そう語ったあとこう続けた。

歴史から、将来に腰を据えて逆に現在を見下す様な態度を学ぶものは、歴史の最大の教訓を知らぬ者だ。歴史の最大の教訓は、将来に関する予見を盲信せず、現在だけに精力的な愛着を持った人だけがまさしく歴史を創って来たという事を学ぶ処にあるのだ。過去の時代の歴史的限界性というものを認めるのはよい。併しその歴史的限界性にも拘らず、その時代の人々が、いかにその時代のたった今を生き抜いたかに対する尊敬の念を忘れては駄目である。この尊敬の念のない処には歴史の形骸があるばかりだ。

このとき、小林は三十五歳である。当然ながら、自身が歴史の一部として高次の意味で批判の対象になることなど考えてはいない。だが、その分だけその発言には容易に否定しがたい力がある。

これからおよそ二年後に書かれたドストエフスキー伝の序が「歴史について」となっていたのも無関係ではない。そこで小林は、歴史とは子供を喪《うしな》った母親の胸中で烈しく実感されている、と語る。人が歴史に近づくもっとも確かな道は悲しみに導かれるときに顕われる、これは以後の生涯で変わることのなかった小林の根本経験だといってよい。「歴史は繰返す、とは歴史家の好む比喩だが、一度起って了った事は、二度と取返しが付かない、とは僕等が肝に銘じて承知していることである」と述べ、こう続けた。

子供を失った母親に、世の中には同じ様な母親が数限りなくいたと語ってみても無駄だろう。類例の増加は、寧ろ一事件の比類の無さをいよいよ確かめさせるに過ぎまい。掛替えのない一事件が、母親の掛替えのない悲しみに釣合っている。

ここでの母親の話は、息子の戦死を日本で聞いた、という人に小林が出会ったことがきっかけとなったのかもしれない。ただ、小林がおそらくこのことを口にした、ほとんど最初の機会が、その前年、「満洲の印象」に記されたときの訪問時に行った講演「歴史に就いて」だったことを考えると別の可能性もあるようにも思われてくる。

この講演原稿は最初、一九三八年に「満洲新聞」に掲載、その後、二〇一五年に『すばる』に改めて載せられた。全集には収められていない。そこで彼は、「僕の常識は今夜の歴史的事件の一回性というものを確実に知っている」といい、母親の、子供との死別を語り始めた。

もっと簡単な例をとれば例えば母親が子供を亡くした場合、その子供の死んだということは一つの歴史的事件であるが、母親は取り返しの断じてつかぬ事件が起ったということを肝に銘じて知っているわけだ。

この一節をドストエフスキー伝のなかで読むのと、戦時、それも満州で幾多の難民を見た後で書かれたものである可能性が十分にあることを感じつつ読むのとには別種の実感がある。

先に見た戦後に行われた座談会「コメディ・リテレール」でも小林は戦争とドストエフスキー伝、そして中国を訪問したときのことをめぐって発言している。

僕のような気まぐれ者は、戦争中支那なぞをうろつき廻り、仕事なぞろくにしなかったが、ドストイエフスキイの仕事だけはずっと考えていた。これは千枚も書いて、本を出すばかりになっているんですが、また読返してみると詰らなくて出せなくなった。しかし、まだ書直す興味は充分あるのです。戦争している以上、日本が勝つようにいつも希っていたし、僕のような一種の楽天家は敗戦主義なぞを見るといやな気がいつもしていたが、ドストイエフスキイの仕事のことになると、それはもう、戦争なぞとは関係のない世界に入りこんでしまうのだよ。いつもそこに帰る。帰ると非常に孤独になるんだよ。

孤独になるとき、そこに歴史への扉が開かれる。彼はそこで、誰にも見えないところでドストエフスキーとの対話を続けたというのである。ある人にはこれは比喩に聞こえるかもしれない。しかし、小林にとってのそれはありありとした実感だった。満州での講演「歴史に就いて」で小林は、歴史が生まれた必然をめぐってこう語った。

一たん死んだ人は決して生き還らない。併しどうかして生き還らせたいという本質的に非合理的な要求を人間は持っている。この要求に基く能力が歴史というものを作るのであるが、そういう能力は本質的に僕の現在の能力である。だから、過去を客観的に観察するという事も考えてみると妙な事で、過去を観察するとは、過去を現在に蘇らせる事に他ならないのだから、それは観察というより寧ろ創造なのである。

同様の、さらに整った発言を小林の著作に探すのは難しくない。しかし、これほど率直な、しかし、力強い言葉はないかもしれない。一般の認識は別にして、少なくとも彼にとっての歴史とは生者にとって二度と会えないはずである死者とふたたび出会い、語り合う場だった。歴史は過去ではない。小林にとっての歴史は、今にまざまざとよみがえってくる何ものかである。「無常という事」で小林は、記憶と思い出すことの差異をめぐってこう語っている。

思い出となれば、みんな美しく見えるとよく言うが、その意味をみんなが間違えている。僕等が過去を飾り勝ちなのではない。過去の方で僕等に余計な思いをさせないだけなのである。思い出が、僕等を一種の動物である事から救うのだ。記憶するだけではいけないのだろう。思い出さなくてはいけないのだろう。多くの歴史家が、一種の動物に止まるのは、頭を記憶で一杯にしているので、心を虚しくして思い出す事が出来ないからではあるまいか。

少し分かりにくい文章のようにも感じられるが、ここで小林が「思い出す」と述べているものをプラトンが語った想い出すこと、「想起」と置き換えてみるとよいのかもしれない。『メノン』をはじめとした著作でプラトンは、知ることはすべて「想い出す」ことである、とソクラテスに語らせている。別な言い方では、人間が暮らす現象界にありながら、プラトンが考えた実在である「イデア」の世界、イデア界とつながることだった。

歴史的経験とはイデア界をかいま見ることである、ということもできる。小林がプラトンを愛読するのはもう少し後年のことだが、小林が強く影響を受けたベルクソンにおけるプロティノスを経由したプラトンの影響は計り知れない。もちろんそれは、学生時代からすでにそして、豊かに小林に流れ込んでいる。小林におけるイデア界の経験はなまなましい。それは一九四三年に書かれた「実朝」になるとより洗練され、詩情を帯びて語られるようになる。「実朝といふ人は三十にも足らで、いざ是からといふ処にてあへなき最期を遂げられ誠に残念致候。あの人をして今十年も活かして置いたならどんなに名歌を沢山残したかも知れ不申候」という正岡子規の「歌よみに与ふる書」にある、先人の若死を詠嘆する言葉を引きながら、小林は自らの胸にも宿った同質の哀惜にも似た思いを語り始めた。

恐らくそうだったろう。子規の思いは、誰の胸中にも湧くのである。恐らく歴史は、僕等のそういう想いの中にしか生きてはいまい。歴史を愛する者にしか、歴史は美しくはあるまいから。ただ、この種の僕等の嘆息が、歴史の必然というものに対する僕等の驚嘆の念に発している事を忘れまい。実朝の横死は、歴史という巨人の見事な創作になったどうにもならぬ悲劇である。そうでなければ、どうして「若しも実朝が」という様な嘆きが僕等の胸にあり得よう。ここで、僕等は、因果の世界から意味の世界に飛び移る。詩人が生きていたのも、今も尚生きているのも、そういう世界の中である。（「実朝」）

「意味の世界」が何を指すかは二章でもふれた。ここにあるのは喩え話ではない。小林の偽らざる実感である。実朝は消えたのではない。肉眼に映らなくなっただけである。「詩人が生きていた」とは、詩人の魂は、この世にあるときからすでにイデア界との交わりがあったことを指すのだろう。

魂そのものとなった実朝は、その世界で「今も尚生きている」、それが小林の打ち消しがたい実感だったのである。

第二十一章　世阿弥という詩魂

人は眠らずとも「夢」を見る。あるとき「夢」が小林を襲った。次に引くのは小林の「当麻《たえま》」の冒頭に記された一節である。「梅若《うめわか》の能楽堂で、万三郎の『当麻』を見た」と書いたあと、こう続けられた。

僕は、星が輝き、雪が消え残った夜道を歩いていた。何故、あの夢を破る様な笛の音や大鼓《おおかわ》の音が、いつまでも耳に残るのであろうか。夢はまさしく破られたのではあるまいか。白い袖が翻《ひるがえ》り、金色の冠がきらめき、中将姫は、未だ眼の前を舞っている様子であった。それは快感の持続という様なものとは、何か全く違ったものの様に思われた。あれは一体何んだったのだろうか、何んと名付けたらよいのだろう、笛の音と一緒にツッツッと動き出したあの二つの真っ白な足袋は。いや、世阿弥は、はっきり「当麻」と名付けた筈だ。してみると、自分は信じているのかな、世阿弥という人物を、世阿弥という詩魂を。突然浮んだこの考えは、僕を驚かした。

一九四二年二月、東京の品川で夕方から行われた舞台を見終わって小林は、ひとりで帰り道を歩いている。静かな雪道を進みながら彼は、聞こえるはずのない音が、舞台を離れても一向に止む気配がないことに驚いている。異常ともいうべき事態が起こっているのに彼はどこかで安堵を感じている。

耳に届くはずのない響きが押し寄せ、時空の壁を破り、彼方の世界からの風を運び込んでくる。「当麻」の登場人物である中将姫の姿さえ、今も近くをたゆたっているように感じる。それらすべてが導き手になって、どこへでもなく歩かされているようでもあったのだろう。

このとき感じていたのが「快感の持続という様なもの」ではなかった、と述べられているのも、容易に信じがたいこの出来事が、彼には真実の経験だったことを裏打ちしているように感じられる。

快感とは異なる、しかし豊かな経験を実感しているのは彼の肉体ではなく、その精神だった。身体は能楽堂にある。しかし小林の魂はもう、私たちが現実と呼ぶ場所にはいない。このとき小林は、姿が見えないにもかかわらず世阿弥《ぜあみ》を近くに感じている。生きている死者となったこの人物の存在を確かに信じ始めている。

現代ではすでに、魂という言葉は何かあり得べからざるものを表す言葉になりつつある。それればかりか、実在を示すものではなく一種の比喩になっている。しかし小林にとっては違う。「世阿弥という詩魂」と書いているようにそれは、著しい実感を伴うものだった。魂は小林の文学を読み解くもっとも重要な鍵語の一つですらある。

これまでも幾度か小林が「魂」という表現を用いるのを見てきた。だが、「当麻」を最初に「西行」「実朝」までの古典論を書き進めるうちに、その手応えはそれまでとは比べられないほどに確かなものになってくる。さらにいえば、以前とはまったく異質なものにすら変貌していった。

かつては肉体から逸脱するものを魂と呼んできたが、このころからは状況が反転する。魂の触覚というべき何かがはっきりと小林のなかで芽生え始め、肉体のなかに魂があるのではなく、肉体は魂の仮宿であると感じられるようになってくる。

このとき彼に起こった精神の変容がどのようなものだったかは、他のどの作品よりも、「当麻」の書かれた年に行われた座談会「近代の超克」においてまざまざと語られている。「近代の超克」というものものしい題名も誤解を生みやすかったのかもしれない。この座談会はある時期まで――一部の人にとっては今もなお――軍国主義に加担した「悪名高き」ものとして論評されていた。しかし、内実はそうした風評とはほど遠い。「悪評」はしばしば、それを実際に見ていない者たちによって拡散されるが、この場合もそうだった。

この座談会が行われる少し前に西谷啓治《にしたにけいじ》や高坂正顕《こうさかまさあき》、高山岩男など京都学派と呼ばれる人々が座談会を行い、のちに『世界史的立場と日本』として刊行される。ここに参加していた西谷と鈴木成高《すずきしげたか》が「近代の超克」にも参加していたのである。

しかし、開催の趣旨も内容も二つの座談会はまったく異なるものだった。この座談会で小林が力点をおいて語ったのは、近代日本が担うべき「世界史的立場」ではなく、彼の内部で起こった歴史感覚の深化だった。

近代人はいつも、歴史はどう変わってきたのかという「歴史の変化に関する理論」を打ち立てるのに懸命だった。しかし、本当に求められているのは「歴史の不変化に関する理論」

ではないのかと語り、また、「歴史を常に変化と考える或いは進歩というようなことを考えて、観ているのは非常に間違いではないか」と思うようになった。「何時も同じものがあって、何時も人間は同じものと戦っている」とも語っている。小林の関心は論理の構築ではなく、認識の深まりにある。鎌倉時代の美術品が目の前にあるとする。そこには「批判解釈を絶した独立自足している美しさがある」。また美を見出す事に終わらず「鎌倉時代の人情なり、風俗なり、思想なりが僕に感じられなければならぬ」とも言った。

ここでは美術品と語られているが、この時期すでに小林は青山二郎に導かれ、骨董の世界に足を踏み入れていることは想起しておいてよい。これまで小林と柳宗悦《やなぎむねよし》の関係に幾度かふれたが、柳との交わりからいえば青山の方がいっそう深い。

ある時期の青山は柳に心酔していた。小林が骨董に開眼するのは一九三八年、座談会が行われる四年前である。彼にとって骨董とは、文字とは異なる姿をした美の「言葉」を読むことでもあった。そこに一切の比喩はない。だが、小林がそこに何を見たかを書き始めるのは十余年を待たなくてはならなかった。

座談会で彼の言葉をどれだけの人が理解し得たかは分からない。だが、歴史をめぐる小林の経験は明らかに変わった。それはドストエフスキーの評伝を書いているときから連続しているが、明らかに認識の位相が異なる。それはすべて「当麻」を見た日に始まった。「夢はまさしく破られたのではあるまいか」との言葉通り小林は、このとき強引に異界へと連れ去られている。

このとき以来、彼にとって歴史を考えるとは、過去の出来事を顧みることではなく、過ぎ去らないものと今において交わってみることになった。出来事は静かに、誰に知られることもなく起こり始めた。

　この日、小林は独りで能を見ていたわけではなかった。横には中村光夫がいた。のちに中村は自伝的作品『文学回想　憂しと見し世』で、このとき小林の内面でこうした熾烈な現象が起こっていたとは思いもしなかったと書いている。

　外目には、変わった様子はまったくなかったのだろう。しかし、中村はこのときの出来事は一つの啓示であり、小林を襲った「意識の革命」であり「芸術観の革命」でもあったと述べるのを忘れない。さらに次のように芝居を見る小林の内なる様相を的確に描き出している。

　普通、舞台が興味深いとその感動を友人と分かち合いたくなる。だが、小林の場合は違う。彼は感動の振れ幅が大きければ大きいほど独りになろうとする。そこで「舞台をとびこえて作者の詩魂と合体」しようとする、というのである。

　ここで「合体」と述べられている事象をキリスト教の神秘思想では「合一」という表現で語ってきた。ここでもそう書いた方が中村が語ろうとしていることに近いかもしれない。それが二つの「体」が一つになることではなく、身体を超えたものが深い共振のうちに交わりを深めることにほかならないからだ。同質のことを中村は、ランボーやボードレールを読む小林にも起こっていると書いていたのはすでに見た。

　能は今日考えられているようないわゆる単なる芸事ではなかった。能という芸事はもともと単に人を喜ばせ、楽しませるものではなかったといった方がよいのかもしれない。「中将姫のあでやかな姿が、舞台を縦横に動き出す。それは、歴史の泥中から咲き出でた花の様に見えた」。さらに小林はその姿のうちに「人間の生死に関する思想が、これほど単純な純粋な形を取り得る」ことに強く動かされている。

「それ、中楽延年の事態《ことわざ》、その源《みなもと》を尋ぬるに、あるひは仏在所より起り、あるひは神代より伝はるといへども、時移《うつ》り、代隔《よへだた》りぬれば、その風を学ぶ力及び難し」と『風姿花伝』の冒頭にあるように能は、文字通りの意味での神事だった。これまで長く伝えられてきた「申《さる》楽《がく》」の淵源《えんげん》を遡ってみると「仏在所」から起こり、さらには神々の時代から行われているといわれているが、時が流れ、世代も大きく隔たってしまい、今日からはその様相を十分にうかがい知ることができなくなってしまった、というのである。

「仏在所」は、仏教発祥の地と言うほどの意味だろうが、それはインドを指すのではない。それは昔「天竺」と呼ばれた、この世にある、彼方の世界への扉でもあったのである。『風姿花伝』には、能はその本質においては「神楽」であるが、「神」という文字の「偏を除けて、旁を残し」、これを「申《さる》」と読むので「申楽」と呼ぶようになったとも書かれている。

また、「申楽」とは「楽」を「申」すことでもあると述べられているが、ここでの「楽」は単なる愉楽を指しているのではないだろう。それは消え去ることのない真実の目覚めであり慰めでもある。

出かけたとき小林は、古典芸能の舞台を見ようと思っていたのかもしれない。しかし、招かれたのは神々にささげられる祭儀の現場だった。能楽堂という聖堂があって、祭司でもあるシテとワキの役者、笛と太鼓の奏者がいる。だが、それだけでは出来事は起こらない。祭祀に連なる準備の整った観客の存在がそこに加わってはじめて、何かが起こる。

> 室町時代という、現世の無常と信仰の永遠とを聊かも疑わなかったあの健全な時代を、史家は乱世と呼んで安心している。
>
> それは少しも遠い時代ではない。何故なら僕は殆どそれを信じているから。そして又、僕は、無要な諸観念の跳梁しないそういう時代に、世阿弥が美というものをどういう風に考えたかを思い、其処に何んの疑わしいものがない事を確かめた。

永遠は、現実世界と別なところにあるのではなく、今と不可分に存在している。人は死んで永遠界の存在を知るのではない。今を深く生きる者は不可避的に永遠の扉の前に立つことになる。世阿弥の生きた室町時代では、それが常識であり、それを実感するのが能楽だった。世阿弥にとって神事とは、神々の世界と人間の世界に架橋することにほかならない。

「確かめた」と書く小林の心情を感じてみる。他者がそれを幻影だといったとしても自分は、たしかに肉眼とは異なるもう一つの「眼」で何ものかにふれた。視覚には映らない「美」と呼ぶほかないものを見た、というのだろう。このとき小林は、生と死を包み込む世界があることをまざまざと認識している。

目に見えないものを「見る」者を「見者」という。それは幻影を見る者だと理解することもできるが、万葉の歌人にとって「見《み》ゆ」という言葉は、目に映らないものを感じ取る働きを指す言葉だったことも先に見た。詩人は「見者」でなくてはならないと語ったのはランボーだが、日本の古代の歌人にも同じ思いはあったのである。このとき小林は文字通りの「見者」となった。それは内なる詩人の新生だったというべきなのかもしれない。それほどにこの作品の意味は大きい。

処女作にはすべてがあるという言葉は、字義通りに受け止めるのは難しいとしても、そう語りたくなるような現象が複数の作家の生涯に見てとれるのも事実である。小林の場合、「当麻」は第二の処女作であるといってよい。この作品によって照らし出された道は、『本居宣長』を越え、絶筆である「正宗白鳥の作について」まで続く。小林が白鳥を核にしながら最後の作品で論じたのは真の「告白」とは何かという問題だった。また、それは『ゴッホの手紙』における最重要の主題でもあった。

劇評のように始まった「当麻」で小林は、世阿弥を論じながら、ジャン＝ジャック・ルソー（一七一二～一七七八）の『告白』（『懺悔録』）にも言及する。能面をかぶった役者によって演じられる姿を見て小林は「着物を着る以上お面も被った方がよいという、そういう人生がつい先だってまで厳存していた」と思う。着物が肉体を隠すことによって、かえってそこにいる人間の存在を際立たせるように、面は顔を隠すが、その分、躍動する魂を見る者により烈しく伝えるという。

近代に生まれた人間は、あまりに自分を語ろうとするあまり、いつの間にか声に出して語られ、目に見えるものによって示されるものだけを受け止めるようになってしまった。想いは語り得るという認識を小林は「毒念」と呼んだ。それはついに語る者の身を滅ぼすことになる、というのである。

能は、まったく別な営みを通じて隠された真実を顕現させようとする。むしろそこで演じられる姿は、本当のことは五感を超えたものとしてのみ顕われるということを示している。能は、語ることでかえって語り得ないことを言葉とは別種の「コトバ」によって伝えようとする。

この作品以降、小林はしばしば、私の経験から語り始めるようになる。「無常という事」で小林は、『一言芳談抄』にある言葉が「心に浮び、文の節々が、まるで古びた絵の細勁《さいけい》な描線を辿る様に心に滲みわたった」と述べ、言葉が心中で絵になって言語では表し得ないものを小林の心に直接注ぎ込んだというのである。小林にとって文字は言語的記号ではない。それは目には記号として認知されるが、魂にそれが届くとき、意味は光景となって広がることもある可変的なものとなった。言葉は生きている、それは小林の中に古くからある。しかし、ここで改めて深く感じ直され、根本経験となった。

古典論だけでなく、「モオツァルト」でも『ゴッホの手紙』、『感想』においても彼は、自らの、それも不可思議な経験から語り始めた。それは、これから自分が語ろうとするのは理知の働きだけでは認識することができない場所での出来事である、という読者への呼びかけでもあるのだろう。

この頃から小林の作品は、高次な意味における詩と私小説、さらには随筆と批評が混然一体となった様相を帯びてくる。それが真の意味における「批評」であるとすれば小林は確かに近代日本批評の誕生を決定した人物だった。しかし、批評とは、新しい解釈を提示することだと考え、新説を語るのに忙しい現代の文学者が、彼のような「私」的な文学はすでに「批評」ではないというのなら、小林は「当麻」を境にして、私たちがまだ命名できていない新しい地平を切り拓いたのである。

「当麻」で小林は、先に引いた一節のあと『風姿花伝』にある「物数を極めて、工夫を尽して後、花の失せぬところをば知るべし」という言葉を引いた後、こう続けた。


美しい「花」がある、「花」の美しさという様なものはない。彼の「花」の観念の曖昧さに就いて頭を悩ます現代の美学者の方が、化かされているに過ぎない。


この一節の先には容易に汲み尽くすことのできない深遠な意味の世界が広がっている。ここで語られているのは高次な現象学であり、また時代と文化を超え、東洋の神秘哲学に広く見られる存在をめぐる形而上学であり、同時に古くて、新しい感情の詩学でもある。現象学はこの現実世界の深みを照らし出し、形而上学は彼方の世界に叡知の淵源を探す。そして詩学は、そのことを美の力を借りて広く世に告げ知らせようとする働きにほかならない。

先に見た小林が引いていた『風姿花伝』の一節「物数を極めて、工夫を尽して後」は、原典では「物数を尽し、工夫を極めて後」となっている。小林は誤って引用している。今日であれば活字になる前に校正者からの指摘があり、修正されたものが活字になっていただろう。

こうした誤記は小林の作品には時折、見受けられる。それは小林の軽率を示しているのかもしれないが、その一方で彼が『風姿花伝』を愛読していたことの証明であるようにも思われる。先の一節を小林は記憶によって書いている。本を横に見ながら書いたのであれば誤りはなかっただろう。しかし、本を閉じたままでも語り得るほどに世阿弥の言葉は彼の近くにあった。その言葉はいつも彼の精神の周辺にあったのである。

『風姿花伝』における「花」は、じつに多義的であり、とらえがたい。存在空間も多層的である。それは五感的空間を簡単に超える。小林が「花」というように括弧《かっこ》に入れたのも、多次元的な術語であることの表現なのだろう。

ここでの「花」は、私たちが草むらで見る一輪の花であると同時に美の極北の異名でもある。それはきわめて高次な、象徴的な意味をもつ不可視な「花」だともいえる。「花」は、ときに役者に降臨して、動く肢体と一体になって現れるが、役者自身に「花」があるわけではない。「花」はどこからかやってくる。さらにいえば役者は「花」に動かされている。このとき「花」はほとんど、生けるものを深みから支える生命力に近い。

『風姿花伝』では、「誠の花」、「真実の花」という朽ちることなき花とは別に、時の流れと共に過ぎ去ってしまう役者の輝きを「時分の花」といって語り分けることがある。「花」は、必ずしも永遠に役者と共にあるわけではない。「花」に信頼されなくなった役者からは嘘のように光が消えていく。このときの「花」は今日でいう、存在感に近似している。

また「花」は、人間が持つ認知の力では十分には捉えられない働きを指すこともある。「秘すれば花なり、秘せずば花なるべからず」というときの「花」は、究極の美を表わす言葉であると同時に聖性の顕現を指す。それは美しく聖《きよ》らかなものの隠された意味、美と聖性の秘義でもある。

躍動する生命力と圧倒的な存在感、さらには聖性さえ想起させる究極美、『風姿花伝』では場合によって、「花」はこうした異なる働きを示す言葉として用いられている。だが、小林に感じられているのは三つの別様な働きではない。彼は三つが分かちがたく結びつき、一点に収斂《しゅうれん》するところから眼を離さない。

そうした彼が、今ここに存在する美しい「花」を強調するのはよく分かる。しかし、なぜ「花」の美しさが強く否定されなければならないのか。小林は、美しい花は実在だが、花の美しさを語るのは観念の遊びに過ぎないというのだろう。

美しい「花」を前にするとき、私たちは小さな存在ながらそこで世界を質的に経験する。しかし、「花」の美しさを語ろうとするとき、それは量的世界に属するものになる。質的なものはいつも、固有なものである。量的なものにおいて世界と交わるとき私たちは最初にその固有性を手放して、似たものを探そうとする。

反復不可能であること、すなわち小林にとって美の経験は、今ここで起こる、あるいはここでしか起こり得ない世界との交わりとして経験されている。もし、次の日に小林が、同じ場所で、同じ役者による「当麻」を見ても世阿弥からの呼びかけは聞こえてこないかもしれない。だからといって、あの日、彼の身に起こった出来事が偽りだということにはなるまい。一九四二年六月、「当麻」の翌々月に発表された「無常という事」でも小林は同質のことを語っている。

あれほど自分を動かした美しさは何処に消えて了ったのか。消えたのではなく現に眼の前にあるのかも知れぬ。それを摑むに適したこちらの心身の或る状態だけが消え去って、取戻す術を自分は知らないのかも知れない。

ここで「美しさ」と述べられているのは「歴史」にほかならない。さらに小林は「『古事記伝』を読んだ時も、同じ様なものを感じた。解釈を拒絶して動じないものだけが美しい、これが宣長の抱いた一番強い思想だ」ったといい、「解釈だらけの現代には一番秘められた思想だ」とも述べている。

このときが、宣長にふれられた最初の機会となる。世阿弥によって宣長に導かれたことは、戦中の小林が遭遇した、もっとも重要な「事件」の一つだった。もちろん、この出来事の余波は後年の『本居宣長』まで続いていく。そこに断絶はない。『ゴッホの手紙』『近代絵画』さらにはベルクソン論『感想』を間に挟みながらもそこには一切の思想的分断はないのである。その間、小林は静かに宣長を、あるいは伊藤仁斎、荻生徂徠を、そして『論語』を読み続けていた。

同時期に発表された「歴史の魂」と題する講演録がある。主催者から与えられた題目は「歴史と文学」だった。「歴史の魂」という題名は発表するときに小林自身が付したものである。第一次世界大戦に従軍したドイツの軍人ゼークトが書いた『一軍人の思想』の読後感から始め、彼は「無常という事」で書いたことを語っている。宣長にふれ、『論語』に言及しつつ、話は芭蕉にも及んでいる。「西行」「実朝」のあとに「芭蕉」と題する作品が生まれる可能性は十分にあった。

発表されたのは「無常という事」の翌月だったが、速記への加筆の時間などを考慮すると、講演が行われた時期の方が先だったように思われる。小林が講演録をそのまま発表することはほとんどない。それを語り直すように手を入れる。語ったことを修正するためではない。講演というその場で起こった一回きりの出来事と、それを活字にして参加していない人にもむけて発表する時、言葉の性質はおのずから変わってこなくてはならないと感じているのである。

序章で、小林にとって講演がしばしば彼の仕事の転換点を告げる合図になってきたことにふれたが、このときも例外ではない。彼は自らが語ったことに導かれて作品を書く。逆ではない。考えたことを語るというより、語ったことを考え始める。

「無常という事」は小林の代表作としてしばしば取り上げられるが、この作品は、「当麻」から「実朝」に至る道程で読むとき、さらにいえば戦後の「モオツァルト」に至る道行きで見られるとき、いっそうその意味をはっきりと語りだすように思う。この作品は歴史論であるよりも永遠とは何かを論じた作品である。

また、過ぎ行くものと過ぎ行かないものがあり、世界はその二者不可分に織りなされていることを描き出した。「上手に思い出す事は非常に難かしい。だが、それが、過去から未来に向って飴の様に延びた時間という蒼ざめた思想（僕にはそれは現代に於ける最大の妄想と思われるが）から逃れる唯一の本当に有効なやり方の様に思える」と小林はいう。この作品は永遠界をいかに実感し得るかを語った想起論でもある。

批評家としての彼の仕事のなかで重要なのは、作品で語られたことに加えて、古典を通じた日本の歴史世界への探究への舵を切る、決定的な契機となったことでもあった。

「当麻」を書いたとき、そのまま古典の世界への旅を続けるかは決まっていなかった。この作品の翌月に彼が書いたのは、新しく出たカエサルの『ガリア戦記』をめぐる作品だった。掲載されたのは『文學界』である。執筆当初は、この連作が自分にとってこれほど大きな意味をもつものになるとは思わなかっただろう。「無常という事」の翌月に書かれた「平家物語」で語られているのも別種の経験ではなかった。

込み上げて来るわだかまりのない哄笑《こうしょう》が激戦の合図だ。これが「平家」という大音楽の精髄である。「平家」の人々はよく笑い、よく泣く。僕等は、彼等自然児達の強靭な声帯を感ずる様に、彼等の涙がどんなに塩辛いかも理解する。誰も徒《いたず》らに泣いてはいない。空想は彼等を泣かす事は出来ない。

「当麻」の背後に世阿弥の存在を感じているように小林は、『平家物語』を繙きながら兵士たちの笑い声を心で聞いている。あるいは、その涙する姿もありありと見たというのだろう。ここで試みられているのは『平家物語』を論評することではない。人々が歴史と呼んで顧みない永遠界での経験の告白なのである。この道の先で小林は、西行（一一一八～一一九〇）に出会い、そして実朝（一一九二～一二一九）を論じることになるのだった。

「西行」と「実朝」は当然、鎌倉時代を代表する歌人を論じたものであることによってつながっている。この二作は、題名どおりそれぞれの歌と生涯を論じた作品であり、どちらも小林による詩人論としても傑出している。書かれた時期は、接近しているというよりも連続している。

これらを個々に読み、それぞれに論じることもできる。二つの作品をそれぞれ西行論、実朝論として別個に読み、吉本隆明の西行論や実朝論、白洲正子の『西行』、斎藤茂吉の『源実朝』といったそれぞれ先人の作品、あるいはのちに書かれた論考と比べてみることもできるだろう。だが、そうした試みを経ても、この二つの作品が連続して書かれなければならなかった理由も、「当麻」に始まる流れのなかで生まれてきた意味も、さらには小林の精神の劇も見えてこない。

この二つの作品は、一つの有機的な意味のうごめきのなかで感じてみる。従来の視座とは別に、この二人の歌人を、ある大きな人生の問いを背負った一人格として考えてみたい。一つの歴史的使命が二人の異なる人生に降り注ぐことはある。空想めいたことをと思われるかもしれないが、それは小林の実感でもあった。西行、実朝という二人の歌人を貫く何かを浮かび上がらせること、それは小林の試みだったように思われる。「実朝」で小林は、共に生きた時期がない二人の間にある不可視な縁《えにし》にふれ、こう述べている。

成る程、西行と実朝とは、大変趣の違った歌を詠んだが、ともに非凡な歌才に恵まれ乍《なが》ら、これに執着せず拘泥せず、これを特権化せず、周囲の騒擾《そうじょう》を透して遠い地鳴りの様な歴史の足音を常に感じていた異様に深い詩魂を持っていたところに思い至ると、二人の間には切れぬ縁がある様に思うのである。二人は、厭人《えんじん》や独断により、世間に対して孤独だったのではなく、言わば日常の自分自身に対して孤独だった様な魂から歌を生んだ稀有《けう》な歌人であった。

「西行」で小林は、もともと武士だった男が、僧となって新生し、さらに歌人となって新しい宿命を背負っていくさまを描き出している。むしろ、いまだ言葉になっていない歌の伝統に潜む力が、彼を歌人にしたとも感じている。小林は西行が、実朝の父頼朝にも会い、歌をめぐって言葉を交わしている様子などを描きながら、じつは同じ時代の空気を吸うことのなかった二人の歌人の間にある、不可視な関係を見出そうとしている。

同じ日に西行と実朝の歌を読んだ日もあっただろう。書き進めるうちに二つの作品は、どこかに収斂する一つの作品の様相を帯びてきたように思われる。それを証しするように西行をめぐるじつに的確な言葉を私たちは「実朝」に見つけることもある。

「彼〔西行〕の出家の直接の動機がどの様なものであったにせよ、彼は出家によって世間を狭めようとしたのではあるまい。無常観の雛形の様な生活が、彼の魂には狭過ぎたのである」と小林は書いている。実朝を読みながら、この将軍でもあった大歌人が西行から受け継ぎ、育てたものを彼は見出そうとする。

同質の試みはこの二作が書かれたのと同じ時期に、別なところで行われようとしていた。「実朝」が発表された翌年に刊行された『日本的霊性』で鈴木《すずき》大拙《だいせつ》は法然と親鸞の関係をめぐってこう述べている。

日本的霊性の人格的開顕という点から見ると、法然上人と親鸞聖人とを分けない方が合理的かと思われる。両者各別に見なければならぬ場合も固よりあるが、霊性の表現形式に日本的なるものを考えて見ると、両者を一つにしておく方がわかり易くはなかろうか。念仏称名《しょうみょう》の本当の意義は両者によりて発揚せられたのである。いずれか片一方がなかったら完全な進展は遂げられなかったであろう。法然と親鸞とを一人格にして見てよい。

この著作の一部は、一九四二年に大拙が行った講演がもとになっている。それは小林が「西行」や「実朝」を書いていた時期と重なる。もちろん、大拙と小林の間に現象的な影響は存在しない。しかし二人が、ほぼ同じ時期に、同質の問題に注目しているのは興味深い。

ここで法然、親鸞と語られていることはそのまま西行、実朝と置き換えることもできるだろう。和歌は文学の一様式だが、歌人が背負っている宿命は、必ずしも文学的なものであるとは限らない。哲学という言葉が日本に生まれたのは十九世紀の後半だが、それ以前に哲学的な営みがなかったわけではない。

形而上学がもし、存在世界の深層を瞥見し、その隠された意味を認識しようとする営みであるとしたら、西行は歌人の姿をして現れた哲学者だった。「浄土」は今、ここにあることを、命を賭して語った法然と親鸞にもそれぞれ、真の意味における形而上学者の側面があったのはいうまでもない。小林は西行の境涯をこう述べている。

花や月は、西行の愛した最大の歌材であったが、誰も言う様に花や月は果して彼の友だったろうか、疑わしい事である。自然は、彼に質問し、謎をかけ、彼を苦しめ、いよいよ彼を孤独にしただけではあるまいか。彼の見たものは寧ろ常に自然の形をした歴史というものであった。（「西行」）

歌人は天地にとどろく無音の声を聞く者である。歌人はいつも畏怖を感じる。それは歌が生まれようとするときの徴でもあった。ここでの「歴史」は、「無常という事」で語られたそれと同質のものである。彼にとって歌を詠むとは、彼方の世界への呼びかけでもあった。そもそも「詠む」という言葉がそうした営為に隠された意味を示してもいる。それは言葉を永久《とこしえ》の世界に送ることであり、また、その世界から言葉を超えたうごめく意味を受け取ることでもあった。歌人がそうした現世と彼方の世界の間に立つ者の呼び名でもあったように、世阿弥はそれを、能を通じて行ったのである。

第二十二章　運命のかたち――「西行」と「実朝」

『新約聖書』に描かれたイエス像をめぐって、遠藤周作が興味深い発言を遺している。この聖典に記されていることは必ずしも事実とはいえない。しかし、真実ならざるものは何一つ書かれていないというのである。事実、と遠藤がいうのは、いわゆる年譜上で確認できるような事象であり、真実というのは、人間の心で経験された事件と呼ばなくてはならないかけがえのない出来事を指す。

「実朝」で小林も「事実」と「真実」の差異に言及する。彼は遠藤が真実といったのを「真相」という言葉で表現し、歴史の表層をなぞりたいだけなら事実を追えばよい。しかし、その深みをのぞきたいと願う者は事実の壁を超えていかなくてはならないと語りだすのである。

「吾妻鏡」には、編纂者等の勝手な創作にかかる文学が多く混入していると見るのは、今日の史家の定説の様である。上の引用も、確かに事の真相ではあるまい。併し、文学には文学の真相というものが、自ら現れるもので、それが、史家の詮索とは関係なく、事実の忠実な記録が誇示する所謂真相なるものを貫き、もっと深いところに行こうとする傾向があるのはどうも致し方ない事なのである。

「歴史」と小林が呼ぶ永遠の境域に続く扉は、事実ばかりか、真相を超えたところにある。さらにいえばそこへと続く最後の道標は文字によって書かれてすらいないというのだろう。真に重要なことは記述されないまま彼方の世界にある。彼がかいま見たいと願ったのはそうした、いわば語られざる歴史だった。

ここで主語となっているのは「文学の真相」である。人間ではない。現代人はあまりに人間から世界を観察するのに慣れている。歴史にふれた小林を襲ったのはそれとは異なる実感だった。文学という生ける伝統が自ら、その「真相」を語り始めることがあるというのである。

時間の帳《とばり》を突破して顕われ出た何ものかは、いわゆる史実とされている概説を打ち破る。それればかりかそうした出来事を見つめる者の手を取り、さらなる次元の深みへと誘う。先の一節に小林はこう続けている。

深く行って、何に到ろうとするのであろうか。深く歴史の生きている所以のものに到ろうとするのであろうか。ともあれ、文学の現す美の深浅は、この不思議な力の強弱に係わるようである。

小林のなかで「真相」と「美」は同義である。「美の深浅」はそのまま「真相」のそれになる。文学に宿る「美」は、歴史の引力という不可思議な力の強弱に比例するように、その姿を私たちの前に顕わす。「美は信用であるか。そうである」（「真贋」）と小林はいう。

この一節が書かれたのは後年だが、この頃からすでにそうした実感はあった。知ることではどうしても到達し得ない境域がある。だが、信じるとは努力の産物ではない。何ものかからの呼びかけに対する応答なのである。

道を開くのは歴史であり伝統である。人の力ではその門を開くことはできない。人間が歴史を解釈するのではない。歴史が人に自らの姿を開示する。沈黙すべきは人間であり、語るのは歴史である。それが小林の感じていた歴史と人間との関係だった。人は事実を見つけることはできる。しかし、真相はいつも歴史によって示されるというのである。

ある人が、わが身に降りかかったある出来事に関して沈黙を守ったままに世を去る。それを後世の人が事もなげに、まるで墓を暴くようにことをめぐって語り始める。現代ではこうした行為を綿密な調査と呼んで評価するが、それは小林の流儀ではなかった。小林が西行を論じ、「凡そ詩人を解するには、その努めて現そうとしたところを極めるがよろしく、努めて忘れようとし隠そうとしたところを詮索したとて、何が得られるものではない」と語ったのをすでに見たように、不用意な事実の詮索を彼はもっとも嫌った。

これまで誰にも言わなかったことだが、と前置きしながらある人が語り始める。それを見聞きした者が、告白だといって騒ぎ立てる。そうした事象にも小林は何の関心も示さない。むしろ、こうした造られた告白にはいつも、言葉では語り得ない出来事を無意識に、あるいは意図的に覆い隠すという虚偽があると感じていた。だが西行の歌にはそれとはまったく別種の告白が実現されていた。

「心理の上の遊戯を交えず、理性による烈《はげ》しく苦がい内省が、そのまま直《じ》かに放胆《ほうたん》な歌となって現れようとは、彼以前の何人《なんぴと》も考え及ばぬところであった」（「西行」）と小林は書いている。西行にとって歌は内心の吐露ではなく、高次な意味における告白だったというのである。

驚いたのは西行の歌を見た周囲の者たちだけではない。彼自身でもあった。ここでの告白はルソーによって試みられたような人為的な内心の吐露とはまったく関係がない。ルソーに始まる近代人が考える「告白」は畢竟、言葉で語り得るものに関する行為でしかない、それは真に感じ、認識せねばならないことから人間を遠ざけると小林は感じている。「神」に向かって告白する者の姿は、他者の眼には黙っているように見える。なぜなら人は、沈黙のうちに告白を実現するからだ。そこでは言葉とは異なるもう一つの「コトバ」によってじつに豊かなことが語られる。

告白は、名状しがたい人間とは別種の働きの介入がなくては実現されない。告白は人間の意思による行為であるより、宿命に根差した出来事だというのだろう。小林にとって西行は、ルソーよりもずっと早い時期に、またより高次な姿で告白の可能性を切り拓いた人物として認識された。

語るべきは「自己」である、そう信じた西行は、自らの運命のかたちを、歌を通じて告白しようとする。「如何にして歌を作ろうかという悩みに身も細る想いをしていた平安末期の歌壇に、如何にして己れを知ろうかという殆《ほとん》ど歌にもならぬ悩みを提《さ》げて西行は登場したのである」（「西行」）と小林は書いている。

西行にとって歌を詠むとは、彼に許されたただ一つの求道の営みだった。それは牧師になる道を阻まれたゴッホにおける絵画に等しいものだった。西行は自らを通じて出る歌によって進むべき道を見定めていた。「西行」で小林が引く、次のような歌は、この歌人の特異な精神のありようをまざまざと示している。

ましてまして悟る思ひはほかならじ吾が歎きをばわれ知るなれば

まどひきてさとりうべくもなかりつる心を知るは心なりけり

この歌人の姿をして顕われた「空前の内省家」は、思ったことを歌に詠んだのではない。歌を詠むことによって自らが何を感じていたのかを知った。歌を詠んではじめて自らの「歎き」や「惑い」を、さらには「心」という得体のしれないものの働きの実相を目の当りにする、それが西行の日常だった。彼は歌うことによって自らの意識という未開の大地を切り拓いていく。その姿は、祈りによって内なる道を開拓する聖者にも似ていた。

心の声を聞くためには、人間の力とは異なる働きがそこに参与することが必要であることも、西行にははっきりと分かっている。武士だった彼があえて出家をしなくてはならない理由の一端が、ここにもあったのではなかったか。

多くの人間は歌を詠む。しかし、ほとんどの人は歌を詠む際に、世のありようを道具に内心を語る。西行が歩んだ歌の道は違った。時間、場所、出会い、あるいは一つの花でさえ、人生の秘密を知るのにはなくてはならないものだった。そうした自然を前に、いかにして世のありようをそのままに詠むかに彼は心を砕いた。

自身が見、思ったことを「素直」に歌い得たところに小林は、西行の異能を見ている。西行にとって歌を詠むとは自身が言葉の――より精確には言霊の――通路になることだった。歌が生まれ出ようとするとき、もっとも強くその顕われを阻害するのは歌人の慮りである、それが西行の確信だったというのである。

万葉の時代から歌は内心の表現であるだけでなく、彼方の世界に、あるいは彼方の世界から言葉を送ることだった。柿本人麻呂には死者になり代わって詠んだ歌もある。歌を詠むというが、詠むは「ながむ」とも読む。『新古今和歌集』の時代において「ながむ」とは遠くを見つめることではなく、彼方の世界を感じてみることを意味した。『新古今和歌集』にもっとも多くの歌が収められているのが西行であることが傍証しているように、こうした世界観は西行にも親しいものだった。

この世界の向こうに歌を届けることができれば、この世の不条理にどう向き合うべきかの応答を、彼方の世界から受け取ることができる、そう西行は信じた。先の一節のあとに小林はこう続けている。


彼の悩みは専門歌道の上にあったのではない。陰謀、戦乱、火災、饑饉《ききん》、悪疫《あくえき》、地震、洪水、の間にいかに処すべきかを想った正直な一人の人間の荒々しい悩みであった。彼の天賦の歌才が練ったものは、新しい粗金《あらがね》であった。

「新しい粗金」とは未知なる金属を指す。この歌人の出現は、人類に新たな鉱物をもたらすほどの意味を持った。鉄、あるいは青銅が発見された前と後では世のありようは一変した。西行の出現は精神界においてそれほど大きな、そして不可逆な影響力をもった出来事だったというのである。

この歌人は深甚な「内省家」でもあったが、いつからか世に迫りくる不条理のなかに天の声を聞こうとする者へと変容していった。後年小林は、『ゴッホの手紙』で、この画家が最晩年に描いた絵に、旧約聖書の預言者を思わせる人間の姿を読み取っているが、そうした眼はすでに西行を論じるとき芽生えている。

預言者たちが例外なく、孤独に苦しまなくてはならなかったように西行もまた、自らの思いを赤裸々に語る友を持たない。彼は自分を理解するのは容易ではないのを知っていた。「彼は巧みに詠もうとは少しも思っていまいし、誰に読んでもらおうとさえ思ってはいまい。(西行の歌を見れば)『わが心』を持て余した人の何か執拗な感じのする自虐とでも言うべきものがよく解るだろう」とも小林はいう。

ベルクソン論で小林が「誤解を恐れずに言うなら、哲学者は詩人たり得るか、という問題であった」と書いたのは先にみた。小林が「西行」、「実朝」において論究しようとしているのは「詩人は哲学者たり得るのか」という問題だった。さらにいえば、彼にとって西行は、ベルクソンに勝るとも劣らない「思想家」でもあった。

ここでいう「思想」とは、秩序だった西行の詩学と呼ぶべきものではない。自己を知り得ないと苦しみ嘆く人間に、どうして「自分の思想」などあり得よう。彼が求めたのは生きることによって証しされる語られざる「思想」だったといってよい。

本当の意味で思想家と呼ぶべき者は思想体系をともなって出現するとは限らない。むしろ真の思想家は、体系という枠組のなかに生きた人間が収まらないことを知っている。デカルト、ヴァレリー、ベルクソン、ここにドストエフスキーを加えることもできるだろう。小林が強く影響を受けた人々は皆、体系の否認者だった。

西行の時代、歌人たちはいかに歌を作るのかを理論的に語った指南書を書いた。それは現代の知識人たちが世界を読み解くさまざまな方法を語るのに似ている。「西行は、別して歌論という様なものを遺しておらぬ。『西公談抄』があるが言うに足らぬ」と小林はいう。「西公談抄」は弟子の蓮阿が書いた西行の言行録である。さらに「所謂《いわゆる》『幽玄』の歌論が、言葉を曖昧にするという様な事は、彼の歌では発想上既に不可能な事であった」と述べ、西行があらゆる方法論を排したところで一人、歌を詠む態度から目を離さない。

美という文字は古くからある。しかし、今日私たちが日々用いている「美」という概念が日本に入ってきたのは、十九世紀の終わりごろである。それまで日本人はさまざまな言葉によって美を語った。雅、いき、妙、幽玄もその一つである。「幽玄」の歌論とは藤原俊成をはじめとした西行と同時代人たちが説いた歌の極意だった。

幽は、「かすか」とも読むように人の眼に映るか映らないかの霊妙なるものの表現であり、玄は、「玄のまた玄」と老子にあるように世界をあらしめているとらえがたき働きを指す。西行は幽玄なる風景を描き出そうとはしなかった。その世界を生きようとした。彼は「はっきりと見、はっきりと思ったところを素直に歌った」だけだと小林は書いている。

この人の歌の新しさは、人間の新しさから直かに来るのであり、特に表現上の新味を考案するという風な心労は、殆ど彼の知らなかったところではあるまいか。即興は彼の技法の命であって、放胆に自在に、平凡な言葉も陳腐な語法も平気で馳駆《ちく》した。自ら頼むところが深く一貫していたからである。

「即興」とは、恣意を排して真に今と向き合おうとする態度にほかならない。西行は世界が語りだそうとするときわが身をそこに投げ出そうとしている。言葉は、そうした彼の態度を後押しするように歌を詠む西行を助けた。西行は言葉で歌を詠んだのではない。小林が描き出す西行の姿は、言葉と共にあるいは言霊と共に存在世界の秘密を解き明かそうとしているようにさえ見える。

彼が歌いだそうとしたのは、自らの思いではなく、大いなるものが自らに託した何ものか、だった。歌を詠むことで西行はそれと出会おうとしたといった方が精確かもしれない。同質の公理は実朝の生涯も貫いている。歌が生まれるところに欠くことのできないもの、小林は実朝を論じながらそれを「えにし」という言葉で表現する。

秀歌の生れるのは、結局、自然とか歴史とかという僕等とは比較を絶した巨匠等との深い定かならぬ「えにし」による。そういう思想が古風に見えて来るに準じて、歌は命を弱めて行くのではあるまいか。(「実朝」)

「えにし」は縁であり、仏教のいう縁起である。説明しがたい世の巡り合わせがなければ歌は生まれない。歌は人間が作るのではない。何ものかから預かるものである。

そういうと、今日の読者には、まるで巫者のようだと感じられるかもしれない。万葉の時代、歌人のなかには巫覡《ふげき》の役割を担った者が何人もいた。実朝の歌を万葉調だと評する人は多い。しかし小林の眼は、まったく異なるところを見ている。彼は西行や実朝の生涯において、かつてあった人間と歌との交わりがよみがえりつつあるのを目撃している。そうした歌人にとって歌の秘義にふれることと自己を見極めるのが同義になるのは必然だった。

年たけて又こゆべしと思ひきや命なりけりさ夜の中山

中山の関に再び立っているのは、自分の意志のなせる業ではなく、何ものかの働きによると西行は感じている。「命なりけり」というとき、「命」には、今ここに生きている生命の燃焼と宿命とが折り重なっている。

この一首を引きながら小林は、最晩年の西行の境涯をめぐって語り始める。この歌人が追究したのは「無常」と「命」にほかならない。永遠なるいのちの飽くなき探究者として西行は日本精神史において無双の場所を占める人物だと小林は感じている。

五十年の歌人生活を貫き、同じ命の糸が続いて来た様が、老歌人の眼に浮ぶ。無常は無常、命は命の想いが、彼の大手腕に捕えられる。彼が、歌人生活の門出に予感したものは、恐らくこの同じ彼独特の命の性質であった。彼の門出の性急な正直な歌に、後年円熟すべき空前の内省家西行は既に立っているのである。

無常とは常ならぬもの、それは永遠ならざるものだといってよい。しかし、無常を支えているのは「常」なるもの、けっして過ぎ行かないものである。また、西行が感じていた「命」とは、わが身に宿っている「命」でもあるが、わが身を生かしている大いなる「命」でもあるだろう。

永遠なるいのちの実相を西行が歌い尽くしたと小林は考えているのではなかった。西行によって試みは確かに着手されたが、未完のまま受け継がれた、と彼の眼には映っている。そのただ一人の後継者となったのが実朝だった。

「西行は遂に自分の思想の行方を見定め得なかった。併し、彼にしてみれば、それは、自分の肉体の行方ははっきりと見定めた事に他ならなかった」、と彼は西行論の終わりに書いている。この歌人は「命」が何であるかを語り切ることはできなかったが、自らの「命」が還って行くべき永遠の国があることははっきりと見定めたというのである。「肉体の行方」を見定めるとは、亡骸《なきがら》が茶毘《だび》に付されて地に還るということではないだろう。それは「花」の世界へと住処を移すことにほかならなかった。

願はくは花の下にて春死なんそのきさらぎの望月《もちづき》のころ

よく知られた西行の歌である。この歌人にとって「花」は、眼で見、手にふれる桜であるとともに、のちに世阿弥が『風姿花伝』で幾度となく語る人間を超えた大いなるものを象徴する言葉でもある。「花の下にて春死なん」、もしこの西行の切願《せつがん》を世阿弥が見ることがあったなら、そこには神々と諸仏が集う様子を夢想しただろう。

先の歌を引きながら小林は、「彼は、間もなく、その願いを安らかに遂げた」と書き、この作品を終えている。

「西行」を書きながら小林は、実朝という西行の精神の嫡子のような歌人の面影を幾たびも感じたのではなかったか。逆のことも言える。西行の場合は、「実朝」を書いているときにこそ、といった方がよいのかもしれない。西行の歌の秘密をまざまざと語る言葉がいちどならず「実朝」に書かれている。

「『紫の雲の林を見わたせば法《のり》にあふちの花咲きにけり』（肥後《ひご》）。『ほのかなる雲のあなたの笛の音も聞けば仏の御法《みのり》なりけり』（俊成《としなり》）。そういう紫の雲が、実は暗澹《あんたん》たる嵐を孕《はら》んでいる事を、非常に早く看破した歌人は西行であった」と小林はいう。

鎌倉時代、世の潮目を敏感に感じ取り、それを歌にして世に放つことも歌人の役割だった。この役目においても西行は、じつに秀でていたが、そこに彼の歌道の眼目があったのではない。先の一節のあとには次のような言葉が続く。

歌はもっと深い処から生れて来る。精緻な彼の意識も、恐らく彼の魂が自ら感じていた処まで下ってみはしなかったのである。（「実朝」）

「意識」ではたどりつくことのできない場所へ言葉が照らし出す光によって降りていくこと、それが西行にとって歌道を生きることだった。

歌は「深い処」から生まれてくる。世の歌人たちはどこからかやってくる言葉に歌という肉体を付与して、より遠くへと飛ばそうとした。西行は真逆の道を行く。彼にとって歌を詠むとは歌が生まれる淵源にふれようとすることにほかならなかった。それは同時に彼自身の魂の姿を見極めることと同じであることも、西行には予感されていた。同質の実感は実朝にもあった。西行と実朝、この二人の歌人を「まるで違った歌人の様に考え勝ちだが、実は非常によく似たところのある詩魂なのである」（「実朝」）と小林は書いている。

逝きし者たちの存在を近くに感じるところにおいても実朝は西行と似ていた。「実朝」で小林は、「亡霊とは比喩ではない」と断りながら、「それは、実朝が、見て信じたものであり、恐らく、教養と観察とが進むにつれ、彼がいよいよ思い悩まねばならなかった実在だった」と述べ、この歌人と死者との交わりをなまなましく描き出す。さらにそう書きながら小林は、こうした現代人の常識からは逸脱し、「信じ難く、理解し難いところに、まさしく彼〔実朝〕の精神生活の中心部があった事、また、恐らく彼の歌の真の源泉があった事を、努めて想像してみるのはよい事である」ともいう。ボードレールの言葉を借りていえば、実朝における「霊感《アンスピラシオン》」（inspiration）は死者の国からもたらされたというのである。

この二人の歌人は、孤独を友にして生涯を送った点でも強く共振する。孤独が彼らをより強く結びつける。死者と向き合うとき、人は一人にならなくてはならない。むしろ、私たちが独りだと感じたときに、人は死者たちの声に気が付く。

大海の磯もとゞろによする波われてくだけてさけて散るかも

この歌を引きながら小林は、実朝という歌人の独創にふれ、それが和歌の技巧にあるのではなく、彼の孤独のありようにあったと語り始める。

勿論、作者は、新技巧を凝《こら》そうとして、この様な緊張した調を得たのではなかろう。又、第一、当時の歌壇の誰を目当に、この様な新工夫を案じ得たろうか。自ら成った歌が詠み捨てられたままでだ。いかにも独創の姿だが、独創は彼の工夫のうちにあったというより寧《むし》ろ彼の孤独が独創的だったと言った方がいい様に思う。自分の不幸を非常によく知っていたこの不幸な人間には、思いあぐむ種はあり余る程あった筈だ。これが、ある日悶々《もんもん》として波に見入っていた時の彼の心の嵐の形でないならば、ただの洒落に過ぎまい。そういう彼を荒磯《あらいそ》にひとり置き去りにして、この歌の本歌やら類歌やらを求めるのは、心ないわざと思われる。（「実朝」）

「荒磯」を「山」に変えさえすれば、この言葉が「西行」にあったとしてもまったく驚かない。二人はともに武士であり、歌人だった。彼らにとって歌を詠むとはそのまま、見果てぬ世界と言葉によって――より精確には言霊によって――交わることだった。西行の最期は静寂のうちにやって来たが実朝の場合は違った。「実朝」で小林は、歴史書『吾妻鏡』での実朝暗殺後の光景にふれ、こう書いている。鎌倉幕府二代目将軍の次男公暁《くぎよう》によって実朝が殺された翌日、百余名の御家人が出家をした。「彼等」とは御家人たちである。

原因は、もっと深い処にかくれて、彼等を動かしていた。僕は、それをはっきりした言葉で言う事が出来ない。併し、そういう事を思い乍ら、実朝の悲劇を記した「吾妻鏡」の文を読んでいると、その幼稚な文体に何か罪悪感めいたものさえ漂っているのを感じ、一種怪しい感興を覚える。僕の思い過ごしであろうか。そうかも知れない。どちらでもよい。僕は、実朝という一思想を追い求めているので、何も実朝という物品を観察しているわけではないのだから。

文字と知識をたよりに、源実朝という文学史上の人物を眺める、それは生物を研究するといいながら、ひたすら剝製《はくせい》をにらみつけているのに似ている。彼はけっして実在には近づこうとしない。生きているものは危険だからだ。

歴史も同じである。歴史は生きている。だからその奥にある何かにふれようとするものは一種の精神の危機を踏み越えて行かなくてはならない。「一種怪しい感興を覚える」と小林が書くのは、彼自身にも現世の向こうにある異界との交わりがあったことを示している。

「実朝」は、「山は裂け海はあせなむ世なりとも君にふた心わがあらめやも」の一首を引きながら、次の一節で終っている。

「金槐集」は、この有名な歌で終っている、この歌にも何かしら永らえるのに不適当な無垢な魂の沈痛な調べが聞かれるのだが、彼の天稟が、遂に、それを生んだ、巨大な伝統の美しさに出会い、その上に眠った事を信じよう。ここに在るわが国語の美しい持続というものに驚嘆するならば、伝統とは現に眼の前に見える形ある物であり、遥かに想い見る何かではない事を信じよう。

「伝統」は、観念ではない。それは確かに実在する。「眼の前に見える形ある物」であるとすら小林はいう。形ある「物」、人間もその一つである。「物」が物体を表す言葉になったのは現代であり、この言葉はもともと、ものが存在することそのものを意味した、と小林はあるところで書いている。実朝という一個の「物」自体が「巨大な伝統の美しさ」の鮮烈な顕れにほかならない。

ここで小林は「信じる」という言葉を用いる。伝統は今も「生きている」ことを真に経験しようと思うとき、人はそれを知り尽くそうとするのを諦めなくてはならないというのである。

知ろうとすることはよい。しかし、世には知り得ないこともある。伝統は知解という尺度では手の届かないところにある。「実朝の作歌理論が謎であったところでそれが何んだろう。

謎は、謎を解こうとあせる人しか苦しめやしない」（「実朝」）と小林が書いたときも同質の確信だっただろう。「実朝の人物の姿や歌の形が、鮮やかに焼付けられるには、暗室は暗ければ暗い方がいい」ともいう。

先に見た「実朝という一思想」という表現が端的に示しているように「謎」と「思想」は表層的な語意の違いをよそに、小林のなかではほとんど同義の言葉として用いられている。真に「思想」と呼ぶべきものはいつも、答えではなく、容易に解き得ない「謎」と呼ぶほかない問いを随伴《ずいはん》しているというのだろう。「謎」を生きた実朝の歌に、言葉だけでは読み解けない「謎」が潜んでいるのは当然のことだった。だが、「謎」を感じ得ない者には隠れた「思想」もまた見出し得ない。

うば玉ややみのくらきにあま雲の八重雲がくれ雁ぞ鳴くなる

この歌を引きながら小林は、存在の暗部をのぞきこむような歌だが、弱々しく、陰気なものはない、「正直で純粋」さらには「爽やかなものさえ感じられる」という。こうした指摘も、ひたすらに悲劇の人としてのみとらえてきた従来の実朝観を覆すようで興味深いが、そこに小林の本意があるのではない。

先に西行にとって歌を詠むとは、歌の源泉へと降《くだ》って行くことだったといった。それはそのまま実朝に受け継がれている。小林もまた、二人の歌人を論じながら、この詩の淵源を探る旅に出ようとしている。彼は先の歌の深みを流れるものにふれ、それは「運命の形」を浮かび上がらせる「音楽」であるという。

暗鬱な気持ちとか憂鬱な心理とかを意識して歌おうとする様な曖昧な不徹底な内省では、到底得る事の出来ぬ音楽が、ここには鳴っている。言わば、彼が背負って生れた運命の形というものが捕えられている様に思う。そういう言い方が空想めいて聞える人は、詩とか詩人とかいうものをはじめから信じないでいる方がいい様である。

実朝の歌を語意によってのみ読み解こうとしてはならない。そこには「音楽」というもう一つの「言葉」によっても意味の深みが語り出されている。音楽は目に見えない。ここでのそれは耳にも聞こえはしない。しかし、心の奥ではこだまする。心中では音が意味となって、歌の、そしてそれを歌う者の秘密を静かに語り始めるのを小林は、抗うことができないほどに強く感じている。

「実朝」が発表されたのは、一九四三年の『文學界』二月号から六月号にかけてである。この年の終わりごろから小林は「モオツァルト」を書き始めている。彼はこの作曲家の作品に流れる音の奥にある言語とは別種の「言葉」を読み解こうとした。しかしそうした試みはすでに「西行」「実朝」において始まっていたのである。

「実朝」を脱稿してから「モオツァルト」が発表されるまでには、およそ三年半の月日がある。この期間には日本の敗戦があり、同時にアメリカによる占領がある。それにふれ、小林が積極的に語らなかったことから、そこに沈黙を見る人も少なくない。年譜上の事実からみればそう映るのかもしれない。小林は確かに黙した。だが、それは彼に語らねばならない問題がなかったのではない。事実の彼方、小林がいう「真相」を感じる者には、そこにはさまざまなる言葉の様相を貫く何かを探ろうとする不断の試みが存在しているのに気が付くだろう。

一九四六年十二月、小林は自らが編集責任者になって雑誌『創元』を刊行する。ここに小林が、堀辰雄の小説と吉田満の「戦艦大和ノ最期」の掲載を強く希望していたことは先に見た。吉田の作品の掲載が実現しなかったのはＧＨＱの圧力があったからで、当局はこれを戦争讃美の作だと考えたのである。

一読すれば内実が異なることはすぐに分かる。「戦艦大和ノ最期」は、戦後の日本が立ち上がるには死者たちとのつながりを欠くことができないことを謳《うた》い上げた叙事詩だった。吉田はのちに非戦を唱えるようにさえなっていく。

日本は戦争に敗れた。だが、そうした状況下においても日本文学は生きている。『創元』は、そうした小林の意志表明でもあったが同時に、亡き者たちにささげられた言葉の花束でもあった。吉田の作品だけではない。ここには歌人吉野秀雄が亡き妻に送った和歌「短歌百余章」が掲載され、亡き友中原中也の未発表の詩が四編、さらに島木健作の絶筆が収められている。次に引く吉野の歌には、この雑誌を貫く死者たちへの思いをありありと感じられる。「汝」とは亡き妻を指す。

よろめきて崩れおちむとするわれを支ふるものぞ汝《なれ》の霊《たま》なる

悲しみのあまりよろめく。そうした自分をお前が、見えない姿で支えてくれているのがはっきりと分かる、というのである。「短歌百余章」はのちに『寒蟬集』と題する歌集となり、歌人吉野秀雄の名を広く世に知らしめることになる。

喪ったのは妻ではなかったが、きわめて近しい思いは小林にもあった。前年の五月に小林の母精子が亡くなっていて、この雑誌に一挙掲載した「モオツァルト」の冒頭には「母上の霊に捧ぐ」という一節が記されている。

「モオツァルト」は全十一章からなるのだが、その最初は『ゲーテとの対話』の著者エッカーマンが伝えるゲーテの言葉から始まる。第一章はモーツァルト論であるより、ゲーテ論だといった方がよい。小林にとってゲーテは大詩人であるよりも遅れてきた異教の預言者のように映っている。

ある日、ゲーテは部屋の片隅で「雷神ユピテルの様に坐って」メンデルスゾーンがベートーヴェンの話をするのを不快そうに聞いていた。だが、メンデルスゾーンがハ短調シンフォニイをピアノで弾き聞かせると、様子が一変した。「異常な昂奮がゲエテを捉えた」と小林は書いている。

そしてゲーテは、「人を驚かすだけだ、感動させるというものじゃない、実に大袈裟《おおげさ》だ」と言い、何か口ごもるようにつぶやいたが、黙ってしまう。さらに長い沈黙があってゲーテは再び口を開く。「大変なものだ。気違い染みている。まるで家が壊れそうだ。皆が一緒にやったら、一体どんな事になるだろう」というとまた、ひとりで誰に語りかけるでもなく呟き始める。そう書いた後、小林はこう続けている。

勿論、ぶつぶつと自問自答していた事の方が大事だったのである。今はもう死に切ったと信じたSturm und Drangの亡霊が、又々新しい意匠を凝《こら》して蘇り、抗し難い魅惑で現れて来るのを、彼は見なかったであろうか。大袈裟な音楽、無論、そんな呪文では悪魔は消えはしなかった。何はともあれ、これは他人事ではなかったからである。震《しん》駭《がい》したのはゲエテという不安な魂であって、彼の耳でもなければ頭でもない。

Sturm und Drangは通常、「疾風怒濤《しっぷうどとう》」と訳され、ゲーテに象徴される芸術革新運動の名称として用いられている。しかし、小林が感じていることは少し異なる。わざわざドイツ語で表現するのは、日本語では尽くし難い意味を発見したからだろう。Sturmは英語のstorm、嵐、疾風で構わない。しかし、Drangは怒濤というよりは、地底、天上から押し寄せてくるあらがうことのできない「衝動」を意味する。

「モオツァルト」が発表されたのは一九四七年だったが、着想を得たのは一九四二年、翌年、旅先の南京で書き始められた。発表されるまで四年の歳月が流れている。ゲーテがベートーヴェンの曲にありありと感じていたように、小林もまたペンを進めながら西行や実朝の存在を「Sturm und Drangの亡霊」として感じていたのではなかったか。「西行」「実朝」「モオツァルト」は始まりに過ぎない。その後、小林は亡くなるまで、この「亡霊」たちとの対話に日々を費やしていくことになる。

序章で小林の生涯を二分するのは講演「私の人生観」であり、後期の作品が『ゴッホの手紙』から始まることにふれた。ただ、「モオツァルト」が書かれたのは前期なのだが、この作品の根底に流れている経験を小林が語り始めたのは『ゴッホの手紙』の序章だった。「モオツァルト」を書く「動機は、やはり言うに言われぬ感動が教えた一種の独断にあった」と述べたあと、小林はこの作品を生む根本経験をめぐって語り始める。

作品を書く四年前のことだった。小林は友人の家にいる。独りでレコードをかけ、D調クインテット（K.593）を聞いている。部屋には小林のほか誰もいない。部屋から風景を見ている。

「空には黒い雲が走り、灰色の海は一面に三角波を作って泡立っていた。新緑に覆《おお》われた半島は、昨夜の雨滴を満載し、大きく呼吸している様に見え、海の方から間断なくやって来る白い雲の断片に肌を撫《な》でられ、海に向って徐々に動く様に見えた」と小林は書いている。出来事は前ぶれなく起こった。「突然、感動が来た」といい、小林はこう続けている。

もはや音楽はレコードからやって来るのではなかった。海の方から、山の方からやって来た。そして其処《そこ》に、音楽史的時間とは何んの関係もない、聴覚的宇宙が実存するのをまざまざと見る様に感じ、同時に凡《およ》そ音楽美学というものの観念上の限界が突破された様に感じた。僕は、このどうしても偶然とは思われない心理的経験が、モオツァルトに関する客観的知識の蒐集《しゅうしゅう》と整理とのうちに保証される事を烈《はげ》しく希ったのであるが、そういう事を企てるのには、僕にはやはり悪条件が出揃っているという始末であった。

音はもうレコードからは聞こえてこない。それは「亡霊」たちの国からこの世界に流れ込んでくる。ここで「海」は、波打つ海ではない。「山」もまた登山の対象ではない。それは私たちが暮らす現象界に属すものではないだろう。だからこそ、ここで小林は「聴覚的宇宙が実存する」というのだろう。

内なる美の国に革命を起こしたほどの出来事が、「モオツァルト」ではなく『ゴッホの手紙』の序章で語られる経緯を見ただけでも「モオツァルト」の本質は後期の作品と不可分につながっていることが分かる。

先の一節で小林は自らの経験は「音楽史的時間とは何んの関係もない」ものであると共に「凡そ音楽美学というものの観念上の限界が突破された様に感じた」という。その一方で「聴覚的宇宙が実存するのをまざまざと見る様に感じ」る。もし、小林の実感が、その言葉の通りなら、音楽史の知識を用い、また音楽美学の観点から「モオツァルト」を論じたとしてもそこに残るのは残滓《ざんし》に過ぎまい。だが、これまではそうした試みが少なくなかった。小林もこの作品に自信があったわけではない。「読者の眼には一応モオツァルト論めいて見えるものが書き上ったわけだが、僕にしてみれば、それは何事かを決定的にやっつけた事であった」とも小林は書いている。

「モオツァルト」は、音楽評論というよりも感情論として優れている。この作品でもっともよく知られているのが次の一節ではないだろうか。

モオツァルトのかなしさは疾走する。涙は追いつけない。涙の裡に玩弄するには美しすぎる。空の青さや海の匂いの様に、「万葉」の歌人が、その使用法をよく知っていた「かなし」という言葉の様にかなしい。

この言葉もこれまではモーツァルトのかなしみにのみ力点が置かれてきた。だが、凝視してみれば分かるように小林はここでモーツァルトの音楽と万葉の歌人を響き合わせようとしている。

『万葉集』に高市皇子が亡くなったとき、檜隈女王《ひのくまのおおきみ》が詠んだとされる挽歌がある。

泣沢の　神社《もり》に神酒《みき》すゑ　禱《いの》れども　わご大君は　高日知らしぬ（巻第二・二〇二）

泣沢神社の女神に神酒を捧げ、高市皇子のよみがえりを祈る。ああ、大君はすでに日の神となり、天を治めていらっしゃる、というほどの意味だ。

この和歌を踏まえて小林は『本居宣長』で、万葉歌人が感じていた「かなし」の光景を描き出している。「万葉歌人が歌ったように「神社《もり》に神酒《みき》すゑ　禱《いの》れども」の死者は還らぬ。だが、還らぬと知っているからこそ祈るのだ、と歌人が言っているのも忘れまい」と述べ、こう続ける。

> 神に祈るのと、神の姿を創り出すのとは、彼〔宣長〕には、全く同じ事《ワザ》なのであった。死者は去るのではない。還って来ないのだ。というのは、死者は、生者に烈しい悲しみを遺さなければ、この世を去る事が出来ない、という意味だ。それは、死という言葉と一緒に生まれて来たといってよいほど、この上もなく、尋常な死の意味である。宣長にしてみれば、そういう意味での死しか、古学の上で、考えられはしなかった。死を虚無とする考えなど、勿論、古学の上では意味をなさない。死という物の正体を言うなら、これに出会う場所は、その悲しみの中にしかないのだし、悲しみに忠実でありさえすれば、この出会いを妨げるような物は、何もない。（『本居宣長』）

死の「正体」、すなわち死者に出会おうと思えば人は「悲しみ」を呼びさまさなくてはならない。悲しみに忠実でありさえすれば、生者と死者の出会いを妨げるようなものは何もないと小林はいう。悲しみは、人が、死者がまみえる場所を照らしだす、消えることのない光だというのである。

古人は「かなし」を「悲し」とだけでなく「哀し」「愛し」「美し」と書いても「かなし」と読んだ。「哀れ」は宣長がいう「物のあはれ」につながる情感である。それは心の深みをのぞきこむことにほかならない。小林は「哀れ」とは「心」が「心を見るように促される」経験であるとも述べている。さらに「かなし」は、深甚ある情愛の姿であり、また美醜を超えた――柳宗悦《やなぎむねよし》の言葉を借りれば――「不二の美」に遭遇する出来事だというのである。

この一節は、『本居宣長』の終わり近くにある。十年以上の歳月を費やして書かれた小林晩年の大作の結語に相当するものが「モオツァルト」と強く響きあっているのは注目してよい。そして二つの作品を貫いているのが「かなし」という言葉であることもまた、小林秀雄の文学の根底を流れているものが、何であるかを如実に伝えている。

「蘇我馬子の墓」で小林は、聖徳太子にふれ、「彼の悲しみは、彼の思想の色だ」と書いた。悲しみは「色」であり、思想もまた「色」だというのである。そう感じた彼がドストエフスキー論を中断し、ゴッホへ、さらには印象派の画家たちの境涯へと論じる地平を変えていったのも当然の道行きだったのである。

　また、「モオツァルト」を書く小林の胸中にあったものが瞭然《りょうぜん》と姿を顕わすまでにも、けっして短くない歳月が必要だった。

「モオツァルト」が亡き母親に贈られていることは先に見た。だが、彼は生ける死者となった母との交わりを語り出すにはベルクソン論である『感想』の執筆が開始される一九五八年まで待たなくてはならなかったのである。


　戦後、初めて発表した「モオツァルト」も、戦争中、南京で書き出したものである。それを本にした時、「母親の霊に捧《ささ》ぐ」と書いたのも、極く自然な真面目な気持ちからであった。私は、自分の悲しみだけを大事にしていたから、戦後のジャーナリズムの中心問題には、何の関心も持たなかった。（『感想』）

こう書いたあと、小林は、あの「蛍」の話を語り始める。「当たり前だった事を当たり前に正直に書けば、門を出ると、おっかさんという蛍が飛んでいた、と書くことになる」という。

音楽評論としての「モオツァルト」は、前期小林秀雄の最後を象徴する作品だが、ここで彼が真に語ろうとして語り得なかった問題は、そのまま後期の彼の主題となっていく。書かれざる「モオツァルト」の真義を考えようとするとき、私たちにはそこに『ゴッホの手紙』だけでなく『感想』に記された道標を必要とする。だが、それは、これまで試みてきた評伝という形式の試みのなかでは容易に見つけることができない。そこには通時的な視座だけでなく、時間の壁を融通無礙に行き来する共時的な試みがなくてはならない。

評伝によって追うことのできる小林秀雄という問題は、ひとまず論じ得たと思う。本書に関しては、ここでひと度、筆を擱《お》きたい。

あとがき

はじめて小林秀雄の作品を読んだのは十六歳のときだった。すでに三十余年読み続けてきたことになる。

教科書にあった「平家物語」はことによく読んだ。自宅から持ち込んだ本を授業中に開く度胸はなかったから、必然的に教科書のページを繰り返しめくることになった。

国語の成績はきわめて悪い。大学受験も国語のある大学はすべて落ちた。しかし、国語の教科書はぼろぼろで、なかでも「平家物語」の場所は一目瞭然だった。この作品には次のような一節がある。

込み上げて来るわだかまりのない哄笑が激戦の合図だ。これが「平家」という大音楽の精髄である。「平家」の人々はよく笑い、よく泣く。僕等は、彼等自然児達の強靭な声帯を感ずる様に、彼等の涙がどんなに塩辛いかも理解する。誰も徒らに泣いてはいない。空想は彼等を泣かす事は出来ない。

『平家物語』を読むとは、文字の奥に潜む「哄笑」の声、悲しみにむせぶ声を聞くことにほかならない、というのである。

小林に教わったのは何を読むべきかではなく、「読む」とは何かだった。先の一節にもはっきりと見られるように小林にとって「読む」とは文字を扉にして、歴史の世界に生きる人と交わることだった。書物を開き、そこに歴史の国から響き渡る無音の「声」を聴く。読んだと本当に言えるためにはその「声」に出会わなくてはならない。いつからか、そんな無謀なことが読書の不文律になっていった。

「読む」とは——少なくとも文学の場合——眼前の書物が自己への手紙のように思われてくることだろう。そうした営為を続ける者はいつしか、その世界にむかって言葉を送り返したくなる。

本書は、世にある小林秀雄論への小さな挑みでありながら、私一個においてはまず、小林秀雄への手紙である。

誤解を恐れずにいえば、執筆のあいだに何度か、彼に導かれ、幾つかの秘密をかいま見たように感じられることもあった。小林にとって実朝論を書くとは、実朝と共に「意味の世界」を旅することだったろうし、西行論を書くとは、西行と共に花を見ようとすることにほかならなかった。本書の場合、それがどれほど実現されているのかは分からない。しかし、これまでまったく知らなかった小林の姿を、また、彼に導かれて中原中也や堀辰雄の呻《うめ》きも聞いたように思った。

これまで、小林の言葉から多くの光を受けて来たからなのだろうが、今回の作品を書くまで、小林は太陽のような書き手だと思っていた。しかし、書き進めていくと実感はまったく異なるものになっていった。むしろ小林秀雄は月の人だ。彼の異能は、自ら光を発するところにあるのではなく、それを受け容れるところにある。

彼によって同時代を読み解くこともできるだろう。しかし、小林秀雄という存在は、時代、あるいは歴史という河の流れに置いたときにもっとも強くまた、美しく光を放つように思われた。小林を見るのではなく、小林が見た月を見て、その実感を語ること、そこに小林秀雄の姿が浮かび上がる、そう思うようになっていった。

小林秀雄から受けたものも多いが、小林を愛する人から受けたものも、本書には多く流れ込んでいる。本文にも引いたが、書きながら片時も忘れることがなかったのは越知保夫である。私にとって小林秀雄論を書くとは越知の「小林秀雄論」への無謀な挑戦であり続けた。また、彼こそ、この短くない旅の導師だった。心からの感謝と共に本書を彼に捧げたい。

もう一人、見えない読者としてつねにかたわらに感じていたのが池田晶子だった。今年で彼女の没後十年になる。いつか彼女の目にふれる文章を書きたいと願っていたが、本を世に送り出す前に彼女が逝ってしまった。いつか彼女と小林秀雄をめぐって話をしてみたい、そう強く願うようになった。亡き人に言葉を送るには書くしかない、そう思い定めてここまで書いてきた。耳には届かない「声」で、一言でも感想を聴くことができればと願っている。

小林秀雄論は文字通り無数にある。しかし、その言葉の先に小林の姿が浮かび上がるものはけっして多くない。私も例外ではないが、小林秀雄の読者は小林論をあまり読まないのではないだろうか。彼をめぐる逸話は好んで読んでも、論じられた小林にはほとんど関心を寄せることができない。

そうしたなかで、先の二者を別にして、例外的存在だったのが中村光夫だった。中村は、どの論者よりも早く小林を日本文学という流れのなかで捉えようとした。もっとも小林の影響を強く受けたはずの彼が、小林を正当に見続けたことは注目してよい。だが、彼の小林論も手に入れにくくなっている。

大学で授業をしていたとき、小林秀雄の『考えるヒント』を読んだ。そのとき、小林を読んだことのある人と聞くと四、五人が手を挙げた。私が学生の頃であれば、手を挙げない人が四、五人だっただろう。小林は今も読まれている。しかし、それはこれまで読んできた人によって読まれるのかもしれない。この本を、これまであまり小林に親しみのなかった人々の手にも届けという祈りを籠めて、世に送り出したい。

すべての作品にいえることだが、この作品は特に編集者に恵まれた。『文學界』におよそ二年にわたって連載した間には、豊田健さん、そして清水陽介さんに大変にお世話になった。書き手は確かに読んでくれる読み手が一人存在すれば書き続けることができる。お二人にはその役割を真摯に果していただいた。心から御礼申し上げたい。

また、連載の場を与えてくれた武藤旬編集長にも折にふれ、助言をいただいた。そして何よりもこのかたちで書物として世に送り出すことを強く勧めてくれたのが彼だった。当初、もっと書き込んで小林の生涯を網羅するものにしたいと考えたこともあった。しかし、今はこのかたちでなくてはならないように感じている。このことにも深い謝意を表したい。

雑誌連載を書籍にするには、私の場合、ほとんど旅をし直すような困難がある。その道程に随伴《ずいはん》してくれたのが鳥嶋七実さんだった。彼女とは二冊目の仕事になる。編集とは言葉を、文章を整えることだけが仕事ではない。それは見えない文字で書くことだ。もし、本書に何か読むべきものがあるとすれば、先の三方、そして鳥嶋さんとの共作によるものだ。

書き手は言葉の海から生けるものを見つけてくる。それに読み手の手に渡るように姿を付与するのはむしろ、編集のちからだといってよい。編集者はときに書き手の傍らにあって叱咤をし、また、あるときはもっとも深い目で言葉を読む。そうした営みの交差のなかで「書物」が存在の深みから浮かび上がってくる。鳥嶋さんには感謝の念を表するだけではなく、まず、協同者としてこの仕事の完成を共に喜びたい。

最後に、ともに会社——薬草を販売している——で働いている仲間たちにも感謝を捧げたい。

働くこと、さらにいえば、彼、彼女らと働けることが、書くことの源泉になっている。書くとはどこまでも孤独な営みだが、孤独にあるとき、人は自分が生きているのではなく、生かされていることを知る。ここに千の感謝を送りたい。

二〇一七年十月二十三日

若松　英輔

文庫あとがき

この本の初版を世に送ってから、すでに三年以上月日が経った。その間も小林秀雄の言葉を読み、そこから発せられる問いと向きあっている。

本書のゲラを読み返しながら、小林秀雄の文学は畢竟、「情の詩学」と呼ぶべきものなのかもしれない、と今さらながらに思った。『考えるヒント』に「良心」と題する作品があって、そこには次のような一節がある。

良心は、はっきりと命令もしないし、強制もしまい。本居宣長が、見破っていたように、恐らく、良心とは、理智ではなく情なのである。彼は、人生を考えるただ一つの確実な手がかりとして、内的に経験される人間の「実情」というものを選んだ。

近代という時代は——もちろん現代もまた——情ではなく理智の世界に確かなものを探そうとした。情はうつろいやすく、理智は確固としたものに映る。だが、そう感じられるのは理智の視座に重きを置いているからであって、情の世界から見れば、情には情の「たしかさ」がある。理智の世界は人間が暮らす家のようなものかもしれないが、情は大地であり、土壌なのである。

家は建て替えることもできるだろう。しかし、大地はそうはいかない。そう考えると小林にとって「情」は、若き日の彼がしばしば用いた「宿命」の異名であることが分かる。この本もまた、「情」とは何かを考えた道程だったのかもしれない。

言葉はもちろん書物そのものも、受け取ってくれる人がいなければ新生しない。しかし、受け取ってくれる人がいれば、書き手の意図をはるかに超えたものになる。

本書が文庫化されるにあたって、文字通り尽力してくれたのは、編集部の加藤はるかさんだった。そして、装丁は大久保明子さんが、原著の装丁を担当してくれた関口信介さんのものに新しく息を吹き込んでくれた。そして、山根道公さんが書いてくれた解説もそうした文学における新生のことわりを明らかにしているように感じられる。

感謝に堪えない。

二〇二一年四月二十二日

若松　英輔

解説　鮮烈な小林論を生み出す近代日本カトリシズムの精神的土壌

山根道公

本書には著者自ら本書の小林秀雄論の独自性とその意義、そして執筆の背景を丁寧に語った「序章」と「あとがき」がある。そこでここではこうした鮮烈な小林論を生み出す若松英輔氏のカトリック批評家としての精神的土壌をめぐって解説したい。

「文學界」で二年間連載され単行本化された六百頁を超える若松氏の小林秀雄論を読む——それは長い神秘の夜の旅ともいえる体験——を終えてその余韻の中で想い起されたのは、若松氏が慶応義塾大学の学生だった二十二歳の時の処女作「文士たちの遺言」だった。中村光夫、小林秀雄、正宗白鳥を論じ、「三田文学」（一九九一年春季号）の学生懸賞論文で佳作に入選し掲載された批評だ。私はその頃、遠藤周作と共に日本人の心情でキリスト教を捉えなおす課題に生涯をかけていた井上洋治神父がその目的で創設した「風の家《プネウマ》」の活動を手伝い、機関誌「風《プネウマ》」を発行していたが、そこで井上神父が青年たちにバトンを渡したいと始めた勉強会に若松氏も集っていた。若松氏の受賞を喜びながら、自分の書くべき使命を見出した若者の熱い思いがみなぎった原石のような文章を読んだ時の感動が今も蘇ってくる。その後、氏は会社勤めをするようになって、「風《プネウマ》」三九号（一九九五年一二月）に「越知保夫―生きるということ」を寄稿してもらったのが唯一で、十数年の空白があったが、それは自分に使命として与えられたテーマを深く深く掘り下げ続けた時であったろう。そして、地下の水脈とつながり一気に泉が湧き出るように、「三田文学」（二〇〇七年春季号）で新人賞を受賞し発表された「越知保夫とその時代　求道の文学」を皮切りに批評活動が本格的に始まる。「文士たちの遺言」以来、その受賞作も、それをさらに充実させた氏の批評家としての原点となる著書『神秘の夜の旅』も、そしてこの大著『小林秀雄　美しい花』まで若松氏が一貫して自分のうちなるテーマを深く掘り続けてきたその一筋の持続の営為に対して感動と敬意の念を禁じ得ない。

本書の「あとがき」には、「書きながら片時も忘れることがなかったのは越知保夫」「彼こそ、この短くない旅の導師」とあり、本書は越知保夫に捧げられている。若松氏がカトリック批評家の越知と出会わなければ、本書は生まれなかった、さらに言えば今日のような形で活躍する批評家若松英輔も生まれなかったことは確かだろう。

若松氏を越知に出会わせたのは、井上神父の精神的自叙伝『余白の旅　思索のあと』だ。若松氏は近著『読書のちから』の中で、「人生を変える一冊は確かに存在する」と述べ『余白の旅』を取り上げ、著者に十九歳で出会って以来、「私の無二の師になった」と語る。井上神父が同書で越知を論じた部分は、若松英輔編『小林秀雄　越知保夫全作品』に転載され、巻末の「小伝　越知保夫」の中で、岩下壮一に始まる近代日本のカトリシズムの精神史として、岩下に続く、リルケ、ドストエフスキー、小林秀雄といった文学者をよく解したカトリック哲学者吉満義彦、吉満を最初に受容した批評家越知保夫、その越知を継承、展開した批評家で作家の遠藤周作と宗教的実践家の井上洋治と続く血脈を語る。ここには、それらの血脈を継ぐカトリック批評家としての自らの位置を自覚し、その使命を果たすべき覚悟がうかがえる。その使命の一つの大きな結実としての小林秀雄論であるゆえに、多くの小林論がある中で、本書の鮮烈さが際立つのではなかろうか。

「私にとって小林秀雄論を書くとは越知の『小林秀雄論』への無謀な挑戦であり続けた」と「あとがき」で自解しているが、若松氏が四十九歳で帰天した越知保夫の年齢になった年に刊行された本書は、〈文士の遺言〉として越知から受けとったバトンを次の世代につなぐ仕事ではなかったか。「あとがき」の「この本を、これまであまり小林に親しみのなかった人々の手にも届けという祈りを籠めて、世に送り出したい」との言葉は、小林の作品を「読む」ことが「自己への手紙のように思われてくる」新たな読み手が生まれ、その営為を持続する者の中から「その世界にむかって言葉を送り返したくなる」新たな書き手が次の世代にも生まれてほしいとの心からの祈願にちがいない。

ここで若松氏が越知と共に近代日本のカトリシズムの血脈を継承する批評家としてどのような点が、小林の見ていた世界を独自に描き出す精神的土壌になっているか、三点指摘しておきたい。

まず、第一は、若松氏において「カトリック」とは、越知が信頼するガブリエル・マルセルの言葉を受けて、宗教としての「カトリック」と真実の意味での「普遍《カトリック》」の二重の意味をもつ中で、カトリシズムが「普遍《カトリック》」を希求する信仰共同体でなくてはならないと捉えている点である。それはカトリック信者かどうかを越えて、すべての人に開かれている。それゆえ、若松氏が関心を寄せる批評の中心に、小林秀雄、井筒俊彦、中村光夫といった「普遍なるもの」を真摯に希求した求道の文学者たちが入ってくるのに何の不思議もない。「美しい花」が実在の顕現であるなら、それは「普遍なるもの」に触れていよう。

　あまりに社会の変化が大きく速い今日、情報の氾濫の中で目先の流行や対処法にばかり目を奪われ、振り回されている時代であるからこそいっそう強く、私たちは、時代が変わっても変わらない普遍なる真善美を心のどこかで渇望しているのではないだろうか。カトリック批評家として若松氏はまさにその渇望に応える言葉を心から心へ届ける文学者であるゆえに、氏の言葉が今求められているのであろう。

　第二に、宗教的献身の志が意識の奥に息づくカトリックの境遇に若松氏が育った点である。若松氏は、熱心なカトリック信者の母のもと、生後七十日で洗礼を受け、少年期には毎朝母と教会のミサに通い、生涯を神に捧げ人のために生きる神父と身近に接し、将来神父になることを考える体験をしている。この少年期の体験は越知にも遠藤周作にも共通する。こうした神と他者への宗教的な献身の志を意識の奥にもつ越知が批評という道を選んだ時、その営為が意識の領域における近代的自我の表出に向かうのではなく、「魂」の領域で展開され、「無私」の精神によって行われる方向に向かったのも必然であったろう。その越知の血脈を継いだ若松氏が「無私」の精神で小林の見た世界を献身的に描き出す本書は、自ずと「無私」の氏ゆえに浮かび上がらせることのできた鮮烈な小林秀雄の姿が表現された批評となっている。以前、若松氏に近況を尋ねた時、「自分は宅配便の配達人で、あちらからどんどん送られてきてなかなか休ませてくれないので、こちらはへとへとだけど、その分、あちらから守られてもいますから」とはにかみ顔で答えた言葉が忘れられない。その時、自分を「郵便脚夫」（詩「屈折率」）に例えた宮沢賢治を想わずにはいられなかった。賢治も法華経信仰をもって世界と他者への献身の志をもち、自分の作品を風や林からもらってきた（『注文の多い料理店』序）と語り、「普遍なるもの」を希求した求道者だった。

第三として、「諸聖人の通功」（聖徒の交わり）というミサで唱える重要な教理があり、マリアを頂に聖人たちがいつも生者と共に働く、「通功」していると信じるカトリックの信仰が若松氏の意識の根底にある点である。生者は死者の助けを借り死者と協同して、可視的世界と不可視な世界との融合を実現し、そこに愛を顕現させることが、カトリックの本来の世界であると吉満義彦が強調していることを、若松氏は『吉満義彦　詩と天使の形而上学』で語っている。若松氏が母と通ったカトリック糸魚川教会はアッシジの聖フランシスコが保護者の教会で、若松氏の洗礼名はフランシスコ会の聖人パドヴァの聖アントニオである。愛の聖人としてその言葉が人々を惹きつけ、その舌は聖遺物になっている。少年の時より若松氏がこうした聖人の保護を意識する体験もあったろう。また、若松氏が最愛の恵子夫人の帰天によって死者との協同という体験をより確かなものにされたことは随筆の中で語られている。

その若松氏の悲しみに寄り添い、夫人の臨終に立ち会い、葬儀を行ったのは、井上神父の「風の家」に若松氏と共に集った若者の一人で、その志を継いで司祭となった伊藤幸史神父だが、現在、若松氏の信仰の原点のカトリック糸魚川教会の主任司祭を務め、「若松英輔記念室」そして「信州　風の家」の創設にむけて準備を進めている。

若松氏の多彩な著作の根幹にある、生きている死者との協同という死者論は現代人には新鮮に受け取られているが、氏にとっては観念ではなく、魂の真実ゆえに、同質の体験をもつ文学者の作品には鋭敏に共振し、その世界を描き出さずにはいられないのだろう。その体験を意識化させ批評に向かわせたのが吉満を師とする批評家越知であった。

ところで、この大著を手にして読み始めたのは、ちょうど私が副代表を務める遠藤周作学会編の『遠藤周作事典』の執筆依頼を始める時で、事典の「小林秀雄」の項目はどうしても若松氏に執筆いただきたいとの思いが募ってお願いし、小林と遠藤の交わりの軌跡を五点までも言及した貴重な原稿をいただいた。その事典も五年をかけ、この四月に刊行の運びとなった。

思えば、遠藤と若松氏は同じ慶応大学仏文科で、両者とも在学中に自らの文学の原点となる批評を発表し、遠藤は「文學界」の編集長から長篇掲載の場を与えられたことを契機に前半期の代表作『海と毒薬』を書き、それが単行本化されると、二つの文学賞を受賞し、戦後文学の代表的一冊になる。若松氏の本作も「文學界」の編集長から連載の場を与えられ、単行本化されると、角川財団学芸賞、蓮如賞を受賞し、批評家としての若松氏の主著となった。戦後の日本文学の批評史に刻まれる一冊になることだろう。

（ノートルダム清心女子大学キリスト教文化研究所教授）

＊書名、記事名、講演名等の中の人名、また引用文中の人名、用語内の人名、章タイトル内の人名、「解説」内人名等は含まれておりません。

【ま行】

【は行】

人名索引

文春文庫

小林秀雄《こばやしひでお》　美《うつく》しい花《はな》

定価はカバーに表示してあります

2021年6月10日　第1刷

著　者　若松英輔《わかまつえいすけ》

発行者　花田朋子

発行所　株式会社　文藝春秋

東京都千代田区紀尾井町 3-23　〒102-8008
TEL　03・3265・1211㈹
文藝春秋ホームページ　http://www.bunshun.co.jp

落丁、乱丁本は、お手数ですが小社製作部宛お送り下さい。送料小社負担でお取替致します。

印刷製本・大日本印刷

Printed in Japan
ISBN978-4-16-791712-8